Vorwort

Es waren einmal ein Land und eine Zeit, die der Wilde Westen genannt wurden ...

Heute ist es leicht, den alten Westen als weit zurückliegende Geschichte anzusehen. Geschichte ist er schon, aber so weit zurück liegt er nicht. Als Custer und die Siebte Kavallerie ihr berüchtigtes »letztes Gefecht« am Little Bighorn schlugen, hatte Alexander Graham Bell das Telefon schon erfunden. Und als sich Geronimo der US-Regierung zum letzten Mal ergab, waren Harry Truman und Franklin Delano Roosevelt schon auf der Welt. Meine Großmutter Rose Eddy – deren Haus von den Indianern des Reservats Fort Sill niedergebrannt wurde – pflegte immer zu mir zu sagen, dass der Wilde Westen »keinen Steinwurf entfernt ist«.

In den Jahren seither ist viel über die große Saga des amerikanischen Westens geschrieben worden – über das Gute und auch über das Schlechte. Die meisten Werke handeln von den Männern ... die Cowboys, Revolverhelden, Indianer und Gesetzeshüter. Und sie haben ihren Platz in der Geschichte der Grenze sicher verdient. Ich jedoch habe beschlossen, meine Romane über die Frauen zu schreiben, die an ihrer Seite oder allein standen – Frauen, von denen die Gesellschaft erwartete, dass sie ohne Widerworte oder Wehklagen ein ungleiches, nicht selten unmenschliches Maß an Schmerz, Arbeit und Kummer erduldeten.

Damals wie heute spendeten Frauen Fürsorge. Sie zogen ihre Kinder groß, schufen ein Heim, verteidigten ihre Angehörigen und mussten dabei Härten und Einsamkeit erdulden, mit denen die Männer der Grenze niemals konfrontiert wurden und die sie, vermute ich, auch nie richtig begriffen. Der alte Westen war eine Männerwelt... die durch die Frauen, die darin wohnten, unendlich viel besser wurde.

Der große Western-Künstler W. H. D. Koerner nannte diese Frauen der Grenze die »Madonnen der Prärie«. Vielleicht kamen sie einigen wie Madonnen vor. Für mich waren sie einfach das, was Frauen immer gewesen sind, seit unsere Gattung auf Erden wandelt: Sie hüteten die Seele der Menschheit und hielten das Feuer wahrer Menschlichkeit in Gang. Sie waren keine Heiligen. Aber eine große Zahl von ihnen kamen diesem Ideal so nahe wie nur möglich.

Ich genieße das hohe Privileg, von einer langen Ahnenreihe solcher Frauen des Westens abzustammen. Von meiner Mutter Genevieve, die an der Seite meines Vaters stand und mit ansehen musste, wie ihre Getreidefarm – und ihre Welt – während der großen Weltwirtschaftskrise in Kansas vom Winde verweht wurde. Von meiner Großmutter mütterlicherseits, Rose, die, nachdem ihr Zuhause von Indianern niedergebrannt worden war, als Erwachsene zusammen mit ihrer Schwester Ethel einhundertsechzig Morgen Prärieland in Kansas urbar machte und bewirtschaftete. Von meiner Großmutter väterlicherseits, Hettie Pearl, die ihre drei Kinder in Liberal, Kansas, alleine großzog, nachdem sich mein Großvater Marion Franklin den »weißen Tod« (Tuberkulose) geholt hatte und weggegangen war, um im Süden von Colorado eine Viehranch zu gründen, wo er alleine starb, damit er seine Familie nicht mit der gefürchteten Krankheit ansteckte. Von meiner Großtante Olive, einer reinblütigen Cherokee, die die Heimstätte ihrer Familie in Kansas zusammenhielt, während ihr Mann Theodore, wie so viele amerikanische Männer des Westens, durch das Land streifte. Von meiner Urgroßmutter Amanda Elizabeth, die in den Siebzigerjahren des neunzehnten Jahrhunderts in der Wildnis der Rinderfarm meines Urgroßvaters William Marshall am Cimarron River in Oklahoma sechs Söhne zu Männern heranzog.

Maggie Baldwin in *The Missing* (ursprünglich unter dem Titel *The Last Ride* veröffentlicht) ist eine Blutsverwandte dieser Frauen. In allererster Linie ist sie Ehefrau und Mutter und wird tun, was immer erforderlich ist, um diesen beiden Rollen gerecht zu werden. Aber sie ist viel mehr als eine pflichtbewusste Haushälterin. Sie ist eine Frau mit großer innerer Kraft und Überzeugungen. Sie glaubt an den christlichen Gott und widmet sich, rund um die Uhr, wenn es sein muss, den Armen, Kranken und Verletzten, die zur Baldwin-Farm kommen und Hilfe suchen.

Aber Maggie Baldwin kann auch überaus stur und unerbittlich sein ... und manchmal regelrecht unchristlich. Als ihr Vater, der ihr völlig fremd ist, den sie seit dreißig Jahren nicht gesehen hat, der sie und ihre Mutter wegen einer Apachenfrau verließ, zurück in ihr Leben geritten kommt, um zu sterben, möchte Maggie nichts mit ihm zu tun haben. Sie bringt es nur fertig, zu sagen: »Er kann anderswo sterben. Er kam hierher und kann auf demselben Weg wieder gehen.«

The Missing entstand als Teil einer Trilogie von Western-Romanen, die von den Themen Glauben (*St. Agnes' Stand*), Familie (*The Missing*) und Freundschaft (*All God's Children*) handeln. In *The Missing* muss Maggie Baldwin lernen, dass eine Familie manchmal auf unerwartete Weise wächst.

Wichtig aber ist, dass Maggie selbst in einer unerwarteten Weise wächst. Während der ganzen Geschichte bleiben die Werte der Menschen – die Werte der Frauen – instinktiv gewahrt. Ich glaube, es waren diese Eigenschaften von Maggie Baldwin, intuitive Eigenschaften, die sie mit so vielen Frauen der Grenze teilte, die Hollywood an der Story faszinierten.

Als *The Missing* ursprünglich veröffentlicht wurde, interviewte man mich im Radio. Die Moderatorin wollte ganz besonders wissen, ob ich der Meinung wäre, dass die heutigen Frauen dieselben Werte und Stärken besitzen wie die Frauen des alten Westens. Ich bin zwar kein Experte auf dem Gebiet, antwortete aber, dass mir schiene, als wäre die grundlegende

Bedeutung all dessen, was es heißt, ein Mensch zu sein, seit undenklichen Zeiten speziell von Frauen gepflegt und von Generation zu Generation weitergegeben worden.

Ich sagte auch, dass ich keine Ahnung hätte, was die eigenständige Kraft moderner Frauen angeht.

In den folgenden acht Jahren widmete ich der Frage dieser Kraft keine besondere Aufmerksamkeit... bis ich während der Dreharbeiten zu *The Missing* in einer kalten Nacht in einem einsamen Canyon von New Mexico in einem behelfsmäßigen Zelt hinter dem großen Regisseur Ron Howard vor einem kleinen Bildschirm saß und mit ansah, wie die bezaubernde und begabte Schauspielerin Cate Blanchett eine Szene spielte... immer und immer wieder. Es war eine Rettungsszene, in der Ms. Blanchett – Maggie Baldwin – eine kleine Gruppe abtrünniger Apachen abwehrt, damit ihre Kinder entkommen können. Außerdem war es eine Szene im Regen – der durch riesige Sprinkleranlagen am Himmel erzeugt wurde – und Ms. Blanchett war tropfnass. Tatsächlich war sie sogar die einzige Person am Set, die nass war. Wir anderen froren, waren aber trocken.

Bis auf den heutigen Tag bin ich nicht sicher, was diese beiden Filmgrößen – Howard und Blanchett – bei diesen vielen verbissenen Wiederholungen einer einzigen kurzen Szene eigentlich erreichen wollten. Für mich sah jede einzelne perfekt aus. Aber sie machten, wie alle großen Künstler, immer weiter, und verbesserten ihre Arbeit. Der künstliche Regen – Regen, der ziemlich nass und auf der Haut eiskalt war – fiel weiter, und Ms. Blanchett, deren Kleidung vollkommen durchnässt war, zitterte und spielte weiter. Immer und immer wieder liefen die Kameras. Es war schon spät, die Nacht in der Wüste eisig kalt, und alle waren hundemüde. Ich bin sicher, am elendesten von uns allen fühlte sich Cate Blanchett. Aber sie machte weiter – fest entschlossen, als Schauspielerin etwas in sich zu erreichen.

Während ich da saß und gegen den Schlaf kämpfte, fuhren die Kameras nahe an Blanchetts Gesicht, und da sah ich schließlich etwas Neues in ihren Augen – etwas Hartes und stoisch

Entschlossenes. Und in diesem Augenblick wusste ich, dass Cate Blanchett – wie alle, die mit Leib und Seele Schauspieler sind – zu Maggie Baldwin *geworden* war. Das Leben ihrer Kinder war in Gefahr, und sie würde alles tun, was in ihrer Macht stand, um sie zu beschützen. Sie war mehr als eine zitternde Schauspielerin, die ihren Text aufsagte. Sie war der Inbegriff der Frau, die unsere Gattung beschützt.

Und während die Kameras immer noch liefen, hörte ich Ron Howard sagen: »Was für eine zähe Lady.« Und da wusste ich schlagartig, was ich der Moderatorin vor acht Jahren hätte antworten sollen …

1

Brake Baldwin sah den Reiter, als er unter den Tamarisken hervorritt. Er zog die Brille herab und vergewisserte sich über den Rand der Zeitung hinweg, ob der Fremde tatsächlich in seine Richtung ritt, dann schob er sie wieder hoch und las weiter. Es war später Abend, Gewitterwolken brauten sich an dem verhangenen Himmel zusammen. Eine Nachtschwalbe ließ in den Hügeln hinter der Scheune ihren Ruf erschallen. Das Geräusch wurde abgeschnitten – er wusste nicht, warum. Die dicken Pappeln am Bachlauf sahen in der Dämmerung schwarz aus, über das kleine Tal der Ranch in New Mexico senkte sich die Nacht.

Er wandte sich wieder der Schlagzeile der Zeitung zu: PRÄSIDENT ERKLÄRT DEN WILDEN WESTEN FÜR TOT. Erstaunlich. Einfach so: Es war vorbei. 1886, und aus und vorbei – ein Fingerschnippen. Santa Fe machte sich, so hieß es in der Zeitung, für eine Feier mit einer Parade moderner Erfindungen und einem Konzert auf der alten Plaza bereit. Das sollte man sich nicht entgehen lassen, dachte er.

Die braune Stute auf der Weide wieherte dem Pferd des Fremden zu, erhielt aber keine Antwort. Baldwin schaute wieder auf – der Reiter bewegte sich langsam im letzten Abendlicht, der Wind eilte dem aufziehenden Regen knapp voraus. Diesmal ließ Baldwin den Blick länger auf dem Reiter verweilen, da ihm etwas anderes auffiel, aber die stürmische Dämmerung war inzwischen so weit fortgeschritten, dass man auf die Entfernung kaum noch etwas erkennen konnte.

Baldwin gefiel nicht, wie seine Schultern sich verkrampften, daher murmelte er einen Spruch seiner Großmutter vor sich hin: Man wurde nicht im Wald geboren, damit man Angst vor einer Eule hat. Mann und Pferd kamen nun durch den Obstgarten; die Bäume sangen im aufziehenden Sturm. Das Tier hatte den Kopf gesenkt und sah aus, als wäre es dem Zusammenbruch nahe. Er hörte, wie hinter ihm das Scheunentor geöffnet wurde. Mannito hatte den Reiter ebenfalls gesehen. Der alte Mexikaner ging auf die fünfundsiebzig zu, besaß aber die geschärften Sinne eines Mannes, der sein ganzes Leben lang Mescaleros und Chiricahuas und ihren Apachenbrüdern aus dem Weg gegangen war. Glücklicherweise waren diese Zeiten nichts weiter mehr als böse Erinnerungen. Vielleicht hatte die Zeitung ja Recht, vielleicht war der Wilde Westen tot.

Er hörte eine zweite Tür und das Geräusch von Läden, die zugeschlagen wurden, und wusste, dass Maggie sich wieder um die Frauen und ihre Kinder kümmerte. Seit drei oder vier Tagen arbeitete sie praktisch rund um die Uhr. Sie war keine reguläre Ärztin, hatte aber mehr als zwanzig Jahre als Krankenschwester gearbeitet, war besser als die meisten anderen und führte heute eine Art Lazarett. Ihre Patienten bestanden zum überwiegenden Teil aus armen Mexikanern, so wie diese Frauen und ihre Kinder.

Der Reiter kam langsam aus den Schatten heraus; Baldwin konzentrierte sich ganz auf ihn und wollte lächeln, doch das zerkratzte Sharpsgewehr, das quer über dem Sattel lag, machte ihn misstrauisch. Der Kolben der alten Waffe war im Stil der Indianer mit Messingnägeln verziert. Baldwin klemmte die Zeitung unter den Arm und ließ langsam die Hand sinken, ein Reflex, der ihn überraschte, da er seit Jahren keine Waffe mehr trug.

»*Malo*«, flüsterte Mannito. »Schlecht.« Der kleine Mexikaner, der sich mit dem Hut in der Hand vor dem Wind schützte, sah den Fremden im zunehmenden Dunkel mit zusammengekniffenen Augen an; dann drehte er sich um und verschwand im Schatten, wahrscheinlich, um seine Flinte zu holen, überlegte Baldwin.

Der Rancher streckte sich. Der Reiter hatte sein Pferd wenige

Meter vor ihm zum Stillstand gebracht und sah ihn sitzend an.
»Abend«, sagte Baldwin.

Der Mann nickte. Baldwin ließ den Blick langsam über ihn gleiten. Er war alt, wahrscheinlich Mitte siebzig, und groß, fast einsfünfundneunzig, klapperdürr, aber dennoch kräftig. Ob Weißer oder Halbblut, konnte man nicht sagen. Früher musste er einmal wie ein Stier gebaut gewesen sein – aber heute war er nur noch Haut und Knochen. Sein derbes Gesicht war von der Sonne zu einem Umbraton verfärbt worden und sah aus, als hätte man Klumpen nassen Tons zusammengehauen, die nicht richtig zusammenpassten; die fleischige Nase war vermutlich öfter als einmal gebrochen worden, und er machte den Eindruck, als wäre er müde oder betrunken oder beides. Seltsame Kleidung: Wildwest, indianisch, mexikanisch. Seit vierzig Jahren kleidete sich niemand mehr so. Baldwin wandte sich wieder den brutalen Gesichtszügen des Mannes zu.

Ein kleiner schwarzweißer Terrier, so groß wie ein guter Stiefelknecht, kauerte auf dem Rumpf des Pferdes, hatte in Erwartung des Sturms das Fell gesträubt; er erinnerte Baldwin an einen Zirkushund, den er einmal gesehen hatte. Ohne Vorwarnung sprang er von dem Pferd herunter, stolperte am Boden, trottete dann nervös um die Beine des Ranchers herum – gerade außer Reichweite von Fußtritten – und knurrte, als würde er statt fünf ganze fünfzig Kilo wiegen.

»Beißt er?«, rief Baldwin über das zunehmende Tosen des Sturms hinweg.

Der alte Mann nickte wieder und wirkte auf Baldwin einen Moment wie ein Dämon, der auf diesem schwarzen Wind des Weges geritten kam. Er trug das Hemd eines Pawnee-Medizinmannes, aus einem seltsamen blauen Wildleder angefertigt, mit aufgenähten, leuchtend goldenen Sternen aus Seide verziert und an den Ärmeln mit schwarzer Litze gefasst. Wunderschön. Stulpenhandschuhe schützten seine gewaltigen Hände, ein schwarzes Halstuch, das von einer silbernen Spange zusammengehalten wurde, schnürte ihm fast den Hals zu; am seltsamsten schien aber, dass seine Beine nackt waren, er hatte lediglich einen langen Lendenschurz an, wie ihn Apachen trugen. Sein Körper war zum Erbarmen ausgemergelt. Baldwin kaute einen Moment auf der Unterlippe und fragte sich, wer, zum Teufel, dieser alte Kerl sein mochte. Er sah aus, als gehörte er in eine Wildwestshow; alles an ihm wirkte alt, als wären er und seine Tiere aus einem uralten, von der Zeit vergessenen Tal geritten.

»Will hoffen, dass er mich nicht beißt.«

»Chaco«, sagte der Fremde streng und unterdrückte ein Husten im Hals.

Blitze zuckten über den Hügel hinter ihnen und erhellten das Gesicht des alten Hünen einen Moment, dann hallte langsam Donner durch das Tal. Der kleine Hund knurrte nicht mehr, seit der Fremde seinen Namen gerufen hatte, nun hob er das Bein und pinkelte einen gelben Strahl – Baldwin hätte schwören können, dass er in seine Richtung zielte; danach rannte er los, sprang vom Boden ab, landete auf dem Steigbügel des Mannes, machte eine Drehung, berührte kurz den Oberschenkel und nahm dann – während der Mann sich ein klein wenig zur Seite beugte – seinen alten Platz auf dem Rücken des Pferdes wieder ein. Das geschah so schnell, dass Baldwin nicht sicher war, wie das Tier es gemacht hatte.

»Ganz schön geschickt.«

Der alte Mann antwortete nicht.

Jemand zündete die Laterne in der Küche des Ranchhauses an; das Licht, das durch das Fenster nach draußen fiel, ließ Holster und Patronengurt des Fremden, über und über mit geschmiedetem Silber aus mexikanischen Münzen verziert, in der Nacht funkeln. Er sah abgerissen und alt aus, aber hart, mit kleinen und dunklen Augen, und er trug genug Schießeisen mit sich herum, dass er die halbe mexikanische Armee damit hätte auslöschen können. Baldwin fragte sich, ob er nur ein Angeber sein mochte. Der alte Mann schaute zum Küchenfenster.

»Möchten Sie mit uns zu Abend essen?«, rief Baldwin gegen den Wind.

Das kleine graue Pferd, das die Augen halb geschlossen hatte, zuckte beim Klang der Stimme gegen den Wind zusammen. Es war alt und knochig, genau wie sein Reiter – ein indianisches Chickasaw-Pony, eine Menge spanisches und nicht wenig Wildpferdblut in den Adern. Ihm folgte ein junges lehmfarbenes Maultier, das verspielt am Steigbügel des alten Mannes knabberte. »Alice«, sagte er und winkte das Maultier fort. Es gehorchte zögernd. Guter Trick, dachte Baldwin, ein Maultier dazu zu bringen, überhaupt etwas zu tun.

»Baldwins Ranch?« Die Worte des alten Mannes waren genuschelt, aber verständlich, die Stimme tief, mit einem indianischen Akzent.

Der Rancher sah ihn nur an und zog den Hut tief ins Gesicht.

»Ein Mann auf der Straße hat es mir gesagt«, gab der alte Hüne preis, unterdrückte ein weiteres heftiges Husten, das ihn hinter den Augen zusammenzucken ließ, und trank einen Schluck aus einer Whiskeyflasche.

»Ihr Name?«, rief Baldwin.

»Samuel Jones.«

Baldwin studierte ihn noch einen Augenblick. »Brake Baldwin«, sagte er dann. »Die Tiere könnten etwas Futter vertragen.«

Baldwin drehte sich um und ging zur Scheune; er wusste, dass Mannito ihm von drinnen Deckung gab, doch das wusste der Fremde wahrscheinlich auch. Er sah nicht wie ein Pilger aus. Nicht annähernd. Baldwin blieb stehen und sah ihn noch einmal an. Der Mann betrachtete immer noch das Küchenfenster, als hätte das Licht ihn hypnotisiert; sein Haar und seine Kleidung flatterten heftig im böigen Wind.

»Frische Pferdespuren in den Hügeln«, rief der alte Mann, ohne den Blick vom Haus abzuwenden.

»Vermutlich Landstreicher«, rief Baldwin über das Brausen des Windes zurück.

»Acht. Keins beschlagen.« Der Fremde machte eine Pause, ließ das Fenster aber nicht aus den Augen. »Ein Vorreiter. Keine Landstreicher.«

Baldwin verspürte wieder, wie sich seine Schultern verkrampften, schüttelte es mit einem Achselzucken ab und überlegte sich, dass sich der alte Mann vielleicht nur aufspielte. Vor einigen Jahren hatten sie Ärger mit mexikanischen Banditen gehabt, davor mit Indianern. Aber in letzter Zeit war alles ruhig und friedlich gewesen. Er drehte sich um und ging weiter Richtung Scheune. Der Fremde sah ein letztes Mal zum Fenster, dann gab er dem Grauen mit einem Zungenschnalzen ein Zeichen und folgte. Im Inneren war es ruhiger; irgendwo in der Dunkelheit konnte Baldwin hören, wie Mannito versuchte, ein Lachen zu unterdrücken.

»Ist das ein Mexikaner?«, fragte der alte Mann.

Baldwin sah ihn einen Moment an, dann sagte er: »Die Antwort darauf ist, er arbeitet für mich.«

»Dann sagen Sie ihm, dass er mich nicht auslachen soll.« Der Fremde hustete heftig, als wollte er etwas aus den Lungen heraufbefördern; dann atmete er kurz und ruckartig wie ein Truthahn, der in der Sonne herumgerannt ist.

»Ich sagte, er arbeitet für mich. Es gibt keinen Ärger. Wenn das schwer zu verstehen ist, können Sie weiterziehen.«

Mannito trat mit seiner Flinte aus dem Schatten. Chaco rannte auf seine Stiefel los. »*Alto!*«, brüllte der Mexikaner. »Halt!« Der kleine Terrier setzte sich hin und hob die Vorderpfoten, als bettelte er um sein Leben.

Der Fremde schien überrascht, dass der Hund aufgegeben hatte, und sah Mannito einen Moment an. Der kleine Mann erwiderte den Blick grinsend; dann trank der Fremde noch einen Schluck aus seiner Whiskeyflasche, ging zum Scheunenfenster und sah abermals zum Haus. Wieder zuckten Blitze und erhellten die hageren und zerfurchten Züge des derben Gesichts – der Mann, dachte Baldwin, sah aus wie jemand, der ohne viel Federlesen gelyncht würde. Dann brach das Unwetter aus Südosten los, Regen prasselte heftig auf das Dach und gegen die Wände.

Baldwin löste die Sattelgurte unter dem Bauch des Grauen und beobachtete den alten Hünen dabei über den Rücken des

Pferdes hinweg. Der Sattel war groß, hatte einen schweren versilberten Knauf und lange, lederbezogene Steigbügelschuhe.

»Interessiert Sie was?«, fragte der Rancher.

»Seh mich nur um.«

»Es ist nur ein Haus.«

Der alte Mann sagte nichts.

»In dieser Gegend sind wir an Lederknäufe gewöhnt, keine mexikanischen«, sagte Baldwin, strich mit den Händen über die edle Silberarbeit und las den in das Metall eingeätzten spanischen Nachnamen.

Der Fremde drehte sich um und sah ihn einen Moment an. »Der Mann, dem diese Ausrüstung gehörte, wollte mich umbringen.«

Baldwin betrachtete ihn und konnte nicht sagen, ob das Wichtigtuerei war, aber der Mann war eindeutig kein Spanier, nicht einmal zur Hälfte.

»Was ist mit ihm passiert?«

»Ich bin mit den Chihenne geritten«, sagte der Fremde, der der Frage keine Beachtung schenkte.

Apachen von Warm Spring. Das war eine neue Wendung – die meisten der alten Westerntramps in diesen Breiten behaupteten, dass sie mit den Gesetzlosen geritten seien. Er ließ es dabei bewenden, da er sich dachte, dass der alte Haudegen ihm sowieso nicht verraten würde, ob er den Mann ausgeraubt oder getötet hatte. »Mannito reibt Ihre Tiere trocken.«

»Nein. Er lässt die Finger von ihnen.«

Baldwin sah dem Mann in das ledrige Gesicht, in die kleinen, tief in den Höhlen liegenden Augen, die irgendwie den Eindruck erweckten, als hätten sie zu viel vom Leben gesehen. Er beendete seine bedächtige Abschätzung und dachte sich, dass der Mann früher einmal ein richtiger Störenfried gewesen sein musste. »Mister, machen Sie keinen Ärger.«

Der alte Hüne ging zu dem Grauen und rieb ihm den Rücken mit einer Hand voll frischem Stroh ab, während er die Flasche in der anderen Hand hielt. Er überragte das kleine Pferd.

»Kein Ärger. Ich will nur nicht, dass er meine Pferde anrührt. Ich traue Mexikanern nicht.«

Baldwin konnte sehen, wie seine Kiefermuskeln beim Striegeln arbeiteten.

»*Mucho mierda*«, sagte Mannito, machte auf dem Absatz kehrt und ging weg.

»Was heißt das?«, fragte Jones mit einer Stimme, die immer noch die Kraft besaß, einen Menschen nervös zu machen.

»Vergessen Sie es«, sagte Baldwin.

Baldwin betrachtete sie im gelben Licht der Rochester-Laternen und musste an den Zeitungsartikel über die Zukunft denken, die Errungenschaften und Vorzüge der Zivilisation, und wünschte sich, Maggie hätte sie jetzt. Sie war aus dem Lazarett zurückgekehrt und stand am Küchenherd. Von hinten konnte man die bezaubernden Umrisse ihres schlanken Körpers unter dem Baumwollkleid sehen; das dichte braune Haar, das im Lichtschein der Laternen glänzte, hatte sie seitlich gekämmt und zu einem schlichten Pferdeschwanz gebunden. Viele Männer prahlten damit, wie schön ihre Frauen waren. Das hatte Baldwin nie getan. Maggie besaß gottgegebene Vorzüge in einem solchen Übermaß, dass Prahlerei einfach nur einer Übertreibung gleichgekommen wäre. Sie gehörte zu den Frauen, die im hellen Sonnenschein einfach am besten aussahen.

Ihre beiden ältesten Kinder sahen ihn an. Er legte sich den Revolvergurt um und hielt einen Finger an die Lippen. Weiche Schatten erfüllten ihr Haus, Braun- und Rottöne, es roch nach brennendem Holz und Gebackenem. Maggie und er hatten es mit eigenen Händen erbaut. Seine massive Bauweise hatte Stil und Komfort.

Unten war ein Zimmer, weiträumig und über zwei Stockwerke – was einen Eindruck von großer Höhe vermittelte. Die schweren Wände aus Baumstämmen mit Rinde waren mit weißem luftgetrocknetem Lehm kalfatert und mit Hirschköpfen und indianischen Decken geschmückt. Harp-Laternen, die ihr warmes gelbes Licht verbreiteten, hingen an dicken Ketten von der Decke.

Lily, ihre siebzehnjährige Tochter, war wenige Tage zuvor von der Salutaire Boarding School für Mädchen in Denver zurückgekommen und las vor dem großen Kamin, wo ein heimeliges Feuer prasselte. Ihm waren die Veränderungen an ihr nicht entgangen. Zunächst einmal war sie nun zur Frau herangereift. Unter ihren Sachen hatte er ein Päckchen mit der Aufschrift »Der einmalige Büsten-Entwickler« gesehen; sie kleidete sich schicker und nannte ihn nicht mehr »Dad«, sondern »Vater«. Und sie glaubte, wie alle fast erwachsenen jungen Leute, dass sie mehr wusste, als tatsächlich der Fall war. Aber irgendwie hatte sie schon immer den Eindruck gehabt, als wäre sie etwas ganz Besonderes. Er betrachtete sie noch einen Augenblick. Die große Schönheit ihrer Mutter hatte sie in vollem Umfang geerbt, und das war ein Glück, denn im Gegensatz zu Maggie legte Lily größten Wert auf Äußerlichkeiten.

James saß am Küchentisch und hantierte mit einer Modelleisenbahn herum. Er kam gerade von einem Ausritt zurück und trug noch Hut und Beinschützer; sein Wurfseil lag zusammengerollt auf dem Boden. Für einen Fünfzehnjährigen hatte er breite Schultern. Baldwin blinzelte ihm zu, schlich auf Zehenspitzen hinter Maggie und legte ihr den Arm um die Taille.

Sie erstarrte, dann lächelte sie. »Ich wusste, dass du da bist. Geh dich waschen – das Abendessen ist fertig.«

»Geronimos älterer Bruder leistet uns Gesellschaft.«

»Wer?«

»Ein Verrückter, der sich als Indianer verkleidet hat. Mit dem gemeinsten Gesicht, das ich je gesehen habe. Und einer seltsamen Menagerie von Tieren.«

Sie drehte sich in seinen Armen um und sah lächelnd zu ihm auf. »Im Ernst?« Nach vielen Sommern und Wintern konnte man nur dünne Fältchen um Mund- und Augenwinkel erkennen. Immer noch eine große Schönheit.

»Ja. Sieht brutal aus. Weiß. Halbblutkleidung. Prahlt damit, er sei einst mit den Chihenne geritten. Sieht krank aus und trinkt zu viel – ich nehme an, er ist zum Verarzten gekommen.«

Lily war hinzugekommen und reckte ihr hübsches Gesicht mit der zarten und weißen Haut hoch. In diesem Land kostete es enorme Anstrengung, es vor der Sonne zu schützen. »Ein weißer Mann, der mit Apachen reitet – wieder so ein alter Lügner.«

»Lily, es ist Sonntag«, schimpfte ihre Mutter; dann lächelte sie wieder und schaute zu ihrem Mann auf. »Wird bestimmt schön, Gesellschaft zu haben.«

Der Regen verzog sich so schnell wieder, wie er gekommen war. Jones saß auf einem Heuballen, runzelte die Stirn seines hageren Gesichts und sah in die Mündung von Dorothy Baldwins Flinte, als Baldwin in die Scheune zurückkam. Der kleine Terrier zerrte verbissen an ihrem Hosenbein.

»Dot?«

»Ich hab diesen Indianer erwischt. Mister – pfeifen Sie Ihren verdammten Hund zurück, oder ich schwöre, ich erschieße ihn.« Das junge Maultier stupste das Mädchen freundschaftlich von hinten an.

Baldwin konnte Mannito in den Schatten kichern hören. Außerdem hörte er dieselben beiden Worte: »*Mucho mierda.*« Der alte Mann hörte sie auch und warf einen Blick in Richtung des Mexikaners.

»Chaco«, keuchte Jones. Der Hund ließ los und sprang auf den Heuballen.

»Dot, bitte komm her«, sagte Baldwin, drehte sich um und ging zur Tür.

Er versuchte, nicht zu lächeln. Das junge Maultier folgte Dot wie ein großer Hund und schubste sie verspielt von hinten. Elf Jahre alt und ein Wildfang mit kupferrotem Haar, leuchtenden Augen und einem braungebrannten Gesicht – Dorothy Baldwin stürzte sich mit aller Macht ins Leben. Sie war groß, schlaksig und sah noch unfertig aus. Eines Tages würde sie mit Sicherheit hübsch sein, momentan jedoch war sie nur dünn und knabenhaft. Sic sticß das Maulticr bchutsam von sich wcg.

»Der Mann ist ein Gast – du kannst nicht einfach mit geladener Waffe auf jemanden zielen«, sagte Baldwin. »Darüber hatten wir schon gesprochen.«

»Okay. Aber er sieht gefährlich aus. Hast du ihn aus der Nähe gesehen?«

»Das ist kein Grund, eine gespannte Waffe auf einen Mann zu richten. Geh ihm einfach aus dem Weg. Und achte auf deine Worte.«

Der kleine Hund rannte vor ihnen ins Haus, setzte sich hin und gab sich Mühe, zum Erbarmen auszusehen, indem er zitterte wie mitten in einem Schneesturm. Das Maultier Alice wäre ihnen gefolgt, wenn Dot es nicht aufgehalten hätte. Maggie musste lachen.

Baldwin fiel auf, dass Jones den Lehm von seiner Kleidung gekratzt hatte, und als er den Hut abnahm, war nicht zu übersehen, dass er das lange Haar eingeölt hatte. In einer riesigen Hand hielt er einen zerzausten Strauß Wüstenblumen und roch nach Whiskey und Tabak, aber auch nach einem süßlichen Duftwasser. Er hatte ein hellrotes Tuch im Stil der Apachen um die Stirn gebunden. So sah er wie ein wilder Wüstenvogel aus. Und nervös. Einen Augenblick hatte Baldwin den Eindruck, er würde davonlaufen.

Maggie stellte einen Teller mit Biskuits auf den Tisch und lachte über den kleinen Hund, als der alte Mann eintrat. Sie sah mit einem Begrüßungslächeln auf. Doch als sie dem Fremden in die Augen sah, veränderte sich ihr Gesichtsausdruck plötzlich, das Lächeln verschwand. Lily war zurückgewichen und hielt sich eine Hand an die Kehle.

»Maggie, das ist Samuel Jones.«

Maggie Baldwin stützte sich auf den Küchentisch; ein Kruzifix um ihren Hals baumelte langsam.

»Maggie?«

Sie richtete sich auf.
»Ama«, sagte der alte Mann mit bebender Stimme.
Maggie betrachtete sein Gesicht. Dann sagte sie mit einer leisen Stimme, die Baldwin noch nie gehört hatte und nie wieder hören wollte: »Schaff ihn aus dem Haus.«
»Maggie?«
»Schaff ihn aus dem Haus!«
Samuel Jones ließ seine Blumen da und machte sich mit seinem kleinen Hund aus dem Staub.

Als es klopfte, drehte sich Maggie zum offenen Schlafzimmerfenster um, schaute in die Dunkelheit hinaus und rieb sich langsam die Hände, als hätte sie Schmerzen. Sie wusste, ihr Mann stand hinter ihr an der Tür. Sie drehte sich nicht um.
Sie erinnerte sich an Dinge, an die sie seit mehr als fünfundzwanzig Jahren nicht mehr gedacht hatte, und ihr gefiel ganz und gar nicht, dass sie jetzt daran denken musste. Sie rieb sich das Gesicht und strich dann mit den Händen durch ihr Haar.
»Er ist kein Indianer«, sagte Baldwin.
»Ich weiß.«
»Er nannte dich Ama.«
Sie schüttelte nur den Kopf.
Baldwin wartete eine Weile, ehe er fortfuhr. »Wer ist er?«
Sie antwortete nicht.
»Maggie?«
»Ich will nicht darüber reden.« Die Worte hörten sich an, als täten sie weh.
»Maggie, das ist albern.«
Sie drehte sich um und sah ihm ins Gesicht. »Bitte. Sag mir niemals, dass etwas in Zusammenhang mit diesem alten Mann albern ist.«

Jones und Mannito hatten die Waffen bereit, als Baldwin in die Scheune zurückkehrte. Das wurde zu einer schlechten Angewohnheit, die Baldwin ganz und gar nicht gefiel. Der Mexikaner kauerte in der Nähe der Satteltaschen des Fremden und hielt seine alte Flinte in einem Winkel auf den Mann gerichtet, in dem er den Oberkörper garantiert vom Unterleib trennen würde, falls er abdrückte; Jones stand mit einem kleinen versilberten Derringer in der riesigen Faust da und hatte das Gesicht zu einer brutalen Grimasse verzogen. Baldwin war überrascht, dass der alte Mann eine »versteckte« Waffe trug. Er steckte voller Tricks – und auch wenn er alt und krank war, so spürte Baldwin doch, dass er schwer zu überwinden sein würde.

»Der Mexikaner hat sich an meinen Satteltaschen zu schaffen gemacht«, sagte der alte Mann mit einer tödlich leisen Stimme. Dann hustete er heftig.

»*Bandito*«, bemerkte Mannito.

»Geht dich überhaupt nichts an«, sagte Jones und versuchte, wieder Luft zu bekommen.

»Legt die verdammten Waffen weg«, sagte Baldwin scharf.

Baldwin versuchte zu erkennen, wo der alte Mann die kleine Pistole trug, aber Jones wandte sich ab und ließ sie wieder verschwinden, ohne dass Baldwin auch nur eine Ahnung gehabt hätte, wohin. Er war geschickt. »Mannito – lass uns allein.«

»*Mucho mierda*«, rief der Mexikaner über die Schulter zurück.

»Was heißt das?«

»Ist mir vollkommen egal, was das heißt.« Baldwin machte eine Pause. »Was ist da zwischen Ihnen und meiner Frau?«

Der alte Mann beachtete ihn gar nicht, ging in die Hocke und packte die Sachen, die Mannito herausgeholt hatte, wieder in die Satteltasche zurück; Wirbelsäule und Schulterblätter zeichneten sich fast schmerzhaft unter dem Hemd ab, sein Hals wirkte dünn und wie aus Leder. Eine Aura derber Würde umgab ihn, und Baldwin empfand Mitleid mit ihm. Warum, wusste er nicht. Er wusste nur, der alte Mann würde ihm nichts über Maggie erzählen. Und aus einem unerfindlichen Grund gefiel Baldwin das.

»Sie können einen oder zwei Tage bleiben – halten Sie sich nur von meiner Familie fern.«

Irgendwo draußen in der Dunkelheit wieherte ein Pferd. Baldwin löschte die Flamme der Laterne, ging hinaus in die Nacht und wunderte sich über seine eigenen bösen Vorahnungen. Etwas, das er nicht beschreiben konnte, löste ein hartnäckiges, bohrendes Gefühl der Unruhe aus. Er hörte, wie hinter ihm ein Hahn gespannt wurde. Jones war aus der Scheune gehuscht und hielt sich im schwärzeren Schatten der Tür, wo man ihn nicht sehen konnte. Kein Dummkopf, dachte Baldwin. Die zerkratzte Sharps lag ganz natürlich in der Armbeuge des Mannes.

Als Nächster kam Mannito mit schussbereiter Flinte und stellte sich neben den alten Hünen in den Schatten. Baldwin überlegte sich, dass sie sein Gefühl der Unruhe offenbar teilten. Nebeneinander boten sie einen irren Anblick: zwei steinalte Krieger, die kein bisschen zusammenpassten – und einander bewusst ignorierten. Eine wildere Miene als die des alten Hünen hatte Baldwin noch nie gesehen. Baldwin, der ihn betrachtete, fragte sich wieder, ob alles nur gespielt war. Er drehte sich wieder zu der dunklen Weide um.

Die große braune Stute hatte die Ohren angelegt und sah misstrauisch in die Dunkelheit. Ihr Fohlen sah in dieselbe Richtung. Baldwin konnte nichts sehen, war aber ziemlich sicher, dass sich irgendwo dort draußen ein fremdes Pferd herumtrieb.

»Hallo?«, rief er in die Dunkelheit.

Stille.

»Kommen Sie her, ein warmes Essen wartet auf Sie«, rief Baldwin in die Nacht. Keine Antwort. Aber er spürte etwas außerhalb seiner Wahrnehmung. Vielleicht ein Reiter, dachte er sich, vielleicht nur ein Wildpferd.

»Sie sind da draußen«, sagte der alte Mann mit unheilschwangerer Stimme.

Mannito nickte.

»Jedenfalls irgendwas«, sagte Baldwin.

Die Eingangstür des Hauses wurde geöffnet und Maggie kam

mit ihrer Arzneitasche heraus. Sie sah müde aus, was ihn beängstigte, da sie selten krank wurde oder sich Erschöpfung anmerken ließ. Im Licht, das durch die Fenster des Hauses schien, zögerte sie etwas, dann trat sie von der Veranda und ging langsam durch die Schatten zu dem kleinen Lehmziegelhäuschen, das rund fünfzig Meter hinter dem großen Haus stand. Die Leute hier in der Gegend nannten diesen Schuppen Baldwins Lazarett. Der alte Jones drehte sich um und sah ihr nach. Baldwin wurde nicht schlau aus ihm. So wenig wie aus Maggie.

Mannito entfernte sich in Richtung Schuppen, und Baldwin wusste, der kleine Mann würde warten, bis Maggie wieder wohlbehalten im Haus war, bevor er selbst hinein ging. Jones schlenderte ihm nach. Baldwin nahm sein Gewehr und machte einen Spaziergang in der Dunkelheit. Er fand nichts.

Maggie hatte die Nacht im Lazarett verbracht, kniete neben dem Bett der Mexikanerin und versuchte, ihr etwas Brühe einzuflößen, doch die Frau weigerte sich und wandte den Kopf erschöpft auf dem Kissen ab. Die Morgensonne strömte durch Tür und Fenster des Schuppens, sodass der Raum frisch und sauber aussah, und spiegelte sich in den Reihen der Medizinfläschchen auf dem Tisch.

Maggie wischte der Frau die Stirn ab, strich ihr einen Moment über das lange, feuchte Haar und ging dann weiter zum Bett der Kinder. Ein Junge und ein Mädchen, sechs oder sieben Jahre alt. Sie waren dünn und ausgemergelt und glühend heiß, ihre zerlumpte Kleidung schweißnass. Sie wischte die beiden kleinen Gesichter mit einem feuchten Tuch ab. Beide Kinder waren bewusstlos. Das machte ihr Angst. Sie hatte keine Ahnung, was sie tun sollte. Mit diesem sengenden Fieber würden sie nicht lange überleben. Sie hatte kleine Kinder in diesem Zustand rasch sterben sehen.

Sie kämpfte gegen die Panik, die ihr die Brust zusammenschnürte. Sie hatte versucht, ihnen die Krankheit durch Schwitzen auszutreiben, indem sie den kleinen Ofen in dem Schuppen anfeuerte und die Fenster schloss, doch das Fieber war nicht abgeklungen, die Temperatur schien eher zu steigen. Sie hatte ihnen Laudanum und Bleizucker und Wismutazetat verabreicht, da die Symptome der Krankheit, Durchfall und Dehydrierung, der Cholera entsprachen. Doch das hatte nichts genützt. Aber Cholerakranke hielten nicht so lange durch, sondern starben in den meisten Fällen innerhalb von einem oder höchstens zwei Tagen. Sie machte die Augen zu, rieb sich das Gesicht und fühlte sich hilflos.

Maggie nahm ihre Bibel, kniete neben den Betten der Kinder und las laut den dreiundzwanzigsten Psalm, danach sprach sie das Vaterunser. Nach drei Tagen intensiver Pflege ließ sie sich erschöpft in den Schaukelstuhl in der Mitte des Zimmers fallen, fiel in einen unruhigen Schlaf und träumte von ihrer Mutter und ihrer Schwester. Sie döste, bis sie spürte, dass etwas nicht stimmte.

Sie schreckte aus dem Schlaf hoch. Der Strauß wilder Wüstenblumen stand in einer Kaffeedose auf dem Medizintisch. Maggies Blick wanderte hastig zu dem Bett, in dem der kleine Mexikanerjunge lag. Ein Spielzeugbogen mit Feder- und Perlenschmuck und drei kleinen Pfeilen lehnte daran. Sie sah an den Schnitzspuren des Holzes, dass er gerade erst gemacht worden war. Maggie erstarrte, da sie noch jemanden bei sich im Raum spürte, und wandte sich dem Bett des kleinen Mädchens zu. Samuel Jones beugte sich über das Kind.

»Was soll das?«

Er richtete sich auf und hielt eine kleine Holzpuppe hoch, damit sie sie sehen konnte. Sie war rot und grün und blau bemalt. Er lächelte ihr zu und beugte sich wieder über das Kind. »Hopi Tihus«, sagte er und drückte dem Kind die Holzpuppe in die kleinen Hände.

»Du hast kein Recht, hier zu sein«, sagte Maggie.

Jones ging zum Tisch und zupfte die Blumen in der Blechdose zurecht. Es sah fast komisch aus, wie er versuchte, die zierlichen

Stängel mit seinen gewaltigen Händen anzuordnen. Als er fertig war, drehte er sich um. »Schön hier.«

»Bitte geh.«

Mit seinem Indianerschurz, dem blauen Medizinmannhemd und der Perlenkette sah er wild aus. Er nickte und streckte ihr die Hand hin. Mannito stand hinter ihm an der Tür.

»Koch das ab und gib ihnen die Flüssigkeit, Ama.« Er hielt einen kleinen Lederbeutel in der Hand.

Sie verkrampfte sich, als sie den Namen hörte. »Bitte nenn mich nicht so.« Sie wartete einen Moment. »Und ich traue deinen Hausmitteln nicht.«

Er drehte sich um, gab Mannito den Beutel und ging hinaus. Der kleine Mexikaner trat ein und studierte den Inhalt des kleinen Beutels.

»Was ist das?«

»Schwer zu sagen«, sagte er und streute etwas davon auf die Handfläche. »Getrocknete Pflanzen.« Sein Gesicht wurde verkniffen. »*Insecto*-Sachen.«

Mannito betrachtete die Kinder. »*Pobres hijos*«, sagte er traurig und gab ihr den Beutel. »Arme Kinder.«

»Glaubst du, ich sollte ihnen das geben?«

»Kann nicht schaden, *Señora*«, sagte er, wandte sich ab und ging hinaus.

Maggie konnte hören, wie Jones draußen einen Gesang anstimmte. »Hey-a-a-hey! Hey-a-a-hey!« Sie schaute durch die Tür und sah ihn mit übereinander geschlagenen Beinen auf dem Boden sitzen, wo er eine lange Indianerpfeife rauchte und sehr ernst aussah. Sie machte die Augen zu, schüttelte den Kopf und drückte die Bibel fester an sich wie einen Talisman gegen den heidnischen Gesang.

Samuel Jones kehrte in die Scheune zurück und blieb dort den ganzen Nachmittag bis in die frühen Abendstunden. Während dieser Zeit arbeitete er an seinem Leder, breitete Sattel, Zaumzeug, das Geschirr des Maultiers, Stiefel, Handschuhe, Holster und Patronengurte aus und reinigte sie mit Lappen und kleinen Pinseln, danach rieb er sie sehr sorgfältig mit Sattelöl ein.

Dot lag bäuchlings auf einem Ballen Haferheu, las ein Buch und beobachtete ihn. Sie hatte noch nie gesehen, dass sich jemand mit derart penibler Sorgfalt um seine Ausrüstung kümmerte, Nähte und Ritzen mit einem winzigen Taschenmesser von Schmutz befreite und das Öl tief in das Leder einmassierte. Sie war ernsthaft beeindruckt. Mannito bot ihm etwas mexikanisches Öl an. Jones schüttelte den Kopf und sah wütend aus. Dot konnte sehen, dass der größte Teil der Ausrüstung alt war, aber alles war offenbar stets mit derselben Sorgfalt behandelt, geflickt und in regelmäßigen Abständen mit neuem Wildleder verzurrt worden, daher hatte das Alter ihm nicht so viel anhaben können und jedes Teil sah dunkel und glänzend aus, wie alte Kunstgegenstände.

Als er mit dem Leder fertig war, breitete er seine Waffen auf einer Segeltuchplane aus und bearbeitete sie auf dieselbe sorgfältige und exakte Weise – ölte, prüfte Federn, zog Schrauben fest und wetzte die Klingen seiner zahlreichen Messer, Kriegsbeile und Pfeilspitzen. Aus einem ihr unerfindlichen Grund genoss es Dot, in seiner Nähe zu sein und ihm bei der Arbeit zuzusehen. Chaco blieb in seiner Nähe und stattete nur hin und wieder dem alten Mexikaner einen Besuch ab, kehrte aber jedes Mal prompt wieder zurück. Das Pony und das Maultier wichen ihm ebenfalls kaum von der Seite – sie sahen wie Haustiere aus –, ein seltsam getreues Gespann von Tieren.

Dot mochte das alte Pferd, ein *grulla* – mausgrau nannte man seine Farbe in dieser Gegend. Das kleine Tier war zwar verbraucht und dürr und hatte einwärts gerichtete Hufe, aber es war zäh; das Kind überlegte sich, dass es kräftig sein musste, wenn es den großen alten Mann und seinen schweren silbernen Sattel durch dieses trockene Land tragen musste. Und es hatte noch etwas an sich, so etwas wie Stolz, das das Kind tief in den milchigen Seen der Augen erkennen konnte. Keine dürre alte

Schindmähre, nicht für Dot. Andere mochten spotten, sie aber fand, dass der Graue ein prächtiges Tier war. Und das Maultier Alice – sie war einfach göttlich süß; das freundlichste und glücklichste Tier, das Dot je gesehen hatte, niemals heimtückisch oder bockig. Bei dem kleinen Köter freilich, überlegte das Kind, war Vorsicht geboten. Egoistisch, eigensinnig und heimtückisch gemein.

Dot beobachtete den alten Mann, wie er sein Gewehr reinigte. Sein derbes Gesicht machte ihr immer noch ein wenig Angst; aber an sein langes Schweigen gewöhnte sie sich und verübelte es ihm nicht mehr, nicht einmal, wenn er ihre Fragen nicht beantwortete. Der trockene Husten, der ihn ganz außer Atem brachte, sodass er keuchend nach Luft ringen musste, gefiel ihr ganz und gar nicht; nur dann erweckte er den Eindruck, als hätte er nicht alles unter Kontrolle, aber auch an diese Anfälle gewöhnte sie sich. Er sagte nie etwas dazu; dennoch, dachte sie bei sich, stimmte ganz entschieden etwas nicht mit ihm.

Dot war so fasziniert von dem alten Mann, dass sie die Scheune erst verließ, als ihre Mutter die Essensglocke zum dritten Mal und voll Ungeduld geläutet hatte. Dann schlang sie ihr Essen hinunter, bis ihr Vater sagte, dass sie langsamer machen sollte. Das Schweigen bei Tisch gefiel ihr nicht. Sonst hatten sie immer lebhafte Unterhaltungen geführt. Sie fragte sich, weshalb dieser alte Mann die Macht hatte, ihre Gesprächsgewohnheiten zu verändern. Seltsam. Er war kein gewöhnlicher Mensch, entschied sie. Das gefiel ihr.

Wieder in der Scheune lehnte sie sich an einen Heuballen und betrachtete ihn eine Zeit lang, dann las sie wieder in ihrem Buch. Mannito und ihr Vater beschlugen im Licht einer Laterne Pferde, der Ofen war angefeuert und loderte, in der Scheune roch es nach brennendem Holz und Tieren und Futter. Das war ihr Lieblingsplatz. Sie liebte die Geräusche, den Geruch, die Aktivität.

Als er seine Waffen alle wieder weggepackt hatte, machte Jones etwas, das sie schockierte; er ging zu dem Stand, den ihm ihr Vater als Bleibe zugewiesen hatte, und kehrte mit einem Buch in einer und einer winzigen Brille in der anderen Hand zurück. Dot vermutete, dass das Buch alle überraschte, denn Mannito und ihr Vater, die den Huf eines großen rötlichgrauen Pferdes hochhielten, sahen den alten Mann so lange an, dass das Tier beinahe umgekippt wäre. Jones beachtete sie gar nicht, zog die Brille über das zerfurchte Gesicht, setzte sich auf einen Heuballen und war bald ganz in das Buch versunken. Je länger sie ihn ansah, seine konzentrierten Augen hinter der Brille, desto neugieriger wurde sie. Es sah seltsam aus, wie er so in seiner wilden Indianerkluft dasaß und die Seiten eines Buchs studierte, als befände er sich in der öffentlichen Bibliothek von Santa Fe. Schließlich wurde ihre Neugier zu groß.

»Was lesen Sie?«

Jones sah nicht von der Seite auf. »Ein Buch.«

Sie wurde rot und wollte etwas Altkluges über seine Unhöflichkeit sagen, dann sah sie, wie ihr Vater sie anlächelte, und ihr Zorn war verraucht. Als Mannito hinaus in die Dunkelheit ging, sah Baldwin, wie er dem alten Hünen wieder einen Blick zuwarf und abermals »*Mucho mierda*« murmelte. Jones ließ sich nicht anmerken, ob er ihn gehört hatte.

»Zurr das Fohlen fest«, rief Baldwin ihm nach. »Es wird sich hier drin verbrennen.«

Die Stute wehrte sich ein wenig, da sie Angst um ihr Junges hatte, bis Baldwin ihr eine Schlinge über die Nüstern streifte und festzog. Das gefiel ihr überhaupt nicht, und sie ließ das vertraute Beschlagen nur nervös über sich ergehen. Sie hatten die Stute an die Wand eines Stands gestellt, und Mannito lehnte sich mit einer Schulter gegen sie und verlagerte ihr Gewicht auf das gegenüberliegende Bein, sodass er das, das er beschlagen wollte, mühelos hochheben konnte. Er war drahtig und agil und bewegte sich schnell, schabte, schnitt und feilte, entfernte überstehende Hufauswüchse und formte den Rest, stets sorgsam darauf bedacht, dass er die Gabel nicht verletzte. Dann nahm er die metallenen Rohlinge, die sie von einer Firma in St.

Louis bezogen, und hielt sie an den Huf des Pferdes, bis er einen passenden fand. Zufrieden gestellt, nahm er das Hufeisen mit einer langen Zange und vergrub es unter den glühenden Kohlen des Herdes, während Baldwin den Blasebalg bediente.

Kurz darauf war das Metall rot glühend; Mannito zog es aus den Kohlen und bearbeitete es mit einem kleinen Hammer. Dot liebte den Rhythmus des Schepperns, den der Hammer auf dem Amboss erzeugte, wenn Mannito arbeitete. Er hielt das Hufeisen noch einmal an den Huf, schlug noch einige Male auf das Metall ein und warf es dann in einen Eimer Wasser; das Wasser zischte, Dampf stieg auf. Er lehnte sich wieder gegen das Pferd, bückte sich, hob mit dem Hammer in der Hand und Nägeln im Mund den Huf hoch und klopfte das Eisen schnell darauf fest. Baldwin hielt das Pferd ruhig, redete mit ihm und kraulte ihm die Ohren.

Der Rancher betrachtete Mannitos schmalen Rücken, während der Mexikaner arbeitete. »Was heißt *mucho mierda* eigentlich?«, fragte er leise.

Der kleine Mann schaute auf. »Viel Scheiße, Señor.«

»Na prima«, sagte Baldwin. »Kein Ärger mehr. Okay?«

»Okee, Señor Brake.« Mannito grinste.

Baldwin hielt immer noch den Kopf der Stute und Mannito bückte sich gerade, um den letzten Huf auf seinen von einer Schürze geschützten Schenkel zu ziehen, als das Fohlen schrie. Kein normales Wiehern, sondern ein schriller Angst- und Schmerzensschrei.

Die Stute geriet außer Rand und Band, als sie den Ruf hörte, bäumte sich auf, schlug aus und schleuderte Mannito zur Seite und zog Baldwin, der ihre Zügel nicht losließ, quer durch die Scheune. Dot brachte sich in Sicherheit, indem sie auf einen Heuballen kletterte. Sie sah nach dem alten Mann. Er war in seinem Stand verschwunden, kam Augenblicke später mit seinem Sharps wieder heraus und verschwand in der Nacht.

»Das Licht«, rief er Baldwin zu.

Der Rancher und Mannito folgten ihm in die Dunkelheit. Er war nicht zu übersehen – das graue Fell zeichnete sich vor den dunkleren Schatten der Nacht ab. Der Wolf hatte es auf die Kehle des Fohlens abgesehen, sie aber verfehlt und stattdessen die Schulter erwischt.

»Verdammte Bestie«, sagte Baldwin. Das Tier verschwand, dicht gefolgt von Chaco, in den Schatten. Der alte Mann pfiff dem kleinen Hund nach, worauf dieser schlitternd zum Stillstand kam und das Bein an einem Pfosten hob. Jones bückte sich, schob die Sharps zwischen den Zaunlatten hindurch und drückte sich den abgenutzten Schaft an die Schulter. Baldwin spähte angestrengt und versuchte, der grauen Schliere des Fells zu folgen, die sich in den Schatten auf der Wiese davonschlich. Er verlor den Wolf aus den Augen. Dachte, dass er ihn wieder sah. Nein. Es war zu spät.

Wenn der alte Mann schießen wollte, hätte er es gleich tun sollen, als sie aus der Scheune herausgekommen waren. Aber Baldwin nahm an, dass seine Reflexe dafür zu langsam geworden waren. Wenigstens hatte er in seiner Aufregung nicht aus Versehen das Fohlen erschossen.

Jones blieb weiter gebückt stehen und sah am langen, schweren Lauf der alten Büchse entlang in die Nacht. Baldwin zweifelte nicht daran, dass das Gewehr auf die Entfernung treffen konnte, aber es gab nichts zu sehen.

»Zu schnell für uns«, sagte Baldwin, damit der alte Mann sich nicht schämte, weil er nicht geschossen hatte. Mannito nickte. Chaco bellte voller Stolz. Der alte Mexikaner lachte über ihn.

»Du wärst nicht mehr so mutig, wenn der Wolf stehen geblieben wäre«, rief Dot dem kleinen Hund zu. Sie konnte ihn nicht besonders gut leiden, seit er sich in ihr Hosenbein verbissen hatte.

Baldwin ging zu dem zitternden Fohlen und der Stute, als die Sharps in der Dunkelheit abgefeuert wurde, das Mündungsfeuer wie ein Blitz aufleuchtete und der laute Knall den Rancher so überraschte, dass er einen Schritt zur Seite machte.

»Großer Gott – Jones! Was soll das, in völliger Dunkelheit zu schießen …«

Als er das kurze Winseln in der Ferne hörte, verstummte er und drehte sich zu dem alten Mann um. In diesem Augenblick sah er ihn mit anderen Augen – und würde ihn künftig stets mit anderen Augen sehen. Zuerst das Buch, dann der Schuss in der Dunkelheit. Ein merkwürdiger Mann, mit dem nicht zu spaßen war. Und den man nicht leicht verstehen konnte. Vielleicht war der Schuss ein reiner Glückstreffer gewesen, aber die Art, wie der alte Mann sich langsam aufrichtete, die lange, heiße Patrone aus dem Schloss zog und sie vorsichtig in den Gurt steckte, damit er sie nachladen konnte, sagte, dass dem nicht so war. Der alte Hüne konnte auf sich aufpassen. Baldwin fragte sich in dem Moment, ob er Jones überhaupt töten konnte, wenn es sein musste, obwohl er offenbar todkrank war. Das schien ein verrückter Gedanke zu sein, und er hatte keine Ahnung, wieso er ihm in den Sinn gekommen war. Aber eines wusste er nun mit Sicherheit, Jones war gefährlich.

»*Madre de Dios!*« Mehr brachte Mannito nicht heraus. »*Mutter Gottes!*« Das sagte er immer wieder.

»Heiliger Strohsack«, murmelte Dot.

»Dot«, sagte Baldwin streng.

»Entschuldige.«

»Ich dachte, Sie tragen eine Brille«, sagte der Rancher zu Jones, als der alte Mann sich umdrehte und wieder Richtung Scheune stapfte.

»Ich bin kurzsichtig. Auf die Entfernung sehe ich ganz gut.«

»Kann man wohl sagen.«

Die Tür das Ranchhauses wurde geöffnet, Maggie kam mit einer Flinte auf die Veranda. »Brake«, rief sie und spähte in die Dunkelheit.

»Alles in Ordnung, Maggie. Mr. Jones hat gerade einen Wolf erschossen.«

Maggie antwortete einen Augenblick nicht. Dann sagte sie: »Im Töten ist er gut«, und verschwand wieder im Inneren.

Baldwin betrachtete das Profil des Mannes, aber sein Ausdruck blieb unverändert. Dot schien die Bemerkung ihrer Mutter zu verwirren; Baldwin legte ihr die Hand auf die Schulter und drückte behutsam.

Mit Laternen und zu Pferde fanden Mannito und Baldwin den Wolf mit Hüftschuss am Südhang und töteten ihn. Noch zwanzig Meter und er hätte es zur Baumgrenze und in die Sicherheit geschafft. Sie schätzten etwa dreihundert Meter für den Schuss. In völliger Finsternis. Zwanzig Meter vor den Bäumen. Als der Rancher die Situation rekonstruierte, wurde ihm klar, dass es kein Zufallstreffer gewesen war. Der alte Mann hatte gewartet, bis der Wolf den Hang erreicht hatte und den Aufstieg begann – ihm war klar, dass das Tier sich dort langsamer bewegen und irgendwann einmal stehen bleiben und sich nach der Gefahr umsehen würde. Das machten sie immer so. Wenn sie glaubten, dass sie in Sicherheit waren, blieben sie immer stehen und sahen sich um. Das war der Augenblick, auf den ein erfahrener Jäger wartete; und Jones hatte genauso gehandelt. Aber mitten in der Nacht – wie hatte er ihn gesehen?

»Der alte Dreckskerl braucht nicht viel Platz zum Tanzen«, sagte er zu Mannito.

»*Madre de Dios!*« Mehr brachte der alte Mexikaner angesichts des erstaunlichen Schusses immer noch nicht heraus.

2

Aus den zwei Tagen Aufenthalt, die Baldwin Jones zugestanden hatte, waren mittlerweile vier geworden. Der Rancher war nicht sicher, warum, davon abgesehen, dass ihm der alte Mann einfach Leid tat. So musste es wohl sein. Es war am frühen Morgen des vierten Tages, Dunst stieg in der kühlen Luft von den Bewässerungstanks auf. Baldwin stand auf der Weide, stützte sich auf eine Schaufel und beobachtete Maggie, die langsam vom Haus zum Westhang ging. Er fragte sich erneut, wer dieser alte Mann sein mochte und wie er in ihr Leben passte. Oder nicht passte.

Samuel Jones schien ein ebenso guter Heiler wie Schütze zu sein – die beiden Mexikanerkinder rannten über den Hof, als wären sie nie krank gewesen. Ihre Mutter war immer noch bettlägerig, erholte sich aber zunehmend. Doch die Erfolge des alten Hünen hatten Maggie nicht versöhnlicher gestimmt. Baldwin hatte noch nie erlebt, dass sie sich so benahm wie gegenüber Samuel Jones. Sie war von dem Augenblick, als sie ihn gesehen hatte, gegen ihn gewesen. Es war verrückt.

Aus dem Augenwinkel konnte er die kleine umzäunte Parzelle erkennen. Thelma, Maggies Schwester, und Julia, Mannitos Frau, waren dort begraben. Maggie besuchte diese Gräber immer, wenn etwas sie sehr beschäftigte.

Baldwin packte die Schaufel noch fester. Gerade war der alte Mann aus der Scheune gekommen und näherte sich Maggie mit seinem bedächtigen Gang, das Maultier und der kleine Hund folgten ihm. Sein Oberkörper war entblößt, er trug einen verbeulten schwarzen Cowboyhut, ein Brustgehänge der Sioux, Lendenschurz und Stiefel aus Hirschleder – eine verrückte Mischung. Seine Indianergeschichten und seine Kleidung waren ein Mischmasch verschiedener Stämme: Pawnee, Apachen, Sioux, Navajos. Bei Jones, der verbissen altmodisch und realitätsfern war, stimmte es vielleicht auch im Oberstübchen nicht mehr ganz. Und Baldwin wusste, dass er zu viel trank.

Maggie stand am Zaun, hatte den Kopf gesenkt und hielt die Bibel in beiden Händen. Sie ließ sich nicht anmerken, ob sie wusste, dass der alte Mann neben ihr stand. Jones nahm den Hut ab und senkte den Kopf ebenso wie sie. Sie nahm eine ganze Weile keine Notiz von ihm. Sie standen einfach nur da, Schulter an Schulter, wie ein Paar kurz vor der Heirat, und das Maultier knabberte an den Stiefeln des alten Mannes. Chaco saß neben Maggie, als wäre er der Brautführer dieser imaginären Trauung. Die beiden Mexikanerkinder standen hinter ihnen, der Junge mit seinem Spielzeugbogen, das Mädchen mit der Tihus-Puppe; beide schienen zu spüren, dass dies ein feierlicher Augenblick war. Baldwin sprang über den Bach.

Jetzt sprach Maggie mit dem alten Mann. Augenblicke später wirbelte sie herum, als wären sie Schauspieler in einem sonderbaren Spiel, und schlug ihn ins Gesicht; danach ging Maggie ins Haus und der alte Mann zur Scheune zurück.

Jetzt reichte es. Baldwin konnte eine Menge akzeptieren, aber wenn Maggie anfing, Fremde zu schlagen, die zu viel tranken, ein enormes Waffenarsenal bei sich trugen und derart treffsicher schießen konnten wie dieser alte Mann, dann wurde es höchste Zeit, einzugreifen.

Baldwin wartete, bis sich seine Augen an das schwache Licht in der Scheune angepasst hatten. Mannito war mit James und Dot losgeritten, um das Kalben zu überwachen und hatte das Vieh vor seinem Aufbruch hinausgetrieben. Es war still in der Scheune, schräge Balken aus Sonnenschein fielen durch die offenen Fenster herein und zerschnitten das Halbdunkel, ein paar Fliegen summten träge in der Luft. Baldwin sah sich nach dem Mann um. Nirgends zu sehen.

»Jones?«

Keine Antwort. Baldwin drehte sich um und ging ein paar Schritte die Reihe der Stände entlang. Der alte Mann hatte in der letzten Box auf frischem Stroh geschlafen, das Mannito für ihn aufgeworfen hatte. Der Mexikaner besaß ein Herz. Interessanterweise, dachte Baldwin, schienen die beiden alten Recken eine Art von Waffenstillstand geschlossen zu haben. Sie waren keine Freunde geworden, aber bereit, zusammen in der Scheune zu hausen. Baldwin blieb stehen und horchte. Chaco winselte.

Der alte Mann lag mit dem Gesicht nach unten in dem Stand, der Hund auf seinem Rücken und leckte ihm den Nacken. Chaco fletschte die Zähne, aber Baldwin kniete dennoch neben dem alten Mann nieder.

»Ich werde ihm nicht wehtun, Junge.«

Der kleine Hund knurrte, machte aber keine Bewegung, als Baldwin nach Jones' Herz tastete. Er drehte ihn um; Chaco sprang aus dem Weg, knurrte aber weiter neben ihnen. Blut lief Jones aus dem Mundwinkel. Aber Atem und Herzschlag waren noch regelmäßig. Baldwin lehnte ihn gegen einen Heuballen, breitete eine blaue Indianerdecke über ihn und wartete. Der kleine Hund saß mit trauriger Miene neben dem alten Mann. Baldwin hatte das Gefühl, dass Chaco diese Szene schon einmal gesehen hatte und sie ihm nicht gefiel.

Jones warf sich hin und her und murmelte eine Weile. Zweimal hörte Baldwin ihn »Yopon« rufen. Samuel Jones war in seiner eigenen Schattenwelt gefangen und wehrte sich verzweifelt gegen etwas, das Baldwin nicht sehen konnte, aber spürte.

Er war ein komischer Kauz, dachte Baldwin, während er sich umsah. Unter den brutalen Gesichtszügen konnte man eine gewisse Sensibilität und Stil erkennen. Er hatte aus dem Stand eine Art von Zuhause gemacht. Da hingen heilige Pahos – bunt bemalte, mit Federn und Kachina-ähnlichen Figuren verzierte Gebetsstäbe – an den Wänden. Drei Stämme im Südwesten machten sie – Pueblos, Apachen und Navajos, daher konnte er nicht mit Sicherheit sagen, woher diese stammten. Eine Garbe

Mais, mit roten und blauen Perlenschnüren zusammengebunden, hing neben den Pahos. Eine große Büffelhauttruhe aus bemaltem Wildleder sah nach Apachen aus.

Er fragte sich erneut, wer dieser Mann sein mochte, dieser Mann, den Maggie hasste. Sie hatte nie irgendwelche lebenden Verwandten erwähnt. Baldwin schaute sich in dem Stand um und kam sich vor wie im heiligen Hogan eines Schamanen der Zuni oder Apachen. War der alte Mann ein Halbblut? Seine Kleidung stellte eine sonderbare Mischung verschiedener Stämme dar. Auf einer Bank standen sechs volle Flaschen Mescal-Whiskey in einer Reihe. Er war betrunken auf der Ranch eingetroffen und hatte seither nicht damit aufgehört. Er war Alkoholiker. Und Baldwin wäre jede Wette eingegangen, dass er eine Menge vertragen konnte.

Sie sahen einander eine Weile nur an, als Jones zu sich kam. Der alte Mann setzte sich auf und zupfte behutsam Stroh aus der blauen Decke. Als er fertig war, legte er sie perfekt zusammen und verstaute sie in der Büffelhauttruhe. Baldwin sah ihm zu. Die Decke schien ihm offenbar wichtig zu sein.

Schließlich sagte Baldwin: »Wie lange geht das schon so?«

Samuel Jones versuchte gar nicht erst auszuweichen. »Sechs Monate, vielleicht sieben.«

»Große Schmerzen?«

»Es geht.«

»Beim Arzt gewesen?«

»Bei beiden.«

Baldwins Gesichtsausdruck verriet, dass er nicht verstanden hatte.

»Apache und weiß.«

»Und?«

Jones hielt die Hand locker zur Faust geballt hoch, Handfläche zu Baldwin, und ließ sie sinken, als würde er etwas zu Boden werfen. Das war die stumme Sprache und Baldwin wusste, dass die Geste »schlimm« bedeutete. Er nickte dem alten Mann zu, der ihn einfach nur ansah und dem kleinen Hund den Kopf kraulte. Chaco sah wieder glücklich aus.

Maggie saß auf der Veranda im Schaukelstuhl, hatte die Bibel im Schoß liegen und drückte mit den Händen einen zusammengerollten Lappen, bis die Knöchel weiß hervortraten. Baldwin blieb auf der Treppe stehen und sah sie einen Moment an; dann wandte er ihr den Rücken zu und ließ den Blick über das Tal schweifen. Sie sah an ihm vorbei zu den Sandsteinbergen.

»Er ist zum Sterben hergekommen«, sagte er.

Er konnte ihren Blick im Nacken spüren. Er drehte sich um und sah sie an. Sie weinte lautlos, Tränen liefen an ihren Wangen hinab. »Wer ist er, Maggie? Warum kam er ausgerechnet hierher, um zu sterben?«

»Mir egal«, schluchzte sie.

»Er hat eine anstrengende Reise auf sich genommen, damit es hier zu Ende gehen konnte.« Er betrachtete sie eindringlich. »Wegen dir. Er nennt dich Ama. Wer ist er?«

Maggie schien sich zu einem wahren Weinkrampf zu krümmen und schlang die Arme um sich, als wäre ihr kalt. Er hielt sie, während sie schluchzte. Als sie endlich aufhörte, ging sie zum Geländer und schaute zu den fernen Bergen hinüber.

»Maggie?«

»Er ist mein Vater.« Sie hörte sich erschöpft an.

Sie saßen auf der Veranda, bis die Sonne über den Bach gesprungen war und dem roten Sandstein der Berge entgegensank. Lily kam mehrmals heraus, aber Baldwin schüttelte den Kopf, und sie ging wieder hinein. Maggie stützte den Kopf auf die Hände und ließ den Blick über die Weide schweifen.

»Ich will, dass er geht«, sagte sie.

»Ich dachte, deine Eltern wären beide tot.«

Maggie schüttelte langsam den Kopf. Sie saßen eine Zeit lang schweigend nebeneinander, dann wiederholte sie: »Ich will, dass er geht.«

»Nein, Maggie.«

»Warum nicht?«

»Weil er stirbt.«

»Er kann anderswo sterben. Er kam hierher und kann auf demselben Weg wieder gehen.«

»Das können wir nicht machen.«

»Ich schon.«

»Nein. Das können wir nicht. Und«, Baldwin zögerte, »er wird seine Mahlzeiten künftig im Haus einnehmen.«

Es war, als hätte er ihr ins Gesicht geschlagen. »Ich kann diesen Mann nicht in meinem Haus haben. Unmöglich, Brake.« Sie hörte sich verzweifelt an.

Baldwin zog lange an seiner Zigarette und stieß den Rauch mit einem Atemzug aus. »Wir müssen, Maggie.«

»Bitte verlang das nicht von mir«, flehte sie.

»Er ist dein Vater, Margaret.«

Sie weinte wieder heftig. Doch als sie sprach, klang ihre Stimme beherrscht. »Ich war zehn, als er fortging. Mutter war mit Thelma schwanger. Wir hatten nie viel – aber wir hatten etwas. Wir hatten eine alte Farm. Als er fort war, verloren wir alles. Mutter putzte bei anderen Leuten, wusch nachts Wäsche, kochte für die Eisenbahn.« Baldwin betrachtete ihre Hände – sie knetete und zerrte an dem alten Lappen, dass Baldwin glaubte, der Stoff würde reißen.

»Sie hat nie aufgehört. Sie versuchte, uns etwas zu geben. Aber wir waren nur Streuner, von einer Stadt zur nächsten. Immer auf der Suche nach ihm. Immer auf einer Mission, die weder Thelma noch ich je verstanden. Niemals ein Zuhause. Keine Freunde. Wir hatten nur diese gottverdammte Suche.« Maggies Blick verlor sich in der Ferne. »Damals liebte ich ihn. Ich betete nachts, dass er nach Hause kommen würde. Ich betete jede Nacht, Brake, bis ich einschlief. Ich dachte, ich könnte ihn durch reine Willenskraft zurück nach Hause bringen. Mir war, als würde alles gut werden, wenn er nur wieder nach Hause käme. Aber er kam nie. Und jetzt, wo er hier ist, und ich sehe, wer er ist, weiß ich, nichts wäre je gut geworden, wenn er zurückgekommen wärc.«

Maggie neigte den Kopf vorwärts auf die Knie. »Ich glaube, Mutter hat ein wenig den Verstand verloren«, sagte sie leise. »Sie hat die ganze Zeit so getan, als wäre er immer noch bei ihr. Ich hörte sie manchmal spät in der Nacht – sie redete mit ihm, als wäre er bei ihr im Zimmer –, und ich hatte schreckliche Angst, wenn ich ihr zuhörte. Ich hasste ihn mit der Zeit, weil sie nicht aufhören konnte, ihn zu lieben. So ist es immer noch. Sie zerbrach einfach und starb.« Sie hob den Kopf, sah ihn an. »Dieser Mann, um den du so besorgt bist, Brake, hat meine Mutter getötet. Ich kann ihn hier nicht haben.«

Sie ließ den Kopf eine Weile auf den Knien ruhen. Dann schaute sie wieder zu ihrem Mann auf. »Er lebte mit einer indianischen Frau zusammen. Er verließ mich und meine Mutter wegen einer Indianerhure.« Sie schluchzte leise. »Ich kann ihn hier nicht haben«, wiederholte sie.

Baldwin betrachtete die Baumwollsträucher, die sich im Wind wiegten, dann sah er zu ihr hinab. Sie wirkte klein und kindlich, wie sie so mit um die Knie geschlungenen Armen dasaß, die Bibel in einer Hand.

»Wir müssen es tun«, sagte er leise. »Es geht nicht nur um ihn und dich.«

»Nicht? Um was dann?«

»Unsere Kinder. Dieser alte Mann ist ihr Großvater.«

»Und?«

»Wir können sie nicht mit ansehen lassen, wie wir ihn wegjagen, halb tot, als wäre er ein Plünderer. Sein Blut fließt in ihren Adern. Sie haben ein Recht, ihn kennen zu lernen – ob gut oder schlecht. Du und ich haben nicht das Recht, sie daran zu hindern.« Er machte eine Pause. »Und sie werden ihn in unserem Haus kennen lernen.«

»Dann werde ich in der Scheune wohnen.«

Baldwin studierte ihr Gesicht und wusste, dass es ihr Ernst war.

Lily hatte sich die vergangene halbe Stunde mit ihrem Vater gestritten. Nun saß sie steif auf der Mauer der Feuerstelle, zwischen ihren Bruder und ihre Schwester eingezwängt, und sah erschöpft und den Tränen nahe aus. Weder Dot noch James hatten ein einziges Wort gesprochen. Weder dafür noch dagegen. Baldwin nahm an, ihr betretenes Schweigen sei darauf zurückzuführen, dass sie von ihrer Blutsverwandtschaft mit Jones erfahren hatten. Aber er wusste, dass das nicht alles war. Die traurige Miene ihrer Mutter machte ihnen Angst. Sie saß ein paar Schritte entfernt auf einem Stuhl und schien düsteren Gedanken nachzuhängen. Da sie normalerweise lebhaft und redselig war, beunruhigte ihre Melancholie die jüngeren Kinder mehr als die große Neuigkeit, die sie eben erfahren hatten. Dennoch, dachte er, würde ihnen ihr neuer Großvater bald sympathischer werden.

Aber wenn er Lily ansah und die kalte Entschlossenheit in ihren Augen spürte, wusste er, dass sie sich lange Zeit gegen die Verwandtschaft mit dem alten Mann wehren würde. Vielleicht für immer. Samuel Jones passte einfach nicht in ihre Welt. Ganz und gar nicht. Seit ihrer Kindheit hatte sich Lily ein romantisches Leben gewünscht, wie das der Leute, über die sie in ihren Zeitschriften las. Sie tat ihm Leid. Aber dass sie ihm Leid tat, änderte nichts an den Tatsachen. So wenig wie Tagträume oder müßige Hirngespinste. Und Jones war ein Blutsverwandter.

Baldwin hatte nichts dagegen, dass sich seine Tochter nach den feineren Dingen des Lebens sehnte. Aber er wusste auch, dass solche Leute selten gut in der Wildnis zurechtkamen. Sie musste sich der Wirklichkeit stellen und nicht versuchen, sich die Dinge so zurechtzuwünschen, wie sie nicht waren.

»Er ist nicht mein Großvater«, sagte sie verdrossen.

»Doch, das ist er. Und du wirst ihn mit Respekt behandeln«, konterte Baldwin streng.

»Mutter?«

Maggie sah Lily an, antwortete aber nicht. Sie und Brake widersprachen einander niemals, wenn es um die Erziehung der

Kinder ging. Und Maggie wollte nun keine Ausnahme machen, mochte sie noch so verstört sein.

Brake ließ seiner Frau respektvoll Zeit für eine Antwort; als er sicher war, dass keine kommen würde, sagte er zu Lily: »Du musst deine Mutter nicht fragen, wie du dich deinem Großvater gegenüber verhalten sollst. Das gilt für alle Kinder.«

Es war fast dunkel, als Dot zu Samuel Jones am Rand des Maisfelds ging. Der Vollmond ging auf, schien auf die hohen Pflanzen und warf sein Licht auf den alten Mann. In dem fahlen Schein saß er mit bloßen Beinen da, trug ein abgewetztes Medizinhemd aus gelbem Wildleder mit grünen Perlen und weißen Stachelschweinborsten, hatte eine rote Decke um die Taille gewickelt und wirkte geheimnisvoll. Er trug Apachenstiefel mit ihren nach oben gekrümmten Spitzen; einen Hut trug er nicht, sondern hatte das graue Haar zu dichten Zöpfen geflochten und mit Wildleder, das weich aussah, zusammengebunden; in den Ohren hatte er große Messingringe. Mit einer Hand schüttelte er eine kleine Rassel der Navajos und sang leise vor sich hin. Chaco saß neben ihm. Beide schienen etwas in den Schatten des Tals anzusehen. Sie konnte Alkohol an ihm riechen.

Dot wollte mit ihm reden, war aber ein wenig nervös. Der alte Mann hatte immer noch das gemeinste Gesicht, das sie je gesehen hatte. Aber sie gewöhnte sich an ihn. Sie räusperte sich. Weder er noch sein kleiner Hund machten eine Bewegung. Dann fühlte sie sich auf einmal seltsam – als würde sie beobachtet. Sie warf nervöse Blicke in die Schatten ringsum, konnte das seltsame Gefühl aber nicht abschütteln. Nichts. Dennoch wich das beängstigende Gefühl nicht von ihr. Irgendwo in der Dunkelheit schreckte etwas einen Schwarm Feldsperlinge auf; die kleinen Vögel tschilpten und machten einen Höllenlärm in der Nacht. Allmählich beruhigten sie sich wieder. Dot fragte sich, was sie erschreckt haben mochte.

Dot lauschte eine Weile, dann schüttelte sie das Unbehagen ab und wandte sich wieder dem alten Mann zu. Er sah sie über die Schulter an. Chaco zeigte seine Zähne, als ob er lächelte oder vielleicht saure Trauben äße.

Sie kam einen Schritt näher. »Bist du wirklich mein Großvater?«

»Sagt das deine Mutter?«

»Mein Pa sagt es.«

Er nickte. »Dann bin ich es wohl.«

Dot verschränkte die Arme und betrachtete eingehend das Profil des alten Mannes, dann wandte sie sich den Maispflanzen zu und versuchte, ihre Gedanken zu ordnen. Sie sah ihn an. »Wie soll ich dich nennen?«, fragte sie.

Er antwortete nicht.

»Wie nennen andere dich?«

»Jones.«

Sie schüttelte den Kopf. »Mein Pa würde mich ›Mr. Jones‹ oder ›Großvater Jones‹ sagen lassen. Das scheint mir aber nicht richtig, wo wir doch so eng miteinander verwandt sind.«

Er antwortete nicht.

»Pa hat gesagt, du hast bei den Sioux gelebt.«

Er nickte.

»Wie haben die dich genannt?«

»Eingeweidefresser.«

»Das geht auf keinen Fall«, sagte sie hastig. Sie konnte sich nicht vorstellen, dass sie neben Lily am Esstisch saß und sagte: »Eingeweidefresser, gib mir bitte die Soße.« Sie kratzte sich an einer juckenden Stelle und grübelte einen Moment über das Problem nach.

»Vielleicht einfach nur ›Großvater‹. Ist das okay?«

Er nickte, und Dot nickte ebenfalls und grinste. Plötzlich gefiel ihr die Vorstellung, diesen alten Mann mit seinem wilden Aussehen »Großvater« zu nennen. Etwas an ihm, das gefährlich und anders zu sein schien, erfüllte sie mit Freude darüber, dass sie und er Blutsverwandte waren. Ihr war egal, was Lily dachte.

»Woher kommst du?«

»Von den Bergen.«

»Welchen?«

»Madres von Mexiko.«

Sie sah ihn mit zusammengekniffenen Augen an. »Machst du dich über mich lustig?« Sie wusste, Mexikos Madres lagen gut sechshundert Meilen südlich. Sechshundert Meilen trockener Wüste. Sie staunte, dass das alte graue Pony diese Strecke geschafft und dabei den riesigen silbernen Sattel und ihren Großvater getragen hatte.

Er streckte den Arm aus und streichelte den Rücken des kleinen Hundes; seine große Hand war knotig und übel zugerichtet.

»Du bist den weiten Weg hierher gekommen, nur um Ma zu sehen?«, fragte Dot, ohne den Blick von der alten Hand mit den Leberflecken abzuwenden.

»Meine Tochter«, sagte er, als würden die Worte alles erklären.

Dot dachte eine Weile nach. »Wieso bist du vorher nie hergekommen?«, fragte sie dann.

Der alte Mann antwortete nicht.

Beide lauschten der Langohreule in den Pappeln am Bach. Sie ging fast jede Nacht über der Weide auf die Jagd. Lily hatte sie Veronica getauft. Grillen zirpten laut in der abendlichen Kühle. Dot legte den Kopf in den Nacken, sah zu den Sternen hinauf, die zum Greifen nah zu sein schienen, und bewegte die Zehen im Sand. Sie liebte die Ranch.

»Wenn du ein Indianer bist, dann bin ich auch eine Indianerin, richtig?«

»Ich bin Indianer – habe aber kein indianisches Blut.«

»Wie kann das sein?«

Er zeigte auf seine Brust.

»Das ist gar nichts.«

Der alte Mann antwortete nicht.

Dot spürte, dass sie diese Runde gewonnen hatte. Einen Augenblick später fing sie wieder an, da seine brutalen Züge ihr keine Angst mehr machten. »Ma sagt, du bist kein Christ.«

Er sah in die Nacht.

»Stimmt das?«

»Früher mal.«

Dot studierte sein Gesicht und wartete auf eine Erklärung. Da keine kam, sagte sie: »Ich habe noch nie einen Heiden kennen gelernt.«

Er nickte.

»Warum sitzt du hier draußen im Dunkeln?«

Der alte Mann ließ sich lange Zeit mit seiner Antwort, als überlegte er, ob er überhaupt darauf antworten sollte oder nicht. »Ich spreche mit den Geistermächten«, sagte er schließlich.

»Was ist das?« Sie verzog das Gesicht und sah aus, als hielte sie ihn für verrückt.

Er sah sie einige Augenblicke an. »Wenn du nichts dazulernen kannst, dann geh weg und lass mich in Ruhe.« Seine Stimme klang streng und todernst.

Dot stemmte die Hände an die Hüften und wollte schimpfen, überlegte es sich aber anders, ohne zu wissen, warum. »Worüber sprichst du mit ihnen?«

»Über vieles. Dies und das. Für dich ist es nicht wichtig.«

Sie verlagerte das Gewicht auf einen bloßen Fuß und berührte mit dem anderen die Innenseite des Beins, sodass sie wie ein Flamingo balancierte, den sie in einem der Bücher ihrer Mutter gesehen hatte.

»Wo sind sie?« Dot sah sich nervös um und dachte an die Sperlinge, die in ihrer Nachtruhe gestört worden waren.

Jones hatte wieder zu singen begonnen und antwortete nicht. Inzwischen schien der Vollmond voll und ganz auf ihn, und Dot fand, dass er wie ein heiliger Mann aussah.

Dot bückte sich und streckte geistesabwesend eine Hand nach dem kleinen Hund aus. Er schnappte nach ihr; sie zuckte zurück, ein Blutstropfen quoll aus einem Finger. Sie wedelte mit der schmerzenden Hand durch die Luft und saugte das Blut weg. Der Zauber des Augenblicks war dahin. »Ich sollte ihn erschießen«, sagte sie wütend. Der kleine Hund sah sie an und schien ebenso wütend zu sein.

Jones schenkte ihrem Zank keine Beachtung.

Dot sah den alten Mann einige Augenblicke an. Er hatte ihr den Rücken zugedreht und schüttelte wieder die Rassel.

»Großvater.« Jones drehte sich nicht um. »Großvater. Kannst du Sachen finden?«

Er antwortete nicht.

»Mit deinem Gesang – kannst du Sachen finden?«

»Was für Sachen?«, fragte er schließlich, sah sie aber nicht an.

»Eine Katze?«

»Wie lange ist sie schon weg?«

»Zwei Wochen.«

»Das ist eine lange Zeit. Kojoten mögen die Katzen der weißen Männer. Ich werde prüfen, ob sie noch lebt.«

Sie sah erleichtert aus. »Danke. Ihr Name ist Harriet.«

Er sang weiter, dann überkam ihn ein heftiger Hustenanfall. Als er fertig war, schnappte er nach Luft und starrte in die Dunkelheit. »Halt dich eine Weile von den Bergen fern.«

»Warum?«

Er sagte nichts mehr. Sie fand, dass er gemein aussah, aber lustig war. Sie mochte seinen Gesang.

»Bringst du mir indianische Medizin bei?«

Er sah ernst in die Schatten, nicht wütend oder erbost, nur still und abschätzend, und wollte gerade antworten, als er von Maggies Stimme unterbrochen wurde – »Nein. Das wird er nicht. Er wird seine heidnischen Bräuche für sich behalten. Oder er wird diese Ranch verlassen.«

Jones bewegte sich nicht.

Dot drehte sich um und sah ihre Mutter ein paar Schritte entfernt stehen und den alten Mann ansehen. »Ma. Ich muss Harriet finden.«

»Mit Indianermagie wirst du sie nicht finden. Davon wird höchstens deine Seele krank. Wenn du Harriet finden möchtest, dann bete zu Gott.«

Nun drehte sich der alte Hüne um und sah Maggie ins Gesicht; seine Miene war schwer zu deuten. Er betrachtete sie, bis sie noch aufgebrachter wurde.

»Wenn du etwas zu sagen hast, dann sag es einfach«, forderte Maggie ihn auf.

Er schüttelte langsam den Kopf.

Sie sah ihn unverwandt finster an. »Nein, nur zu. Bitte«, sagte sie sarkastisch, »sprich aus, was immer du denkst.«

Jones senkte den Kopf und schien den Stoff seiner Decke einer eingehenden Untersuchung zu unterziehen.

»Sag es«, forderte Maggie streng. »Sei einmal ehrlich.«

»Ma?« Dot wand sich.

Jones sah seiner Tochter ins Gesicht, betrachtete ihre fein geschnittenen Züge, sah noch etwas anderes – ihre Sturheit – und spürte, dass sie erst Ruhe geben würde, wenn er ihr gesagt hatte, was ihm durch den Kopf ging. Schließlich sagte er: »Ich habe nur darüber nachgedacht, was du dem Kind gesagt hast.«

»Was ist damit?«

Er zögerte einen Moment und fuhr dann fort. »Dass sie zum christlichen Gott beten sollte.« Er verstummte, und es lag auf der Hand, dass er nicht weitersprechen wollte – ihm schien, als wäre er auch so schon zu weit gegangen. Aber es war zu spät.

»Weiter«, verlangte sie.

Der alte Mann wog seine Antwort mit Bedacht ab. »Das wird nicht klappen, das ist alles«, sagte er.

»Wie kannst du es wagen!«, explodierte Maggie. »Dot. Geh bitte ins Haus.«

Die beiden sahen dem Mädchen nach, wie es davonstapfte. Als sie außer Hörweite war, drehte sich Maggie herum und sah wütend auf ihn hinab. »Hör zu. Du bist mit einer Indianerin weggelaufen. Das war deine Entscheidung und deine Angelegenheit. Jetzt bist du hier. Hier, weil mein Mann ein gutes Herz hat. Aber wenn du anfängst, Dot deine heidnischen Überzeugungen zu lehren …« Maggie verstummte und sah ihm einen Augenblick ins Gesicht. »Dann töte ich dich. Ich schwöre es.«

Der alte Mann wandte sich ab und sah eine Weile in die Nacht, ehe er sich wieder ihr zuwandte. »Trotzdem wird es nicht klappen«, sagte er leise. »Dein Gott wird die Katze nicht finden.«

»Ich kann meinen Gott erreichen, wann immer ich will«, fauchte sie mit vor Zorn bebender Stimme. Sie drehte sich um und ging in Richtung der Scheune davon.

Er fing wieder an zu singen; seine Stimme schwoll in der Nacht an, und er folgte ihr mit den Blicken. Den hallenden Singsang ließ er noch ertönen, als sie schon lange weg war, und rief seine Mächte herbei, damit sie ihm sagen sollten, weshalb er dieses nagende Gefühl der Angst verspürte. War es einfach nur eine Vorahnung seines bevorstehenden Todes? Oder konnte er einfach die Tatsache nicht akzeptieren, dass Maggie ihn hasste? Irgendwie glaubte er beides nicht.

Jones verstummte in der sicheren Überzeugung, dass er heute Nacht keine Antwort bekommen würde. Er wollte gerade mühsam und unter gequälten Atemzügen aufstehen, als sein Körper plötzlich erstarrte und er eine flüchtige Vision erblickte: das Gesicht eines Mannes – indianisch – ein Gesicht jenseits von Zeit und Raum, das am nächtlichen Himmel schwebte. Dann war es wieder fort. Die Feldsperlinge tschilpten wieder – dann ließen sie sich erneut in ihrem Nest nieder.

Samuel Jones zitterte.

Zwei Stunden später sah Baldwin Jones, der wie eine Kuh mit Liebeskummer im Mondschein stand und durch das Scheunentor Maggie betrachtete, die im Licht einer Laterne in der Bibel las. Der alte Mann betrachtete sie mit einer Art unterwürfiger Ehrfurcht. Das war verrückt, aber Baldwin verstand es jetzt besser. Dann kam Mannito aus der Scheune und gesellte sich zu Jones. Keiner sagte ein Wort, zwei ernste Wachtposten in der Nacht. Das ungleiche Paar stand stumm Seite an Seite, aufrecht und steif, mehr als eine Stunde lang. Dann fing Jones wieder an zu singen, ein paar Minuten später stimmte Mannito in den Gesang ein. Zwei alte Männer, einer im Herzen Indianer, der andere Mexikaner; zwei alte Männer, die Schulter an Schulter in der Dunkelheit standen und wie halb verrückte Wilde sangen. Baldwin kapierte es nicht.

Maggie saß in der Scheune, bemühte sich, im Licht der Laterne Abschnitte aus dem Neuen Testament zu lesen, versuchte vergeblich, den Gesang der beiden alten Männer zu überhören und achtete nicht auf den Zorn, der ihr die Brust zusammenschnürte. Warum ließ sich Mannito überhaupt mit ihm ein? Sie heulten in der Dunkelheit wie zwei Irre. Das passte gar nicht zu dem kleinen Mexikaner. Maggie presste die Lippen zusammen und beobachtete eine Maus, die im Schatten der Scheunenwand entlanghuschte. Der Mann besaß die Fähigkeit, andere Leute mit seinen verrückten Überzeugungen anzustecken. Das hatte sie früher schon erlebt.

Maggie versuchte, auch nicht auf den Duft frischer Koniferen zu achten, der in der Luft lag. Der Ast hing oben an den Dachbalken der Scheune. Sie machte die Augen zu. Sie wusste, dass er das gemacht hatte. Er hatte es auch in ihrer alten Scheune gemacht, wenn sie und ihre Cousinen draußen schlafen wollten. Es überraschte sie, dass er sich daran erinnerte. Es war Pinyonwacholder, was bedeutete, dass er Meilen ins Hochland geritten war, um ihn zu finden. Aber das spielte keine Rolle. Es änderte nichts.

Es löschte ganz gewiss nicht ihr Wissen um die Indianerin oder die Sünde aus, die er an ihrer Mutter begangen hatte. Sie stellte sich die Frau mit verfaulenden Zähnen, schmutzigem Haar und Läusen vor. Was der Wahrheit vermutlich ziemlich nahe kam. Er hatte sie für heidnisches Ungeziefer verlassen. Sie schüttelte den Kopf.

Maggie versuchte, die monotonen Beschwörungen zu überhören, doch es gelang ihr nicht. Sie schlug die Bibel auf und öffnete die Seite, wo sie mit dem Daumen eine Stelle des Lukasevangeliums markierte: »Bittet, so wird euch gegeben.« Sie hatte die Zeile immer und immer wieder gelesen und dabei an seine Schmähung denken müssen, dass Gott ihr nicht helfen würde. Sie fing an zu beten, doch dann zögerte sie.

Maggie bat Gott selten um etwas. Sie konnte sich nicht erinnern, dass sie es je getan hätte, es sei denn, die Kinder waren krank. Und wenn, konnte sie sich nicht erinnern, dass sie je so etwas wie eine göttliche Antwort erhalten hätte. Der letzte Gedanke quälte sie, daher schloss sie die Augen und schlug die Bibel zu und drückte das kleine Buch fest. »Lieber Gott. Es mag nur eine unbedeutende Kleinigkeit sein. Aber ich brauche Deine Hilfe. Ich muss Dot beweisen, dass Du ihr helfen wirst, wenn sie Dich braucht.«

Maggie kam sich albern und undankbar vor, Gott um so etwas zu bitten. Sie wollte die Augen wieder öffnen, doch der schrille Gesang war angeschwollen, daher hielt sie die Bibel noch fester umklammert und verspürte eine neue Entschlossenheit. »Gott. Ich brauche deine Hilfe, um die Katze Harriet zu finden.«

Die Laubfrösche unten am Bach quakten lautstark in der Sommernacht, als Baldwin die Scheune betrat. Mannito hatte sich in sein Zimmer im hinteren Teil des höhlenartigen Gebäudes zurückgezogen. Die drei Kinder machten sich im Haus zum Schlafengehen fertig. Jones schlief – oder tat so – in seine Indianerdecke gehüllt vor der Scheune auf dem Boden, um ihn herum döste seine getreue Schar von Tieren.

Maggie saß immer noch auf der Decke und las im angenehmen Licht der Laterne, die leise Zischlaute von sich gab, in ihrer Bibel. Das Zischen war nicht laut genug, die friedlichen Geräusche der Pferde in ihren Ständen zu übertönen, deren tierische Wärme auf angenehme Weise die Luft erfüllte. Baldwin spürte eine leichte Kälte auf den Schultern. Etwas in der Dunkelheit jenseits des Scheunentors – etwas, das falsch oder fehl am Platz wirkte – bekümmerte ihn immer noch. Er versuchte, es zu ergründen, konnte es aber nicht und tat das Gefühl der Nervosität mit einem Achselzucken ab.

Maggie merkte, dass er vor ihr stand, weigerte sich aber, von ihrem Buch aufzuschauen. Er lächelte bei sich und ließ sich mit einem gespielten Stoßseufzer auf der Decke nieder. Sie las weiter.

»Warum kommst du nicht wieder ins Haus?«, fragte er leise.

Sie schüttelte den Kopf.

»Ich habe ihn gefragt, ob er drinnen schlafen möchte, aber er will nicht.«

»Er ist ein Indianer geworden«, sagte sie. »Und er ist stur.«

»Oh«, sagte er grinsend. »Ein Glück, dass du davon nichts geerbt hast.«

Maggie drehte den Kopf und sah ihn an, und da wurde ihm klar, dass er genau das Falsche gesagt hatte.

»Das war nur ein Witz.« Er wartete darauf, dass sie etwas sagte. Da sie schwieg, fuhr er fort: »Er schläft draußen. Komm wieder rein.«

»Ich kann nicht.« Ihre Stimme klang sanft, aber unnachgiebig.

»Warum nicht? Er ist nicht dort.«

»Wenn ich es tue, dann ist das so, als hätte ich seine Anwesenheit akzeptiert. Und das werde ich nicht, Brake. Ich werde ihm diesen Sieg über mich niemals gönnen.«

Er sah sie einen Moment von der Seite an. »Das ist kein Wettkampf.« Pause. »Denk an die Kinder.«

Sie neigte den Kopf nach hinten, damit keine Tränen flossen, und betrachtete die Schatten zwischen dem Dachgebälk. »Das tue ich. Sie wissen nichts über ihn. Aber ich. Du möchtest doch sicher nicht, dass ich einfach vergesse, was meiner Mutter zugestoßen ist.«

Er betrachtete sie einen Moment eingehend, dann räusperte er sich und sagte: »Doch, das möchte ich.«

Durch die dicken Lehmziegelmauern hörten sie, wie Jones wieder seinen monotonen Gesang anstimmte. Maggie schluchzte lauthals; Brake legte den Arm um sie und drückte sie an sich.

»Ich kann nicht«, weinte sie. »Es tut noch so weh, als wäre es gerade erst passiert.«

»Das liegt nur daran, dass du ihn nach so vielen Jahren wiedergesehen hast – du kommst darüber hinweg.«

Sie schüttelte den Kopf. »Erst, wenn er wieder weg ist.«

Er betrachtete ihr wunderschönes Gesicht im weichen Schein der Laterne, spürte das warme Glühen in seinem Inneren wieder und streckte sich neben ihr auf der Decke aus. »Du musst.«

»Warum?«

»Weil ich zu alt bin, um in kalten Nächten auf dem harten Boden zu schlafen.«

Sie lachte und weinte gleichzeitig, dann lauschte sie Jones' leiser Litanei. In Verbindung mit der Rassel war es ein seltsam beruhigendes Geräusch. Ein Geräusch, das sich anhörte, als könnte es für alle Zeiten durch die Dunkelheit hallen.

Später in derselben Nacht saß Lily in ihrem Zimmer im Erdgeschoss, bürstete ihr Haar und zählte die Bewegungen. Sie bürstete es jede Nacht zweihundertfünfzig Mal sorgfältig von den Wurzeln bis zu den Enden ihrer braunen Locken, damit sie noch mehr glänzten. Es war still und ruhig in dem Haus. Ihre Familie schlief oben. Außer ihrer Mutter. Lily war stolz darauf, dass sie sich dem alten Mann widersetzte. Sie spürte die Regung einer leichten Brise durch das offene Fenster hinter ihr, der Vorhangstoff bauschte sich leicht.

Ihre unglücklichen Gedanken kreisten wieder um Samuel Jones. Sie fragte sich, was ihre Schulkameradinnen denken würden, wenn sie wüssten, dass er ihr Großvater war. Sie würden lachen. Schlicht und einfach. Bei dem Gedanken erschauerte sie. Das Gute an der Ranch, möglicherweise das einzig Gute, war die Tatsache, dass sie so weit draußen in der Wildnis lag, dass ihre Freundinnen nie zu Besuch kommen würden. Das Haus war wie ein einziges Staubkörnchen in einem riesigen schmutzigen Universum. Wenigstens war damit gewährleistet, dass ihre Schulkameradinnen nicht aus Versehen über Samuel

Jones stolpern würden. Und sie würde ihnen ganz sicher nicht von ihm erzählen. Niemals. Der alte Mann war einfach zu peinlich.

Sie betrachtete ihre fein geschnittenen Züge im Spiegel und versuchte sich vorzustellen, was ihre Mutter sagen würde, wenn sie von dem Büstenhalter wüsste. Was ihr Vater dazu sagen würde, das konnte sie sich vorstellen – zumindest aber, wie er sie ansehen würde. Wahrscheinlich würde er einen Witz darüber machen. Und der würde nicht komisch sein. Sie beschloss, keinem der beiden etwas davon zu erzählen. Sie war jetzt erwachsen. Büstenhalter waren der letzte Schrei. Sie würde ihn tragen, wenn sie wieder zur Schule ging.

Lily ließ die Arme sinken, um sie auszuruhen. Sie betrachtete sich immer noch selbst im Spiegel, als sie zum ersten Mal dieses seltsame Gefühl bekam. Es war ein Kribbeln im Nacken, als würde jemand hinter ihr stehen. »Dot«, sagte sie. »Schleich dich nicht so an mich ran. Du weißt, dass ich das nicht mag.«

Lily drehte sich um und sah zu ihrer Überraschung, dass sich niemand sonst im Zimmer befand. Der Vorhang flatterte sanft in der Brise. Sie drehte sich wieder zur Kommode um und bürstete weiter. Ihr Blick fiel auf die kleine Büste von Lord Byron, die eine Schulkameradin ihr am letzten Schultag geschenkt hatte. Sie lächelte. Sarah war so ein nettes Mädchen. Lily bückte sich mit der Bürste im Haar und horchte. Sie wurde das beunruhigende Gefühl nicht los, dass jemand hinter ihr stand. Sie drehte sich wieder um.

Es war niemand im Zimmer. Aber Lily konnte den Blick nicht vom Vorhang abwenden. Er war zugezogen, doch sie wurde das beunruhigende Gefühl nicht los, dass jemand draußen stand. Zitternd stand sie auf und stellte sich bebend davor. Sie streckte eine Hand aus und riss den Vorhang zurück. Nichts, nur ein Vogel zwitscherte aufgebracht in der Nacht.

3

Er kann alles finden, wenn er nur davon träumt. Er beschwört Sachen herbei«, sagte Dot, übertrieb ihre Unterhaltung mit ihrem Großvater ein wenig und ließ Erbsen aus der Schote in eine große Schüssel vor ihr auf dem Boden fallen. »Sogar wenn es ein kleiner Diamant in einem Berg aus Sand ist, kann er ihn finden. Einfach so«, sagte sie und schnippte mit den Fingern.

»Er ist ein Lügner und ein Narr«, sagte Lily.

»Du solltest nicht so über ihn reden«, rief James über die Schulter. »Er ist unser Großvater.«

»Meiner nicht.«

Es war am späten Nachmittag, die drei arbeiteten in dem großen Gemüsegarten am Bach. Die langen Reihen und Beete dunkelgrüner Pflanzen – Bohnen, Tomaten, Zwiebeln, Kürbisse, Peperoni und Mangold – schienen die Grenzen des Gartens zu sprengen, so gut gediehen sie im hellen Sonnenschein dieses trockenen Landes. Dot hatte aber keine Augen für die Pflanzen, ihr ganzes Denken kreiste darum, wie Lily gekleidet war. Das war etwas, das Dot an ihrer Schwester bewunderte.

Dot studierte sie eingehend und bemühte sich, es sich nicht anmerken zu lassen. Lily trug eine wunderschön geschnittene taillierte rote Bluse mit Schulterpolstern und langen Keulenärmeln, die sich an den Schultern schick bauschten, dazu einen langen schwarzen Rock. Ihre Schuhe waren aus neuem, hochgeknöpftem schwarzen Ziegenleder. Sie sah toll aus, fand Dot. Das weiche braune Haar hatte sie nach Pariser Mode frisiert: oben ein Chignon, das vordere Haar ohne Scheitel nach hinten gekämmt. Das war der letzte Schrei in New York und Europa, hatte Lily ihr gesagt.

Dot glaubte, dass ihre Schwester eines der schönsten Mädchen auf der Welt war. Sie und Lily saßen mit übereinander geschlagenen Beinen auf einer Decke und schälten Erbsen für das Abendessen. James arbeitete in der Nähe und öffnete die Bewässerungsgräben, die die üppigen Reihen der Pflanzen versorgten.

»Du hast gehört, was Pa gesagt hat«, fuhr James fort, schaufelte Schlamm aus dem ersten Graben und sah zu, wie sich der kleine Wasserlauf seinen Weg zu den Gemüsebeeten bahnte.

»Und du hast Mutters Gesicht gesehen«, erwiderte Lily. »Sie schien nicht besonders glücklich zu sein. Sie wollte einfach nicht mit Vater streiten.«

»Und du schon?«, forderte James sie heraus und strich sich einen Schlammspritzer von der sonnengebräunten Wange.

»Nein. Ich werde nur nicht akzeptieren, dass dieser Mann mein Großvater ist.«

»Dass du ihn nicht leiden kannst, bedeutet nicht, dass er nicht unser Großvater ist«, sagte Dot nachdrücklich und schüttete eine weitere Schote Erbsen in die Schüssel, die zwischen ihnen stand.

»Er kann dein Großvater sein, wenn du das möchtest, Dotty Baldwin, aber meiner ganz sicher nicht. Ich will nichts mit diesem stinkenden alten Mann und seinem Indianergehabe zu tun haben.« Während sie sprach, rückte sie eine Haarlocke zurecht.

»Du solltest Pa lieber nicht hören lassen, dass du so redest«, ermahnte James sie und schaufelte wieder Schlamm in den Graben, um den Wasserzufluss vom Bach zu stoppen.

Lily beachtete ihn nicht, setzte ihre Haube wieder auf und rückte die lange Satinschleife zurecht. Dot war wütend auf sie, weil sie so gemeine Sachen über ihren Großvater sagte. Aber sie mochte Lily. Sie war nicht nur hübsch, sondern auch klug und ging Risiken ein: zum Beispiel, dass sie die Schule in Denver besuchte. Natürlich plusterte sie sich auf – aber Lily war immer gut zu ihr. Kaufte ihr Sachen, Bücher und Bilder, und redete mit ihr wie mit einer Ebenbürtigen. Sie schälte weiter Erbsen.

James stützte sich auf die Schaufel und sah Lily an.

»Warum trägst du diesen albernen Hut, wo die Sonne doch schon fast untergegangen ist?«

»Das ist eine Frage der Mode.«

»Das ist verrückt.«

»Du verstehst das nicht.«

»Ich würde es verstehen, wenn es was zu verstehen gäbe«, sagte James; dann kniff er die Augen zusammen und betrachtete das hübsche Gesicht seiner älteren Schwester eingehender.

»Was glotzt du so?«, fragte sie.

»Nichts«, sagte er hastig, als wollte er ein Geheimnis verbergen. Einen Moment später riskierte er einen weiteren verstohlenen Blick auf sie.

Lily wurde sichtlich nervös. »Was ist los?«, fragte sie und strich mit den Händen sanft über ihre zarten Wangen.

James schüttelte den Kopf. »Nichts.«

»James, sag es mir.«

»Nein, es ist wirklich nichts. Ich bin nicht mal sicher.«

»Womit sicher?«, fragte Lily plötzlich beunruhigt.

»Wirklich, ich glaube, es ist nichts weiter.«

»James Baldwin – sag es mir!« Lily schaute ängstlich drein.

»Okay, aber werd nicht wütend auf mich. Es liegt wahrscheinlich nur an dem Licht«, sagte er, kniff die Augen zusammen und betrachtete ihr Gesicht aus mehreren unterschiedlichen Winkeln. »Ich kann die Ähnlichkeit mit Großvater sehen.«

Lily sprang auf die Füße und stapfte zum Haus, wobei sie ihr lang fallendes Kleid eng um sich schlang. James wälzte sich vor Lachen auf dem Boden.

»Zieh Lily nicht auf«, befahl Dot. »Und mach keine Witze über Großvater.«

Jones saß schweigend am Esstisch und konzentrierte sich ganz auf den Teller, der vor ihm stand. Er hatte nur aus Höflichkeit so getan, als würde er essen. Baldwin sah den distanzierten, gequälten Ausdruck in seinen Augen und wusste mit Sicherheit, dass der alte Bursche nicht mehr lange durchhalten würde. Er fragte sich, wie es in seinem uralten Herzen aussehen mochte. Baldwin spürte, dass er nicht bereit war, weiter zu leben, aber auch noch nicht sterben wollte, eine Uhr, die langsam ablief.

Jones machte keine Bewegung, sah nur seinen Teller an. Er schien sich an einen fernen Ort tief in seinem Inneren zurückgezogen zu haben und dieser Welt entrückt zu sein. Baldwin konnte es ihm nicht zum Vorwurf machen. Seine Welt war verschwunden. Dem Rancher fiel auf, dass der kleine Finger an einer der riesigen Hände des alten Mannes fehlte und die Hände selbst schlimm vernarbt waren. Sie gehörten einem Mann, der die Erde und ihre Bewohner mit bloßen Händen bekämpft hatte. Wer war dieser alte Haudegen? Und wie war sein Leben gewesen, das Leben dieses Mannes, der der Vater der Frau war, die Baldwin liebte? Irgendwie tragisch. So viel wusste er.

Hier gab es Geschichten zu entdecken. Keine hübschen. Warum hatte er seine Frau und Töchter verlassen? War er einfach nur verrückt? Das glaubte Baldwin nicht. Er ging davon aus, dass der alte Hüne gewusst hatte, was er tat, so sonderbar es anderen auch erscheinen mochte.

Lily saß in ihrem gekräuselten, hochgeschlossenen Kleid auf dem Stuhl ihrer Mutter am anderen Tischende, schenkte dem alten Mann nicht die geringste Beachtung und schmollte.

»Ich räume das Geschirr ab«, sagte James.

»Bevor du das machst, Junge«, sagte Jones, der sich schwer atmend zu einem Jutesack auf dem Boden bückte, »habe ich noch etwas.«

Er war offenbar mit einer Liste hergekommen, die erledigt werden musste, und hakte sie in aller Hast ab, als befürchtete er, er könnte keine Zeit mehr dazu haben. Baldwin überlegte sich, dass er Recht hatte, Jones hatte keine Zeit mehr. Ein Jammer.

Der alte Mann griff in den Sack und hob ein kissengroßes Päckchen in bunter Tierhaut heraus. Er sah Lily an und hielt ihr das Päckchen entgegen. Sie war ohnehin schon nervös und stand auf, als würde sie jeden Moment fliehen.

»Von meiner Frau.«

»Großmutter?«, fragte Lily mit zweifelnder Stimme.

Das Gesicht des alten Mannes wurde rot. »Yopon«, sagte er leise.

»Nein, danke«, sagte Lily.

»Lily, das ist ein Geschenk.« Baldwins Stimme klang leise und beherrscht.

Lily nahm das Päckchen mit zitternden Händen und sah es an, als wäre es geschmacklos, es auch nur zu halten.

»Was hast du bekommen, Lil?«, fragte Dot aufgeregt.

Als Lily das Päckchen auspackte, sah Baldwin die blaue Decke, die er in der Scheune gesehen hatte, und noch etwas. Lily sperrte den Mund auf und ließ das Bündel angewidert fallen. »Was ist das?«

»Eine Adlerklaue. Die Decke gehörte Yopon«, sagte er feierlich.

»Warum sollte eine Frau dieses verrottete Ding haben wollen?« Sie verzog das Gesicht zu einer Grimasse.

»Lil...«

»Um ihr Kraft zu geben«, unterbrach ihn Jones, »und die Fähigkeit, vor Gefahren zu fliehen.« Er betrachtete Lilys Gesicht einen Moment. »Eines Tages wirst du das vielleicht brauchen.«

»Das ist absurd«, sagte Lily und sah plötzlich an ihnen allen vorbei. Baldwin folgte ihrem Blick und sah Maggie an der Tür stehen.«

»Hör auf, diesen Kindern deine Indianerlügen zu erzählen.«

»Margaret«, sagte Baldwin.

Sie wandte den Blick nicht von dem alten Mann ab. »Brake, nicht. Ich lasse nicht zu, dass er den Kindern heidnische Flausen in den Kopf setzt und sich selbst und den Teufel verherrlicht. Er ist nichts weiter als ein Mann, der ihre Mutter und Großmutter wegen einer Indianersquaw verlassen hat. Mehr nicht.« Sie ging zum Tisch und sah böse auf den alten Mann hinab. »Gib es zu. Du bist ein Gotteslästerer – ein Bigamist, der Wilde mehr liebte als seine eigene Familie.«

Samuel Jones betrachtete blind seinen Teller, als wäre er vom Schlag getroffen worden.

»Margaret, das ist genug.«

Jones hielt eine Hand hoch, um Baldwin zum Schweigen zu bringen.

»Nein, noch lange nicht«, sagte Maggie. »Aber ich werde den Rest seiner indianischen Torheiten nicht mehr unterbrechen.« Sie ging die Treppe hinauf und verschwand in ihrem Schlafzimmer; Sekunden später konnten sie sie weinen hören.

Lilys Augen blitzten. »Warum verschwindest du nicht einfach? Du gehörst nicht hierher.«

»Lily«, sagte Baldwin, »du bist nicht deine Mutter. Und ich dulde nicht, dass du in diesem Haus so sprichst.«

Lily entfernte sich rasch vom Tisch, verschwand in ihrem Zimmer und schlug die Tür zu.

Baldwin kämpfte gegen den Wunsch, ihr zu folgen; dann seufzte Mannito laut: »Aaah, die *Señoritas, bonitas* Geschöpfe, nicht? Wunderschön, ja?«

Seine Freundlichkeit brach den Zauber, der kleine Mexikaner und James lachten linkisch. Der alte Mann bewegte sich nicht. Baldwin half ihm, vom Tisch aufzustehen. Dot sah ihm nach, wie er zur Tür wankte, und strich sich mit dem Ärmel über die Augen.

Jones fing heftig an zu husten, als sie in die Nacht hinaustraten, ein tiefes und röchelndes Geräusch. Baldwin half ihm in den Schaukelstuhl und ging selbst zum Geländer. Die Nacht war kühl und sternenklar. Ein einsamer Kojote heulte nicht weit vom Haus entfernt. Baldwin trat von der Veranda, damit er besser sehen konnte. Das Heulen verstummte.

Baldwin wartete einen Moment, dann sagte er: »Es war falsch von Maggie, dass sie …«

»Nicht.« Jones sah ihn streng an. »Ich möchte nichts Böses über Margaret hören. Sie ist ein prächtiges Mädchen. Ich bin stolz auf sie. Sie hatte das Recht, zu sagen, was sie gesagt hat.«

Baldwin nickte nur.

Als Mannito das Haus verließ, blieb er einen Moment bei Jones stehen und legte ihm die blaue Decke über die mageren Schultern. »Gute Nacht, *viejo*«, sagte er, wobei er das spanische Wort für »alter Mann« benutzte.

Jones zuckte nur die Achseln.

·

Es war nach Mitternacht. Der Nebel war vom Bachbett her rasch über das Haus gezogen. Das kam selten vor, aber wenn, dann glich die Luft einem verschlickten Fluss. Nebel, in dem man eine Seele oder einen Berg verlieren konnte.

Lily war langsam den Weg zum Abort hinter dem Lazarett entlanggegangen und hatte eine Kerze und eine ihrer Modezeitschriften dabei. Der kleine Schuppen roch schrecklich und erinnerte sie an alles, was sie an dieser Ranch hasste. Die Leute in den Städten benutzten Toiletten im Haus. Sie hatte ihren Vater überreden wollen, eine anzuschaffen, aber er hatte nur gelacht.

Sie hörte auf zu lesen und betrachtete die Wände ringsum. Im Inneren schien es düsterer als sonst zu sein, die rauen Bretter flackerten unheimlich im Kerzenschein. Sie vermutete, dass das beängstigende Gefühl vom Dunst des Nebels herrührte.

Sie trug eine Schlafhaube, damit ihr Haar in der Feuchtigkeit nicht verfilzte, aber plötzlich war ihr Haar gar nicht mehr wichtig; sie fühlte sich durch den Stoff geblendet, riss die Haube herunter, hielt sie in der zitternden Hand und konnte dabei nicht einmal sagen, was sie beunruhigte. Sie betrachtete die Haube und versuchte mit Gewalt, an etwas anderes zu denken. Die Haube war ein perfektes Beispiel dafür, was mit dieser Wildnis alles nicht stimmte. Ihr Vater und alle anderen in der Gegend bezeichneten diesen Stil als Kohleneimerhaube. Sooft sie ihn auch verbesserte, es war und blieb eine Kohleneimerhaube.

Lily horchte auf. Sie hatte die erste Andeutung eines Geräuschs gehört. Etwas Großes. Vielleicht ein Pferd. Sie wartete, ob sie es wieder hören würde; ihr Puls ging schneller. Nichts. Nur der Wind. Er wehte zu Zeiten schrill heulend, gequält und weibisch über die Sandsteinklippen. Das hasste sie. Sie widmete sich wieder ihrer Zeitschrift. Dann, Augenblicke später, hörte sie es wieder: leise Schritte in der Nacht. Sie spürte sie so sehr, wie sie sie hörte. »Hallo?... Mannito?«, rief sie. Keine Antwort.

Sie rief lauter, dann besann sie sich. Vielleicht versuchte der alte Mann, ihr Angst zu machen. Er wusste, dass sie ihn nicht leiden konnte, dass sie ihn für einen Scharlatan hielt. Sie fühlte sich irgendwie besser; ganz bestimmt war er es.

Sie drehte langsam den Kopf, um jedes Geräusch mitzubekommen. Nichts. Nur die Phantomwahrnehmung von etwas, das sich in der Dunkelheit bewegte. Lily kämpfte gegen die Panik in sich. Es gab kein Schloss an der Tür, nur einen einfachen Holzriegel, den man mit einem heftigen Ruck abreißen konnte, worauf sie in der Falle säße. Sie machte sich bereit.

Die Nacht schien überfrachtet von einer seltsamen Stille. »Vater! Mannito!« Sie wartete, wusste aber, sie war so weit von dem dickwandigen Haus und der Scheune entfernt, dass niemand sie hören konnte, hoffte aber, ihre Rufe würden den alten Mann abschrecken. Sie starrte die Tür an und spürte, dass sie gleich aufgerissen werden würde.

Lily rannte in die Mauer dichten Nebels hinaus, hielt sich geduckt und eilte weiter vorwärts. Etwas bewegte sich vor ihr; etwas Dunkles, das in der Nacht nach ihr packte und sie verfehlte.

Sie rannte, drehte sich und schlug von Grauen gepackt Haken, ohne darauf zu achten, wohin sie lief; sie blieb einfach nur in Bewegung und wagte nicht einmal zu schreien. Dann stolperte sie, fiel in tiefen Sand und merkte, dass sie in ihrer Panik weg vom Haus und zum Nordhang gelaufen war. Sie duckte sich, während ihr Herz in ihrer Brust einen abgehackten Rhythmus klopfte, und horchte nach Geräuschen in der Dunkelheit rings um sie herum.

Sie wartete lange Zeit, bis sie sie wieder hörte. Schritte. Er suchte nach ihr. Sie rollte sich zusammen und machte sich so klein wie möglich. Das leise Geräusch verstummte. Lily wurde ohnmächtig, als die Hand sie berührte. Sie erwachte erst wieder, als jemand sie auf den Armen trug, und schrie, als wäre sie aus einem benommenen, nur halb bewussten Alptraum erwacht.

»Enkelin«, sagte Jones. »Schsch.«

Baldwin betrachtete den alten Mann. Sie standen in der Scheune, Lily hatte Jones gerade vorgeworfen, dass er sie in der Dunkelheit gejagt hätte. Außerhalb der Mauern wehte ein heftiger Nachtwind. Maggie hatte die Arme um ihre Tochter geschlungen, hielt sie fest und sah ihren Vater böse an.

Jones hatte sich ausgezogen bis auf Lendenschurz und Wildlederstiefel und schmierte sich rote Farbe ins Gesicht. Er schenkte keinem von ihnen Beachtung. Der kleine Mexikaner sah ihn eindringlich an.

Draußen schwoll der Wind zu einem gelinden Sturm an, der Nebel war verschwunden. Maggie und ihre Mädchen standen beim Tor im schwachen Lichtkreis der Laterne, als würde er ihnen eine gewisse Sicherheit geben. Der Mexikaner trat dicht neben Baldwin.

»Was, Mannito?«

Der kleine Mann drehte sich um und sah den alten Hünen an, dessen Gesicht und Oberkörper nun von unheimlichen roten und schwarzen Mustern bedeckt war. »Er hat nichts getan, Señor. Vielleicht hat er sie gerettet. Mehr nicht.«

»Wovor?«

Mannito betrachtete weiter den alten Mann, der sich auf einen Kampf mit diesem Geschöpf der Nacht vorbereitete. »Ich weiß nicht. Aber ich kenne diesen *viejo*, das ist alles.«

Baldwin betrachtete einen Moment das Gesicht des kleinen Mexikaners, dann nickte er. Inzwischen hatte Jones Pfeil und Bogen genommen und ging zum Tor. Lily stolperte von ihm weg, als würde sie glauben, er könnte ihr die Kehle durchschneiden. Maggie wich keinen Zentimeter.

»Brake«, rief sie durch den Schatten, wandte den Blick aber nicht von dem grässlichen roten Gesicht ihres Vaters ab, »er hat versucht, Lily Angst zu machen.«

»Ma, sag das nicht«, flehte Dot.

Jones blieb vor ihnen stehen. »Enkelin. Du wirst deine Katze in fünf Tagen finden.«

»Dummes Zeug«, fauchte Maggie.

Er verschwand lautlos in der Dunkelheit und dem stechenden Sand.

Samuel Jones fand die nächtliche Bestie nicht. Auch fanden sie am folgenden Morgen keine Spuren, da der Sandsturm alle verwischt hatte. Bis auf einen verwehten Fußabdruck, der Jones seltsam vorkam. Lilys Kerze und Zeitschrift lagen noch in dem kleinen Abort. Ihre Haube war fort. Baldwin glaubte, dass der Wind sie fortgeweht hatte. Jones nicht. Und er glaubte auch nicht, dass der tote Sperling, den er hinter dem Schuppen fand, auf natürliche Weise dorthin gelangt war.

Als zwei Tage später die rosa Schliere der Dämmerung zu sehen war, fehlte das graue Pony, und Jones taumelte wie von Sinnen durch die Scheune. Der Waffenstillstand war gebrochen. Er folgte Mannito in den Korral, schleuderte den kleinen Mann gegen eine Wand, zückte sein Messer und hielt es ihm an die Kehle.

»Was hast du mit ihm gemacht?«, keuchte der alte Mann.

»*Qué?*«

»Komm mir nicht mit deinem Mexikanisch! Mein Pferd – *caballo* – wo ist es?«

»*No sé* – ich weiß nicht.«

»Du solltest es besser sagen, wenn du nicht eine Hand voll Hirn verlieren möchtest.«

»Du *loco?* Ich hab dein Pferd nicht gesehen. Wahrscheinlich ist es gestorben. Es war alt.«

»Es soll sich unterstehen!«

Jones warf den alten Mann zu Boden, lief um die Ecke der Scheune und pfiff dem alten Pferd. Baldwin und Lily waren früh losgeritten, um nach den Kühen im Hochtal zu sehen, während James und Dot am Endbahnhof nach Post fragen gegangen waren. Das Maultier Alice schrie in der Ferne. Jones ging in seine Richtung.

Der Graue lag mit heraushängender Zunge, aufgebläht und schwer atmend neben ihm auf der Weide. Irgendwann im Lauf der Nacht war er auf die Wiese mit den von Tau bedeckten Pflanzen gelangt und hatte einen Festschmaus gehalten. Alice lief hektisch im Kreis herum und schrie ununterbrochen.

Der alte Mann stöhnte aus tiefstem Inneren, als er neben dem Pferd auf die Knie ging. Der Bauch war zu doppelter Größe angeschwollen und reichte an der linken Flanke bis über das Rückgrat. Er wusste, dass das Tier starb und er nichts tun konnte, um es zu retten. Er hatte schon andere Tiere an den üppigen grünen Pflanzen der Weißen sterben sehen.

Die Leute glaubten, dass es die Magie weißer Hexen wäre, die ihre Pferde tötete. Er wusste es besser. Der Killer war Gas, das die Eingeweide entzwei riss. Es war ein hässlicher Tod. Er wollte nicht, dass der Graue diese Qualen durchmachen musste.

Er holte die kleine Pistole aus ihrem Versteck, setzte sich neben die Stute, streichelte ihr den Kopf und dachte an die Jahre zurück, die sie zusammen gewesen waren. Sie hatten die schlimmste Zeit seines Lebens zusammen erlebt. Sie hatte ihn nie im Stich gelassen. Er bewunderte ihre Zähigkeit und Treue. Die Kehle schnürte sich ihm zusammen, und er wusste, er empfand mehr als nur Bewunderung. Die kleine Stute litt schreckliche Schmerzen, atmete keuchend, Schweiß bedeckte ihren ganzen Körper.

Der Mexikaner kauerte nahe der Mitte, legte die Hände auf den enormen Bauch und tastete sie ab, indem er mit den Fingerspitzen auf die straffe Haut trommelte. Chaco näherte sich dem alten Pferd langsam, schnupperte daran und winselte, dann setzte er sich zitternd neben den Mexikaner. Mannito tastete weiter den Bauch des Pferdes ab. Jones beobachtete ihn. Der kleine Mann drückte mit der Hand auf eine Stelle zwischen hinterem Kniegelenk und Rippen, worauf der Graue schrie und den Kopf schüttelte. Alice kam gelaufen und knabberte an ihm. Der alte Mexikaner winkte sie fort.

»Lass das Pferd in Ruhe!«, knurrte Jones.

Mannito achtete nicht auf ihn und untersuchte weiter den Bauch; dann stand er auf und schlurfte zur Scheune. Chaco folgte ihm. Als er zurückkam, hatte er eine kleine Holzkiste bei sich. Er ging in die Hocke, kramte darin herum, zog Metallinstrumente mit seltsamem Aussehen heraus und legte sie nebeneinander, bis er schließlich gefunden hatte, was er wollte. Es sah wie eine dreißig Zentimeter lange Hutnadel aus. Jones gefiel der entschlossene Gesichtsausdruck des alten Mexikaners ganz und gar nicht. Er spannte den Derringer. Die Stute musste schon genug leiden; er würde nicht zulassen, dass der Mexikaner sie noch zusätzlich folterte.

Mannito zog den Hut ab, warf ihn hinter sich und krempelte die Ärmel hoch. Sein Haar war schlohweiß. Jones ließ ihn nicht aus den Augen.

»Lass die Finger von ihr.«

Jones hielt die Mündung der Waffe an den Kopf des Grauen. Mannito ging zwischen den Beinen der Stute auf die Knie. Sie strampelte im Todeskampf. Alice kam wieder gelaufen und knabberte an ihm. Er schenkte ihr keine Beachtung.

Mannito trommelte noch einmal mit den Spitzen seiner knochigen Finger auf dem geschwollenen Bauch und horchte nach den inneren Organen. Er wusste, die Zeit wurde knapp. Er wandte Jones den Kopf zu, konzentrierte sich und versuchte, sich die kritische Stelle vorzustellen.

Als Mannito zu dem alten Hünen aufschaute, da wusste er, dass sie Freunde waren, auch wenn Samuel Jones sich dessen nicht bewusst war. Die Vorstellung einer Freundschaft mit Jones kam dem kleinen Mexikaner seltsam vor. Dennoch war er sicher, dass sie existierte. Es spielte keine Rolle, dass Jones nie ein freundliches Wort für ihn übrig hatte. Freundliche Worte waren bedeutungslos. Sie beide teilten, das wusste Mannito, viel mehr als nur Worte, mehr als nur ihre beiden langen Lebensspannen. Sie verstanden einander instinktiv. Und Verstehen, das hatte er stets geglaubt, war das Fundament einer Freundschaft. Die Beweise dafür gab es überall. Sie hatten beide ihre Frauen verloren, hatten die meisten ihrer Kinder verloren, hatten ein hartes Leben in der Einsamkeit geführt, weit entfernt von ihresgleichen. Sie waren arme Männer, aber Männer, die eine andere Art von Reichtum besaßen: Sie glaubten an etwas, das viel größer war als sie selbst. Das war wahrer Reichtum. Und das alles verband sie als *amigos*, jedenfalls empfand Mannito das so.

Als weiteren Beweis ihrer Freundschaft wertete Mannito die Tatsache, dass Jones seit seiner Ankunft wortlos die Arbeit im Stall mit erledigte: Er schüttete Stroh aus, reinigte die Stände, füllte Wassertröge. Das respektierte Mannito sehr an seinem Freund. Er war zwar todkrank, aber kein Müßiggänger. Er war ein Mann von Charakter, der wusste, wie man seinen Verbindlichkeiten nachkam. In der Woche zuvor hatte Mannito seinen Esel Peso sorgsam gebürstet und gestriegelt vorgefunden, die Hufe gereinigt und poliert und das kleine verwitterte Halfter meisterhaft mit frischem Wildleder ausgebessert. Er hatte sich bei Jones bedankt. Aber der alte Mann hatte ihn einfach nicht beachtet. Dennoch wussten sie beide Bescheid. Mannito hatte bei sich gelächelt, als er Jones ansah, und sich gefreut über diese kleinen Zeichen, die ihre Freundschaft verrieten.

Von diesem Tag an hatte Mannito jedes Mal mit ihm gesprochen, wenn sie sich in der Scheune aufhielten. Jones antwortete nie, aber Mannito spürte, dass er zuhörte und berechnete und abwog, was gesprochen wurde. Diese einseitigen Unterhaltungen linderten die Einsamkeit. Er wünschte sich, Jones hätte noch länger zu leben. Wünschte sich, er würde sich zu ihrer Freundschaft bekennen.

»Ich warne dich!«, brüllte der alte Mann, richtete die Pistole auf Mannito und bemühte sich aufzustehen. »Wenn du ihr wehtust, können sie dich auf der ganzen Ranch zusammenkratzen.«

Mannito sah zu dem alten Pferd. Er wusste, sein Freund Jones würde ihn nicht erschießen, aber er war nicht sicher, ob er die Waffe nicht gegen sich selbst richten würde, wenn sie den Grauen verloren. Mannitos Hände zitterten. Er hatte noch nie versucht, ein Pferd mit Blähungen zu retten. Die lange, dünne Hohlnadel fühlte sich in seinen schwitzenden Händen glitschig an.

Er schaute zu Jones auf und versuchte zu lächeln, sprach ein stummes Gebet zur Mutter Gottes, beugte sich nach vorn und stieß die große Nadel in den aufgedunsenen Leib des Grauen. Jones hob die kleine Pistole; dann hörte er das laute *Schschschschsch* und sah staunend, wie der Bauch der Mähre in sich zusammensank wie ein Ball, aus dem die Luft entwich.

Noch erstaunlicher war die Wirkung auf das alte Pferd. Es hörte auf zu keuchen und zu stöhnen und lag still auf dem Gras. Minuten später rappelte es sich mühsam auf und fing wieder an zu grasen, als wäre nichts geschehen. Jones zog es von den feuchten Pflanzen weg und sah den kleinen Mexikaner fassungslos an. Mannito hockte nur da und grinste ihn an, dann fing er an zu lachen, sah aus wie ein kleiner runzliger Affe und freute sich riesig, dass er das alte Pferd gerettet hatte.

»Verdammt *bueno* Sache, was?«, sagte der Mexikaner und hielt die große Nadel hoch. »Verdammt gute Sache.«

Chaco tanzte auf den Hinterbeinen. Alice schnupperte an dem Grauen. Jones nickte und schien immer noch schockiert angesichts der wundersamen Heilung des Grauen. Mannito streckte die Hand nach dem kurzen Seil aus, das um den Hals des Pferdes gebunden war.

»Ich gehe. Es muss laufen. Ich passe auf sie auf. *Muy bueno*«, sagte er und strich mit den Händen über das alte Pony. »Ich gehe«, wiederholte er und ging mit ausgestreckter Hand näher zu Jones hin.

Jones betrachtete die Hand des Mannes, dann sein Gesicht. Er war immer noch fassungslos.

»Ich gehe«, sagte Mannito abermals.

Jones sah ihn nur weiter unverwandt an. Schließlich gab er ihm das Seil und nickte dem kleinen Mann erneut zu, sprach aber kein Wort. Das reichte. Mannito verstand.

»Gern geschehen, *viejo.*«

Die Dunkelheit senkte sich rasch hernieder. Baldwin und Lily, die nach der Herde auf der Hochebene gesehen hatten, waren noch nicht zurück. Jones machte sich Sorgen. Baldwin war nicht dumm. Seit der Nacht des Sandsturms trug er seinen Revolver und blieb in der Nähe seiner ältesten Tochter. Aber der Mann wollte nicht glauben, dass etwas anderes als ein verliebter Cowboy seiner Lily nachgestellt hatte. Jones hatte versucht, ihn vom Gegenteil zu überzeugen. Ebenso Mannito. Aber er hörte nicht zu. Jones betrachtete die rostroten Berge, die das kleine Tal umgaben, und hoffte, dass die Sturheit des Ranchers ihn und das Mädchen nicht irgendwo unterwegs in Schwierigkeiten gebracht hatte.

Baldwin war dickköpfig und unerschrocken und damit wie die meisten Männer, die in der Wildnis etwas aufbauten. Darum, wusste Jones, kamen die Leute so schwer mit ihnen aus. Sie machten alles, was erforderlich war, um zu überleben. Sie waren keine schlechten Menschen, nur hart und selbstbewusst. Und in den vergangenen Tagen hatten Brake Baldwins Kühe – die gesamte Zukunft seiner Familie – unbeaufsichtigt in diesem rauen Land gekalbt. Der Rancher wusste, einige der Tiere brauchten seine Hilfe, sonst würden sie sterben. Aus diesem Grund war Brake Baldwin zu der Hochebene geritten, komme, was da wolle, und hatte seine Tochter mitgenommen, damit er sie im Auge behalten konnte.

Mannito blieb zu Hause und musste auf Maggie aufpassen. Nach Meinung des Ranchers war Maggie in Sicherheit. Ein junger Cowboy hatte sich einfach in Lily verschossen. Das Mädchen hatte auf jeden Fall das Aussehen, das einen Mann durcheinander bringen konnte. Aber so hatte es sich nach Jones' Überzeugung nicht abgespielt. Er spürte, dass mehr an der Sache dran war. Nur was es genau war, das wusste er nicht mit Sicherheit.

Aus Unterhaltungen, die er in der Scheune mitgehört hatte, wusste er, dass James und Dot den Wagen nehmen und die Nacht in der kleinen Stadt am Endbahnhof verbringen würden. An diesem Nachmittag hatte er den Grauen im Auge behalten und sich vergewissert, dass das Pferd tatsächlich auf dem Weg der Besserung war, danach hatte er den Mexikaner bei Maggie gelassen, sich eines von Baldwins Pferden geschnappt und war den beiden Kindern gefolgt, bis er überzeugt war, dass ihnen nichts geschehen würde. Dreimal wich er rechts und links weit von der Spur des Wagens ab, um sich zu überzeugen, dass keine Pferdespuren eventuelle Verfolger verrieten. Nichts.

Zufrieden war er zur Ranch zurückgekehrt, wo er am späten Nachmittag und mit vor Erschöpfung taubem Körper eintraf. Chaco, der auf dem Rumpf des Pferdes saß, verkündete bellend ihre Ankunft. Maggie saß auf der Veranda. Sie nahm in keiner Weise Notiz von ihm. Mannito stand verborgen im Schatten der Scheune und hielt die Zügel eines frischen Pferdes; er hatte seine uralte Flinte über den Rücken geschlungen. Alice wieherte fröhlich.

»*Los niños?*«, fragte Mannito, stieg auf das Pferd, das er hielt, und zeigte Richtung Stadt. »Die Kinder?«

Jones nickte.

»Ich reite zu Señor Brake.« Er verstummte, sah Jones eindringlich ins Gesicht und wollte etwas anderes sagen, besann sich dann aber. Jones konnte sehen, dass er nervös war. Ein Gefühl, das sie beide erfüllte. Schließlich lächelte Mannito nur und sagte: »Gute Nacht, *viejo.*«

Jones sagte nichts.

Mannito sah ihn noch einen Moment an, da ihm offensichtlich etwas durch den Kopf ging, dann wandte er sich mit dem

Pferd ab und galoppierte in einem scharfen Tempo zu den Bergen, die in der purpurnen Abenddämmerung versanken.

Jones wäre mit ihm geritten, aber er wollte Maggie nicht unbewacht zurücklassen. Was immer hier nicht stimmte, konnte auch sie gefährden. Er sah eine Zeit lang dem dunklen Fleck des kleinen Mexikaners und seines galoppierenden Pferdes nach und versuchte zu ergründen, was der Mann ihm zu sagen versucht hatte. Er war sich nicht sicher. Aber etwas hatte ihm eindeutig auf dem Herzen gelegen.

Jones drehte sich um und sah durch die zunehmend dunkleren Schatten zum schwarzen Umriss des Hauses. Der Mond ging über den Berggipfeln auf. Maggie hatte Recht: Er gehörte nicht hierher. Darum war er früher nie hergekommen. Es war ihr gegenüber nicht fair. Es war nicht fair, nach all den Jahren einfach wieder in ihr Leben zu treten. Wenn es nicht mit ihm zu Ende ginge, hätte er es sicher nicht gemacht. Aber es ging zu Ende, und er hatte sie noch einmal sehen wollen. Nun musste er weiterziehen. Jeder Narr hätte vorhersehen können, wie sie empfinden musste. Er machte ihr keinen Vorwurf.

Er überlegte sich, dass er ins Zentrum des alten Chihenne-Landes reiten könnte. Der Gedanke berührte eine schmerzende Stelle in seinem Inneren. Yopon und er waren vor Jahren einmal dort gewesen. Da waren sie zum letzten Mal zusammen und frei gewesen. In Gedanken zeichnete er in letzter Zeit öfter ihre damaligen Wege nach. Er zwang sich, damit aufzuhören.

Er stand vor der Scheune und spürte körperliche Schmerzen wie ein starkes Stechen in der Brust, dann drehte er sich ganz langsam im Kreis und sah zu den dunklen Bäumen, der Scheune, den Weiden und dem Haus. Er wollte sich an alles hier, an alles, das zu ihr gehörte, so lange er konnte erinnern.

Er trank einen Schluck aus der Flasche, ließ sie auf dem Boden stehen, ging verlegen zu ihr und wusste nicht, was er mit seinen Händen anfangen sollte. Vor der Veranda, wo sie saß, blieb er stehen. Chaco kam ihm hinterher. Jones betrachtete sie einen Augenblick, während sie in die Ferne sah, dann beugte er sich vor und legte ein Stück reinsten weißen Quarzes auf die Stufe neben ihr.

»Das habe ich in den Bergen gefunden. Ich dachte, vielleicht gefällt es dir.«

Sie sagte nichts und sah auch den Stein nicht an.

»Der Mexikaner ist sie suchen gegangen«, sagte er leise. »Wahrscheinlich haben sie beschlossen, die Nacht bei der Herde zu verbringen, anstatt im Dunkeln die Bergpfade hinunterzureiten.« Jones wusste, dass es nicht so war. Wenn sie die Nacht draußen verbrachten, dann nur, weil etwas passiert war. Er hatte ihnen beim Aufsatteln zugesehen und keine Lagerausrüstung bemerkt; keine Zeltleinwand, kein Vorratsbeutel, nichts. Er hatte gesehen, wie Dot die Adlerkralle in Lilys Satteltasche steckte, als ihre Schwester ins Haus gegangen war. Das Kind hatte ein großes Herz. Doch dann hatte Lily sie gefunden und wütend auf den Boden geworfen. Dot hatte sie wieder aufgehoben.

»Wenn sie morgen früh nicht wieder hier sind, gehe ich sie suchen«, sagte er fast so, als führte er ein Selbstgespräch. »Dann reite ich weiter.« Er drehte sich um, sah sie an und schien sie einen Moment förmlich mit den Augen in sich aufzusaugen. »Ich habe über dich nachgedacht«, sagte er leise. »Meistens nachts. Wo du warst und was du fühlen würdest.«

Sie sagte lange Zeit nichts, sondern schaute nur weiter an ihm vorbei zu den Bergen. Als sie schließlich sprach, konnte er ihr Gesicht nicht sehen. »Ich brauche nichts mehr von dir«, sagte sie mit erschöpfter Stimme. »Geh einfach.«

Er ging langsam an ihr vorbei ins Haus, da er beschloss, heute Nacht in ihrer Nähe zu schlafen, damit er sie im Auge behalten konnte, aber auch, weil er wenigstens eine Nacht in ihrem Haus verbringen wollte. Chaco setzte sich neben sie.

Maggie betrachtete die zunehmende Dunkelheit und verdrängte alle Gedanken an den Mann. Sie hatte wegen der Katze zu Gott gebetet. Nichts hatte sich ergeben. Sie war überzeugt, dass das Tier tot war – überzeugt, dass das ihre Antwort von Gott war. Harriet gab es nicht mehr.

Sie stand auf, hob den Quarzstein auf, betrachtete ihn einen Moment und warf ihn dann mit aller Kraft in die Dunkelheit. Chaco sprang von der Veranda und lief ihm bellend hinterher. Ein paar Minuten später kam der kleine Hund mit dem Stein zurück und legte ihn ihr vor die Füße. Sie fing an zu weinen.

Das Licht des Morgens kam nur widerwillig über das Tal der Ranch. Baldwin und die anderen waren noch nicht heimgeritten gekommen. Jones war früh in der Dunkelheit erwacht, da er nicht schlafen konnte, weil er die stechenden Schmerzen, aber auch noch etwas anderes verspürte – eine Nervosität ganz tief in seinem Inneren. Langsam schüttelte er sie ab und kroch mühsam aus seinen Decken. Er hatte im großen Zimmer des Hauses auf dem Boden geschlafen, das Gewehr neben sich. Maggie schlief draußen auf der Veranda im Schaukelstuhl. Er hatte das knirschende Geräusch fast die ganze Nacht gehört. Jetzt war es verstummt. Er schaute zum Fenster hinaus und sah sie schlafend auf dem Stuhl liegen. Chaco lag neben ihr. Jones saß eine ganze Weile da, betrachtete sie und hörte den Ruf einer weißflügeligen Taube.

Schließlich zwang er sich, sie nicht mehr anzusehen, ging langsam durch das menschenleere Haus, von Zimmer zu Zimmer, betrachtete die Sachen, die ihr gehörten oder vermutlich ihr gehörten, versuchte, sie sich mit diesen Sachen in den Zimmern vorzustellen und nahm sie manchmal sogar in die Hand. Er wusste, dass er ein Eindringling war. Aber er wusste auch, dass er nur durch sein Eindringen in diesem letzten Augenblick überhaupt ein wenig an ihrem Leben teilhaben konnte. Dies war seine letzte Chance, allein mit ihr zu sein – jedenfalls allein mit ihrer Welt. Das musste ihm genügen. Das hatte er begriffen. Sie würde ihn nicht näher kommen lassen.

Es stand im Schatten der Kommode in dem großen Schlafzimmer. Er betrachtete es und konnte sich eine Weile nicht bewegen, rückte nur die kleine Brille auf seiner Nase zurecht. Für ihn war es fast wie ein Traum. Er hielt es in den hohlen Händen und prägte es seinem, wie er sehr wohl wusste, nachlassenden Gedächtnis ein. Das machte ihm Angst. Er wusste, wenn er dieses Zimmer verließ, würde er es nie wiedersehen. Zum ersten und einzigen Mal in seinem Leben verspürte er den Drang, etwas zu stehlen. Aber das konnte er nicht. Nicht von ihr. Er hatte schon genug von ihrem Leben gestohlen.

Er ließ den Blick langsam darüber schweifen: eine Ferrotypie. Maggie als Teenager mit ihrer Mutter Susan. Er konnte den Blick nicht von ihrem Gesicht abwenden. Sie war eine gute Frau und Mutter gewesen; er verspürte die altbekannte Reue und riss Blick und Gedanken gewaltsam los. Warum hatte sie nie wieder geheiratet? Sie war so schön gewesen. Er schüttelte traurig den Kopf, da er die Antwort nur allzu gut kannte. Spielte keine Rolle. Es war vorbei. Er konnte nichts mehr daran ändern.

Die beiden Personen allein hätten ausgereicht, ihn traurig zu stimmen, aber es war noch jemand auf der Ferrotypie zu sehen: ein kleines, acht- oder neunjähriges Mädchen mit braunen Haaren. Sie war es, die die starken Stützen in seinem Inneren hinwegfegte, sodass seine emotionale Welt in sich zusammenfiel. Bittersüßer Schmerz erfüllte ihn, während er vor der Kommode stand.

Er hatte sie noch nie zuvor gesehen. Er wusste nur, dass sie erst nach seinem Weggang zur Welt gekommen und inzwischen tot war. Dass er sie nun sah, das war ein geheimnisvolles Geschenk und ein Fluch zugleich. Er kämpfte das Stöhnen nieder, das in ihm aufstieg. Er hatte gehört, dass ihr Name Thelma gewesen war. Die Kehle schnürte sich ihm zusammen. Das war der Name seiner Mutter gewesen. Er lächelte sehnsüchtig: Es war so typisch für Susan, dass sie ihn noch ehrte, als er selbst sich schon entehrt hatte. Er küsste die Fotografie seines Kindes, das er selbst nie geküsst, nicht einmal gekannt hatte.

Eine lange Zeit verging, bis er den Blick von ihr abwenden konnte, und er sah das winzige Gesicht so lange an, bis es verschwamm. Er durchlebte Zeiten, an die er seit langer Zeit nicht mehr gedacht hatte. Warum war er weggegangen, wo sie ihn so sehr gebraucht hatten? Er richtete sich starr auf und stellte das Bild an seinen Platz zurück. Er wusste die Antwort. Er wusste, er würde wieder so handeln. Auch wusste er schmerzhaft deutlich, was er verloren hatte. Und gefunden. Er nahm die Brille ab, drehte sich um und ging aus dem Zimmer.

Er ritt steif, während er und der Graue sich ihren Weg vorsichtig auf einem schmalen Pfad suchten, der unter den Kiefern am Westhang hinaufführte. Chaco saß auf dem Rumpf des Ponys. Alice, die den gesamten weltlichen Besitz von Jones auf den Rücken geschnallt hatte, trottete hinter ihnen. Er wollte nicht mehr reiten. Er wollte sich hinlegen und schlafen. Er war bereit, den letzten langen Pfad zu nehmen.

Er betastete geistesabwesend die alte Sharps, trank hin und wieder einen Schluck aus der Flasche, drehte sich um und schaute zu dem Ranchhaus zurück. Vorhin hatte er versucht, Lebewohl zu sagen. Sie hatte nicht einmal Notiz von ihm genommen. So war es am besten, dachte er. Es hatte ihm die Möglichkeit gegeben, sie genau anzusehen. Er hatte ihr Baldwins geladene Flinte auf den Schoß gelegt. Dennoch hatte sie ihm nicht die geringste Aufmerksamkeit gewidmet. Ihn keines Blickes gewürdigt.

Er atmete flach und sagte sich, dass er aufhören sollte. Es war vorbei. Er versuchte, sich Thelmas Gesicht vorzustellen, sah sie nur verschwommen und spürte eine große Traurigkeit über sich kommen. Alles war inzwischen so anders als das, woran er früher geglaubt hatte. Das Leben schien so lebendig gewesen zu sein, so real und greifbar, so leicht zusammenzupacken und von Ort zu Ort mitzunehmen. Aber heute war ihm klar, dass das nie so gewesen war; die wirklich wertvollen Dinge hatte er nie auch nur berührt.

Eine Espe, deren Rinde von den Klauen eines Bären zerkratzt worden war, stand sterbend am Wegesrand, die gelben Blätter fielen stumm in der Brise herab. Er sah, wie das Sonnenlicht auf den Baum fiel und ihm das Aussehen von etwas Funkelndem, Spirituellem verlieh, dessen Blätter in zufälligen Mustern zur Erde schwebten und zu einer jeweils eigenen Reise aufbrachen. Einst war der Baum ganz gewesen, in Leben und Zweck vereinheitlicht; nun zerfiel er, seine verschiedenen Leben starben verschiedene Tode, jedes für sich allein. So ungefähr fühlte er sich auch.

Nur oberflächlich hatte er die Essenz des Lebens gekostet, die unsichtbaren Dinge, die wahre Bedeutung besaßen, die ihn all die Jahre wie eine sanfte Brise auf der Haut berührt hatten. Nun wehten sie davon und ließen ihn ohne sich auf die Reise gehen. Er war wahrlich allein.

Die Berge waren still, wodurch die Geräusche der Tiere umso lauter und störender wirkten. Es war einerlei. Wenn voraus Ärger wartete, dann wusste derjenige, der ihn verursachte, schon längst, dass er kam, was er bei sich trug und aus welcher Richtung er sich näherte. Er dachte wieder an das Indianergesicht – das Gesicht, das er vor zwei Nächten in seiner Vision im Maisfeld gesehen hatte – und fragte sich, wer das gewesen sein mochte und was er wollte – und warum ihn diese Frage so sehr quälte.

Er fand Baldwins und Lilys Spuren im roten Lehm über den Kiefern, dann entdeckte er die Hufspuren vom Pferd des alten Mexikaners; der kleine Mann ritt seitlich versetzt, damit er die Spuren lesen konnte, ohne sie zu zerstören. An einigen Stellen war Mannito vom Weg abgewichen und hatte seine eigenen Spuren beobachtet, ob er verfolgt werden würde. Der Mexikaner wusste einiges, dachte Jones.

Als Jones den Kaktus sah, spannte er den Hahn der Sharps, kniff die Augen zusammen und studierte den Weg durch die abgebrochenen Pflanzen. Er blieb still sitzen und horchte. Der Graue unter ihm wirkte nervös und hatte die Ohren angelegt. Chaco winselte. Er hob eine Hand, um ihn zum Schweigen zu bringen.

Dem Ochsen war in einem Rispengrasareal die Haut abgezogen worden; seine Hinterbeine fehlten. Jones ging neben den Resten des Kadavers in die Hocke und achtete weder auf die summenden Fliegen noch den Gestank, während er Fußabdrücke zählte und so viele Informationen wie möglich aus den Spuren las. Sie waren zu sechst gewesen. Alle mit Mokassins – abgenutzt; keine wohlhabende Bande. Er suchte nach dem, der in der Nacht des Sandsturms Lily verfolgt hatte, da ein dunkles Echo in seinem Kopf ihn anspornte.

Er fand seine Brille, setzte sie sich ungelenk auf und beugte sich tiefer über die Spuren im Staub. Unterschiedliche Stämme: Chokonen, Chihenne und Mescaleros, aber alle Apachen, aber eine seltsam zusammengewürfelte Schar. Sie schienen gar nicht zusammenzupassen.

Mit den Augen, die er nun hinter der Brille aufmerksam zusammenkniff, folgte er den Spuren. Er studierte ihre Kreuzungen, die wiederholten Kreise, das Hin und Her. Er schaute zum Himmel hinauf und versuchte, sich jeden der Männer vorzustellen, sich ihre Gangart, Größe, Gewicht und Gewohnheiten fest ins Gedächtnis einzuprägen. Als er der Meinung war, dass er ein gutes Bild hatte, schaute er wieder auf den Boden. Dann sah er die einzelne Fährte und begriff, weshalb ihm die Spur in jener Nacht seltsam vorgekommen war.

Apachen waren alle gefährlich. Dieser hier, spürte er, war noch schlimmer. Jones ging näher hin und studierte die Abdrücke; der rechte Fuß stand schief und wurde ein wenig nachgezogen. Keine frische Wunde, möglicherweise war der Apache von Geburt an lahm gewesen. Er fragte sich, was ihn an dem Mann so beunruhigte. Groß war er. Gedrungen. Staubwülste vor den Spuren deuteten auf das Gewicht des Mannes hin. Jones schätzte, dass er um die hundert Kilo wiegen musste.

Er streckte die Hand aus, machte die Augen zu, berührte die Fährte behutsam, las ihre verräterischen Kennzeichen und erfühlte die Störungen in der Erde. Die böse Vorahnung überkam ihn wieder, und er zog die Hand weg.

Er konnte Feuer riechen und sah nahe des Wipfels einer Eiche Rauch aufsteigen. Er näherte sich dem Baum vorsichtig. Ein dunkler Umriss schwang grotesk an einem Ast des Baumes. Er ging näher hin und versuchte, aus dem Wind und dem Übelkeit erregenden Geruch zu bleiben, den die Brise mit sich brachte. Das Objekt nahm verschwommene Gestalt an: die frische Kuhhaut. Sie war zu einer Art großer Tüte zusammengenäht und ein Feuer war unter ihr entfacht worden. Lilys Kleid lag neben der Feuerstelle im Sand. »*Bastardos*«, murmelte er auf Mexikanisch, als könnten die Täter das Wort hören. Es war eine Sprache, die die Apachen gut kannten.

Dichter Rauch stieg auf, hüllte die Haut ein und machte es schwerer, etwas zu erkennen; dann kam eine leichte Brise auf, der Rauch verzog sich, und er sah einen kleinen, geschwärzten Fuß aus einer Lücke der dicht gesteppten Naht herausragen. Als er den Fuß sah und an Lilys Mutter und Großmutter denken musste, da schwor sich Jones, dass er den Krüppel finden – und töten – würde.

Er holte tief Luft und hielt den Atem an, während er die frischen Lederriemen der Naht durchschnitt; die Kuhhaut klappte auseinander, eine Wolke übel riechenden Dampfes stieg auf; Jones würgte und wandte sich davon ab. Der Tod hatte ihm ganz im Allgemeinen nie besonders zugesetzt. Doch dieser hier schon.

Der Leichnam war zu einem Ball zusammengerollt und fast zur Unkenntlichkeit verstümmelt. Dennoch wusste er, dass es nicht Lily war. Er hob eine Seite der Kuhhaut hoch und rollte den Leichnam auf den Rücken. Mannito. Der kleine Mexikaner war nackt und mit Tausenden von kleinen Löchern übersät; aber die hatten ihn nicht getötet. Gestorben war er durch die frische Kuhhaut. Das Feuer hatte sie langsam getrocknet, sodass sie sich immer mehr zusammenzog, bis sie ihm schließlich die Rippen brach und ihn erstickte.

Jones betrachtete das zertrümmerte Gesicht des kleinen Mannes und spürte wieder die böse Vorahnung tief in seinen Eingeweiden. Er hatte nie viel für Mexikaner übrig gehabt, aber bei diesem hier war es etwas anderes gewesen. In nur wenigen Tagen hatten sie ein wortloses Verständnis füreinander entwickelt; und er spürte, dass der Mexikaner es in Ehren gehalten hätte. Etwas an diesem kleinen Mann hatte ihm Vertrauen eingeflößt. Er spürte, wie sich ein Druck in seiner Brust aufbaute, und stand hastig auf. In seinem Leben hatte er nur wenigen Menschen nahe gestanden. So schwer es ihm fiel, es zu verstehen, er glaubte, dieser kleine Mann hätte einer davon werden können.

Jetzt war er nicht mehr. Der Lahme und die anderen Apachen hatten ihn zu Tode gefoltert. Jones spürte, wie sich die Bestie in ihm regte und versuchte, sie unter Kontrolle zu halten. Einen Mann töten war eine Sache – ihn zu foltern eine andere. Die Respektlosigkeit bekümmerte ihn.

Er holte seine Pfeife von dem Grauen, zündete sie an und ging vor dem Leichnam in die Hocke. Er blies Rauch über Mannito und sang sein Todeslied. Er hätte nie damit gerechnet, dass er diese Ehre einmal einem Mexikaner zuteil werden lassen würde. Lange Zeit blieb er sitzen und betrachtete den Leichnam. Mannito hatte den Grauen gerettet, sich für ihn eingesetzt. Und Jones wusste instinktiv, dass der kleine Mann gekämpft hatte, um Lily zu retten. Solche Dinge galten etwas in Samuel Jones' Augen.

Jones verlagerte das Gewicht auf die Hacken und ließ den Blick ruhig über den Boden schweifen. Die Spuren des Ranchers waren nirgendwo zu sehen. Er hatte es nicht bis hierher geschafft.

Chaco schnupperte an Mannitos Leichnam, dann legte er sich neben ihn und winselte. Das überraschte Jones. In seinen neun Lebensjahren hatte der Hund viele Tote gesehen. Und hatte nie darauf geachtet. Nicht einmal bei Kindern. Bis auf den heutigen Tag. Jones blies abermals Rauch über den Leichnam, um ihn zu reinigen, und sang, während Chaco winselte. Der kleine Mexikaner war anders gewesen. So viel stand fest.

Er entfernte sich von dem Leichnam, hockte sich wieder hin,

rauchte und dachte darüber nach, was hier passiert war. Sie hatten das Mädchen. Er ging davon aus, dass sie noch am Leben war; vorläufig. Baldwin – wahrscheinlich tot. Wahrscheinlich hatten sie ihm und Lily einen Hinterhalt gelegt, den Rancher erschossen, sich das Mädchen geschnappt und waren später von Mannito überrascht worden. Irgendwie hatten sie den kleinen Mexikaner lebendig erwischt, nackt ausgezogen, ihm ein Seil um die Brust gebunden und ihn durch die Feigenkakteen hin und her gezogen. Anschließend hatten sie ihn, von tausend Kaktusstacheln durchbohrt, mit Keulen geschlagen, in die Haut eingenäht und ihn wie einen riesigen Kokon an die Eiche gehängt.

Wenn er den kleinen Mann richtig einschätzte, hatte er nicht einen einzigen Schrei von sich gegeben. Er war anders. Er hätte ein besseres Los verdient gehabt. Jones konnte sehen, wo sie gehockt und gelegen, getrunken und geraucht hatten. Lily war gezwungen gewesen, sich das Töten anzusehen. »*Bastardos*«, murmelte er wieder. Der lahme Apache hatte allein gesessen, und so, dass er Lily beobachten konnte. Jones spürte wieder die Regungen der Bestie in sich und kämpfte gegen den Wunsch, sofort die Verfolgung aufzunehmen. Er musste mehr wissen. Er war zu schwach, um irgendetwas ungestüm zu verfolgen. Und sie rechneten damit, dass man sie verfolgte. Daher würde er warten.

Als Jones neben dem Leichnam saß, sah er eine große Wolfsspinne über Mannitos Körper krabbeln. Spinnen waren heilige Wesen, daher nahm er das als ein Omen. »Hör zu, Bruder Spinne – bezeuge meine Worte. Ich werde diesen Mann rächen.« Er zögerte einen Moment, dann sagte er: »Diesen Freund.« Er verstummte und schaute ins helle Sonnenlicht über den fernen Hügeln. Plötzlich wurde ihm klar, was Mannito gestern Abend vor der Scheune zu ihm hatte sagen wollen. Dass sie Freunde waren. Jones wischte sich den Mund mit der Handfläche ab und sah auf den zierlichen Leichnam hinab. »Ich habe dich gehört«, sagte er. Dann wandte er den Blick ab und setzte seinen Schwur fort. »Ich werde diesen Mann rächen. Die Erde hört mich, die Spinne hört mich.« Jones blies Rauch in die vier Himmelsrichtungen.

Samuel Jones machte die Augen zu und versuchte, einen Moment im winzigen Schatten eines Mesquitebuschs auszuruhen. Er dachte an Lily und ihre Chancen, als er plötzlich wieder das Indianergesicht vor Augen hatte; es sah so real aus, dass er sich aufrecht hinsetzte, nach seinem Revolver griff und in das umliegende Gebüsch sah. Nichts. Jones zitterte, stand auf und lief sich den Schrecken von der Seele. Nun wusste er, dass es das Gesicht des Lahmen war.

Er schaute auf Mannitos Leichnam hinab und fragte sich, wo die Kleidungsstücke des kleinen Mannes geblieben waren. Dann kam er darauf: Sie hatten sie Lily anziehen lassen. Die Größe passte ihr ungefähr. Das konnte nur eines bedeuten. Sie hatten nicht vor, sie zu töten, daher hatten sie ihr Sachen zum Reiten angezogen. Hoffentlich ließen sie sie lange genug am Leben. Wozu? Seine Kraft hatte im Lauf der Monate nachgelassen. Er hatte keine Ahnung, wo er anfangen sollte. Er wollte sich nur hinlegen und ausruhen. Mehr wollte er überhaupt nicht mehr. Und Maggies Liebe.

Samuel Jones untersuchte den felsigen Boden eine Stunde lang intensiv, bis er Baldwin mit einer Kugel in der Brust und fast tot eine Viertelmeile von dem Baum entfernt fand. Er befestigte eine primitive Bahre an dem Grauen und legte den verwundeten Mann darauf und Mannitos Leichnam über das Maultier. Auf halbem Weg nach unten fand er einen Apachen auf dem Erdboden liegen, von Mannitos Machete fast enthauptet. Er hatte Recht gehabt, der kleine Mann hatte verbissen gekämpft, um Lily zu schützen. Er war ein Krieger gewesen, der Respekt verdiente.

4

Maggie überraschte ihn nicht. Sie war würdevoll und beherrscht, obwohl er wusste, dass sie innerlich fast an der Belastung zugrunde ging. Er beobachtete sie aus dem Augenwinkel, wie sie eine Kompresse hart auf die Wunde ihres Mannes drückte und dann den Verband fest um seine Brust wickelte. Er hielt den Rancher aufrecht im Bett fest, danach ließen sie ihn gemeinsam wieder auf das Kissen sinken.

Baldwin war bewusstlos. Aber er hatte eine Chance, überlegte Jones. Maggie hatte ihn keines Blickes gewürdigt. Nicht, als er zur Veranda geritten war, und nicht einmal, als sie Seite an Seite arbeiteten. Das einzige Wort, das sie gesagt hatte, sprach sie auch jetzt wieder leise vor sich hin: »Lily.« Es war ein altes Mantra der Trauer, das er schon Hunderte Male zuvor in den verschiedensten Sprachen gehört hatte, aber es war stets dasselbe. Er konnte nichts tun, um sie zu trösten.

Er sah zu, wie sie einen Stuhl dicht neben das Bett zog, ihre Arzneitasche auf den Schoß stellte und sich daran festhielt, als könnte sie den Inhalt allein durch Willenskraft dazu bringen, ihren Mann zu heilen. Er wollte sie festhalten, trösten. Denselben drängenden Wunsch verspürte er seit dreißig Jahren. Nun aber, in ihrer Nähe, wurde er fast übermächtig. Manchmal, wenn er eines der anderen Kinder in den Armen hielt, als sie noch klein waren, hatte er die Augen zugemacht und so getan, als hielte er sie. Das war eine Selbsttäuschung, die ihn zum Weinen brachte.

Er räusperte sich und suchte nach ihrem Gesicht. Er konnte immer noch das Kind darin erkennen, das er in jener letzten Nacht vor dreißig Jahren gesehen hatte. Es war merkwürdig –

er war jetzt ein alter, dem Tode naher Mann, sie eine erwachsene Frau; sie hatten einander ein ganzes Leben lang nicht mehr gesehen, gehörten als Vater und Kind aber immer noch zusammen, und was auch geschehen würde, daran würde sich nichts ändern. Er machte die Augen zu und bat ihre Macht, ihr Trost zu spenden.

Jones bewegte sich, damit sie sehen musste, dass er da war. »Ama. Ich werde helfen. Ich muss sie kennen lernen. Was sie planen«, offerierte er.

Sie drehte sich um und sah ihn an, als wäre ihr eben erst aufgefallen, dass er sich in dem Zimmer befand. »Nein. Lily und ich brauchen dich nicht. James und Dot sind Hilfe holen gegangen. Wir wollen dich nicht.« Ihre Worte klangen so, als kämen sie von weit her. Er ging aus dem Zimmer.

Eine Stunde später kam er zurück und klopfte leise an die Schlafzimmertür. Sie antwortete nicht. Er machte langsam die Tür auf und studierte das Profil ihres zarten Gesichts. Sie war zum Sessel zurückgekehrt und sah Baldwin unverwandt an. Sie hatte die schweren Vorhänge des Zimmers der Nachmittagssonne wegen zugezogen, es war dunkel und still im Inneren. Er wartete, bis sich seine Augen angepasst hatten, dann ging er mit seinem Medizinbündel zum Fußende des Betts. Mit seinem fadenscheinigen gelben Medizinhemd und dem weißen Lendenschurz sah er von Kopf bis Fuß wie ein indianischer Schamane aus. Er blieb stehen, damit sie sich an seine Gegenwart gewöhnen konnte.

Am Fußende des Betts lag eine zerlesene Bibel. Er wusste, sie hatte ihre christlichen Gebete gebetet. Vermutlich empfand sie sie als tröstlich. Er schaute in den dunklen Schatten auf zu einer Stelle, wo ein Strahl Sonnenlicht durch einen Spalt zwischen den Vorhängen hereinfiel. Er schien auf ein bemaltes Kreuz und einen blassen Christus, der über dem Bett an der Wand hing; in dem Licht wirkte die winzige Gestalt wie lebendig und schmerzgepeinigt in ihrem Leid.

Jones wandte den Blick nicht von der kleinen Ikone ab. Er

fragte sich, was er jemals geglaubt hatte und warum; er wusste, dieser Glaube war bis zu einem Punkt geschrumpft, an dem er nichts mehr für dieses mexikanische Figürchen und den so genannten göttlichen Augenblick empfand, den es repräsentierte. Seit Jahren nicht mehr. Es hatte keinen Sinn, es auch nur zu versuchen. Einst – vor Jahrzehnten – hatte er verzweifelt versucht, diesen Gott zu erreichen, diesen Dein-Wille-geschehe-Gott, wie Yopon ihn stets genannt hatte. Aber nichts war passiert. Es kamen keine Antworten. Er war durch Schweigen verdammt worden. Jones drehte der Wand die breiten Schultern zu und sah von der Holzfigur zu Maggie.

Sie hatte Baldwins schweißnasses Gesicht nicht aus den Augen gelassen. Es war still in dem Zimmer, abgesehen von dem röchelnden Atmen des verwundeten Mannes. Jones breitete seine Medizingegenstände – ein kleines Vogelnest, einen Schildkrötenpanzer, drei heilige Kieselsteine, die Ohren eines Kojoten – bedächtig auf dem Boden aus, zündete sein Kalumet an, fing an zu singen und blies den reinigenden Rauch über das Bett. Sie sah ihn immer noch nicht an, stand aber langsam auf, hielt einen Besen in der Hand, sodass ihre Knöchel vor Anstrengung weiß hervorstanden, und sah zu, wie der Rauch über das fiebrige Gesicht ihres Mannes trieb.

»Bitte geh hinaus«, sagte sie mit leiser Stimme.

Er sang weiter und bot den Rauch dar, bis sie mit dem Besen auf ihn einschlug. Er sammelte seine Sachen so gemächlich zusammen, wie die Schläge es zuließen, und ging hinaus. Er blutete aus einer Kopfverletzung. Sie folgte ihm aus dem Haus, blieb aber auf der Veranda stehen.

»Nimm deine heidnischen Bräuche und verschwinde.« Sie sah benommen aus.

Jones hob in dem eingezäunten Areal ein Grab für Mannito aus und beendete sein Totenlied. Dann wusch er den zerschundenen Leichnam des Mannes. Als er fertig war, ging er in die

Scheune und holte die blaue Decke, die er Lily zu schenken versucht hatte. Er hielt sie sich mit geschlossenen Augen an die Seite des Gesichts, als würde er etwas hören, das sie flüsterte.

»Yopon«, sagte er nur. Er kniete nieder, legte die Decke behutsam um den toten Mann und verspürte eine seltsame Melancholie. Lange Zeit standen er und Chaco vor dem offenen Grab; dann ging der kleine Hund an den Rand, sah hinein und winselte, als er das blaue Bündel unten liegen sah. Nach einer Weile setzte sich Chaco mit dem Rücken zum Grab hin und betrachtete die fernen Berge. Jones überlegte sich, dass sein Geist mit dem des Mexikaners kommunizierte. Auch sie waren Freunde geworden. Darüber war Jones froh. Chaco war weise; demzufolge musste der Mann ein wahrhaft guter Mensch gewesen sein.

Jones ging in die Hocke und dachte über den kleinen Mexikaner nach. Er räusperte sich, redete mit ihm und versuchte, einige der Fragen zu beantworten, die der kleine Mann ihm während ihrer gemeinsamen Zeit in der Scheune gestellt hatte. Er sprach sehr laut, damit der Mann seine Antworten auch hören konnte.

Hinterher spielte er lange Zeit auf seiner heiligen Knochenflöte, die mit Adlerflaum geschmückt war, und bat die Geister der Berge, die Seele des toten Mannes zu leiten. Dann schaufelte er Erde in das Grab – wobei er gegen seinen konstanten Husten kämpfte –, machte ein Kreuz aus Holz, das er im Schatten der Scheune fand, und rammte es in den harten Boden. Er überlegte sich, dass der alte Mann das vermutlich so haben wollte. Als er damit fertig war, sprach er ein christliches Gebet, an das er sich noch erinnerte, fühlte sich aber innerlich leer, während er die Worte aufsagte. Doch er war es dem kleinen Mann schuldig. Danach legte er ein wenig Essen neben das Grab des Mannes, für die lange Reise, und eine Hand voll Mais, um das Tulapi-Getränk herzustellen. Er hätte das Pferd des Mannes getötet, damit er durch das Land der Schatten reiten konnte, aber die Apachen hatten es gestohlen. Jones kniete nieder und legte die Hand auf den frischen Erdhügel.

»Gute Nacht, *viejo*«, sagte er.

Jones baute seine Schwitzhütte neben dem Bach. Es war fast Abend, als er sie endlich fertig hatte, und er war erschöpft. Er dachte an die Zeit zurück, als er in sengender Hitze fünfundzwanzig Meilen im leichten Trott laufen konnte und dennoch genug Energie zum Kämpfen hatte. Aus und vorbei. Für immer und ewig. Es war seltsam, dass das Leben ablief wie eine Uhr, dass man es so natürlich und leichthin akzeptierte.

Er stand vor der Hütte aus Zweigen und schaute durch die dunkle Abenddämmerung zu dem kleinen eingezäunten Areal, weil etwas ihn dorthin zog. Er war neugierig. In den vergangenen Stunden hatte er immer wieder einmal an den winzigen Friedhof gedacht, wusste aber nicht, warum. Er hatte sich von dem Mexikaner verabschiedet und die Geister beschworen, ihn sicher zu geleiten. Damit war er fertig. Aber da war noch etwas. Langsam setzte er sich in Bewegung.

Er betrachtete das Geviert lange und setzte seine Brille auf. Die Buchstaben waren in das verwitterte Holz des alten Kreuzes eingeschnitzt und kaum noch lesbar. Er fragte sich, ob er sie unbewusst bemerkt hatte, als er den Mexikaner begraben hatte, oder ob der Geist seine Anwesenheit auf dem Friedhof bemerkt und nach ihm gerufen hatte. Es war einerlei. Er war hier. Die Begegnung hatte endlich stattgefunden. Er hauchte die Buchstaben: THELMA. Dann legte er sich auf das Grab, umarmte die Erde, blieb so, redete mit ihr und zwang sich schließlich, wieder aufzustehen.

Er zog die winzige Brille ab, sah zu Boden und konnte kaum fassen, dass so viele Jahre vergangen waren. So viele Jahre, die das kleine Mädchen auf der Ferrotypie nun schon in der Erde verloren war. Noch ein Kind, das nicht mehr existierte. Er wusste nicht einmal, wie sie gestorben war. Oder ob sie je an ihn gedacht hatte. Er wandte sich von dem Grab ab. Er musste los. Das war die einzige Chance seiner Enkelin.

Später entfachte er mit Mesquiteholz ein kleines Feuer in der Mitte der Hütte und legte Steine kreisförmig herum. Als es zu heißer Kohle heruntergebrannt war, holte er Wasser am Bach, ging hinein, hängte die Decke vor den Eingang, zog sich nackt aus, hockte sich hin und goss langsam Wasser über die heißen Steine, bis Dampfschwaden die Hütte erfüllten. Er hatte eine seiner Flaschen bei sich und trank einen großen Schluck. Die Hitze nahm zu, bis es wehtat. Jones begann seine beschwörenden Gesänge, um die bösen Geister, das Gift, aus seinem Körper und seiner Seele auszutreiben … forderte diese falschen Wesenheiten auf, ihn und diesen zischenden Ort, diesen Ort der Schmerzen, zu verlassen. Er goss mehr Wasser auf die Steine und sang: »Hu-Hu-Hu-Hu-Hu.« Seine Gedanken schweiften zu dem Lahmen ab. Seltsamerweise sah er einen kleinen Ring vor sich, der im Halbdunkel der Hütte schwebte. Dann verschwand er wieder.

Sie reiten zum Utah Territorium«, sagte der Sheriff. Er saß auf einem großen Fliegenschimmel; sein feistes Gesicht sah unter dem schwarzen Filzhut weißlich-rosa aus.

Die anderen Männer prüften ihre Waffen und Sättel und saßen ringsum auf dem Hof der Ranch auf. Chaco bellte. Maggie setzte sich auf den großen Rotschimmel ihres Mannes, hatte den Blick auf den Boden gerichtet und hörte dem Gesetzeshüter gar nicht zu.

Der alte Mann hatte den Oberkörper entblößt, war barfuß und stand nur mit einer Decke um die Lenden da. Er hatte die ganze Zeit stark gehustet, während der Sheriff sprach. Er verstummte, holte tief Luft, ging hinter dem Mann um dessen Pferd herum und stellte sich neben Maggie. Chaco folgte ihm. »Sie werden Lily nicht nach Norden bringen«, sagte er. Die Worte schienen von der Morgenluft verweht zu werden. Maggie starrte blind auf eine Stelle am Boden.

»Herrgott, Jones, geben Sie Ruhe. Wir haben diesen verdammten Punkt schon tausend Mal besprochen. Sie haben sie nach Norden verschleppt. Sie haben die Spur selbst gesehen.«

Jones schenkte dem Mann keine Beachtung, ging um Maggies Pferd herum, hob jeden Huf hoch und prüfte, ob die Hufeisen fest waren. Maggie schwankte jedes Mal, wenn der große Rotschimmel das Gewicht verlagerte, beachtete Jones im Übrigen aber nicht. Jones richtete sich zufrieden auf und sah zu ihr hoch. »Sie werden nicht nach Norden reiten. Sie führen euch in diese Richtung. In einen Hinterhalt. Danach erst werden sie die Richtung einschlagen, in die sie reiten möchten.« Eine Pause. »Einer der Männer, denen ihr folgt...« Er verstummte, da er nicht so recht wusste, was er sagen wollte, aber seine Gedanken waren wieder bei dem verkrüppelten Apachen. Jones bückte sich und strich mit den Händen über den Sattelgurt. Er richtete sich auf und stapfte zur Scheune.

James und Dot beobachteten ihn von der Veranda. Beide sahen zutiefst besorgt aus. Mrs. Abby, eine Nachbarsfrau im gelben Kleid mit einer weißen Schürze, stand neben den Kindern. Sie war kräftig, um die fünfzig und hatte eine herzliche Art. Maggie hatte James geschickt, damit er sie holte. Ihr Mann war Pferdehändler und geschäftlich in Tucson. Sie hatte nicht versucht, Maggie auszureden, mit dem Sheriff zu reiten. Wäre Lily ihre Tochter gewesen, hätte sie nicht anders gehandelt. In der Zwischenzeit würde sie hier bleiben und sich um Baldwin und die Kinder kümmern.

Jones kehrte mit einem langen Streifen ungegerbtem Leder und einem Taschenmesser zurück. Er schob Maggies Bein und den Steigbügel zurück und löste den Sattelgurt.

»Was machst du da?«

»Die Nähte sind schlecht. Im gestreckten Galopp verlierst du den Sattel.«

Sie sah ihn einen Moment an, als wollte sie etwas sagen, dann wandte sie sich ab und ließ ihn gewähren. Als er fertig war, richtete er sich auf, streckte die Hand aus und berührte den Rotschimmel an der Schulter. »Ama...«

Maggie trat dem Tier heftig in die Flanken.

»Möge dein Geist dich beschützen«, rief er ihr nach.

Er war zur Schwitzhütte zurückgekehrt, da er noch nicht mit seiner Reinigung fertig war. Dot saß draußen und weinte. Wieder quoll Dampf durch die feinen Ritzen der kleinen Hütte. Chaco knurrte und schnappte nach den Stiefeln des Mädchens. Jones versuchte, beide zu ignorieren und seinen Geist ins Nichts treiben zu lassen. »Mein Herz ist offen. Ich flehe das große Mysterium an, meine Seele zu reinigen, damit ich bereit bin, deine Stimme zu hören.«

»Großvater, warum mussten sie Mannito töten?«

»Er hat sie dazu gezwungen.«

»Das verstehe ich nicht.«

»Er hat versucht, deine Schwester zu retten. Er hat einen von ihnen getötet. Er hätte keine Ruhe gegeben, wenn sie ihn nicht getötet hätten. Er war ein tapferer Mann.«

»Aber warum musste er sterben?« Sie schluchzte leise.

»Ich weiß nicht. Aber er war tapfer und sollte in Ehren gehalten werden.«

»Ich hatte ihn so gern.« Sie machte eine Pause. »Ich habe Angst. Mein Pa ist schwer verletzt, und Lily ist verschwunden.«

Er sang lauter und machte der Hitze wegen die Augen zu.

»Alles hat sich verändert. Es wird nie wieder so wie früher sein.« Sie blieb eine Weile stumm, dann sagte sie: »Großvater. Nie wieder, oder?«

»Nein. Nie wieder. Du musst etwas Neues daraus machen. Etwas Gutes. Das würde der Mexikaner so wollen. Lass das dein Geschenk für ihn sein.«

Sie nickte, hörte auf zu weinen und dachte nach. Allmählich wurde sie wieder unruhig.

»Wieso bist du nicht mit Ma und dem Sheriff nach Lily suchen gegangen?« Sie hatte einen wütenden Unterton in der Stimme. »Und wenn du ein Indianer bist, wie du behauptest, warum hast du sie dann nicht erwischt? Ich dachte, die Medizin lässt dich Sachen wissen.« Pause. »Du hast gesagt, dass Harriet lebt und ich sie finde.«

»Ich sagte fünf Tage«, rief er durch den Dampf.

»Wir werden sehen«, sagte Dot trotzig. »Ich glaube nicht, dass deine indianische Medizin wirkt.«

Draußen vor der Hütte herrschte ein paar Minuten Schweigen, dann fuhr Dot fort. »Mein Pa wäre mit ihnen geritten.« Sie hörte sich an, als würde sie gleich wieder anfangen zu weinen. »Lily ist deine Enkelin.«

Er begann leise zu singen.

Es war am späten Vormittag des zweiten Tages nach Lilys Entführung, als er Chaco knurren hörte und spürte, dass sich etwas in der Nähe der Hütte bewegte. Er dachte sich, dass es Dot war. Chaco lag zu seinen Füßen im Sand und hörte nicht auf zu knurren. Er schlug die Augen langsam im hellen Sonnenlicht auf.

Maggie stand vor ihm und betrachtete sein Gesicht. Er erwiderte ihren Blick und versuchte, sie so zu sehen, wie sie an jenem letzten Tag gewesen war. Er konnte es nicht. Eine Weile fand keiner von ihnen Worte.

Dann wandte sie ihm den Rücken zu und ließ den Blick über das kleine Tal schweifen. »Die Apachen haben vier der Männer getötet. Einen davon haben sie in der Nacht erwischt. Er hat sehr lange geschrien.« Sie machte eine Pause. »Wir fanden ihn am nächsten Tag.« Sie wirbelte herum und sah ihn an; ihr Atem ging keuchend. »Ich kann ihnen Lily nicht überlassen.« Sie hörte sich verzweifelt an.

Er nickte.

»Der Sheriff wurde getötet. Die anderen wollten nicht weitersuchen.«

»Hast du sie gesehen?«

Sie schüttelte den Kopf. »Aber sie reiten weiter nach Norden. Du hast dich geirrt.«

»Nein«, sagte er.

Sie beachtete seine Bemerkung nicht. »Wir haben den Behörden in Arizona, Utah, Colorado und Texas telegrafiert. Und die Armee lässt Patrouillen nach ihr suchen.« Pause. »Wir haben ein Foto von ihr vervielfältigen lassen, schicken es an jede mögliche Stadt und bieten eine Belohnung.« Sie hörte auf zu reden und sah ihm einen Moment ins Gesicht. »Wird das etwas nützen?«

»Ich weiß nicht.«

Das war ehrlich, aber nicht die Antwort, die sie hören wollte. »Dir ist es egal«, sagte sie mit hoffnungsloser Stimme. Sie drehte sich um und ging den Berg hinab, stolperte und fiel, ging weiter hinunter und sah für alle Welt wie eine Schlafwandlerin aus.

Samuel Jones saß lange Zeit vor dem Ranchhaus auf dem grauen Pony, bis Mrs. Abby ihn durch das Küchenfenster bemerkte. Sie kam auf die Veranda und trocknete sich die Hände an einem Handtuch ab, die anderen folgten ihr. Maggie hatte am Morgen gepackt, um in das Hotel in der Stadt zu ziehen, damit sie näher beim Telegrafenamt und den Berichten des Hilfssheriffs sein konnte. Mrs. Abby und ein paar Helfer von ihrer Ranch blieben bei Baldwin und den Kindern.

Maggie stand im Schatten der Tür und hielt ein Tablett mit Essen. So sehr sie sich Sorgen um Lily und ihren Mann machte, hatte sie doch nicht die Kranken abweisen können, die heute Morgen zu ihr gekommen waren; den ganzen Vormittag über hatte sie sie verarztet und gefüttert. Dot stand neben Mrs. Abby auf der Veranda. James kam herunter und ging zu dem Pferd. Jones und das alte Pony sahen verrückt aus. Er hielt das Maultier an einer Leine.

James sah zu ihm auf. »Ich werde meine Schwester suchen gehen.«

»Nein. Damit rechnen sie; sie würden dich vor ihren Augen langsam töten. Bleib hier und kümmere dich um deine Familie. So würde es dein Vater wollen.« James wollte etwas erwidern, doch Jones hielt die Hand hoch. »Wenn dein Vater nicht am Leben bleibt – musst du hier sein.« Jones reichte ihm die Leine des Maultiers. »Ich kann Alice nicht mitnehmen. Sie ist jung; sie würde sich nicht benehmen.«

James nahm das Seil. »Ich könnte dich begleiten.«

Jones antwortete nicht.

»Mr. Jones, Sie sollten sich ausruhen«, sagte Mrs. Abby.

»Nichts wurde mir offenbart«, antwortete er, als wüsste die Frau, was er meinte.

»Wohin wollen Sie?«, fragte sie. »Es geht Ihnen nicht gut.«

Er sah zu Maggie. Sie war ein Schemen in den Schatten vor seinen Augen. »Was verloren wurde«, hatte Yopon einst zu ihm gesagt, »sollte verloren bleiben.« Sie hatte Recht gehabt. Dennoch wollte er seine Tochter, die so nahe bei ihm stand, verzweifelt erreichen.

»Wenn Sie keine Antworten haben, wohin möchten Sie dann gehen?«, fragte Mrs. Abby wieder.

»An einen heiligen Ort. Dort suche ich die Antworten. Wir haben wenig Zeit.«

»Mr. Jones, Sie sind nicht der erste kranke Mann, den ich sehe. Und Sie sind sehr krank. Sie können unmöglich etwas an dem ändern, was geschehen ist. Ihr Körper wird Sie nicht lassen. Haben Sie verstanden? Wir haben die Armee und die Zivilbehörden verständigt. Ich habe meinem Mann in Tucson telegrafiert, er wird in zwei Tagen hier sein. Irgendwie werden wir Lily finden. Sie reiten nur in den sicheren Tod.«

Sie betrachteten einander kritisch ein paar Minuten lang; dann sah Mrs. Abby auf Dot hinab und sagte: »Kind, wickle das Hühnchen in ein Tuch und bring es mir.«

Mrs. Abby maß den Grauen von oben bis unten mit Blicken. »Mr. Jones, ich verstehe nicht viel von Pferden, aber dieses Tier sieht verbraucht aus. Vielleicht sollten Sie meins nehmen. Sie können es wiederbringen, wenn Sie die Antwort gefunden haben, die Sie suchen.«

»Sie sind sehr freundlich. Aber nein. Wir sind alt geworden«, sagte er mit einem abwesenden Tonfall in der Stimme, »aber wir reiten gemeinsam.«

Sie nickte ihm zu.

Dot kam zurück, reichte Mrs. Abby das Hühnchen, dann ging sie zu dem Pferd, drückte seinen Kopf an die Brust und kraulte ihm die Ohren. Das alte Tier machte die Augen zu und fing wenig später an zu schnarchen.

»Großvater, ich glaube nicht, dass die Stute sehr weit kommen wird.«

»Sie kommt schon klar, Kind. Sie würde mir nie verzeihen, wenn ich sie zurücklassen würde.«

Seine Worte schienen vernünftig zu sein, denn Dot drückte den Kopf der Stute fester an sich und war traurig, freute sich aber für das alte Tier.

Jones hatte sich immer höchst seltsam gekleidet, aber nun boten er und sein Pferd einen unglaublichen Anblick. Der alte Mann trug lediglich einen Lendenschurz aus schwarzem Satin, den er mit einer langen grünen Schärpe um die Taille gebunden hatte, und seine Apachenstiefel. Seine Haut war mit einem weißen Puder überzogen, als hätte er sich in Mehl gewälzt, darüber hatte er lange rote Streifen gemalt und sein Gesicht völlig mit dem glänzenden roten Pigment bedeckt. Das graue Haar hatte er zu langen Zöpfen geflochten, der Stachelschweinkopfschmuck oder Pe sa der Lakota, den er mit zwei Lederschnüren unter dem Kinn zusammengebunden hatte, krönte seinen Schädel von der Stirn bis in den knochigen Nacken; und er trug wieder die großen Drahtohrringe, dazu Armreife und Ringe aus Messing.

Zwei Adlerfedern steckten stolz in dem Kopfschmuck. So mager, alt und krank er sein mochte, sein Anblick war dennoch zum Fürchten. Sein wunderschönes Meerschaumkalumet hielt er in einer dünnen Armbeuge, die Sharps hatte er vor sich über dem Sattel liegen. Chaco saß hinter dem alten Mann auf dem Grauen, hatte allen anderen den Rücken zugewandt und streckte die Nase arrogant in die Luft. Zwei kleine Flecken roter Farbe waren an seiner kleinen Hüfte zu sehen.

Der benommene Graue hatte den Kopf an Dots Brust sinken

lassen; auch ihn zierte ein kühner roter Handabdruck auf der Schulter, Federn waren in seine zottige Mähne geflochten. Obwohl die Stute halb tot aussah, hatte Jones sie gebürstet und feste gestriegelt und als nicht unansehnliches Kriegspony herausgeputzt. Jones kletterte aus dem Sattel, ging zu dem Maultier und drückte eine Weile seinen Kopf an seinen; dann flüsterte er ihm etwas ins Ohr und ging zu dem Grauen zurück.

Mrs. Abby schüttelte langsam den Kopf. »Mr. Jones, es ist eine Weile her, seit wir Ärger hier in der Gegend hatten, aber ungute Gefühle sterben nur langsam aus. Diese Kluft, die Sie da tragen«, sie sah ihm direkt ins Gesicht, »könnte Sie in Schwierigkeiten bringen.«

»Niemand wird mich sehen«, entgegnete er.

Jones sah an ihnen vorbei zu Maggie, die unter der Tür stand und immer noch das Tablett hielt. Ohne sie aus den Augen zu lassen, griff er in seine Satteltasche aus Leder und holte ein kleines Behältnis aus Holz heraus, das er Mrs. Abby reichte. »Behandeln Sie Baldwins Wunde damit. Tränken Sie sie mit Wasser, wickeln Sie sie um die Wunde und ziehen Sie sie fest.«

»Was ist das?«

»Ute-Medizin. Schafgarbe. Das ist gut für Schussverletzungen.« Er sah immer noch Maggie an. Sie beobachtete ihn aus dem Schatten des Hauses. Er kramte wieder in der Satteltasche und brachte einen kleinen Beutel aus schwarzem, an manchen Stellen fadenscheinig gewordenem Samt zum Vorschein, den er lange in der Hand wog, als würde er gründlich überlegen, ob er sich davon trennen sollte. Dann beugte er sich im Sattel zu Dot hinunter und sagte: »Gib das deiner Mutter.«

»Ich will nichts von dir«, sagte Maggie aus dem Schatten.

»Mach es auf«, sagte er zu Dot, »und bring es deiner Mutter.«

Dot fummelte unbeholfen an dem Beutel herum, bis Mrs. Abby ihr half, ein kleines silbernes Kästchen herauszuholen. Darin befanden sich eine Ferrotypie und eine Silberkette. Mrs. Abby betrachtete es und sah langsam zu ihm auf. »Sind Sie sicher?«

Er nickte, und Mrs. Abby gab es Dot, die zu ihrer Mutter ging und es ihr reichen wollte. Sie nahm es nicht.

»Sie wurde von uns dreien gemacht, eine Woche bevor wir uns trennten«, sagte er zu Maggie. »Die Halskette gehörte deiner Mutter.«

»Wir haben uns nicht getrennt. Du bist abgehauen. Wie jetzt. Du gehst nicht zu einem heiligen Berg. Du gehst zu deinen Indianerfreunden. Du wirst deine Enkelin sterben lassen.«

»Nein, das wird er nicht, Ma«, sagte Dot stöhnend, wandte sich ab, kniff die Lippen fest zusammen und hielt die Fotografie und die Halskette fest in beiden Händen, als wären sie etwas Heiliges.

»Enkelin«, sagte Jones zu dem Mädchen.

Sie schniefte, dann erst antwortete sie. »Ja?«

»Führe ein gutes Leben. Glaube. Dann wirst du die Medizin finden.« Er sah sie einige Momente an und fügte dann hinzu: »Denk an mich, wenn der Mond über dem Mais steht.«

Da schossen Dot Tränen in die Augen. Sie drehte sich um, rannte von der Veranda herunter und verschwand hinter dem Haus. Jones sah die Stelle an, wo sie gewesen war, als würde er tagträumen.

»Sie wird immer an Sie denken«, sagte Mrs. Abby.

Er sah die Frau an, als hätte er vergessen, dass sie da war, lächelte verhalten und neigte den Kopf, so dass sein Kopfschmuck bedrohlich schwankte. Langsam drehte er sich im Sattel zu James um. Der junge Mann stand in der Nähe der Veranda.

»Wenn du Lily nicht suchen gehst, sag es mir«, verlangte James.

Der alte Mann sah ihm lange Zeit ins Gesicht, bevor er antwortete. »Ich bin dein Großvater. Ich habe Entscheidungen getroffen. Möglicherweise falsche. Aber Entscheidungen, die ein Mann treffen muss.«

»Wirst du nach Lily suchen?«

»Ich werde Antworten über sie suchen.«

»Wirst du sie finden?«

Jones sah zu dem schattenhaften Rechteck der Tür. »Das Leben meint es nicht immer gut. Aber du musst bleiben und dich um deine Familie kümmern. Das ist wichtig.«

»Du Dreckskerl!«, schrie Maggie. Sie kam näher und warf eine Kaffeetasse nach Jones, die dicht an seinem Kopf vorbeiflog. Er machte keine Bewegung. »Verschwinde von dieser Ranch!«

»Margaret!«, sagte Mrs. Abby und trat ihr entgegen.

Maggie nahm eine zweite Tasse und wollte sie nach Jones werfen.

»Margar ...«

»Ma, schau her.« Das war Dots Stimme. Sie kam von der Scheune auf sie zu und hielt eine gescheckte Katze auf den Armen. »Sie lebt! Großvater hat Recht gehabt! Es ist der fünfte Tag! Harriet lebt! Großvaters Indianermedizin funktioniert! Er wird Lily finden!«

Maggie sah fassungslos von der Katze zu dem alten Mann und wieder zurück. Sie ließ den Arm mit der Tasse sinken, als wäre ihr das Gewicht zu schwer. Er hatte gesagt fünf Tage. Sie hatte mitgezählt. Wie hatte er das wissen können?

Jones drückte den Grauen mit den Fersen und entfernte sich gemächlich von dem Ranchhaus. Das Maultier wollte sich vom Pfosten losreißen und ihm folgen, dann fing es an zu schreien.

»Finde sie«, rief James ihm hinterher.

Jones drehte sich nicht mehr um. Er stoppte den Grauen vor dem Lattenzaun und machte ein Zeichen in der stummen Sprache, dann spornte er das kleine Pferd zu einem Trab an.

Das alte Pony watete schon durch den Fluss, als Dot, die immer noch ihre Katze an sich drückte, sie einholte. Sie lief neben Jones' Steigbügel her.

»Großvater«, rief sie zu ihm hinauf.

Er sah nicht hinab. Er schien die Hügel zu betrachten.

»Wird mein Pa am Leben bleiben?«

Jones nickte, und da grinste Dot durch ihre Tränen. Sie war

jetzt überzeugt, dass er so etwas treffsicher vorhersagen konnte. »Ich möchte dir helfen, die Männer zu erschießen, die Lily entführt haben.«

Er drückte dem Grauen die Fersen in die Flanken; das Pferd verfiel in einen gemächlichen Trab. Dot lief schneller. »Mach Lily nicht zum Vorwurf, dass sie gemein zu dir war«, rief sie zu ihm hinauf. »Du musst versuchen, sie zu retten.«

Jones brachte das Pferd zum Stillstand und betrachtete durch seine Maske aus roter Farbe das keuchende Mädchen und die Katze.

Dot studierte die hageren Linien im Gesicht ihres Großvaters ausgiebig. Sie konnte seine Gedanken nicht lesen, spürte aber tief in ihrem Herzen, dass ihre Mutter ihn falsch einschätzte, dass er versuchen würde, ihre Schwester zu retten. Dot liebte ihn und glaubte in diesem Moment, dass er unverwundbar wäre. Sie rieb dem Grauen mit der offenen Handfläche über die Nüstern. Das alte Pferd machte die Augen zu und döste um ein Haar wieder ein.

Jones fing an zu husten und trieb das Pferd zu einer langsamen Gangart an. Dot hielt mit ihm Schritt. »Großvater, ich möchte die Indianermedizin lernen, mit der man Leute wie Lilys Entführer töten kann.«

»Eines Tages komme ich zurück und bringe sie dir bei. Aber nicht, um zu töten. Um zu wissen und zu verstehen. Das ist mächtigere Medizin.«

»Das ist eine Lüge, nicht?« Sie blieb stehen. »Du kommst nicht mehr zurück, oder?«

Der alte Mann, sein Pferd und sein Hund zogen zusammen weiter; Dot sah ihnen nach. »Großvater, ich hab dich lieb«, rief sie. »Finde Lily.«

Er trieb das Tier zu einem langsamen Galopp an. Dot sah ihm nach, bis er unter den Bäumen verschwand. Sie weinte und drückte die Katze an sich. »Bitte, Großvater«, sagte sie leise. Alice schrie inzwischen sehr laut.

»Finde sie!«, brüllte James in der Ferne.

5

Samuel Jones fing wieder an zu singen und fragte sich, ob die Erde und die Steine ihm zuhörten und warum er weitermachte. Chaco saß neben ihm, der alte Graue schlief im Schatten eines Felsüberhangs. Er sondierte das ausgedörrte Terrain mit den Augen und ließ seinen Gedanken freien Lauf. Er verspürte den Wunsch, einfach vor Sonne und Hitze zu kapitulieren.

Das Land war zerklüftet und karg. Pimentkraut und Gesträuch, darüber hinaus nicht viel. Sandsteintürme, von Jahrtausenden Wind und Regen geformt, ragten Dutzende Meter aus dem Talboden heraus. Er war drei Tage gereist, bis er diese Stelle gefunden hatte, und war nicht sicher, wo er sich befand; er wusste nur, dass er sich nun in dem Land aufhielt, das die Weißen Pecos von Texas nannten; das hatte er an Merkzeichen erkannt, die er tags zuvor gesehen hatte. Vielleicht hundertfünfzig Meilen von der mexikanischen Grenze entfernt, irgendwo unterhalb der Quellen von Balmorhea, das wusste er, weil er im Morgengrauen dort gewesen war. Das war nicht der heilige Ort, den er gesucht hatte. Nicht annähernd.

Zuerst hatte er kehrtgemacht und war den Weg durch die Hügel zurückgeritten, nach Süden, dann nach Westen, in den Tälern im Kreis herum, um einen Berg nach dem anderen, und dabei hatte er nur Verwirrung verspürt, sogar Furcht. Dann wurde ihm klar, dass das keine Rolle mehr spielte. Sein Leben strömte in die Erde zurück. Er wurde langsam genommen und wieder eins mit dem, woraus er entstanden war. Es war einerlei, wo diese Verwandlung stattfand. Dieser Gedanke brachte ihm ein vorübergehendes Gefühl des Friedens. Chaco winselte in einem unruhigen Schlaf.

Er streckte eine Hand aus und legte sie dem kleinen Hund behutsam auf die Schulter, worauf der Terrier verstummte. Er hatte langsam von dem Hühnchen gegessen, das ihm die Frau mit auf den Weg gegeben hatte. Dennoch fühlte er sich schwindelig und schwächer als jemals zuvor in seinem Leben. Die Sonne brannte auf ihn herab. Er brauchte Wasser, wollte sich aber nicht bewegen. Er wollte jetzt in die Lebenskraft absorbiert werden. Er war bereit.

Er schlief.

Er schlug die Augen auf. Jemand näherte sich ihm und kam langsam durch den schmalen Canyon geritten. Im Gegenlicht der Morgensonne konnte er die Gestalt nicht deutlich erkennen. War es der Krüppel? Bei dem Gedanken krampfte sich ihm der Magen zusammen. Dann hörte er Alice schreien.

Dot kam zu ihm geritten. Sie hatte sich das Haar geflochten und trug die Mokassins und die Halskette, die Jones ihr vor einigen Tagen geschenkt hatte. Jones lächelte nicht.

»Hast du Lily gefunden?« Ihre Stimme klang gepresst. Sie betrachtete das alte Pferd, das im Schatten der Felsen schlief.

Er schüttelte den Kopf. Er sah, dass sie beunruhigt war, konnte aber nicht tun, was sie sich so sehr wünschte. Sie verstand das nicht. Mit seinen alten Augen studierte er weiterhin ihr Gesicht. Er hatte lange Zeit beim Volk gelebt. Er verstand Entschlossenheit, Zähigkeit, grausamen Überlebenswillen und spürte dieselben Eigenschaften in dem Kind vor sich. Sie war furchtlos und tapfer. Das machte ihn stolz auf sie, aber auch wütend. Sie hatte keine Disziplin.

»Wo sind deine Mutter und dein Bruder?«

»Zu Hause.«

»Wie hast du mich gefunden?«

»Alice.«

Das junge Maultier stupste ihn mit dem Kopf an. Chaco rannte zwischen seinen Beinen herum, bellte und hüpfte im Kreis.

»Wie geht es deinem Vater?«

Dot warf ihm einen nervösen, fragenden Blick zu. »Er ist am Leben. Genau wie du gesagt hast. Das hast du doch gesagt, oder nicht?«

»Ja.«

»Warum fragst du dann nach ihm?«, wollte sie wissen.

»War nur eine Frage«, beruhigte er sie.

Sie drehte sich im Sattel um und betrachtete die hohen Bäume, die diese kleine Lichtung mit Sand und Gestrüpp umgaben, wo sie standen. »Ist das der heilige Berg?«

»Nein.«

Sie drehte sich wieder um und sah ihm misstrauisch ins Gesicht. »Du hast gesagt, du gehst einen heiligen Berg suchen.«

»Ja.«

»Was ist daraus geworden?«

»Ich konnte ihn nicht finden.«

»Du konntest ihn nicht finden?«, wiederholte sie. »Warum nicht?«

Er schaute einen Moment zu ihr auf. »Weil ich mich verirrt habe.«

»Du hast deine Medizin. Du hast Harriet gefunden.«

»Nein. Ich habe dir gesagt, dass sie noch lebt – das ist alles. Und ich habe meine Medizin nicht mehr.«

»Was ist damit passiert?«

»Sie ist fort.«

»Warum?«

»Du stellst zu viele Fragen.«

»Das muss ich. Ich muss dafür sorgen, dass du Lily findest.«

Er drehte sich um und schaute zu den Hügeln. Sie betrachtete seinen Hinterkopf.

»Großvater, sie wird sterben«, sagte sie mit einer von tiefer Traurigkeit erfüllten Stimme.

»Kind, ich kann nicht. Ich konnte nicht einmal den heiligen Berg finden. Wenn ich es könnte, würde ich es tun.«

Tränen liefen ihr die Wangen hinab. »Großvater, du darfst

sie ihnen nicht überlassen. Ich habe Angst.« Sie glitt von dem Maultier herab und schlang die Arme um seine dünne Taille. Er musste sich anstrengen, damit er nicht umkippte.

Sie löste ihren Griff und ließ sich neben ihm im Sand nieder. Ihm wurde schwindelig, und er stützte den Kopf in die Hände.

»Geht es dir nicht gut?«

»Ich bin nur alt, Kind.«

Er richtete sich gerade auf und sah sie an. »Ich kann nicht. Ich kenne den Weg nicht. Das musst du mir glauben.«

Sie weinte, gab aber keinen Laut von sich, der den stillen Nachmittag gestört hätte.

»Ich würde dir deinen Traum geben, wenn ich könnte. Aber nichts wird mir offenbart. Ich weiß nicht, wohin sie deine Schwester gebracht haben. Ich kann sie nicht finden.«

»Dann sag mir, wie es geht.«

»Wenn du älter bist.«

»Lily kann nicht warten, bis ich älter bin!«

Er antwortete nicht.

»Bitte, Großvater«, schluchzte sie. »Sag es mir wenigstens – lass es mich versuchen.«

Er betrachtete die blaue Gebirgskette in der Ferne und lauschte einem Vogel, der im trockenen Laub kratzte. Ohne sich zu ihr umzudrehen, sagte er: »Es ist nicht so leicht, wie du dir vorstellst, Kind.«

»Mir egal. Ich weiß, dass es Geister gibt, die mir helfen, Lily zu finden. Das hast du mir gesagt.«

Er sah sie wieder an. Diese Augen schienen ihm förmlich entgegenzuspringen. Er ließ ihr Gesicht lange auf sich einwirken, ehe er schließlich fortfuhr. »Die Welt ist nicht außen, sie ist in deinem Kopf… in dem einen Verstand des Geistes. Alle Dinge sind im Inneren.«

Sie schien verwirrt zu sein.

»Das Leben muss bestätigt werden. Was die Geister für dich tun können, dafür gibt es keine Grenzen. Wenn du glaubst. Wenn du weißt, was deine Träume alles bewirken können.

Wenn du das weißt – wenn du es wirklich glaubst – wenn deine Gedanken rein sind, dann wird der Geist zu dir kommen.«

»Wer ist der Geist?«

»Ich weiß nicht. Das kannst nur du wissen.«

»Aber wie?«

»Wenn du glaubst, dann kommt er zu dir, wenn du ihn brauchst.«

Auf einmal kamen Hitze, Anspannung und Erschöpfung zusammen und überwältigten Jones, so dass er dort einschlief, wo er saß. Ein Specht hämmerte stetig ein Loch in einen Kaktus in der Nähe. Dot sah ihm eine Weile zu; dann fiel auch sie in einen unruhigen Schlaf und hoffte, dass sie träumen würde.

Sie träumte nicht.

»Ein Tag mehr, ein Tag weniger«, murmelte Samuel Jones, kurz bevor er aufwachte. Der Gedanke machte ihm keine Angst, auch wenn ihm klar wurde, dass er vom letzten bescheidenen Vorrat seiner eigenen Tage und Stunden sprach. Darauf lief es hinaus. Er lag hier, schaute zu dem dünnen Streifen Himmel zwischen den Canyonwänden hinauf und wusste, dass er wieder von Kreisen geträumt hatte.

Jones streckte den Körper im Sand aus, worauf Schmerzen in seiner Brust und dem Rücken aufloderten. Er hob den Kopf und sah zu seinem Erstaunen Maggie wenige Meter entfernt auf ihrem Pferd sitzen; sie hatte den Hut nach hinten geschoben und sah erhitzt und staubig und hübsch aus. Dot stand neben ihr.

»Du bist auf dem Maultier hergeritten, du wirst auch wieder darauf zurückreiten müssen«, sagte sie.

»Ma, zwing mich nicht.«

»Hier gibt es nichts für dich.«

»Er wird sie finden.«

»Nein, das wird er nicht. Dot, er wird dir das Herz brechen. Auch ich habe ihm geglaubt, als ich in deinem Alter war.«

»Doch, Ma, ganz bestimmt. Er versucht zu beschwören, wo

Lily und diese Männer sind. Er ist ein Indianer. Er kann es. Dann nimmt er die Verfolgung auf, und ich gehe mit ihm.«

Samuel Jones versuchte, im Sand auf die Füße zu kommen, schaffte es aber nicht. Er saß da und sah beide an.

»Er ist weiß. Und es ist nichts dran an seinem Heidentum«, sagte Maggie. »Lily ist fort, Dot. Vielleicht bekommen wir sie eines Tages zurück, vielleicht auch nicht. Das musst du verstehen.«

»Nein! Großvater kann sie finden. Er hat Harriet gefunden.« Dot war herumgewirbelt und sah ihn mit wildem Blick an; ihre Augen schienen förmlich Löcher in ihn zu brennen. Er wandte sich von ihr ab und sah zu den Hügeln.

»Warum erzählst du Kindern Lügen?«, fragte Maggie ihn mit müder Stimme.

»Das sind keine Lügen!«, rief Dot. »Sag es ihr, Großvater – sag ihr, dass du Lily finden wirst.«

Er sah dem Kind wieder ins Gesicht. Die Augen. Sie schienen ihn genauso wie die von Maggie drei Jahrzehnte früher zu durchbohren, an dem Morgen, als er fortgegangen war. Er hatte diese Augen verleugnet. Das konnte er jetzt nicht mehr.

»Ich werde sie finden.«

»Ma – hast du gehört?«

»Sagen heißt nicht tun. Und jetzt steig auf das Maultier.«

Dot ließ sich neben dem Pferd ihrer Mutter in den Sand fallen. Maggie stieg ab, nahm sie in die Arme, hielt sie ein paar Minuten und wiegte sie sanft. Sie weinten beide. Jones rappelte sich unsicher auf, ging zu Alice und führte das Maultier zu der Stelle, wo sie saßen.

»Kind, geh mit deiner Mutter«, sagte er. »Ich werde deine Schwester finden. Ich gebe dir mein Wort.«

»Was hat dieses Wort zeit deines Lebens getaugt?«, fragte Maggie. »Glaubst du wirklich, nur weil eine Katze nach Hause gekommen ist, besitzt du göttliche Kräfte? So läuft das nicht.«

Jones beachtete sie nicht. »Dein Mann wird am Leben bleiben.«

Maggie sah ihm einen Moment ins Gesicht. »Du bist nicht Gott.«

»Ich habe es geträumt.«

»Du solltest aufhören zu träumen.«

»Er wird leben«, wiederholte Jones.

Sie stiegen auf ihre Tiere. Maggie gab ihrem Pferd ein Zeichen, betrachtete Jones aus dem Augenwinkel, fühlte sich aber besser wegen Brake. Auch wenn sie nicht glaubte, dass ihr Vater so etwas vorhersehen konnte, gab ihr der Gedanke doch Hoffnung, und Hoffnung konnte sie momentan mehr als alles andere brauchen.

Chaco folgte ihnen, winselte und knabberte vorsichtig an Alices Beinen, bis sie den schmalen Abschnitt des Canyons erreichten. Dann blieb er sitzen und bellte, als würde er sie verwünschen.

Dot schaute nicht zurück.

Sonnenschein fiel durch das Laub der alten Pappeln ein und ließ das Wasser im Bach tanzen und funkeln. Er war dreißig Zentimeter tief an dieser Stelle und kam von den Höhen des braunen Berges herab, der dahinter aufragte, strömte hurtig über glatte Steine und erzeugte dabei ein angenehm plätscherndes Geräusch – sanft und friedlich –, ein Geräusch, das andere Geräusche dämpfte. An beiden Ufern gab es breite Stellen mit grobem Sand und großen Felsbrocken. Weiter entfernt standen dichte Haine von Weiden und Tamariskenbäumen, ein dichter Schirm, der die Stelle in warme Einsamkeit einhüllte.

Blätter wirbelten über die Wasseroberfläche und sammelten sich wie große Armadas in den Strudeln und tieferen Stellen. Hoch droben fluchte eine Elster von den Pappeln herab, in der morgendlichen Stille ein lautes und störendes Geräusch.

Der Junge spielte ein Spiel mit einem Holzschwert, ließ kleine Boote aus Zweigen zu Wasser, stand auf und focht gespielte Kämpfe, indem er mit der kleinen Waffe wie wild nach imaginären Gegnern hieb. Er war sieben oder acht, dünn und sommersprossig, sein Haar hatte die Farbe von Butter. Um den Kopf hatte er sich ein grünes Band gebunden, einen längeren roten Schal um die Lenden.

Die Frau kniete fünfzig Meter von dem Jungen entfernt, wusch Kleidungsstücke im Bach und legte sie zum Trocknen auf die Steine am Ufer. Sie war blond und hübsch, ihr Haar schimmerte im Sonnenlicht golden, der Körper unter dem abgetragenen Kleid sah schlank und durchtrainiert aus. Sie sang vor sich hin, die Töne hallten friedlich das Bachbett hinab.

Hinter ihr stand ein Ranchhaus inmitten einer grünen Weide. Zwei Mexikaner arbeiteten in der Nähe an einem Zaun.

Der Junge bemerkte nicht, wie das erste kleine Boot um die Biegung kam und in der schnellen Strömung zwischen zwei Felsbrocken kenterte. Es trieb langsam vorbei, während er an seinem eigenen arbeitete. Er war bereit, sein kleines Schiff zu Wasser zu lassen, als das zweite Bötchen um die Felsen trieb. Es war aus einem Stück Rinde angefertigt, in der Mitte steckte ein langer Zweig, an dem wie ein Segel ein großes grünes Blatt befestigt worden war; es trieb hoch im Wasser und machte einen seetüchtigen Eindruck. Der Junge grinste und sah bachaufwärts zu der Stelle, wo der Bach eine Biegung um einen großen Felsbrocken herum machte.

»Pa, ich dachte, du wärst in die Stadt gegangen«, rief der Junge fröhlich. Er stand auf und näherte sich dem großen Felsbrocken. Seine Mutter hob den Kopf und versuchte zu verstehen, was er sagte, dann schrubbte sie weiter.

Der Junge stapfte glücklich um den Felsbrocken herum, lachte über das Spiel und lief direkt in die Arme des lahmen Mannes, der ihm nachgestellt hatte. Der Mann brachte ihn zu Fall und stieß ihn in eine tiefe Stelle nahe am Bachufer. Der Junge wehrte sich, wühlte die Wasseroberfläche auf und öffnete und schloss den Mund wie ein gestrandeter Fisch. Er hatte keine Chance zu schreien.

Wenige Minuten später war alles wieder still, und der Jäger

ging zu dem Felsbrocken und sah vorsichtig nach der Frau. Sie wusch weiter. Er wusste, wenn sie fertig war, würde sie den Jungen rufen, und wenn der nicht zu ihr kam, würde sie ihn holen kommen. Dann würde er sie schnappen. Die Pferde waren bachaufwärts im Gebüsch festgebunden.

Er drehte sich wieder zum Wasser um, wartete und verspürte ein Gefühl tiefer Befriedigung, als er das gelbe Haar langsam im Wasser treiben sah. Er wollte sie nicht tagsüber holen, aber der Andere forderte es. Er dachte an das Mädchen namens Li-Lee. Er brauchte nur noch zwei. Er hatte einen Pakt mit dem Anführer der Apachenbande geschlossen. Er würde sieben weiße Frauen beschaffen, die sie in Mexiko verkaufen konnten – und sie gaben ihm fünfhundert Patronen und eine der Frauen. Er hatte sich für Li-Lee entschieden.

Er wartete im hellen Sonnenschein, lehnte sich an den Felsbrocken und schwitzte stark unter der Kapuze. Die Frau ließ sich länger Zeit, als sie sollte. Ihm gefiel nicht, dass die Mexikaner so nahe waren und er nicht wusste, wo der Mann der Frau steckte. Der Andere trieb ihn zur Eile an.

Er stieß sich von dem Felsbrocken ab und wäre um ein Haar mit dem kleinen Mädchen zusammengestoßen. Sie musste aus dem Haus gekommen sein. Sie lief weg, bevor er sie packen konnte, kreischte wie am Spieß und rannte zu der Frau, die aufstand und schrie. Er war wütend darüber, dass sein Plan vereitelt worden war, warf seine Lanze hart in den Rücken des Mädchens, wirbelte herum und verschwand im dichten Gebüsch; die Schreie der Frau hörten nicht mehr auf.

Schmerzen jagten durch Jones' Rücken wie eine heiße Gewehrkugel. Er richtete sich hastig auf und rieb die schmerzende Stelle vorsichtig. Ihre Heftigkeit überraschte ihn, und er rechnete fast damit, den Stich eines Felsenskorpions zu spüren. Aber da war nichts. Er schüttelte den Kopf, um klarer denken zu können.

Maggie hatte Recht gehabt. Er hatte sein ganzes Leben lang gelogen. Und jetzt hatte er es wieder getan – er hatte vor dem einzigen Menschen auf der Welt, der ihm glaubte, so getan, als könnte er etwas vollbringen, zu dem er nicht imstande war. Bald würde das Kind es auch wissen. Er strich sich mit den Händen über das Gesicht. War das wirklich so wichtig?

Er zwang sich, Lily vor sich zu sehen. Wo war sie? Wohin brachten sie sie? Nichts wurde deutlich für ihn. Aber er konnte es weiter versuchen. Das sollte sein letztes Geschenk an seine Enkeltöchter sein.

Er nahm seinen Whiskey und kletterte erschöpft auf den Felsvorsprung über der kleinen Enklave. Chaco trottete mit. Er teilte sich den letzten Rest des Hühnchens mit dem Hund. Dann trank er. Er zündete sein Kalumet an, blies Rauch in die vier Himmelsrichtungen und rief die Geister mit seiner Knochenflöte, die sich in der engen Kluft zwischen den Felsen dünn und unheimlich anhörte. Er trank mehr Whiskey, schüttelte seine Rassel und fing an zu singen. Eine angenehm weiche Taubheit legte sich allmählich über seine Gliedmaßen und über sein Gehirn. »Komm zu mir, Schöpfer der Visionen – ich reiche dir meine Hände. Erzähl mir von Dingen, die ich nie sehen werde, aber dennoch wissen muss. Komm, schützender Geist, durch die Schatten des Canyons.«

Er war tief in einer Trance. Kein Laut war zu hören; er sah nichts. Er sah Dot nicht, als sie in den dunklen frühen Morgenstunden in das Lager zurückkehrte. Er sah nicht, wie sie dem Grauen Wasser und Futter gab, noch spürte er die Wärme des kleinen Feuers, das sie vor ihm entfachte. So war es bei ihm immer gewesen. Doch nun war seine Isolation noch größer. Er hatte mit keiner der beiden Welten Kontakt. Verirrt.

Selbstvergessen durchlief er den gewohnten Lauf seiner Medizintrance, tastete nach seiner Hirschhauttrommel und schlug sie leise in der Dunkelheit.

Er sah nichts. Er sah nicht, wie Dot seinem Beispiel folgte, indem sie einen großen Schluck Whiskey trank. Er hörte sie nicht würgen, als die brennende Flüssigkeit ihre junge Kehle hinabfloss. Sie hielt seine alte, zerkratzte Rassel in der Hand, schüttelte sie in einem steten Rhythmus und sang dazu leise: »Hu-Hu-Hu-Hu-Hu-Hu…« Sie hob seinen Gebetsfächer hoch und fächelte sich damit langsam die kühle Nachtluft zu. Er erzeugte eine leichte Brise, die sacht in die dunklen Felsspalten wehte.

Sie beobachtete ihn sorgfältig aus einem Augenwinkel und versuchte, alles nachzuahmen, was er tat. Die Welt drehte sich ganz langsam um sie, ein wunderbarer, wirbelnder Tanz von Bäumen und Felsen und Nacht. Das rote Leuchten des Feuers wirkte hypnotisierend. Der alte Mann spielte auf seiner Knochenflöte und flehte die Geister der Berge an, zu ihm zu kommen. Sie winkte wieder mit dem Fächer.

Dot wälzte sich in einem unruhigen Schlaf neben der großen Feuerstelle im Sand der Lichtung unter dem Felsen, wo Jones auf dem Vorsprung saß. Maggie war rund dreißig Meilen – den größten Teil der Strecke nachts – zu dem Lager zurückgeritten, als sie merkte, dass Dot nicht mehr da war. Sie war erschöpft, lehnte sich ohne Hut an einen der größeren Felsen, trank Kaffee und sah in die Flammen; ihre Schönheit konnte man trotz Schmutz und Erschöpfung erkennen.

Jones' Kopfschmerzen brachten ihn um. Er quälte sich langsam den schmalen Pfad hinab und kämpfte gegen das Gefühl von Schwindel und Schwäche, das seinen Körper zu übermannen drohte. Keine Vision war ihm zuteil geworden. Einmal hatte er Yopon seinen Namen rufen hören. Und er hatte seine Kinder gesehen – allein irrten sie durch die Dunkelheit der Schöpfung. Thelmas Gesicht reihte sich unter den anderen ein und schwebte in einer Welt vollkommener Schwärze. Das war ein Alptraum, der ihn quälte.

Er blieb zitternd stehen, wo er war, und sah Maggie wieder an. Er musste sich an die Felsen lehnen, ehe er den Weg nach unten fortsetzen konnte.

Maggie erwiderte seinen Blick. In ihrem Gesicht sah man

immer noch die alte Ablehnung – sie würde ihm nicht vergeben.

»Warum bist du zurückgekommen?«, fragte er.

»Bitte«, antwortete sie sarkastisch. »Ich kann nicht glauben, dass du das getan hast.«

»Ich habe versucht, meine Macht zu erreichen.«

»Hast du denn gar keinen Anstand? Du hast deine Enkelin betrunken gemacht. Sie ist ein Kind. Sie glaubt an dich.«

»Ma...« Dot versuchte, sich aufzusetzen, stöhnte und hielt sich den Kopf. »Mir ist schlecht.« Sie erbrach sich in den Sand. Maggie schüttete Wasser auf ein Taschentuch und wusch ihr das Gesicht, dann schenkte sie Kaffee in eine Tasse und gab sie ihr.

»Aaaahh. Das will ich nicht. Großvater – nimm du sie.«

Der alte Mann nahm die Tasse.

»Wenn du reiten kannst, gehen wir nach Hause, Dot«, sagte Maggie.

»Nein.« Sie sah ihren Großvater an.

»Enkelin. Andere müssen Lily finden. Wir würden auf der Suche nach ihr nur ziellos durch Berge und Wüste ziehen.«

»Großvater?«

»Ja, mein Kind?«

»Ich habe etwas gesehen.«

»Du hast die Phantome des Whiskeys gesehen. Du bist jung, das Getränk ist stark. Du hättest es nicht trinken sollen. Du machst zu vieles auf eigene Faust.«

Sie schüttelte heftig den Kopf.

»Man gerät leicht auf eine falsche Fährte. Du wünschst dir das so sehr. Aber du darfst dich nicht verwirren lassen.«

Dot sah ihn immer noch an, als würde sie durch ihn hindurch sehen. Jones betrachtete über den Rand der Kaffeetasse ihr Gesicht. »Dass du etwas gesehen hast, heißt nicht, dass es deine Macht gewesen ist. So einfach ist das nicht.«

»Ich habe getan, was du getan hast«, murmelte Dot. Sie hatte einen seltsam benommenen Ausdruck in den Augen. »Es hat funktioniert.«

»Kind«, ermahnte Jones sie, »du glaubst nur, dass du das gesehen hast. Manche suchen ein Leben lang. Manche finden es nie.« Er sah ihr in die Augen.

»Dotty«, sagte Maggie leise.

»Ma, ich weiß, wo sie sind.«

Maggie schüttelte langsam den Kopf.

Jones sah dem Kind weiterhin ins Gesicht. Er holte einen Tabaksbeutel heraus und drehte sich eine Zigarette. Schließlich bat er: »Erzähl mir alles.«

Dot schaute zu den blauen Bergen; Jones spürte, wie sie in die Vergangenheit driftete, wie ihr Blick verschwamm.

»Es ist schwer – aber ich …«

Er kniff die Augen zu und sah, wie sehr sie sich bemühte, die ätherischen Empfindungen in Worte zu kleiden; sie tat ihm Leid. Auch Maggie sah sie eindringlich an.

»Fällt dir irgendetwas ein?«, fragte er.

»Eine Libelle. Sie flog.«

»Wohin?«

»Überall. Wüste. Der Fluss. Berge. Ohhh«, stöhnte sie, »ich dachte, ich wüsste, wo Lily ist.«

Maggie wollte etwas sagen, aber Jones legte die Hand vor den Mund, und sie schwieg.

»Beschreibe sie.«

»Was?«, fragte Dot mit einer verträumten Stimme.

»Die Berge und den Fluss. Erzähl mir zuerst von den Bergen.« Er ging zu seiner Satteltasche, kam mit Kalumet und Rassel zurück, hockte sich vor die Feuerstelle, stopfte die Pfeife und zündete sie an. Er blies den Rauch über Dot. Sie hustete, und auch er wurde von einem schlimmen Hustenanfall geplagt. Chaco legte sich neben ihn, legte den Kopf auf die Pfoten und sah Dot und Maggie misstrauisch an, während der alte Mann nach Luft rang.

Als er sich wieder erholt hatte, schüttelte Jones die Rassel heftig und rief mit lauter Stimme: »Nun können wir die Reise beginnen. Wir sind hierher an diesen stillen Ort gekommen, um nach dir zu suchen. Schau auf uns herab. Erschaffe uns die Vision, die wir suchen … Gib uns die Antworten, die wir suchen und wissen wollen.«

Dot stöhnte.

»Das ist Blasphemie.« Maggie umklammerte ihre Arzneitasche und die Bibel, als könnten sie das Böse abwehren. Sie schaute verwirrt drein. »Dot, gehen wir.«

»Ich kann nicht«, antwortete Dot, die starr zu Boden sah. »Ich weiß, wo sie ist. Ich muss es nur wiederfinden. Du musst mich lassen.« Ihre Stimme klang schläfrig.

»Du weißt nicht, wo Lily ist, Kind. Das bildest du dir nur ein«, sagte Maggie.

Er sah Maggie an. »Du solltest gehen. Ich bringe sie zu dir.«

»Nein. Wenn du ihr geschadet hast – ihr deinen heidnischen Irrglauben beizubringen …«

»Ich habe ihr nicht geschadet. Ich habe dies nicht für sie gewünscht. Es ist zu schwierig für ein Kind. Aber nun ist sie hier, und wir müssen ihr helfen zu verstehen, was sie gesehen hat.«

Maggie setzte sich neben ihre Tochter, legte einen Arm um Dots Schultern und machte die Augen zu. »Gott«, sagte sie leise. Maggie drückte Dot fester an sich und versuchte, Jones' Stimme gar nicht zu hören.

»Enkelin. Die Berge …«

Eine Stunde später wippte Jones auf den Fersen, sog Rauch aus seiner langen Pfeife und blies ihn über das schlafende Kind. Sie hatten nichts oder wenig, mit dem sie etwas anfangen konnten. Er vermutete, dass der Fluss der Rio Grande war – aber er erstreckte sich schlangenförmig Hunderte von Meilen zwischen Texas und Mexiko.

Vielleicht handelte es sich bei der Wüste und den Felsen um das Ödland von Castellan. Aber auch das war nur eine Vermutung. Er brauchte mehr. Er dachte wieder daran, was Dot gesagt hatte: »Es ist wie ein Kreuz.« Ein Kreuz? Er hatte an dem Fluss entlang nie eine Kirche gesehen. Gräber? Seine Gedanken machten einen Sprung und sein Herz schlug schneller. War Lily schon tot? Führte der Geist des Mädchens sie einfach nur zu ihrer Grabstätte?

Dot schlug die Augen auf und sah ihm direkt ins Gesicht. Sie lächelte wieder. Er erwiderte das Lächeln, sodass man seinen großen goldenen Schneidezahn sehen konnte – das ganze Ding bestand aus dem gelben Metall. Chaco winselte. Maggie kaute an einem Finger.

»Ich kann Lily reiten sehen.« Dot würgte trocken, dann sah sie ihren Großvater wieder an. »Sie wird in drei Tagen dort sein, Großvater.«

»Warum glaubst du in drei Tagen?«

»Ich weiß nicht. Ich sehe einfach nur die Sonne rasch über den Himmel wandern. Drei Mal.« Sie machte einen ängstlichen Eindruck. »Großvater, du musst mir glauben!«

»Ich glaube dir, Kind«, sagte er, beugte sich vor und nahm sie in die Arme.

Maggie rückte weg.

Er hockte im grellen Sonnenlicht, im Vorgebirge hinter dem einsamen Haus verborgen, und malte den Kreis in den Sand. Es war das dritte Ranchhaus, an dem er heute vorbeikam. Dies war das richtige. Diese Frau war richtig. Er hatte sie und einen Mann vorhin herumspazieren sehen. Sie würde einen vernünftigen Preis bringen. Innerhalb von zwanzig Meilen gab es keine weitere Ranch und keine Stadt, und außer dem Paar waren nur ein Arbeiter und ein kleines Kind da. Er verlagerte das Gewicht langsam und spürte die vertraute Bereitschaft in den Muskeln.

Er legte das blonde Haarbüschel behutsam vor sich in den Sand, fasste es sorgfältig mit glitzernden Quarzsteinen ein und sang die vertrauten Worte dazu. Das war gut. Der Andere war wieder frei. Sofort trieb er ihn an. Er weigerte sich. Er würde warten, bis es dunkel war.

Samuel Jones betrachtete das Kreuz, das er mit einem Stock in den Sand gemalt hatte, und plotzlich waren seine Gedanken bei dem lahmen Apachen. Er spürte Gefahr und fragte sich wieder, warum. Er trank einen Schluck Kaffee und zwang sich, nicht weiter an den Mann zu denken. Im Augenblick war das Kreuz rätselhaft genug. Mit ziemlicher Sicherheit handelte es sich um den Rio Grande, auch davon war er überzeugt. Dot sprach vom südlichen Pecos. Aber wo? Welches Kreuz? Kirchturm, Grab, Kreuzweg? Ihm fiel nichts Offenkundiges ein.

Die Vision des Kindes hatte ihm drei Tage offenbart, bevor die Bande in Mexiko war. Drei Tage. Selbst wenn er gewusst hätte, wo genau sie sich befanden, waren sie noch hundert Meilen von der Grenze entfernt. Mehr als dreißig Meilen täglich durch sengende Hitze und unebenes Terrain, wenn sie es schaffen wollten. Unmöglich. Das würde der Graue nicht überleben. Er würde es versuchen – würde es mit allem versuchen, was er noch in sich hatte –, aber er glaubte einfach nicht, dass das Tier es schaffen würde. Und er selbst vermutlich auch nicht.

Er betrachtete Dot, die unter den wachsamen Blicken ihrer Mutter zitternd am Feuer lag, und war fest davon überzeugt, dass sie Verbindung zur anderen Seite gehabt hatte, dass ihre Visionen von der Libelle, dem Kreuz und Lily absolut real waren. Dass die Visionen ihr so mühelos zugeflogen waren, zeigte, was für ein reines und großes Herz sie hatte. Er sah Maggie ins Gesicht. Sie hatte jedes Recht zu dem skeptischen Ausdruck in ihren Augen. Sie glaubte nichts von alledem.

Jones strich wieder mit dem Stock über den Umriss des Kruzifixes im Sand. Er hockte auf einem kleinen Stein, hatte die Knie bis auf Schulterhöhe hochgezogen und hielt eine Tasse Kaffee in der Hand. Plötzlich schossen ihm Schmerzen durch die Brust, er bemühte sich, aufzustehen und verschüttete dabei den Kaffee. Mit dem Blick folgte er der Spur der braunen Flüssigkeit, die bis zum Umriss des Kreuzes floss. Verärgert wollte er sich wieder zum Feuer umdrehen, doch dann hielt er inne. Die Erkenntnis schien ihn förmlich anzuspringen. Das war es.

Er schenkte Maggie sein Goldzahnlächeln; sein rot bemaltes Gesicht sah wie das eines Raubtiers aus.

»Ich weiß, wo Lily sein wird.«

Maggie schüttelte den Kopf. »Ich habe deinen Indianerhokuspokus satt. Sie haben Lily nach Norden gebracht – du vertust ihre Chance hier unten.« Sie betete in Gedanken wieder für Brake und James.

»Wo ist sie, Großvater?« Dot versuchte, sich aufzusetzen. Schweißperlen standen ihr auf der Stirn, ihr Haar war verfilzt und feucht. »Was ist das Kreuz?«

»Ein mexikanischer Fluss, der durch den Rio Grande geht. Die beiden Flüsse bilden das Kreuz. Die Klippen sind eine Meile südlich von einem Ort namens Three Hills. Dort werden sie den Fluss überqueren.«

»Unsinn«, sagte Maggie.

Dot sah ihren Großvater an. »Ich komme mit dir.«

Er legte sich wieder in den Sand. Das Fasten, die Schwitzhütte, die langen Nächte des Gesangs, der Alkohol, all das setzte ihm stark zu. Die Welt drehte sich vor seinen übermüdeten Augen. Dann waren seine Gedanken plötzlich wieder bei dem Lahmen; die unerklärliche Angst nagte wie ein Tier an seinem Verstand. Die Visionen kamen so oft und waren so stark, dass er sie nicht mehr ignorieren konnte. Er rappelte sich auf und wühlte in seinen Ledertaschen.

»Kind, streich dir das auf Gesicht und Arme«, sagte er und gab ihr einen kleinen Lederbeutel. Maggie beobachtete ihn.

»Was ist das?«, fragte Dot.

»Rote Erde.«

»Wozu?«

»Um dich zu beschützen.«

»Wovor?«

Jones zögerte. »Vor dem Bösen.«

»Welchem Bösen?«

»Tu es einfach, sonst kannst du nicht bleiben.«

Dot machte den Beutel auf. Maggie kam auf sie zu.

»Dot…«, sagte sie mit strenger Stimme.

»Mach es, Kind, oder geh fort«, sagte er.

»Dot, wir glauben nicht an so etwas.«

Der alte Mann erhob sich mühsam und rieb ihr die Farbe auf das zitternde Gesicht und die Arme.

»Verdammt!«, rief Maggie. »Es ist schlimm genug, dass du deine Seele verloren hast – aber meiner Tochter wirst du deine Ketzerbräuche nicht beibringen.«

Jones drehte sich rasch zu ihr herum und sah sie an; zum ersten Mal, seit er sie gesehen hatte, blitzte Zorn in seinem Gesicht auf. Maggie wich unwillkürlich einen Schritt zurück. Er hielt ihr die Pigmentfarbe hin. »Margaret, trag das auf«, sagte er.

»Auf keinen Fall. Und du, du solltest besser für deine Erlösung beten, und für das, was du Mutter angetan hast.«

Die Worte ließen ihn einen Moment zögern. Dann sagte er: »Ama. Du magst Recht haben, doch das ändert nichts. Entweder du trägst das auf, oder du gehst fort. Ich bin sicher, dein Glaube wird es überleben.«

»Niemals.«

Jones sah sie einen Moment an und wusste, sie würde nie klein beigeben. Er ging zu seiner Satteltasche und holte eine Halskette aus blauen Steinen und einen kleinen Lederbeutel heraus, die er ihr reichte. »Dann leg die an und trag den Beutel in deiner Tasche.«

»Das ist lächerlich«, sagte sie und verschränkte die Arme. Sie schüttelte den Kopf. »Schwarze Magie.«

»Ama. Nimm die Halskette und den Beutel, sonst schnappe ich mir das Kind, während du schläfst, und verschwinde mit ihr. Du wirst uns nicht finden.«

Maggie wandte sich ab, sah in die weite Ferne und biss sich vor Wut auf die Unterlippe. Er würde tun, was er gesagt hatte. Schließlich drehte sie sich wieder um, nahm die Sachen und steckte sie sich in die Manteltasche.

6

Der Jäger stand im Schatten an der Seite des Hauses und beobachtete die Frau durch den dünnen Spalt zwischen den Vorhängen. Er würde warten. Er machte die Augen zu und lauschte. Die Nacht war still. Vorhin hatte er das Kind reden hören, aber nun hatte schon eine Weile niemand in dem Haus etwas gesagt. Er schlug die Augen wieder auf und betrachtete die junge Frau im Lichtschein der Laterne. Sie bereitete sich auf das Zubettgehen vor, wusch sich den Oberkörper. Sie wirkte entspannt. Sie hatte keine Ahnung, dass sie beobachtet wurde.

Den Mann hatte er schon eine ganze Zeit lang nicht mehr gehört. Vielleicht war er ins Bett gegangen; aber etwas in seinem Kopf sagte nein. Er jagte Weiße schon eine sehr lange Zeit. Es kam selten vor, dass einer, der in der Wildnis lebte, ins Bett ging, ohne noch einmal herauszukommen, in die Nacht zu horchen und nach seinem Vieh zu sehen.

Der Jäger lehnte sich halb entspannt gegen die Wand, als plötzlich ein heftiger Wind von den Bergen herabwehte und Laub und Sand gegen das Haus schleuderte. Die Frau fuhr herum und sah mit erschrockener Miene zum Fenster; er zog sich tiefer in die Dunkelheit zurück. Dann hörte er die Stimme des Mannes wieder und wusste instinktiv, dass er heraus in die Nacht kommen würde. Der Jäger trat vom Fenster zurück, ging rasch zu dem Hund, der in einer Blutlache lag, versteckte das Tier in den Büschen in der Nähe und verschwand in der stillen Dunkelheit der Scheune.

»Hierher, Kelsey!«, brüllte Bob Johnson. Er rief den Hund schon seit fünf Minuten. Wahrscheinlich jagt er wieder Waschbären, dachte er. Dennoch kam er normalerweise, wenn er gerufen wurde. Johnson trat von der Veranda herunter, sog die Nachtluft ein und roch die weißen Blüten von Rosaceen und Kreosotsträuchern. Die Luft war klar und trocken. Es gefiel ihm hier. Aber er wusste, Ethel war nicht ganz so begeistert. Sie hasste die Einsamkeit. Und nun, da das Kind langsam größer wurde, hatte sie damit nicht ganz so Unrecht. Vielleicht sollten sie die Ranch verkaufen und näher an eine Stadt ziehen. Vielleicht nach Colorado. Dort gab es gutes Land, hatte er gehört. Er streckte sich und schaute zum Mond hinauf. Fast voll, weiße Wolkenschleier zogen vor ihm vorbei, Sterne prangten am schwarzen Himmel. Johnson ging wieder die Treppe zum Haus hinauf. Dann blieb er stehen, drehte sich um und sah zur Scheune.

Die Tür stand einen Spalt offen, er konnte das schwache Licht einer gedämpften Laterne sehen; aber Hadley war nicht herausgekommen, um nachzusehen, was los war. Das sah ihm gar nicht ähnlich. Normalerweise war er so neugierig, dass es schon ein Ärgernis sein konnte.

Bob Johnson ging zur Scheune, zog die Tür weiter auf und blieb reglos stehen; seine Muskeln verkrampften sich. Sie saß auf einem Heuballen, hatte ihm den Rücken zugewandt und trug eine hellblaue Haube auf dem Kopf. Johnson lächelte. Der alte Hadley ging auf Freiersfüßen, deshalb hatte er nicht auf das Rufen reagiert. Aber woher kam sie? Es stand kein Wagen draußen. Sie musste auf einem Pferd geritten sein, aber dann hätte ganz bestimmt der Hund gebellt. Und die nächste Stadt war zwanzig Meilen entfernt.

Etwas passte da nicht zusammen. In all den Jahren, die Bill Hadley hier auf der Ranch arbeitete, hatte der Rancher ihn selten mehr als Hallo zu einer Frau sagen hören. Er lauschte angestrengt. Es war still in der Scheune, ein Gefühl der Vorahnung hing in der Luft. Selbst die Tiere schienen zu lauschen. Das gefiel ihm nicht. Die Frau hatte sich nicht bewegt. Die Laterne vor ihr an der Wand brannte nur gedämpft, warf einen kleinen, trüben Lichtschein, der nur ihre Silhouette erkennen ließ, den Rest der Scheune aber umso dunkler machte.

Johnson ging langsam einen Schritt weiter. »Hadley? Lady?«

Die Frau bewegte sich nicht, sondern saß wie starr vor Angst da. Er ging zur Seite, zwischen den landwirtschaftlichen Geräten durch, immer auf sie zu. Er wusste, dass etwas nicht stimmte – hatte aber keine Ahnung, was. Er nahm den Schmiedehammer vom Amboss, trat in den trüben Lichtschein der Laterne und betrachtete das Gesicht unter der Haube. Es war Hadley.

Sein Schädel war auf grässliche Weise V-förmig gespalten worden. Man hatte ihn in Pose gesetzt – die Haube unter seinem Kinn festgebunden, die Beine gekreuzt und ihn an Heuballen gelehnt. Der Brustkorb war aufgeschnitten, das Herz nicht mehr da.

Johnson folgte einer plötzlichen Eingebung, wirbelte zu der fast soliden Dunkelheit hinter sich herum und bekam das Messer tief in die Eingeweide gerammt. Das Messer bewegte sich schnell und erbarmungslos. Er spreizte die Finger, der Hammer fiel ihm aus der Hand; er versuchte, die Fäuste zu ballen und nach dem Furcht einflößenden, maskenhaften Gesicht zu schlagen, das ihn aus der Dunkelheit anstarrte, aber er hatte keine Kraft mehr. »Gott« war alles, was er herausbrachte. Er wollte sich setzen, wusste aber nicht, wie er das anstellen sollte.

Der Jäger verließ die Veranda und ging so leise er konnte die Veranda entlang, aber die Bretter quietschten unter seinem Gewicht. Er atmete schwer. Wieder beugte er sich dicht zu dem Fenster mit den Vorhängen und sah hinein. Die Frau kämmte dem Mädchen das Haar. Das Kind war fünf oder sechs Jahre alt. Es könnte etwas wert sein, wenn es nicht weinte und ihnen Ärger machte. Wenn es das tat, wäre es gar nichts wert. Er ging zur Tür und zog den Riegel möglichst leise zurück.

»Robert?«, rief die Frau mit ängstlicher Stimme aus dem Schlafzimmer.

Er erstarrte; es gab keine Überraschung mehr. Plötzlich stand sie vor ihm; das Kind hielt sich an ihr fest und drückte eine Puppe an sich, die Frau versuchte verzweifelt, einen Revolver zu spannen und zu heben. Das Kind drehte sich um und rannte voller Panik zum Schlafzimmer. Er schoss, ohne zu zögern, das Mädchen wurde in der Seite getroffen, brach schreiend zusammen und wälzte sich auf dem Boden; ihre Mutter sah lediglich den Schützen an, als könnte sie nicht begreifen, was passiert war. Dann ließ sie den Revolver fallen, sank mit gespreizten Beinen zu Boden und zog ihr verletztes Kind an sich.

Sie ritten seit dem Morgen ohne Unterbrechung. Im Schritt oder Trab. Jones gab das Tempo vor. Maggie und Dot folgten ihm einfach. Beim Traben sprang er nicht selten vom Pferd herunter, hielt sich mit einer Hand am Sattelhorn fest und lief mit einem ausgreifenden, truthahnähnlichen Gang neben dem alten Pferd her. So auch jetzt, und irgendwie schien er mehr Energie zu haben – er war irgendwohin unterwegs und hatte ein Ziel vor Augen.

Die Strahlen der Nachmittagssonne brannten sengend auf ihn herab, aber es schien, als könnte nichts den alten Mann und sein kleines Pferd auf ihrem verrückten, auszehrenden Lauf durch das Land aufhalten. Chaco balancierte hinten auf dem Sattel. Dot folgte auf Alice; die rote Farbe leuchtete in ihrem Gesicht und auf den Armen. Das Maultier hielt den Kopf dicht an den Rumpf der alten Stute. Weiter hinten ritt Maggie, als wäre sie fest entschlossen, ihren Protest mit jedem Schritt auszudrücken. Wolken feinen Staubs wurden aufgewirbelt, wehten über sie hinweg und überzogen sie mit einem schmutzigen Schweißfilm.

Das Land war trocken, fast nur Sand, Salzwüsten und Gesträuch, ein Ort kurzer, heftiger Regenfälle, mehr nicht. Jones schätzte, dass sie immer noch rund sechzig Meilen von der mexikanischen Grenze entfernt waren. Bedrohliche Dünen erhoben sich in der Ferne wie Meereswellen; Kakteen und Kreosotsträucher wuchsen in der Nähe. In den Sträuchern saßen Echsen, vereinzelt ein Erdkuckuck und jede Menge kleine Vögel. Hin und wieder scheuchten das Maultier oder das Pferd ein Kaninchen auf. Sonst gab es nicht viel. Das Gelände war karg und ausgedörrt. In der Ferne erstreckten sich in jeder Richtung hohe, verkarstete Berge.

Jones' Lunge schmerzte, und er keuchte heftig beim Laufen. Seine Energie und Kraftreserven fehlten ihm sehr. Langsam hatte er sich mit der Tatsache abgefunden, dass Maggie ihn nie erklären lassen würde. Nun versuchte er, sich an die Erschöpfung zu gewöhnen, die seinen Körper und seinen Geist überkommen hatte.

Auch dem grauen Pony ging es immer schlechter, es stolperte über kleinste Hindernisse; Hitze, Erschöpfung und Wassermangel forderten ihren Tribut. Dot spornte Alice mit den Fersen an, ritt neben dem Pferd und dem alten Mann, bremste das Maultier zu einem Trott ab, bei dem sie heftig durchgeschüttelt wurde. Sie sah besorgt aus.

Bei 48 Grad, hatte Mannito ihr gesagt, konnte ein Mann, der der Wüstensonne ausgesetzt war, einen Tag ohne Wasser durchhalten. Sie wusste nicht, wie lange Pferde und Maultiere das konnten. Vielleicht mehr, vielleicht weniger. Sie schaute in die Ferne, sah die Luft im grellen Sonnenlicht flimmern und schätzte die Temperatur auf 46 Grad. Sie und ihre Mutter hatten noch ein klein wenig Wasser übrig, aber die Tiere hatten seit letzter Nacht nicht mehr getrunken.

»Wir brauchen Wasser, Großvater. Und wir müssen den Grauen ausruhen lassen.«

Er antwortete nicht. Er schaute nicht einmal zu ihr auf, sondern lief nur weiter neben dem grauen Pony her.

»Wenn wir diesen Tieren kein Wasser geben, Großvater, dann sterben sie uns weg«, rief sie zu ihm hinunter. Chaco bellte sie an.

Er sagte etwas zu dem Pferd, das sie nicht verstehen konnte, worauf das Pferd eine gemächlichere Gangart anschlug, den Kopf aber tief gesenkt hielt, als könnte es das Gewicht nicht mehr tragen. Dot machte sich Sorgen um das Tier. Es sah ausgemergelt aus.

Der alte Mann blieb stehen und sah mit zusammengekniffenen Augen zu den umliegenden Hügeln. Er drehte sich langsam im Kreis, als hätte er keine Ahnung, dass Dot und Maggie nur wenige Schritte entfernt im grellen Sonnenlicht saßen. Maggie sah ihn misstrauisch an. Sein Gesicht war immer noch rot, sah aber erstaunlich trocken aus für einen Mann, der seit vier Stunden immer wieder einmal in dieser Hitze neben seinem Tier hergelaufen war. Er schirmte die Augen ab und sondierte eine Bergkette. Plötzlich schien er wegen irgendetwas besorgt zu sein.

»Großvater?«

»Ich war schon mal hier«, sagte er vage.

»Gibt es Wasser?«

Er antwortete nicht. Er ließ das Pferd stehen, ging ein paar Schritte auf das ferne Gebirge zu, das staubig purpurn im nachmittäglichen Dunst aussah, und betrachtete es wie etwas, das er an sich gar nicht sehen wollte, von dem er aber den Blick nicht abwenden konnte.

»Welche Richtung?«, rief Dot ihm zu.

Der alte Mann sah zu den Bergen hinter sich; seine langen Arme hingen an den Seiten herab, als hätte er plötzlich einen unerwarteten Schlag abbekommen. Sein faltiges Gesicht veränderte sich, besonders die Linien um Augen und Mund, bis sich ein merkwürdiger Ausdruck von Panik darauf abzeichnete.

Dot trieb das Maultier an und kam an seine Seite. Sie streckte den Arm aus und legte ihm eine Hand auf die Schulter. »Großvater, was ist los?«

»Ich war schon einmal hier«, murmelte er wieder.

»Das ist doch gut. Dann weißt du ja, wo es Wasser gibt.« Sie wartete darauf, dass er zu ihr aufschauen würde.

Maggie war an Dots Seite geritten und sah den alten Mann mit zusammengekniffenen Augen an. »Liebes, wir haben ein Problem. Entweder hat er einen Sonnenstich, oder er ist einfach nur zu alt und schwachsinnig. So oder so, er hat keine Ahnung, wo wir sind.«

Dot schüttelte den Kopf. »Nein. Großvater hat sich nicht verirrt. Er denkt nur nach. Das ist alles.«

»Kind, du kannst nicht auf diesen alten Mann hören.«

»Das tue ich nicht. Ich höre etwas anderes.«

»Was?«, fragte ihre Mutter, die sich die Stirn mit dem Ärmel abwischte.

»Ich bin nicht sicher.«

Maggie studierte ihr Gesicht einen Moment intensiv. »Die Libelle?«

»Möglich.«

»Die reden nicht.«

Dot gab keine Antwort, sondern wandte sich stattdessen wieder Jones zu, der nach wie vor in die Ferne schaute. »Großvater, sollen wir umkehren und Wasser suchen?« Die Sonne hämmerte wie eine Faust auf sie herab.

Der alte Mann schenkte ihr keine Beachtung. Dann schritt er langsam auf eine flache braune Hügelkette zu, die im gleißenden Sonnenlicht eine Meile entfernt lag, als würde eine unsichtbare Macht ihn gegen seinen Willen dorthin ziehen. Er ließ das alte Pferd anhalten, stieg wieder auf und ritt auf die braunen Hügel zu.

»Siehst du, er hat sich nicht verirrt«, sagte Dot.

Maggie schüttelte nur den Kopf.

Der Graue sank am Eingang des Canyons auf die Knie. Chaco sprang nervös hüpfend von seinem Rumpf auf den Boden und wieder zurück. Jones stand daneben und sah in den Canyon, als würde er damit rechnen, dass jeden Moment ein Grizzly herausgestürmt käme. Er sah völlig erschüttert aus, hatte den Mund halb offen und suchte die umliegenden Felsen nach einem Hinweis ab, den Dot nicht verstand.

Sie kletterte hinab und gab dem alten Pferd ihren letzten Rest Wasser, den sie in die Krone ihres Filzhuts schüttete; dann hielt sie den Kopf des Grauen so, dass er trinken konnte, und redete beruhigend auf das Tier ein. Als es das Wasser getrunken hatte, stellte sich Dot so hin, dass sie dem Kopf des Ponys mit dem Körper etwas Schatten spendete, und fächelte ihm mit dem Hut kühle Luft zu. Die Hitze war erdrückend, Dot war bald von einem Schweißfilm überzogen.

Sie suchte nach Spuren von Wasser: Flecken an den Felswänden, Fliegenschwärme, Vögel, die in das Tal flogen, irgendeine Spur von Feuchtigkeit, sah aber nichts, das ihre Befürchtungen linderte. Hier wuchsen Pfeilkraut und Seepwillow, und sie wusste, dass beide Wasser liebten, aber auch, dass sie ihre Wurzeln bis zu dreißig Meter ins Erdreich bohren konnten, um welches zu finden. Der alte Mann schaute immer noch benommen in den Canyon hinein.

»Was ist denn nur los, Großvater?«, fragte sie und wischte sich den Hals mit einem Taschentuch ab.

Er antwortete nicht. Der Graue rappelte sich wieder auf die Beine und stand mit der Nase dicht am Boden da. Dot umarmte ihn. Dann kam ein frischer Wind aus dem Canyon wie ein kühler Fluss durch die heiße Luft. Alice stellte die Ohren auf, blähte die Nüstern und atmete tief ein, dann schnaubte sie und setzte sich in Bewegung. Dot hielt sie zurück, stieg in den Sattel und drehte sich lächelnd zu ihrer Mutter um. »Wasser!«, rief sie.

Sie konnte es in dem kühlen Luftzug spüren, der über sie hinweg strich. Alle drei Reittiere folgten eifrig dem Verlauf des Canyons. Dot zog Alices Zügel an, damit sie langsamer ging, Maggie kam an ihre Seite. Die graue Stute stürmte ihnen reiterlos voraus; Chaco balancierte und bellte aufgeregt im Vorüberreiten. Dot sah sich nach dem alten Mann um. Er betrachtete wie vom Donner gerührt die hohen Palisaden aus Sandstein, die den Canyon bildeten, und schien wegen irgendetwas zutiefst beunruhigt zu sein.

»Großvater, komm mit«, rief sie.

Es war ein wunderschönes Fleckchen. Hohe Felswände, darüber ein blauer Himmel wie Porzellan, die Luft feucht und vom Duft von Pflanzen erfüllt, und weiter drinnen vom Zwitschern von Vögeln und Wind, der im Laub raschelte. Dot sah Pickleweed und Salicornia, todsichere Beweise für Wasser, und wusste, sie würden nicht verdursten, jedenfalls nicht hier.

Der Canyon schien Welten von der umliegenden Wüste entfernt zu sein, voll von Weiden und Pyramidenpappeln, ein dichter Teppich von üppigem Tobosagras bedeckte den Boden, an freien Stellen konnte Dot Spuren von Wild erkennen. Es war wunderschön. Stachelmohn, Schlüsselblumen und Gänseblümchen. Ein verborgenes Paradies.

Dot sah wieder über die Schulter. Der alte Mann folgte ihnen nicht. »Großvater!«, schrie sie. Er antwortete nicht. »Ich komm dich holen.«

Dot stockte der Atem, als sie um eine Biegung in dem Canyon kam und die Wagen sah. Maggie brachte den Rotschimmel ruckartig zum Stehen, doch das Tier wehrte sich, da es zum Wasser wollte. Alice tänzelte ebenfalls. Dot zog heftig an den Zügeln.

»Ma?«

»Das ist vor langer Zeit passiert.«

Es herrschte Stille in dem Canyon. Maggie ritt weiter, Dot folgte ihr, konnte aber den Blick nicht von den Wagen abwenden. Es waren insgesamt sechs, nach langen Jahren in der Sonne waren ihre Segeltuchplanen zerfetzt und zerrissen. Nichts bewegte sich.

Dot kletterte langsam von dem Maultier und näherte sich zögernd den Wagen. Sie sah Skelette auf den Sitzen, unter den Pritschen, hinter Felsen, die ihnen keinen Schutz geboten hatten. Noch bekleidet, auch wenn die Kleidungsstücke kaum mehr als zerschlissene Fetzen waren. Männer waren mit Waffen in den Händen gestorben. Frauen drückten Kinder an sich. Die Ochsen hatte man im Geschirr erschossen – ihre gewaltigen, von der Sonne gebleichten Wirbelsäulen und Rippen waren zu sehen. Dot ging langsam die Reihe entlang und atmete kurz und stoßweise.

»Wieso hat niemand sie begraben?«

»Wir sind die Ersten, die sie finden.«

Dot ließ sich neben etwas im Sand plumpsen und wippte stöhnend hin und her. Maggie ging zu ihr. Sie saß neben den

Überresten eines kleinen Mädchens, vielleicht fünf oder sechs, deren rotes Kleid fast vollständig von Sand bedeckt war; es hielt noch eine verrottete Puppe in den Fingerknochen. Dot streckte eine Hand aus, berührte zaghaft den Stoff und zog sie zurück, als wäre sie gebissen worden. Maggie kniete nieder, drückte sie an sich und lauschte einem leisen Echo, das der Wind durch das Tal trug – der Wind weinte wie an dem Tag, als ihre Mutter gestorben war. Das Flüstern verlorener Träume, dachte sie.

»Ma, warum?«

»Indianer«, sagte Maggie, als wäre das Wort allein eine Erklärung.

Dot stand mühsam auf, ging zum nächsten Planwagen, nahm eine rostige Schaufel von der Seite ab und kehrte zu dem Kind zurück. Sie fing an zu graben.

Maggie sagte kein Wort. Sie betrachtete die Planwagen. Dot spürte, dass etwas nicht stimmte, hörte auf zu graben und folgte dem Blick ihrer Mutter zu ihrem Großvater, der beim letzten Wagen mit gekreuzten Beinen auf dem Boden saß, sein Kalumet rauchte und laut sang. In regelmäßigen Abständen legte er die Pfeife weg und schüttelte seine Navajo-Rassel. Dann stimmte er einen leisen, klagenden Totengesang an, bei dem Dot eine Gänsehaut bekam.

Maggie ging langsam und entschlossen auf den alten Mann zu. Dot folgte ihr.

»Ma?«

Sie antwortete nicht, sondern ging einfach weiter, bis sie unmittelbar vor Jones stehen blieb. Er hatte sich bis auf Lendenschurz und Mokassins ausgezogen und führte Selbstgespräche in einer Sprache, die Dot nicht kannte. Er sah aus wie im Delirium.

Maggie stand ohne Hut unter der grellen Junisonne und sah ihm mit zusammengekniffenen Augen zu, wie er den reinigenden Rauch spendete und das Totenlied der Auswanderer sang. Als sie ihn schließlich ansprach, geschah es mit einer Stimme, wie Dot sie noch nie bei ihrer Mutter gehört hatte.

»Du warst hier.«

Jones hörte auf zu singen und sah starr geradeaus, als müsste er über ihre Worte nachdenken.

»Du warst hier, nicht? Hast du das nicht gesagt?« Maggies Stimme wurde lauter. »Dass du schon einmal hier gewesen bist.«

Der alte Mann saß stumm im Sand.

»Großvater?«

Er fing wieder an zu singen.

»Du warst hier! Du hast mitgeholfen, diese Menschen zu ermorden!« Maggie zog den Revolver und richtete ihn auf den alten Mann. »Du feierst deinen verdammten indianischen Sieg!«

»Ma, nicht«, flehte Dot. Sie sah Jones verzweifelt an. »Großvater, sag es ihr. Sag ihr, dass du nicht weißt, was sich hier zugetragen hat. Sag ihr, dass du diese Stelle nur zufällig gefunden hast.«

Der alte Mann schaute mit einem benommenen Gesichtsausdruck zu ihr auf.

»Großvater?«

Er schaute ihr weiter blind ins Gesicht, als würde er durch sie hindurch auf etwas am Himmel sehen. Dann räusperte er sich und sagte: »Ich war hier.«

Die Explosion betäubte Dot einen Moment. Sie konnte sich nicht bewegen, konnte ihn durch die Rauchwolke nicht deutlich sehen. »Ma, nicht!«, schrie sie. Der alte Mann saß immer noch aufrecht. Dot ließ sich neben ihm auf die Knie fallen und wagte nicht, genauer hinzusehen. »Großvater? Bist du getroffen?«

»Nein. Geh weg.«

Dot sah wütend zu ihrer Mutter auf. »Du hast versucht, ihn zu erschießen. Warum? Er hat nur einen Sonnenstich.«

Jones versuchte aufzustehen, doch dann ließ er sich einfach wieder in den Sand fallen; er hatte einen gequälten Ausdruck in den Augen.

Maggie drehte sich um und ging mit hängenden Schultern langsam wieder zu den Tieren zurück. Jones sang nun leise vor sich hin und ließ den Blick durch das Tal schweifen. Chaco saß an seiner Seite und zitterte im heißen Sonnenlicht.

»Nein«, sagte Dot.

Maggie saß im Schatten der Felswand, hielt noch ihren Revolver in der Hand und sah ihn immer noch an, aber die Wut war von ihr gewichen. Einen Augenblick hatte sie ihn auslöschen wollen. Doch dann wurde ihr klar, dass sie das trotz allem, was er ihrer Mutter und diesen Menschen angetan hatte, niemals fertig bringen würde.

Irgendwo in ihrem Inneren empfand sie etwas, das sie sich selbst nicht eingestehen wollte. Was immer das für Gefühle sein mochten, sie brachten sie vollkommen durcheinander und regten sich in ihr wie eine Kreatur, die die Bande des Schlafes abschüttelt. Sie sah erneut zu ihm und fühlte sich auf eine seltsame Weise zu diesem alten Mann hingezogen.

Maggie wehrte sich verbissen gegen diese Gefühle und versuchte, sich Gründe auszudenken, warum sie ihn immer noch hasste. Seine Indianerart hasste. Sie ließ ihren Gedanken freien Lauf und dachte an die Zeit vor elf Jahren zurück, als sie Thelma und Julia, Mannitos Frau, verloren hatten. Sie zitterte.

Die Apachen waren in den frühen Morgenstunden von den Bergen gekommen. Brake und Mannito waren oben auf der Hochebene und gaben Kälbern das Brandzeichen. Die drei Frauen waren im Morgengrauen aufgestanden, Thelma und Julia melkten abwechselnd die Kühe auf der vorderen Weide. Maggie zuckte zusammen. Sie erschossen sie dort, töteten sie ohne Grund.

Sie sah sich gehetzt um, als wollte sie den Erinnerungen entkommen, die sie befreit hatte. Aber es gab kein Entkommen. Sie konnte sie immer noch vor sich sehen, wie sie im Schein der Morgensonne zu fliehen versuchten und plötzlich die Arme hochrissen wie Akrobaten im Zirkus. Maggie ließ den Blick traurig über die Sandsteinwände ringsum gleiten.

Sie würde Indianer bis ins Grab verabscheuen. Diejenigen,

die Lily entführt hatten. Die Frau. Alle. Und ihr Vater war nicht besser. Er hatte sich für ihre Lebensweise entschieden. Ein Mann mit freiem Willen. Und eines Tages, das wusste Maggie, würde er seinem Schöpfer Rechenschaft ablegen müssen.

Sie sah zu dem schmalen Streifen Himmel über dem Canyon. »Gott. Ich weiß, dass du existierst. Hilf mir. Hilf mir, Lily zu finden. Und sag mir, was ich seinetwegen tun soll. Bitte.«

Maggie lauschte dem Wind in der Hoffnung, eine himmlische Stimme zu hören. Nichts. Dann fielen ihr die Halskette und der kleine Beutel ein, den er ihr gegeben hatte, um seine verrückten Dämonen abzuwehren. Sie wand sich, holte sie aus der Tasche, vergrub sie hastig im Sand und fragte sich, ob sie seiner Indianerhure gehört hatten. Aber vielleicht waren sie der Grund, dass Gott ihr nicht geantwortet hatte. Sie bat um Vergebung, dass sie sie überhaupt angenommen hatte, dann betete sie wieder für ein Zeichen, das ihr sagen würde, wo sie Lily finden konnte.

Der alte Mann beendete seinen rituellen Rundgang zwischen den Wagen, blieb bei jedem stehen, blies heiligen Rauch hinein, sang seinen Singsang. Maggie hatte ihn nicht aus den Augen gelassen. »Es existiert kein Band zwischen uns«, sagte sie leise, als wollte sie die neuen Gefühle vertreiben, die sich wie Wind in ihr regten. Als weiteres Gegengift dachte sie an alles, das ihr an ihm missfiel.

Sie hasste seine moralische Scheinheiligkeit. Da stand er und krächzte seine heidnischen Beschwörungen über den Gebeinen seiner Opfer. Und diese Menschen waren nicht die einzigen, die er getötet und dann betrauert hatte. Da war zunächst einmal ihre Mutter. Und vor langer Zeit, wusste Maggie, war seinetwegen etwas in ihr gestorben. Etwas, das sie um jeden Preis wieder heil und gesund spüren musste. Er hatte es leiden und dann sterben lassen. Nun verspürte sie nur noch dieses schreckliche Gefühl der Sehnsucht in sich.

Der Abend senkte sich über den Canyon, als Dot zurückkehrte. Sie hatte Gesicht und Arme immer noch mit der roten Farbe beschmiert und sah erschöpft aus. Sie schenkte beiden keine Beachtung, zupfte etwas grünes Gras heraus und brachte es dem Grauen. Dann nahm sie die rostige Schaufel und arbeitete mit entschlossener Miene weiter am Grab des kleinen Mädchens.

Jones ging zu der Stelle, wo sie kniete; sein Schatten fiel über sie. »Ich habe ihre Totenlieder gesungen«, sagte er leise. »Das ist genug.«

Dot hörte auf zu graben, schaute einen Moment in das kleine Loch im Sand, dann hob sie langsam den Kopf, bis sie finster zu ihm aufschaute. »Du hast kein Recht. Überhaupt kein Recht, etwas über sie zu sagen.«

»Wir müssen Lily finden.«

Sie schüttelte den Kopf.

»Wir haben wenig Zeit.«

»Ich glaube dir nicht mehr.«

»Dann glaub der Libelle.«

»Ma hat Recht. Das ist Hokuspokus.«

Jones sah sie einen Moment an. »Dadurch wissen wir, wo Lily ist. Wir haben einen, vielleicht zwei Tage. Danach wird sie in Mexiko verschwinden.«

Dot erstarrte, ließ aber nicht erkennen, ob sie ihm antworten würde.

»Ich brauche deine Macht. Deine Schwester braucht dich.«

Dot schüttelte nur den Kopf und schaute in das neue Grab. Jones sah sie noch einen Moment an, dann stieg er auf den Grauen.

Samuel Jones ritt langsam in den einsamen Canyon. Weißäugige Grünspatzen sangen ihre Abendlieder in den Mesquitedickichten. Er war schon oft in seinem Leben allein geritten, aber nie so allein; noch nie hatte er dieses dunkle Gefühl der Einsamkeit verspürt.

Plötzlich waren seine Gedanken bei dem lahmen Apachen und einem kleinen weißen Mädchen, das er nicht kannte. Nie gesehen hatte. Er wusste nur mit Sicherheit, dass das Mädchen schwer verwundet war. Vielleicht tot. Er hatte keine Ahnung, woher er das wusste – der Gedanke war ihm einfach in den Sinn gekommen. Die Kehle schnürte sich ihm zusammen. Spielte seine nachlassende Geisteskraft ihm Streiche? Erinnerte er sich nur daran, was vor so langer Zeit in diesem Canyon geschehen war? Nein. Er war kein Mann, der das Alter oder den Tod als Ausrede vorschob. Er dachte an den Krüppel und ein weißes Mädchen und etwas Verzweifeltes. Etwas, das bereits geschehen war. Da war er ganz sicher.

Ein Gefühl der Hilflosigkeit erfüllte ihn – Gedanken an den Mann lenkten ihn ab. Dann schien Lilys Gesicht in einem seltsamen Kreis aus Licht vor seinen Augen zu schweben. Er blinzelte, worauf das wunderbare Gesicht und der leuchtende Kreis unvermittelt verschwanden. Er spornte den alten Grauen zu einer schnelleren Gangart an.

Sie hoben nur für die kleinsten Kinder flache Gräber im Sand aus. Dennoch war es dunkel, als sie endlich fertig waren, und Dot ächzte und stöhnte. Das hatte nichts damit zu tun, dass sie müde war, sie wollte lediglich die schrecklichen Gefühle herauslassen, die sich in ihr aufgestaut hatten.

Sie knieten nieder, dann kniff Maggie in den zunehmend dunkleren Schatten der Nacht die Augen zusammen und las einen Abschnitt aus ihrer Bibel. Hinterher stand Dot auf und sah müde auf sie hinab: Die Haut ihrer Mutter hatte die Farbe von Alabaster, ihre Züge erinnerten sie an die römischen Göttinnen, die Dot schon so oft zu Hause im Stereoskop angesehen hatte. Wunderschön und stark und würdevoll. Maggie war verschwitzt und schmutzig und sah erschöpft aus. Dot hatte sie sehr lieb. Auch wenn Maggie nicht an die Vision glaubte, wusste Dot, dass sie die Suche nicht aufgeben würde.

»Danke.«

Maggie lächelte. »Du hast ein gutes Herz. Bewahre es dir für alle Zeit.«

Sie tranken wieder, dann wusch sich Maggie und zog frische Sachen an. Hinterher führten sie Alice und den Rotschimmel zum Wasser und sahen ihnen zu, wie sie tranken, bis sich ihre Bäuche wölbten, als würden sie gleich platzen. Dot wollte die rote Farbe nicht abwaschen. Maggie drängte sie nicht.

»Wir müssten in drei oder vier Tagen zu Hause sein.«

Dot stand neben Alice und kraulte dem Maultier die Ohren. »Ich kann nicht«, sagte sie.

Maggie starrte nur in den Sand.

Jones' Fährte führte viele Meilen in den wilden und schönen Canyon hinein. Dann machte sie eine scharfe Biegung zu einem schmalen Schlitz in dem roten Sandstein und führte höher in die Berge hinauf. Wenn der Mond hell genug schien, dass man sehen konnte, folgten sie den Hufspuren des Grauen im Sand. Aber das war nicht nötig. Alice hatte die Witterung aufgenommen und folgte der Spur wie ein Bluthund.

Sie ritten auch dann weiter, als der Mond hinter einer dunklen Wolke verschwand und man kaum noch etwas sehen konnte. Alice trottete weiter, schnupperte und schnaubte und ging sicheren Fußes, und Dot verließ sich darauf, dass sie den Weg in dem gewaltigen Meer der Schwärze, das sie umgab, finden würde.

Sie hatten die Berge hinter sich gelassen und ritten nun durch flache Hügel und Sanddünen. Dot konnte die Umrisse von Mesquitebäumen und kleinen Harvard-Eichen erkennen. Obwohl sie dicht nebeneinander ritten, hatten sie und ihre Mutter eine ganze Weile nicht mehr gesprochen, als Dot sie unvermittelt ansah.

»Er reitet zum Fluss«, sagte sie leise. »Lily ist da draußen. Großvater kennt die Stelle, die ich beschrieben habe, dorthin ist er unterwegs.«

Maggie gab keine Antwort.

7

Die Pferde waren durch Salbei geritten, und in der kühlen Nachtluft roch es durchdringend nach dem würzigen Duft der Pflanzen. Der Mond war hinter Wolken verschwunden, jede Chance, etwas in der Ferne zu sehen, war damit dahin. Dot spähte in die Dunkelheit und überlegte sich, dass es irgendwo in der Nähe Wasser geben musste, denn sie konnte die schemenhaften Umrisse von Pyramidenpappeln vor dem Himmel erkennen. Die Bäume erinnerten sie an zu Hause, und sofort kreisten ihre Gedanken wieder schmerzlich um ihren Vater, Mannito und Lily. Zwei hatten sie verloren.

Sie verdrängte ihre Traurigkeit und dachte an die vielen Dinge, die sie zusammen unternommen hatten. Obwohl sie sechs Jahre älter war, hatte ihre Schwester immer Zeit für sie gehabt: Sie hatten mit Stöcken oder Puppen oder mit Marionetten gespielt, hatten Verse auswendig gelernt, sich verkleidet oder einfach nur miteinander geredet. Wenn ein Problem sie beschäftigte, ging sie damit zu Lily. Nun war Lily nicht mehr da.

Die Pferde gingen in gleichmäßigem Tempo auf die vagen Umrisse der Bäume zu. Sie spähte in die umliegenden Sträucher. Fluffgras und jodhaltige Büsche. Schlechte Weidegründe. Die letzten zwei Stunden hatten sie nach Futter für die Tiere gesucht. Maggie rutschte im Sattel hin und her, Dot sah sie an.

»Was werden sie mit ihr machen?«

Die Frage schien Maggie zu verblüffen, sie betrachtete einen Moment den Hals ihres Pferdes, dann stieg sie ab. »Lassen wir die Tiere eine Weile grasen.« Sie holte Brakes silberne Taschenuhr heraus, tat so, als würde sie die Zeit ablesen, betrachtete aber in Wahrheit die winzige Fotografie von ihr und

Brake und zitterte heftig. Dot sah ihr weiter unverwandt ins Gesicht.

»Ma, warum willst du es mir nicht sagen?«

»Ich möchte dir nichts erzählen, was ich selbst nicht wissen möchte«, antwortete Maggie, hockte sich hin, legte die Uhr auf einen kleinen Felsstein, neigte den Kopf nach hinten und sah zum Himmel hinauf.

»Du musst es mir sagen.«

Maggie sah sie wieder an und atmete tief durch. »Vielleicht verkaufen sie sie.«

»Wie eine Sklavin?«

Maggie nickte.

»Warum?«

Maggie sagte nichts.

»Ma?« Dots Stimme klang ängstlich.

Maggie sah in den Sand und schüttelte den Kopf.

»Ma?«

»Zur Zucht.«

»Verstehe ich nicht.«

Maggie schüttelte den Kopf. »Nur zur Zucht.«

»Werden sie ihr wehtun?«

Maggie stand rasch auf, entfernte sich von ihrer Tochter und rang den Schrei nieder, der in ihrer Kehle aufsteigen wollte. Sie hatte die Uhr vergessen.

Dot sah den Tieren lange Zeit beim Grasen zu. Der Gedanke an Zucht machte sie krank. Sie mussten Lily finden, bevor es dazu kam.

Sie saßen bei den Tieren auf der Sandebene, als ein Geräusch aus den Pappeln zu ihnen drang. Der Rotschimmel und das Maultier spitzten aufmerksam die Ohren und sahen zu den dunklen Schatten an der Baumgrenze. Maggie und Dot erstarrten, dann richteten sie sich langsam auf die Knie auf und sahen unter den Bäuchen der Tiere hindurch in die Richtung, aus der das Geräusch gekommen war.

»Siehst du was?«

»Ich habe die Stelle genau im Blickfeld«, sagte Maggie leise zu ihr, »kann aber nichts erkennen. Du?« Sie stand auf und zog ihr Gewehr lautlos aus der Tasche neben dem Steigbügel.

»Nein.«

»Dann ist die Chance groß, dass sie nicht wissen, dass wir hier sind. Belassen wir es dabei. Zieh die Sattelgurte fest, während ich Wache halte. Kein Laut. Dann verschwinden wir von hier.«

Dot stand auf, machte sich einen Moment nervös an der Satteltasche zu schaffen, zog schließlich etwas Kleines und Schmutziges heraus und hielt es in der Hand. »Was ist das?«

Dot zögerte. »Eine Adlerkralle, die Großvater Lily geschenkt hat. Sie hilft einem, vor Gefahr zu fliehen.«

Maggie sagte nicht sofort etwas. Sie starrte nur weiter zu den dunklen Umrissen der Bäume in der Ferne; dann wandte sie sich ihrer Tochter zu, sah sie durch die Dunkelheit an und wartete, bis sie einander in die Augen sahen, bevor sie etwas sagte. »Wirf das Ding weg«, sagte sie mit Nachdruck. »Sofort. Bevor du dich verletzt.«

Der Jäger hatte die Gefangene und ihr verletztes Kind in einer grausamen Haltung auf dem Pferd gelassen, ihr eine Schlinge fest um den Hals gezurrt und dann das Seil fest nach unten gezogen, sodass sie gezwungen war, über das Mädchen gebeugt zu reiten oder zu ersticken. Dann hatte er ihr die Handgelenke so fest zusammengebunden, dass sie ihre Hände nicht mehr spüren konnte; die Gurte waren so am Sattelknauf festgebunden, dass sie ihr Kind noch halten konnte. Gerade noch halten konnte.

Die Frau war verzweifelt. Sie hatte versucht, ihn anzuflehen, aber er hatte sie jedes Mal geschlagen oder dem Tier so fest in die Flanken getreten, dass es scheute. Sie hörte auf, weil sie fürchtete, sie könnte ihr Kind fallen lassen. Sie wusste, in dem Fall würde er ihre Tochter dem Tod geweiht zurücklassen.

Sie konnte sie nicht sterben lassen. Das Kind wimmerte, die

Frau sang ihm mit bebender Stimme etwas vor und fragte sich die ganze Zeit, warum ihr Mann nicht aus der Scheune gekommen war.

Der Apache hockte linkisch auf seinem missgebildeten Bein und untersuchte die Stelle, wo er eine Unterhaltung gehört hatte. Seine Medizin war gut: Sogar in der Dunkelheit glänzte die kleine Uhr. Er hob sie auf, zündete ein Streichholz an und betrachtete das Bild des Mannes und der Frau; sein Herz schlug schneller, weil er wusste, dass er beide schon einmal gesehen hatte. Dann erlosch das Streichholz, und er war nicht sicher. Etwas an ihren Gesichtern. Irgendwas. Er erstarrte, seine Gedanken flogen zu dem alten Hünen.

Rasch kroch er über den Sand und suchte den Boden in immer größeren Kreisen ab. Nichts deutete darauf hin, dass der Dünne in der Nähe war; er widmete sich wieder den Leuten auf dem Geisterbild, zündete noch ein Streichholz an und betrachtete ihre Gesichter. Warum brachten sie ihm Gedanken der Alten? Er wusste es nicht. Frustriert schaute er auf, sah die Frau, die versuchte, ihr verletztes Kind festzuhalten, und fühlte sich besser.

Maggie und Dot ritten seit mehreren Stunden in hohem Tempo, als sie einen gelben Feuerschein zwischen den Bäumen vor sich sahen und abrupt anhielten. Dot spürte, dass Alice zu einem Schrei ansetzte, sprang herunter und hielt das Maultier an der Schnauze.

»Wage es ja nicht«, flüsterte sie dem Tier ins Ohr. »Wir haben keine Ahnung, wer das ist. Wenn du nicht vorsichtig bist, Alice, dann könntest du noch vor Tagesanbruch Steak sein.«

Maggie saß ab, zog den Revolver, sah blinzelnd ins Licht und horchte. »Mehr als eine Stimme«, sagte sie.

»Eine davon ist Großvater.«

»Woher weißt du das?«

»Alice zittert. Das macht sie immer, wenn sie in seiner Nähe ist. Er muss ein Lager mit jemandem aufgeschlagen haben.« Sie machte eine Pause. »Aber das sieht ihm nicht sehr ähnlich.« Ihre Stimme hatte einen besorgten Unterton.

»Das denke ich auch«, sagte Maggie.

Sie führten Pferd und Maultier fast eine Meile den Weg zurück und zurrten ihnen in einem Weidenwäldchen, das weit genug entfernt war, die Fußknöchel zusammen, sodass man in dem Lager nichts hören konnte, selbst wenn Alice sich die Seele aus dem Leib geschrien hätte. In der Überzeugung, dass es sich um das Lagerfeuer eines Weißen handelte, ließ Maggie Dot die rote Pigmentfarbe von Gesicht und Armen abwaschen. Dann gingen sie vorsichtig zurück, zwischen den Bäumen hindurch zu dem noch immer gelblich, bedrohlich lodernden Feuer, wo die Stimmen in den Schatten an- und abschwollen. Maggie übernahm mit gezücktem Revolver die Führung.

Samuel Jones saß mit fest auf dem Rücken zusammengebundenen Armen auf dem Grauen. Er trug immer noch Lendenschurz, Brustharnisch und den Lakota-Kopfschmuck. Den größten Teil der Farbe hatten sie ihm abgewaschen, aber es war noch genügend übrig, dass er wie etwas Wildes und Animalisches aussah. Die alte Stute war an einem Baum festgebunden und schlief. Chaco saß hinter dem alten Mann und knurrte hin und wieder. Ein Dutzend weiße Männer standen um ein großes Lagerfeuer herum und diskutierten.

»Hängt ihn.«

»Verbrennt ihn!«, rief ein anderer.

Dot rannte los. »Das ist mein Großvater!«

Die Männer in dem Kreis erstarrten einen Moment, dann stoben sie explosionsartig auseinander und sprangen stolpernd in Deckung. Überrascht betrachteten sie das wütende kleine Mädchen, das vor ihnen stand. Chaco knurrte sie an. »Großvater, alles in Ordnung?«

Der alte Mann drehte sich zu ihr um und nickte.

»Was, zum Teufel, machst du hier?«, fragte einer der Männer.

»Ich suche meinen Großvater«, sagte sie, und die Worte klangen wie eine Herausforderung.

Die Männer sahen von ihr zu Jones. Einer, ein großer, verwitterter Baum von einem Mann mit einem roten Bart kam zu ihr. »Das ist dein Großvater?«, fragte er und zwinkerte den anderen zu.

»Ganz genau.«

Die Antwort überraschte den Mann. »Nee«, sagte er, »dieser alte Mann ist ein Indianer.«

Dot wich zurück, als würde sie sich auf einen Sturmangriff vorbereiten. »Er ist mein Großvater. Eigentlich ist er gar kein Indianer. Er glaubt nur, dass er einer ist. Lasst ihn los.« Dot überlegte, ob sie die Flinte auf sie richten sollte, als sie aus dem Augenwinkel eine Bewegung bemerkte.

»Lasst ihn los«, wiederholte Maggie leise und richtete den Revolver direkt auf die Brust des Mannes, der vor Dot stand. Ihr Hut hing an einer Kordel um ihren Hals, das lange braune Haar fiel ihr über die Schultern. Als Dot sie ansah, wurde ihr wieder bewusst, wie sehr sie ihre Mutter liebte. Wie sie sich immer auf sie und ihre große Stärke verlassen konnte. Ihr Großvater beobachtete sie.

»Wer sind Sie?«, fragte der Mann.

»Ich bin die Mutter dieses Kindes. Und das da ist ihr Großvater.«

Die Männer starrten sie misstrauisch an, einige drehten sich um und betrachteten den alten Mann, der immer noch reglos und stumm auf dem Indianerpony saß, dann sahen sie wieder Maggie und Dot an. Sie glaubten es nicht. Es schien unmöglich zu sein.

»Vielleicht mögen sie es nur nicht, wenn jemand gehängt wird, Henry«, rief einer von hinten aus der Meute.

»Ich jedenfalls nicht«, entgegnete Maggie. »Schon gar nicht meine Verwandten.« Sie machte eine Pause. »Und ich werde jeden töten, der es versucht.«

»Dieser alte Mann ist ein verdammter Indianer. Sehen Sie ihn doch an. Er ist kein Verwandter von Ihnen«, schnaubte der Mann namens Henry. »Was treiben Sie da für ein Spiel?«

Da sie sich ganz auf die Männer konzentrierten, bemerkten weder Dot noch Maggie die Warnung, die ihnen Jones mit den Augen gab. Plötzlich war es vorbei. Zwei Männer hatten sich hinter sie geschlichen, packten und entwaffneten sie und drückten sie in eine sitzende Haltung.

»Finger weg!«, sagte Maggie wütend.

»Lady, wer, zum Teufel, sind Sie und was machen Sie hier?«, fragte der Mann mit dem roten Bart, entkorkte eine Flasche Whiskey und trank einen Schluck. »Wir sind Männer des Gesetzes. Und befugt, Feinde zu töten.«

Maggie schaute finster zu ihm auf. »Mein Name ist Margaret Baldwin, und das ist meine Tochter. Mein Mann hat eine Ranch in New Mexico. Meine älteste Tochter wurde vor einer Woche entführt, und wir versuchen, sie wiederzufinden. Und jetzt lassen Sie uns gehen!«

»Und das ist Ihr Vater?«

Maggie nickte.

»Warum ist er wie ein gottverdammter Heide angezogen, wenn er ein Weißer ist? Oder sind Sie ein Halbblut?«

»Ich bin eine Weiße, genau wie er.« Sie machte eine Pause. »Er ist nur exzentrisch, das ist alles.«

»Exzentrisch, verdammt!«, brüllte einer.

»In welchem Teil von New Mexico?«, fragte ein großer, dünner Mann.

»Chimayo.«

»Und warum sucht Sheriff Bob Wills dann nicht nach Ihrer Tochter?«, fuhr der Mann fort und studierte ihr Gesicht, als glaubte er ihr nicht.

Maggie stand auf und klopfte sich die Hosen ab. »Er wurde bei dem Versuch getötet.«

»Wills ist tot?«, fragte der Mann mit dem roten Bart.

»Er geriet in einen Hinterhalt der Indianer, die meine Tochter entführt und meinen Mann angeschossen haben.«

»He, Henry«, rief jemand. »Das ist die barmherzige Rancherin, die alle Kranken und Leidenden in der Gegend verarztet. Verdammt, sie versucht nur, den da zu retten.«

»Stimmt das?«

»Dass ich Menschen verarzte? Ja. Aber dieser Mann ist trotzdem mein Vater.«

»Und diese bösen Indianer reiten mit Ihrer Tochter nach Süden?«

Maggie sah zu Jones. Er sah sie immer noch an, aber ohne ersichtliche Gefühlsregung. Sie spürte wieder die alten Vorbehalte.

»Lady, ich habe Ihnen eine Frage gestellt.«

Maggie nickte dem Mann zu. »Sie reiten nach Süden.«

»Ich glaube nicht, dass Cochise hier zum Stammbaum gehört«, rief jemand. »Sieht nicht wie einer im Indianerkostüm aus dem Versandhaus aus.« Die Männer lachten. »Er ist ein verdammter Sioux-Soldat – oder vielleicht ein Sodomit!« Eine kleine Gruppe von ihnen umringte Jones und den Grauen. Der alte Mann beachtete sie nicht.

Dot konnte den Blick nicht von ihm wenden und biss sich auf die Lippen, während sie sein verwittertes Gesicht und die kleinen dunklen Augen betrachtete. Er sah friedlich aus. Sie fragte sich, warum sie ihn immer noch so sehr mochte, nachdem sie die Leute in dem Canyon gesehen hatte. Es war nicht wichtig, warum. Es war eben so. Sie fürchtete um sein Leben. Diese Männer waren betrunken und wütend. Sie erinnerte sich an Mrs. Abbys Warnung wegen seiner Kleidung. Er hatte nur gesagt: »Niemand wird mich sehen.« Aber er war gesehen worden. Sie vermutete, dass seine Medizin schlecht geworden war, wie er gesagt hatte. Was das anging, hatte er nicht gelogen.

»Seid ihr Männer Texaner?«, fragte Maggie, um das Gespräch nicht abreißen zu lassen. »In dieser Gegend gab es schon lange keinen Ärger mit Indianern mehr, warum wollt ihr also meinen Vater festnehmen?«

»Lady, Sie nehmen uns auf den Arm oder Sie haben einige wichtige Nachrichten nicht mitbekommen. Vor zwei Wochen haben Apachen das Reservat verlassen und sind Richtung Mexiko gezogen. Wir waren gerade auf dem Weg, uns nützlich zu machen, als wir ihre Spur kreuzten. Wir sind ihnen nun schon seit drei Tagen auf den Fersen. Morgen oder übermorgen müssten wir sie einholen.«

Einen Moment überlegte Maggie, wie groß die Chancen sein mochten, dass diese Männer dieselben Apachen verfolgten, die Lily entführt hatten. Es war nicht sehr wahrscheinlich. Dann warf jemand ein Seil über einen Ast.

»Lasst ihn gehen!«, schrie Dot.

»Schon mal einen Weißen getötet?«, schrie ein Mann mit schmutzigen blonden Haaren zu Jones hinauf. Der alte Mann ignorierte ihn.

»Gottverdammt, sag was!« Der Mann schlug mit einer Reitpeitsche nach Jones' Schulter, sodass Blut hervortrat. Chaco blieb einen Moment zitternd stehen, dann sprang er in hohem Bogen von dem Grauen, schnappte nach den Stiefeln des Mannes und ließ ihn tanzen. Schließlich erwischte der Mann den kleinen Hund in der Mitte und kickte ihn brutal in das Dornengestrüpp. Der kleine Terrier kam nicht mehr aus den Büschen heraus.

»Lasst sie in Ruhe!«, kreischte Dot. Jemand hielt sie von hinten fest, sie trat rückwärts nach ihm und versuchte, sich zu befreien. Maggie kämpfte mit einem weiteren Mann.

Inzwischen hatten sie Jones die Schlinge um den Hals gelegt.

»Ich frag dich noch mal«, keuchte der Mann mit den blonden Haaren. »Schon mal einen Weißen getötet?«

»Nein, das hat er nicht«, rief Maggie.

»Dich hab ich nicht gefragt, Hurenschlampe.«

Jones drehte sich langsam um und maß den Mann mit einem Blick, der – obwohl er dem Tode nahe war und nur ein Klatschen auf den Hintern des Grauen davon entfernt, aufgehängt zu werden – bedrohlich wirkte.

Er senkte die Stimme einen Ton. »Reden Sie nie wieder so mit ihr.« Maggie sah ihrem Vater ins Gesicht.

Der Mann spuckte ihn an. »Was willst du dagegen machen?«

Jones antwortete nicht sofort, sondern sah dem Mann so lange in die Augen, bis er nervös wurde und seinem Blick auswich und sich abwandte. »Wenn Sie noch einmal so mit ihr reden«, wiederholte er, »schlitze ich Sie vom Nabel bis zur Nase auf.«

Die Menge lachte und genoss die Bemerkung umso mehr, als sie von einem Verurteilten kam. Der blonde Mann wurde ganz rot im Gesicht. »Hängen wir ihn auf!«, schrie er.

»Dann schafft sie hier weg«, sagte Jones leise und nickte zu seiner Tochter und Enkelin.

»Also damit sind wir einverstanden!«, witzelte jemand.

Die Männer führten Maggie und Dot, die beide schrien und sich wehrten, aus dem Lager.

»Ich bin Indianerin«, rief Dot ihnen zu. »Hängt mich auch auf!«

Maggie riss die Schultern frei, blieb stehen und sah ihren Vater an; ein Sturm von Gefühlen überkam sie. Alle Bewegungen und Geräusche schienen zum Erliegen zu kommen; beim Gedanken, dass er in wenigen Minuten nicht mehr sein würde, erschauerte sie am ganzen Körper. Sie drängten sie weg.

Sie versuchte, ihn zwischen den Bäumen zu sehen, doch es gelang ihr nicht. Geräusche ertönten. Die Leute bewegten sich wieder, und sie musste daran denken, wie stolz sie einst auf ihn gewesen war. Aber dieser Stolz war dahin. Nur ein Gefühl der Sehnsucht war geblieben.

Der alte Mann drehte sich heftig um und suchte nach ihr; der Graue erschrak und machte einen Satz, die Männer packten das Pony und hielten es fest. »He, du alter Mistkerl. Wir müssen das hier richtig machen. Wir möchten schließlich nicht, dass du würgst und spuckst, dir die Zunge abbeißt und uns vollpisst. Sauberer Bruch, das ist nur recht und billig.«

Jones beachtete sie gar nicht und suchte in der Dunkelheit nach Maggie. Aber sie war fort.

Maggie leistete keine Gegenwehr mehr und ließ sich von dem Mann durch die Dunkelheit schubsen, während sie hastig einen ihrer Reithandschuhe anzog. Sie wartete. Wartete, bis der Klammergriff um ihre Schulter ein wenig gelockert wurde. Dann wartete sie wieder. Sie würde nur eine Chance haben. Dann war es so weit, der Mann, der sie festhielt, sah über die Schulter zum Lager. Das war ihre einzige Chance. Sie blieb ruckartig stehen, der Mann stieß mit ihr zusammen, sie hob das Bein und trat ihm heftig auf den Fuß, dann fuhr sie herum und rammte ihm ein Knie zwischen die Beine.

Der Mann war übergewichtig, atmete keuchend aus, stöhnte und klappte in der Taille zusammen. Maggie schätzte rasch die Entfernung ab und trat zurück – ließ die Schulter sinken, verlagerte das Gewicht auf den rechten Fuß, zielte und schwang ihre von dem Handschuh geschützte Faust mit der ganzen Kraft ihrer vierundfünfzig Kilogramm. Schwang durch den Kopf, wie Brake es ihr gezeigt hatte. Ihre Knöchel prallten schmerzhaft gegen die Schläfe des Mannes. Der Mann schien einen Moment in der Luft zu hängen, dann stolperte er vorwärts und kippte auf die Knie. Aufrecht, aber außer Gefecht. Maggie schnappte sich seinen Revolver und rannte wie wild zu ihrem Vater zurück.

»Was, zum Teufel, treibt ihr Männer da?«, rief eine Stimme irgendwo vor ihr.

Maggie zwängte sich durch die Menge, packte die Zügel des Grauen, hielt das Pferd fest und schwenkte den Revolver über die Männer um sie herum.

»Ihr solltet in El Paso warten«, sagte der Neuankömmling zu den Leuten. »Was ist passiert?«

Maggie hielt den Grauen noch fester, während Dot hinter ihren Großvater kletterte und die Schlinge entfernte.

»Alles in Ordnung, Großvater?«

Die Antwort kam schwach, aber merkwürdig gelassen. »Bestens, Kind.«

»Wir dachten, du würdest dieses Pharospiel nie beenden, John«, sagte jemand zu dem neuen Mann. »Daher sind wir einfach weiter nach Süden gezogen. Wir wussten, dass du uns einholen würdest.«

Maggie sah ihn am Rand der Meute stehen. Er hatte kurze Beine und Hüften wie ein Maultier und trug eine schwarze Melone über einem weichlichen Gesicht. Äußerst gepflegt, aber alles andere als eindrucksvoll. Doch der Zorn in seinen Augen hielt sie in Schach.

»Einfach weiter nach Süden gezogen, um einen Mann ohne Verhandlung zu hängen?«

Niemand antwortete; der Tonfall des Mannes lud nicht gerade dazu ein. Er drängte durch die Menge, stellte sich vor Maggie, sah sie an, tippte an seine Melone. Sie drehte sich um und zeigte auf Jones.

»Das ist mein Vater.«

Der Mann sah Jones an, dann wieder sie, und grinste.

»Ihr Vater?« Er war für eine Indianerjagd in der Wildnis seltsam gekleidet: ein dreiteiliger Anzug, Stehkragen und Krawatte. Der Anzug hatte schicke Perlmuttknöpfe, die ihr sofort ins Auge fielen. Einen Revolver sah Maggie nicht, aber das Abzeichen eines Marshals an seiner Weste.

Sie nickte wieder.

Der Marshal schaute zu Dot auf, die hinter dem alten Mann saß. Sie war bereit zu kämpfen. »Dein Großvater, nehme ich an?«

»Ja. Und Sie sollten ihn nicht so behandeln. Er hat nichts getan. Und einer von denen«, fügte sie hinzu und zeigte wütend auf den Blonden, »hat seinen Hund verletzt.«

»Stimmt das?«

»Gütiger Heiland, John. Weil uns ein halb indianisches Kind und eine hübsche Frau sagen, wir sollen einen Indianer gehen lassen, müssen wir es doch nicht tun, oder?«

Der Marshal überhörte die Bemerkung. »Ihr Männer lasst diese Leute in Ruhe.«

Er schaute wieder zu Jones auf und prustete vor Lachen. Der alte Mann ignorierte ihn bewusst. Der Gesetzeshüter stand vor dem Grauen, grinste und kraulte ihm die Ohren. Schließlich sagte er: »Samuel, du siehst in dieser Kluft aus wie ein verdammter Truthahn, dessen Kopf von einem Stachelschwein gebumst wird.« Er machte eine Pause und sah Maggie und Dot an. »Wie viele Frauen hast du eigentlich?«

Maggie schaute unbehaglich drein. Jones antwortete nicht.

»Ich kenne eine indianische«, fuhr der Marshal fort. »Jetzt scheint festzustehen, dass du auch eine weiße hast.«

Er holte ein Taschenmesser hervor und schnitt Jones' Fesseln durch. Dann hörte er auf zu lachen und sah den alten Mann an.

»Du siehst nicht gut aus.«

Jones sah zu ihm hinab. »Welche Apachen sind ausgebrochen?«

»Halt dich da raus oder die Jungs werden dich lynchen. Und ich helfe ihnen dabei.« Er drehte sich um und sah zum Feuer.

Jones ließ den Mann nicht aus den Augen. »Ist er dabei?«, beharrte er.

Der Marshal blieb stehen und drehte sich um. »Das weiß ich nicht, aber du hältst dich raus. Verstanden? Es spielt keine Rolle. Wenn er es ist, hat er eine Entscheidung getroffen. Und er muss dafür bezahlen.« Der Marshal sah Jones noch einen Moment an, und das Mitgefühl stand ihm im Gesicht geschrieben, dann wandte er sich ab und ging zum Feuer.

Dot und Jones krochen im Gebüsch herum und suchten den kleinen Terrier. Sie fanden ihn bewusstlos und aus dem Maul blutend. Jones hob ihn behutsam hoch, stieg auf sein Pferd, dirigierte den Grauen zu dem blonden Mann und sagte: »Gewehr.«

»Muss ich es ihm geben?«, fragte der Mann den Marshal.

»Ja.«

Jones untersuchte die zerkratzte Sharps wie eine kostbare Uhr, sah zu dem Mann hinunter und sagte: »Wenn mein Hund stirbt, komm ich zurück und mach dich fertig.«

Der Mann sprang. Jones hob schnell den Fuß und erwischte den anstürmenden Mann an der Kehle; der Mann klappte zusammen und schnappte hektisch nach Luft; sein Angriffsgeist hatte ihn verlassen. Dot hatte schon Kämpfe gesehen, aber keinen, der so sauber beendet worden wäre.

Der Marshal trank Kaffee und grinste Samuel Jones an. Dann sagte er zu den Männern: »Lasst Mr. Jones in Ruhe, bevor noch jemand getötet wird.« Er sah Maggie an. »Kommen Sie was essen. Und lassen Sie uns über Ihre entführte Tochter reden.«

Jones saß schweigend auf dem Grauen, hatte die gewaltigen Pranken auf dem Sattelknauf liegen und schien seine gesamte Aufmerksamkeit dem Sand unter dem Pferd zu schenken. Maggie und Dot hörten dem Marshal zu. Der Gesetzeshüter hatte Maggie aufgefordert, bei dem Aufgebot zu bleiben, und ihr versprochen, nach Lily zu suchen. Er stand auf und ging zu einem Indianer, der abseits allein auf einem Felsen saß. Ihr Fährtensucher, vermutete Maggie. Navajo, der Halskette und den Steinohrringen nach zu urteilen.

Als der Gesetzeshüter zurückkam, sagte er: »Mequecito sagt, wir verfolgen Apachen. Und er ist gut im Entschlüsseln.« Der Mann sah Maggie an. »Sie bleiben, wir finden Ihre Tochter – und bei uns sind Sie sicherer, als nachts allein in den Bergen herumzureiten. Selbst mit diesem alten Mann als Führer.«

Maggie hörte Respekt vor ihrem Vater aus der Bemerkung des Marshals heraus und fragte sich, woher er ihn kannte. Sie sah zu, wie sich der Navajo und Jones unterhielten, dann sah sie wieder zum Marshal. »Meine Tochter ist nicht bei ihnen«, sagte sie. »Sie folgen einer anderen Gruppe.«

»Früher oder später tun sie sich zusammen«, sagte der Marshal, der sich eine Zigarette drehte. »Ist immer so. Verteilen sich wie Wölfe und finden dann wieder zusammen. Aalglatte Burschen.«

Dot rückte näher zu ihrer Mutter. »Ma, wir müssen mit Großvater gehen«, flüsterte sie. »Er wird Lily finden.«

»Wenn Lily hier unten ist«, sagte Maggie mit gedämpfter Stimme, »was ich immer noch bezweifle, dann finden diese Männer sie lange vor deinem Großvater.«

»Bitte, Ma.«

Maggie stand auf und klopfte sich die Hose ab. »Lassen Sie mich darüber nachdenken, Marshal.«

Eine Stunde später saß Jones immer noch auf dem alten Grauen und schien nur ungern aufbrechen zu wollen. Maggie und Dot saßen am Feuer und lehnten an Felsen. Dot sah ihren Großvater verloren an. Der Marshal saß nicht weit entfernt, rauchte und trank eine Tasse Kaffee, sah den alten Mann aber auch an.

»Ama«, sagte Jones.

Maggie schaute zu ihm auf.

»Wir müssen Lily finden.«

Sie schüttelte den Kopf.

Er sah sie noch einen Moment an, dann sagte er: »Alice kann mich finden.« Er stieß den Grauen an und ritt in die Dunkelheit. Dot schniefte.

»Bitte, lass uns mit ihm gehen.«

»Nein. Holen wir unsere Schlafsäcke.«

»Samuel Jones«, rief der Marshal.

Jones drehte den Grauen um und sah den Gesetzeshüter abwartend an.

Der Mann sagte einen Moment nichts. Dann räusperte er sich. »Pass auf dich auf. Hast du gehört?«

Jones betrachtete ihn über das flackernde Licht des Lagerfeuers hinweg, und Dot fand, dass etwas Unsichtbares zwischen ihnen hin und her zu gehen schien. Freundschaft, Erinnerungen. Irgendetwas. Dann nickte ihr Großvater wieder und drehte den Grauen.

Der Marshal und die Männer sahen Jones und seinem kleinen Pferd nach, wie sie in der Nacht verschwanden. Eine Weile sagte keiner etwas; die meisten empfanden einen widerwilligen Respekt vor dem alten Mann und der Art, wie gelassen er im Angesicht seines Todes reagiert hatte.

»Ist er so hart wie seine Worte?«, fragte ein kahlköpfiger Mann.

Der Marshal schüttete seinen Kaffee auf den Boden und nickte. »Jetzt ist er weiß um die Kiemen, aber es gab eine Zeit...« Er schien angesichts einer Erinnerung zu lächeln. »Damals hätte ich es mir gründlich und zweimal überlegt, ehe ich ihn zu einem Tänzchen aufgefordert hätte.« Er drehte sich eine neue Zigarette.

»Wenn er so ein Teufelskerl ist, warum haben wir dann noch nie von ihm gehört?«, fragte der Blonde trotzig.

Maggie und Dot kamen zum Feuer zurück und setzten sich vor den wärmenden Flammen in den Sand.

Der Rauch der Zigarette des Marshals kräuselte sich träge in der kühlen Nachtluft. »Er hat sich meist in Mexiko aufgehalten. Fern von den Städten.«

»Verdammt, John«, fluchte Red. »Wir haben den richtigen Hurensohn lynchen wollen.«

Maggie und Dot warfen ihm beide böse Blicke zu. Er trat gegen einen Stein.

»Ist er ein Halbblut?«, fragte der kahle Mann.

»Nein«, sagte Maggie. »Er ist so weiß wie Sie.«

»Aber im Herzen ist er ein Indianer«, sagte Dot trotzig und gähnte. Maggie legte ihrer Tochter einen Arm um die Schultern.

»Ich hab gehört, er hat das College besucht. Stimmt das?« Der Marshal fächelte eine Rauchwolke von seinem Gesicht weg.

Maggie nickte. »In Boston. Danach hat er an einer Schule in Connecticut unterrichtet und kam anschließend nach Westen, um für eine Firma in St. Louis mit den Indianern Handel zu treiben.« Sie machte eine Pause. »Danach hatte er eine Farm.« Ihre Stimme brach.

Der Marshal schüttelte den Kopf und schien erstaunt über das wechselvolle Leben dieses Mannes zu sein. »Als ich ihn kennen lernte, da war er nur der Mann einer Squaw.« Der Marshal schenkte sich frischen Kaffee ein. »Ihre Mutter?«, fragte er.

Sie wurde rot. »Nein. Meine Mutter stammte aus St. Louis. Ich habe keine Ahnung, wer diese Frau war.«

Der Marshal schnippte die Zigarettenkippe ins Feuer und trank einen Schluck Kaffee. »White Mountain Apache. Niedliches Ding – nicht viel größer als ein Rehkitz.«

Maggie wurde heiß hinter den Ohren, als sie ihn so über die Frau reden hörte, die ihr Leben zerstört hatte. Dennoch wartete sie darauf, dass er fortfuhr. Da er nichts mehr sagte, räusperte sie sich und betrachtete den Sand zwischen ihren Füßen. »Wer war sie?« Sie versuchte, die Frage so unbeteiligt wie möglich auszusprechen, und zog ihre dösende Tochter an sich.

Der Marshal nahm die Kaffeetasse in beide Hände, legte den Kopf zurück und sah zu den Sternen hinauf. Maggie fand ihn sympathisch.

»Lassen Sie mich darüber nachdenken«, sagte er. »Ich war in den fünfziger Jahren Sheriff von Anthony, nicht weit von der Grenze entfernt. Zwei oder drei Mal im Jahr kamen sie von Mexiko, um zu handeln. Damals konnte ein Apache noch eine amerikanische Stadt betreten, ohne erschossen zu werden.« Er kratzte sich im Nacken und dachte wieder nach. »Eins steht fest, sie war kein Gesindel.«

Maggies Neugier wuchs.

»Tochter eines Häuptlings des White-Mountain-Stammes. Hochadel unter den Apachen. Und sie sah toll aus. Hübsch. Kluge Augen. Ein gewisser Stolz. Immer in sauberes Wildleder mit Perlenstickereien gekleidet. Hatte eine angenehme Art. Ich mochte sie. Mochte ihre Courage. Für die Leute in Anthony waren Apachen Abschaum. Sie wusste das, ließ es sich aber nie anmerken. Immer höflich. Sie sprach ein wenig Englisch. Ich schätze, Jones hat es ihr beigebracht.«

Der Marshal sah Maggie lächelnd an. »Sie wären stolz auf sie gewesen«, sagte er in dem Versuch, nett zu sein, ohne zu ahnen, welche Qualen seine Worte ihr verursachten.

Maggies Gedanken wirbelten durcheinander. Sie mochte vieles sein, aber stolz auf diese Indianerfrau war sie ganz gewiss nicht.

Der Marshal sagte: »Diese kleine Frau liebte Ihren Vater.

Kommt selten vor bei Apachenfrauen – dass sie einen weißen Mann lieben.«

»Warum?«, fragte Maggie zu ihrem eigenen Erstaunen leise.

»Reinrassiges Volk. Lassen sich nicht mit Weißen oder Mexikanern ein. Heiraten niemals außerhalb ihres eigenen Stammes. Ich nehme also an, sie hatten etwas ganz Spezielles.« Er lachte wieder gutmütig. »Ihr Vater hat dem Mädchen zugehört, ganz gleich unter welchen Umständen.« Er trank wieder einen Schluck Kaffee, sah ins Feuer und dachte an die Jahre zurück.

»Himmelherrgott, John«, knurrte Red. »Er ist mit den verdammten Apachen geritten, und wir lassen ihn ziehen, als wäre er ein Baptistenprediger.«

Der Marshal trank wieder einen Schluck Kaffee und studierte das grobe Gesicht des Mannes über den Rand seiner Tasse. Schließlich sagte er: »Wenn du ihn so sehr haben willst, Red, reit ihm nach. Aber geh allein. Die meisten Männer hier haben Frauen und Kinder, die sie brauchen.«

Red dachte einen Moment nach. »Verdammt«, sagte er dann mürrisch. »So hart ist er auch wieder nicht. Aber das ist nichts Persönliches zwischen ihm und mir.«

»Ich erinnere mich an eine Nacht im August«, fuhr der Marshal an Maggie gewandt fort, »als vier texanische Cowboys Ihre Stiefmutter auf dem Bürgersteig packten und anfingen, mit ihr zu tanzen. Eine üble Bande. Es hieß, sie hätten droben in Kansas einen Mann getötet, und ich hatte an dem Tag auch schon Ärger mit ihnen in einem Saloon gehabt. Zuerst tanzten sie nur mit ihr auf der Straße herum und hielten sie an den Handgelenken, damit sie nicht weglaufen konnte. Aber sie waren betrunken und zerrten so lange an ihrer Kleidung, bis sie ihr Oberteil offen hatten.« Er sah wieder in die Flammen und kniff die Augen zusammen.

»Ein anderer Indianer war Jones holen gegangen, und als der dort eintraf, wurde es erst richtig hässlich. Es gab ein Gesetz gegen Schusswaffen in der Stadt. Aber nicht gegen Messer. Und einer der Jungs zückte seines und verletzte Jones damit. Ich denke, sie glaubten, sie könnten ihm damit Angst machen. Ihr Jungs habt ihn ja heute Abend gesehen. So schnell bekommt der es nicht mit der Angst zu tun«, sagte der Marshal. »Böser Fehler. Bevor ich hinkam, hatte Jones den getötet, der ihn verletzt hatte.«

Der Marshal rammte die Hände fest in die Hosentaschen, stand auf und sah ins Feuer.

»Und?«, fragte der kahle Mann.

»Ich befahl ihnen, damit aufzuhören. Feuerte meinen Revolver in die Luft ab. Schoss vor ihren Füßen in den Boden. Aber Jones wusste nicht, wie man aufhört. Ein paar Frauen aus der Stadt hatten seine Frau weggebracht.«

Der Marshal zupfte an seiner Unterlippe und sah in die Nacht. Er schüttelte den Kopf und grinste, als würde ihn die Erinnerung immer noch überraschen. »Ich brüllte sie an, feuerte meinen Revolver ab. Verdammt, ich hab so oft geschossen, dass ich zweimal nachladen musste.«

Die Männer schüttelten lächelnd die Köpfe.

»Ich stand da wie ein Idiot, brüllte mich heiser, verballerte meine Munition, und niemand hörte auf mich. Ich traf ihn einmal sogar aus Versehen am Fuß, trotzdem hörte er nicht auf. Er hinkte einfach weiter um diese Cowboys herum.«

Der Marshal streckte die Arme zum Himmel und bewegte die Finger. Die Männer und Maggie warteten.

»Alle hatten die Messer gezückt. Ich sprang also nicht mitten rein, um Tag zu sagen. Aber ich musste dem ein Ende machen.« Der Marshal grinste schafsmäßig. »In dieser Stadt wurde der Sheriff gewählt.«

Die Männer johlten.

»Die Texaner hatten genug und sahen blass aus. Aber er nicht.« Der Gesetzeshüter kicherte und winkte in die Richtung, in die der alte Mann geritten war. »Nee. Er war fest entschlossen, ihnen den Garaus zu machen. Ich hab in meinem ganzen Leben keine drei Cowboys gesehen, die elender ausgesehen hätten. Der Teil hat mir gut gefallen.«

»Wie hast du dem ein Ende gemacht?«, lieferte jemand das Stichwort.

»Ich hab ihm ins Bein geschossen. Ihn zu Fall gebracht wie ein gestochenes Schwein.« Der Marshal verstummte und sah aus, als wäre er für heute Nacht fertig.

»Das war's?«, fragte jemand.

»Nein, verdammt.«

Die Männer pfiffen und stampften anerkennend mit den Füßen wegen Jones' Ausdauer.

»Der Mann, den ihr lynchen wolltet, stand vom Boden auf und ging wieder auf die Jungs los. Ein Schuss im Fuß, ein Schuss im Bein und eine Messerwunde, aber immer noch bereit zu kämpfen.« Der Marshal verstummte und streckte wieder so weit er konnte die Arme aus.

Der kahle Mann stöhnte. »Himmelherrgott, John, lass dir doch nicht jedes einzelne Wort aus der Nase ziehen. Was, zum Teufel, ist passiert?«

Der Sheriff sah Maggie an, die ihm so aufmerksam zuhörte wie alle anderen. »Ihre Stiefmutter kam angelaufen.« Pause. »Ich denke schon, dieser Büffel ist durchgedreht und muss erschossen werden. Und da kommt Ihre Stiefmutter hinzu – ein kleines, zierliches Mädchen – sie reichte mir vielleicht bis hierher«, sagte er und hielt die Hand an eine Stelle dicht unterhalb der Brust. »Nicht größer.«

Maggie schätzte die Größe auf etwa einsfünfzig.

»Und mit einer Stimme, die ich kaum hören konnte, sagt sie: ›Samuel.‹«

Der Marshal ließ ein breites Grinsen sehen und schüttelte den Kopf, als hätte er gerade eine faustdicke Lüge erzählt, ohne damit zu rechnen, dass sie ihm jemand glaubte. »Das war es«, fuhr er fort. »Nur: ›Samuel.‹ Als würde sie ihn zum Essen rufen. So nett und höflich.

Und Ihr Vater hört auf – hinkt an ihrer Seite die Straße entlang. Wie ein großer Hund.« Er kicherte. »So was habe ich weder vorher noch nachher je erlebt. So erstaunlich, als würde man eine Bulldogge aus einem Kampf zurückpfeifen.« Er sagte: »Das nenne ich Liebe.«

»Liebe. Stiefmutter. Klug. Hübsch.« Maggie bekam die Worte nicht aus dem Kopf. Sie schienen in ihrem Inneren zu brennen wie die Lauge, die sie zu ihrer Waschseife gab. Sie sah lange Zeit ins Feuer.

Mah-gee …«

Nasses Haar fiel Maggie in die feuchte Stirn, ihr Augen kreisten wie wild unter den geschlossenen Lidern. Vage Geräusche in ihrem Kopf. Wieder die flüsternde Stimme …

»Mah-gee …«

Sie wälzte sich in ihrem Schlafsack auf dem Boden; die Nacht war kalt, dennoch brach ihr am ganzen Körper der Schweiß aus.

»Mah-gee …« Die Stimme schien sie anzuflehen.

Maggie strampelte mit den Beinen und wimmerte vor Angst. Sie riss die Augen auf. Sie lag in einer Schweißlache auf ihren Decken und bewegte sich nicht. Sie lauschte der windigen Stille des Wüstenlagers. Dot schlief neben ihr. Der Marshal und die anderen Männer schliefen an unterschiedlichen Stellen um das Lagerfeuer herum, das mittlerweile zu glühenden Kohlen heruntergebrannt war. Sie wischte sich das Gesicht mit der Decke ab und lächelte. Ein Traum. Nichts weiter. Ein verrückter Traum. Sie richtete sich auf und versuchte, seine Bruchstücke zu sortieren.

Nur ein Traum, wiederholte sie immer wieder. Die vertraute Stimme. Schwebte vom Nachthimmel auf sie zu. Dieselbe Traumstimme, die sie fast ihr ganzes Leben lang gehört hatte.

Wessen Stimme?, fragte sie sich wieder. In all den Jahren hatte sie nie die Antwort darauf gefunden. Maggie fuhr sich mit den Fingern behutsam über die Lippen, betrachtete blind die Decke und dachte über das seltsame Flüstern nach. Die Stimme eines Kindes. Eines Indianerkindes. Deutlich am Akzent zu erkennen.

Gott sei Dank war es nicht wie beim ersten Mal. Sie konnte sich noch genau an jene Nacht vor so vielen Jahren erinnern, als sie erwacht war, weil ihr Name auf eine so grässliche Weise geschrien wurde… und danach herrschte dunkles Schweigen. Sie hatte den Schrei nie wieder gehört, als wäre das Geräusch ins Universum entschwebt. Nun sprach nur diese leise Stimme zu ihr.

Maggie erschauerte und zog die Decke bis zum Kinn hoch. Heute Nacht hatte die Stimme nur ein Wort zu ihr gesagt: »Geh weg.«

Maggie wehrte sich gegen den Drang, solange sie konnte, dann zog sie die Stiefel an, weckte Dot und scheuchte sie hastig zu den Pferden. Es war verrückt, auf eine körperlose Stimme zu hören. Aber sie hatte zu ihr gesprochen. Wie immer.

Und seltsamerweise lag sie meistens richtig mit ihren Einflüsterungen. Sie hatte ihr gesagt, dass sie Brake heiraten sollte. Hatte sie an dem Morgen gewarnt, als die Apachen Thelma und Julia getötet hatten. Sie erschauerte erneut in der kühlen Nachtluft. Sie hatte gelernt, auf diese leise Stimme in ihrem Kopf zu hören. Das war die einzige Indianersache, die sie respektierte.

Dot wischte sich den Schlaf aus den Augen, dann stieg sie glücklich auf Alice und sah zu, wie ihre Mutter den Sattelgurt des Rotschimmels festzog.

»Wieso hast du es dir anders überlegt?«

Maggie drehte sich nicht um. »Nur wegen einer leisen Engelsstimme.«

Dot lächelte. Müde, aber glücklich.

Sie holten ihn ein, als er und der Graue gerade eine flache Wüstenebene mit dunklen Flecken vulkanischen Gesteins überquerten. Dot ritt an der Seite ihres Großvaters, Maggie hinterher. Zwischen den Felsbrocken war die staubige Ebene mit Kreosotsträuchern übersät und verlief sanft bergab. Die Erde sah rissig und abgestorben aus. Chaco war immer noch bewusstlos;

Jones hielt ihn in den Armen. Der Hund bellte kläglich in seinem unruhigen Schlaf.

»Wie geht es ihm, Großvater?«

»Er ist verletzt.«

Sie studierte das seltsame Gesicht des alten Mannes eingehend von der Seite. Schließlich schien ihm der Blick auf die Nerven zu gehen. »Was ist?«, fragte er gereizt.

Sie kniff die Augen zusammen und schien über etwas nachzudenken. »Ich weiß nicht, was ich von diesen Leuten bei den Wagen halten soll.«

Er hielt an und strich ihr die rote Farbe wieder auf Gesicht und Arme. Maggie warf ihm von dem Rotschimmel einen wütenden Blick zu, sagte aber nichts.

»Hast du das wirklich getan?«, fragte Dot und sah zu ihm auf.

Sie konnten ihre Gesichter im spärlichen Licht sehen. Er sah aus, als würde er durch ihres hindurchsehen, dann nickte er.

Dot antwortete nicht, drehte sich nur um und stieg wieder auf Alice. Sie ritten eine Weile wortlos weiter, bis sie wieder zu ihm sah. »Es gibt nichts. Um nichts auf der Welt hättest du das tun dürfen.«

Er antwortete nicht.

Sie hatten Meilen zwischen sich und die Schar gebracht, als Dot wieder sprach. Sie konnte wütend auf ihren Großvater werden, es aber einfach nicht bleiben. Das war seltsam. »Ich bete, dass Gott dir vergibt.«

Maggie ritt an die Seite des alten Mannes und legte ein Flanellhemd über den kleinen Hund.

Er sagte nichts.

Es war windig und kalt, Maggie und Dot trugen Jacken mit Lammfellfutter. Jones ritt nur in Lendenschurz und Teguas und schien die Kälte gar nicht zu spüren. Alice hatte ihren gewohnten Platz hinter dem Rumpf des Grauen wieder eingenommen, sodass Maggie allein neben dem alten Mann blieb. Sie ritten schweigend. Dot war im Sattel eingeschlafen; Maggie hatte

Angst, sie könnte zu Boden fallen und im Dunkeln verloren gehen.

»Sie braucht Ruhe«, sagte sie.

»Macht ihr ruhig Rast. Ich reite weiter. Lilys Zeit ist knapp.«

Maggie schüttelte den Kopf.

Die Pferde bahnten sich langsam einen Weg durch einen Hain holziger Ocotillos, als Jones wieder das Wort ergriff. Er hatte den Blick auf das Halbdunkel vor ihnen gerichtet. »Danke für das, was du da hinten getan hast.«

Maggie sah ihn an; das hagere Profil war in der Nacht kaum zu erkennen. »Nicht nötig. Ich wollte nur verhindern, dass sie dich hängen und du in Dottys Augen als Held stirbst. Mehr nicht.«

Sie ließ die Zügel des Rotschimmels locker und fiel hinter Alice zurück.

Es ging wieder steil bergauf, als die Dämmerung kam; sie ritten eine Reihe felsiger Canyons hinauf und erschreckten Dickhornschafe, die auf hohen Felsvorsprüngen Schachtelhalmsträucher und Rispengras fraßen. Der alte Mann sah völlig verbraucht aus, Erschöpfung verdeckte jede Gefühlsregung seines faltigen Gesichts. Der kleine Hund hatte das Bewusstsein immer noch nicht wiedererlangt.

Maggie stieg auf einer sandigen Lichtung ab. Sie waren von steilen Sandsteinwänden umgeben. Sie hatte halb aus Zorn und halb aus Entschlossenheit Halt gemacht, weil sie Dotty und den Tieren eine Ruhepause gönnen mussten. Sie entfachte ein Feuer mit kleinen Zweigen und machte Frühstück, und die ganze Zeit ging ihr die Geschichte des Marshals über ihren Vater und seine Indianerfrau nicht aus dem Kopf. Aber noch etwas anderes beherrschte ihre Gedanken.

Ihr Vater hatte den Marshal nach einem anderen Indianer gefragt. Hatte gefragt, ob er zusammen mit den anderen Aufrührern aus dem Reservat ausgebrochen war oder nicht. Maggies

Sorgen kreisten darum, ob er versuchen würde, diesen Mann zu finden, und sie so möglicherweise den Feinden in die Hände führte. Möglich. Durchaus möglich.

Dot saß im Sand, hatte die Knie unter das Kinn gezogen und beobachtete Jones, als er vorsichtig mit Chaco abstieg, neben dem Grauen stand und sich in den Hügeln orientierte. Seine Bewegungen waren ungelenk; sie sah, dass seine verletzte Schulter wehtat.

Später brachte Maggie Dot ein spärliches Frühstück aus gekochten roten Bohnen und etwas Schinken, dann holte sie sich eine Tasse Kaffee, lehnte sich wenige Schritte entfernt an einen großen Felsen und starrte blind die Felswand des Canyons an. Dot aß und betrachtete sie.

»Denkst du an Pa?«

Maggie lächelte zaghaft. »Ja. Und an James.«

»Ich auch. Vielleicht solltest du nach Hause. Wir müssen uns um zwei Menschen Sorgen machen. Lily und Pa. Wir könnten die Sorgen zwischen uns aufteilen. Du nimmst Pa. Ich nehme Lily.«

Maggie lächelte. »Das sieht dir ähnlich, Dorothy Baldwin, immer praktisch. Aber nein, danke. Wir gehen nach Hause, wenn du wegen Lily zufrieden bist.«

»Erst, wenn wir sie gefunden haben.« Dots Stimme drückte mehr Zuversicht aus, als sie empfand.

Maggie trank Kaffee, betrachtete das dünne Gesicht ihrer Tochter über den Rand der Tasse hinweg und fand sich langsam mit der Tatsache ab, dass ihre jüngste Tochter nach allem, was sie durchgemacht hatte, ihre Schwester nicht im Stich lassen konnte. Als Maggie endlich klar wurde, dass Dot weiterkämpfen würde, was auch immer geschehen mochte, was sie mit einer großen Angst erfüllte, empfand sie gleichzeitig große Liebe und Bewunderung für das Kind. Sie richtete sich gerade auf und stocherte mit einem Zweig im Sand.

»Gott«, betete sie stumm und mit zunehmender Verzweiflung. »Bring uns hier raus. Ich verliere Dotty. Bitte!« Sie machte die Augen zu und wartete auf ein Zeichen. Es kam keines. Dennoch war sie überzeugt, dass Jones sich irrte, dass es etwas geben musste. Dass Gott sie nicht im Stich lassen würde. Sie sah zu Dot und setzte ein gezwungenes Lächeln auf.

»Versprich mir nur, dass du akzeptieren wirst, wenn wir Lily doch verlieren sollten. Andernfalls wirst du den Rest deines Lebens Wenns und Abers nachjagen. Das würde Lily nicht wollen.«

»Ja, Ma.«

Maggie schaute in die Richtung, in die Jones gegangen war, und sah ihn mit Chaco auf den Armen zu ihnen zurückhinken. Seinem langsamen, schleppenden Gang nach zu urteilen, ging es zu Ende mit ihm.

»Er lebt in Träumen«, sagte sie traurig. »Und er möchte gern, dass du ihm Gesellschaft leistest.«

Jones hockte sich neben seiner Enkelin hin, legte den kleinen Hund vorsichtig in den Sand und schenkte sich einen Schluck Kaffee ein. Er schnappte keuchend nach Luft, dicke Schweißperlen standen ihm wie Baumharz auf der Stirn. Dot wartete darauf, dass er etwas sagen würde, weil sie wusste, dass er sich nicht gern zu Gesprächen zwingen ließ. Sie sah, wie schwer der Hund atmete.

Schließlich räusperte sie sich. »Wird er überleben, Großvater?«

»Ich weiß nicht.«

Dot machte eine kleine Pause. »Welchen Canyon nehmen wir denn?«

»Auch das weiß ich nicht«, antwortete er mit einer Stimme, die unsicher klang.

Er sah sie nicht an, schwenkte nur langsam den Kaffee in der Tasse und schüttete den Rest in den Sand. Dann stand er auf, trug Chaco zu einer Decke, kniete nieder, legte ihn hin und streichelte dem kleinen Hund den Kopf.

Als er aufschaute, stand seine Enkelin bei dem Grauen, redete mit ihm, verscheuchte Fliegen vom Kopf der alten Stute und vergrub das Gesicht in ihrer Mähne. Ein paar Minuten später drehte sie sich um und stapfte langsam den schmalen Canyon hinauf. Er wusste, ihre Träume trieben sie an, ihrer Schwester zu helfen, aber er verlor jede Fähigkeit, zu helfen. Er konnte das schrille Schimpfen eines Hähers hören und war nicht sicher, ob der Vogel wütend auf ihn war. Er wollte nur schlafen. Verwirrung und Zweifel lähmten ihn.

Samuel Jones war schwach und fiebrig. Die Peitsche hatte tief in die Schulter geschnitten; die Wunde brannte, daher legte er sich auf den Boden, drückte sie in die Erde und nutzte deren Heilkraft. So machte er das, seit er beim Volk der leuchtenden Berge gelebt hatte und von ihren Medizinmännern unterrichtet worden war. Er sah Chaco an, dessen Kopf nahe bei seinem lag, und dachte an ihre gemeinsame Zeit. Das Kind war noch nicht zurückgekehrt.

Seine Gedanken schweiften wieder zu dem Lahmen ab. Er musste immerzu an den Mann denken. Wusste aber nicht, warum. Spürte nur, dass dieser Mann Macht besaß. Vielleicht zog ihn das an. Nein, das war nicht alles. Aber er war zu müde, sich damit auseinander zu setzen.

Seine Gedanken wirbelten durcheinander, als würden sie von einem heißen Wind durch diese Wüste geweht werden. Der Marshal hatte nicht gewusst, ob Kayitah mit den anderen aus dem Reservat ausgebrochen war. Undenkbar wäre es nicht. Er rieb sich den Nacken. Er hatte ihn seit einigen Jahren nicht mehr gesehen. »Kayitah, sei in Sicherheit«, murmelte er.

Maggie brachte ihre Arzneitasche und setzte sich neben ihn. Sie sah ihn nicht an, klappte nur die Tasche auf und holte ein paar Sachen heraus.

»Hör auf, dich albern aufzuführen – sonst kommt es noch so weit, dass dir der Arm abfault.«

Er schüttelte den Kopf. »Ama. Die Erde heilt.«

»Ich habe dich gebeten, dass du mich bitte nicht so nennen sollst. Du hast nicht das Recht dazu. Und dein Indianerhokuspokus beeindruckt mich nicht. Setz dich auf.«

Er sah sie einige Augenblicke an, dann setzte er sich mühsam auf. Sie nahm die Schlammkompresse von der Wunde und sah sie sich genauer an. Es war wunderbar, wenn sie ihn berührte, dachte er. Sie hielt seinen Arm, untersuchte die Wunde, wunderschöne Hände, weich und doch kräftig, und ein angenehmer Mandelduft in ihrem Haar. Er konnte spüren, wie sie zitterte.

Sie zog die Ränder der Wunde ein klein wenig auseinander, dann schüttete sie Alaunpuder darauf, der brannte. Als er seinen dürren Arm betrachtete, war er überrascht, wie schlimm es um ihn stand. Es war fast vorbei. Er hörte ihr gleichmäßiges Atmen und sah ihr bei der Arbeit zu – zielstrebig und sanft, fest entschlossen, die Aufgabe zu meistern, auch wenn es wehtat. Sie sagte nichts. Er erhob keine Einwände. Wenn sie schlief, würde er die Wunde wieder auf die Erde drücken, um sie zu heilen.

Als sie fertig war, machte sie ihre Arzneitasche mit einem leisen Klicken zu, das sich klar und endgültig anhörte. Er räusperte sich. »Ama.« Eine Pause. »Ich möchte dir erzählen, warum ich fortgegangen bin.«

Sie stand rasch auf. »Kein Grund ist dafür gut genug.« Sie drehte sich um und ging zu den Pferden.

Maggie sah zu den nahen Felswänden und fühlte sich seltsam, ein dünner Film kalten Schweißes bedeckte ihre ganze Haut. Ama. Der Name löste Erinnerungen aus. Als sie da stand, musste sie daran denken, als auch er noch andere verarztet hatte. Die Pflanzenmedizin für die mexikanische Frau und ihre Kinder hatte die Erinnerung schon wachgerufen, doch damals hatte sie sie verdrängt.

Doch nun, da sie seine Wunde versorgt, seine runzlige Haut berührt, den letzten Rest seiner Energie und seines Lebens in ihren Händen gespürt hatte, ergossen sich die Erinnerungen wieder über sie, und diesmal war ihr, als würde sie darin ertrinken.

Sie stand starr und reglos da und dachte mehr als dreißig Jahre zurück in die Vergangenheit. Sie ballte unwillkürlich die

Fäuste, und sie wollte damit zuschlagen oder etwas ganz heftig packen und festhalten. Ihr Vater hatte, genau wie sie, Menschen auf der Ranch medizinisch versorgt. Sie zitterte und versuchte, über die Ähnlichkeit hinwegzusehen. Jeder war willkommen gewesen. Die meisten waren arm. Andere verzweifelt. Jeder, der fragte, wurde versorgt. Wieder dachte sie an die Übereinstimmung mit ihrer eigenen Arbeit, fühlte sich aber nicht unwohl.

Sie erinnerte sich, wie ihre Mutter wütend auf ihn geworden war. Er stritt nie mit ihr, gab seine Arbeit aber auch nicht auf. Der Marshal hatte Recht, er konnte ein sturer Bock sein. Nur hatte sie ihn damals dafür bewundert. Nun war sie nur noch der Meinung, dass seine Dickköpfigkeit dumm war. Sie drehte sich um und ging ein paar Schritte weiter, als könnte sie so ihren Gedanken entkommen.

Trotz der wütenden Einwände ihrer Mutter hatte er sie als seine Krankenschwester agieren lassen. Selbst heute musste sie noch lächeln, wenn sie daran dachte – eine ganz normale Krankenschwester, als sie noch ein Kind war, und er ersparte ihr nichts, was es zu sehen oder zu hören gab. Er hatte sie behandelt wie eine erwachsene Frau. Sie zögerte, als sie daran dachte, wie stolz sie gewesen war. Er nannte sie »Ama«, das mexikanische Wort für eine Kinderkrankenschwester. Diesen Namen hatte sie geliebt. Jetzt nicht mehr.

Susan war strikt dagegen gewesen und hatte immer gesagt, sie sei zu jung, um mit dem menschlichen Körper konfrontiert zu werden. Zu jung für die Schmerzen und das Leid; das Sterben. Als Antwort hatte er stets gesagt: »Amas Seele ist älter als ihr Leben.«

Als sie hier stand und zurückdachte, erinnerte sie sich wieder an den enormen Stolz, den sie verspürt hatte. Eine »alte Seele« – alt genug, ihm zur Hand zu gehen, obwohl die Arbeit blutig sein und mit dem Tod enden konnte. Er hatte nie gezweifelt. Und sie hatte ihn nie im Stich gelassen. Sein Glaube an sie war zu stark gewesen.

Das war der Grund, weshalb sie nie verstanden hatte, warum er sie verließ, und es auch nie verstehen würde. Und warum sie die Indianerfrau hasste. Ganz egal, was der Marshal gesagt hatte. Sie konnte ihm nie vergeben – auch nicht, wenn die Frau klug und hübsch gewesen war. Das änderte rein gar nichts. Machte nicht recht, was sie getan hatte. Der altbekannte Schmerz stellte sich wieder ein. In ihren Augen war er nicht mehr heroisch ... nur jämmerlich, ein heruntergekommener Alkoholiker, der den einfachen Weg ins Verderben eingeschlagen hatte. In ihrem Herzen war sie vaterlos, eine Tatsache, die sie zutiefst bedauerte.

Vaterlos. Das würde die Indianerfrau nie verstehen. Sie würde nie erfahren, wie viel Schmerz sie verursacht hatte. Maggie kniff im Angesicht der Erinnerungen fest die Augen zusammen.

An dem Tag, als er fortgegangen war, hatte sie die ganze Nacht auf seine Rückkehr gewartet. Ängstlich und ohne zu wissen, was sie tun sollte. Sie hatte Plätzchen gebacken, die er mochte, wie ihre Mutter es ihr gezeigt hatte. Und sie wartete. Wartete am Küchentisch, hörte ihre Mutter weinen ... und konnte nicht glauben, dass er wirklich gegangen war. Sie sagte sich, dass er nicht fortgehen konnte. Dass er sie liebte. Dass sie ihn liebte.

Einst hatte er ihr gesagt, dass Liebe die mächtigste Kraft der Welt wäre. Und sie hatte immer alles geglaubt, was er sagte. Bis zu jener Nacht.

Als die Dämmerung kam und es so still in dem Haus blieb, dass es schmerzte, sich darin aufzuhalten, war sie in die Scheune gegangen und hatte sich vor seine Werkbank gestellt. Hatte nur davor gestanden. Hatte davor gestanden und seine Werkzeuge angesehen und mit ihm geredet; ihn angefleht, doch wieder nach Hause zu kommen. Nicht zu vergessen, dass sie ihn liebte. Aber er kam nicht zurück. Nie mehr. Selbst heute noch schnürte der Gedanke ihr Herz vor Kälte zusammen. Sie machte die Augen zu.

Sie blieben noch ein Jahr auf der Farm, bis sie sie verloren. In dieser Zeit flehte sie ihn immer und immer wieder an, doch nach Hause zu kommen. Abends, wenn sie und ihre Mutter die

Küche geputzt hatten, ging sie mit einer Kerze in die Scheune, stand in ihrem flackernden Licht vor seiner Werkbank und flehte ihn an. Manchmal hob sie seine Werkzeuge auf und hielt sie so, wie er sie gehalten hatte. Dadurch fühlte sie sich ihm nahe. Aber nichts von alledem – weder ihre Gebete noch ihr Flehen – brachte ihn je wieder nach Hause zurück.

Die Indianerfrau konnte nicht verstehen, wie das war. Und seine Entschuldigungen konnten niemals die Leere in ihrem Inneren füllen.

Dot hatte eine kleine Krüppeleiche erklommen, saß auf einem Ast, hatte die Augen geschlossen und versuchte mit aller Kraft zu glauben, dasselbe traumähnliche, schwebende Gefühl zu erreichen, das sie zuvor schon gehabt hatte. Sie hielt den Atem an. Die Sonne schien ihr brennend heiß mitten ins Gesicht. Sie versuchte, schneller zu atmen. Dann langsamer. Sang. Summte. Nichts. Ihr Herz schlug schneller. Wenn sie und ihr Großvater Recht hatten, dann würde der heutige, spätestens der morgige Tag die letzte Chance bringen, Lily zu finden, bevor sie über die Grenze und damit im fernen Dunst von Haziendas und mexikanischen Städten und Dörfern verschwand; die letzte Chance, bevor sie für immer im trockenen Staub jenes fremden Landes verloren ging. Jetzt wimmerte Dot. Sie hatte Lily gern. Sie wollte, dass sie nach Hause kam.

Sie fragte sich, ob ihre Mutter Recht hatte und die Vision von der Libelle und dem Kreuz nicht real war. Diese Möglichkeit machte ihr Angst. Sie sah durch den Canyon zurück und versuchte verzweifelt, einen klaren Kopf zu bekommen. Ihr kam der beunruhigende Gedanke, wenn die Vision nicht real war, wenn sie sich wirklich verirrt hatten, dann war Lily verloren. Für immer. Sie flehte die Libelle an, ihr zu helfen, und wusste gleichzeitig, dass ihre Mutter das keineswegs billigen würde. Aber sie musste es tun. Lilys Schicksal stand auf Messers Schneide, und immerhin waren sie bis hierher gekommen.

Sie wandte sich dem unmittelbaren Problem zu, dem sie sich gegenüber sahen. Vier schmale Öffnungen warteten vor ihnen in dem Canyon. Laut ihrem Großvater würde eine sie hinaus führen, die anderen waren Sackgassen, sie würden aber erst sehen, welches der richtige Weg war, wenn sie acht oder neun Stunden zwischen engen, zerklüfteten Felswänden dahingezogen wären. Wenn sie sich irrten und umkehren mussten, war es mit Sicherheit zu spät.

Die Möglichkeit, dass sie sich in diesem Labyrinth aus Stein verirrten und Lily nicht fanden, setzte sich langsam, kalt und wie Glas, in ihrem Bewusstsein fest.

Es war Spätnachmittag, Schatten krochen wie lebende Kreaturen aus den Felswänden, als Dot schließlich von der Eiche herunterkletterte und zu Jones und ihrer Mutter zurückkehrte. Der alte Mann saß mit gekreuzten Beinen im Sand, betrachtete seine abgetragenen Teguas und hielt den Arm in der neuen Schlinge. Er sah halb tot aus. Maggie sattelte Alice.

»Ich weiß, welchen Weg«, sagte Dot. »Jedenfalls weiß ich, wie wir ihn herausfinden können.«

Maggie sah sie an, und etwas in ihrer Stimme ließ sie aufhorchen. Dot wurde älter, und diese Tragödie beschleunigte es und machte sie älter, als sie eigentlich war. Es gefiel ihr ganz und gar nicht, das zu sehen. Sie hasste diesen alten Mann, ihren Vater, nun dafür, dass er ihrem Kind genau dasselbe antat, was er ihr angetan hatte. Sie ging zu ihr und legte ihr eine Hand auf die schmale Schulter.

»Dot, es gibt keinen magischen Indianerhokuspokus. Es gibt nichts weiter als die Zufälle des Lebens. Such weiter nach ihr, aber sei dir darüber im Klaren, dass du nichts anderes tust.«

Jones war aufgestanden und versuchte, dem Grauen mit seinem unverletzten Arm den Sattel aufzulegen. Als er fertig war, schwang er ein Bein hoch und wartete auf sie, zum Aufbruch bereit. Maggie drehte sich um und sah in sein hageres Gesicht. Ihr Blick war flehentlich.

»Bitte«, sagte sie und sah zuerst zu ihrer Tochter und dann wieder zu ihm. »Sag ihr, dass nichts an dem dran ist, was sie angeblich gesehen hat. Sag ihr, dass Lily verloren ist. Bitte. Für mich.«

Samuel Jones sah Maggie lange Zeit ins Gesicht. Endlich hatte sie ihn um etwas gebeten. Nach all den langen Jahren. Er schaute zu den fernen Bergen und dachte an Yopon und die Kinder.

»Ich kann nicht«, sagte er langsam.

Dot gab Alice das Zeichen zum Aufbruch und trottete mit ihr durch den Canyon. Jones folgte ihr. Maggie stieg langsam auf ihr Pferd.

Wenige Meter von der Stelle entfernt, wo die vier dunklen Öffnungen die Granitwand teilten, stieg Dot ab, hielt Alices Kopf mit den Händen, barg den eigenen Kopf in dem warmen Fell und streichelte die flachen Wangen des Maultiers. Alice stupste sie an. Jones saß auf dem Grauen und nickte ein. Weiter hinten wartete Maggie auf dem Rotschimmel.

»Du bist ein gutes Maultier«, flüsterte Dot ihr zu. »Du hast Großvater gefunden. Du weißt, wie es ist, nach jemandem zu suchen, den man gern hat.« Sie sah dem Tier tief in die braunen Augen. »Du musst mir jetzt helfen, Alice. Großvater sagt, die Macht gehört den Jungen, darum kann ich den Grauen nicht fragen.« Alice knabberte an den Säumen von Dots Bluse. »Nicht«, schimpfte sie. »Das ist ernst.« Die alte Stute war zu ihnen getrottet und stand daneben, als würde sie zuhören. Jones war auf ihrem Rücken eingeschlafen. Dot kraulte dem alten Pferd beiläufig mit einer Hand den Kopf, während sie dem Maultier in die Augen sah.

»Lily ist in großen Schwierigkeiten, Alice, wir müssen sie finden. Großvater sagt, Tiere können Geister sein.« Der alte Mann wachte nicht auf. »Ich glaube, du bist einer...« Das Tier schnaubte, als wollte es Vorbehalte gegen diese Einschätzung anmelden. »Welchen Weg müssen wir nehmen, um Lily zu finden?«

Das Maultier stand da und sah Dot verständnislos an. »Alice. Bitte. Ich brauche deine Hilfe.« Das Tier bewegte sich keinen Zentimeter. »Lass dir Zeit«, fügte Dot hinzu.

Minuten später, als Alice Dot immer noch ansah, setzte sich die alte Stute in Bewegung und nahm den zweiten Durchgang in der Felswand. Das Kind sah dem Pferd nach; das Maultier versuchte, ihm zu folgen. Dot ergriff Alices Zügel und hielt sie auf.

»Alice, warte«, sagte sie und sah dem Maultier wieder in die Augen. »Wir dürfen keinen Fehler machen. Ist das deine Wahl, oder folgst du nur dem Grauen?« Das Maultier schüttelte den Kopf und sah in die Richtung, die das Pferd eingeschlagen hatte. »Alice?«, sagte Dot. Das Maultier drehte den Kopf in Dots Richtung, dann setzte es sich in Richtung des Durchgangs in Bewegung, den das Pferd und Jones genommen hatten. Dot wusste nicht, was sie davon halten sollte. Sie warf ihrer Mutter einen hilflosen Blick zu. Der Graue war alt. In älteren Lebewesen ließ die Macht nach.

Dot zögerte noch einen Moment, dann lief sie dem Maultier nach, kletterte in den Sattel und ließ Alice ihren Willen. Wenn Jones begriffen hatte, was geschehen war, stellte er die Entscheidung des Grauen nie in Frage. Er ritt einfach weiter, sang Chaco leise Lieder und sah glücklich aus, dass es weiterging, als würde er irgendwie am Leben bleiben, solange sie in Bewegung waren.

Der Graue ließ permanent den Kopf hängen, und Jones machte sich Sorgen um ihn. Er versuchte, so viel wie möglich zu Fuß zu gehen, da er spürte, dass das große Herz der Stute ihr den Dienst versagte. Er redete mit ihr über ihre Abenteuer, über die Zeit, als sie große Taten zusammen verbracht hatten. Die Erinnerung mochte die Stute nicht am Leben halten, aber Jones fand, sie hatte verdient, eine Würdigung ihrer Größe zu hören.

»Großvater, wie lange kann sie noch durchhalten?«, fragte Dot traurig und sah der Stute zu, die sich tapfer einen schmalen Bergweg hinauf mühte.

»So lange es muss, bis es vorbei ist.«

Dot wusste in ihrem Herzen, dass der alte Mann Recht hatte. Der Graue war ein Kämpfer – Dot hatte ihn schon richtig eingeschätzt, als sie ihn zum ersten Mal gesehen hatte. Aber es tat ihr weh, mit ansehen zu müssen, wie schwer das kleine Pferd kämpfte. Sie wollte vorschlagen, dass sie es zurücklassen und zu zweit auf Alice reiten sollten, doch dann wurde ihr klar, dass die Stute auch dann nicht zurückbliebe. Sie würde ihnen folgen. Sie liebte den alten Mann und besaß großen Mut, und alles war irgendwie mit ihm verbunden. Dot fand, dass ihre Loyalität füreinander etwas Erstaunliches war. Sie empfanden das füreinander, was sie für Lily und ihre Mutter empfand. Das machte sie einen Moment glücklich.

Sie ritten den ganzen Abend lang bis weit in die dunkle Nacht hinein, immer höher, über Erdrutsche und schmale, gewundene Pfade entlang, auf denen die Tiere nervös schnaubten und mit den Hufen tasteten, über reißende Stromschnellen, wo ein schmaler Bach von den engen Felswänden eingezwängt wurde, immer höher und höher in die Berge. Der Graue ging zweimal in die Knie, und sie mussten lange warten, bis er wieder zu Kräften gekommen war. Die Knie des alten Pferdes waren aufgeschürft und blutig; Dot zerschnitt eine Decke und machte Kniepolster daraus, die sie mit Baumwollbinden befestigte.

Als sie fertig war, legte sie der Stute die Arme um den Hals. »Ich bete, dass du deine Macht noch besitzt und den richtigen Canyon ausgewählt hast.« Dot wartete auf ein Zeichen des Pferdes, das ihre zunehmende Besorgnis zerstreuen konnte. Dots Herz schlug schneller, sie hatte gehört, wie das Tier ein Geräusch von sich gab; dann wurde ihr klar, dass es einfach nur schnarchte.

Lily hatte schon längst kein Zeitgefühl mehr, sie wusste nur, dass es dunkel war und sie fast verhungerte. An mehr schien sie kaum noch denken zu können. Und an Wasser. Sie versuchte, den Leichnam nicht anzusehen. Ihr Denken kreiste wieder um die Frage, wie lange es dauern würde, bis sie tatsächlich verhungerten. Fünf andere Frauen hockten neben ihr in der Höhle. Sie alle hatten seit zwei Tagen nichts mehr gegessen, wahrscheinlich länger. Der Hunger half ihr, nicht an die kleine Gestalt zu denken, die wenige Schritte entfernt im Sand lag.

Lily kämpfte gegen das Zittern in ihren Armen und Beinen und sah zum Eingang der Höhle hinaus, wo die Apachen sich um das Feuer drängten. Die anderen Frauen schliefen. Alle, bis auf die Mutter des toten Kindes. Die saß am anderen Ende der Höhle, starrte blind auf ihre Hände und redete mit ihnen, als wären sie Menschen.

Sie hatte den Verstand verloren, vermutete Lily. Wenn sie das blutige Nachthemd ansah, konnte Lily verstehen, warum. Die Apachen waren Bestien. Tot oder nicht, sie hätten den Leichnam nicht einfach so in die Höhle werfen dürfen. Einer von ihnen schlief hinten. Lily wünschte sich, sie könnte an ihn rankommen. Aber sie wusste, das war eine Lüge. Sie hatte Todesangst vor ihnen. Sie würde nichts unternehmen, nicht einmal, wenn sich eine Möglichkeit dazu bieten würde. Sie war ein Feigling.

Sie umklammerte das kleine Messer, das sie in Mannitos Tasche gefunden hatte. Sie wollte weinen – konnte es aber nicht. Angst. Sie schüttelte den Kopf heftig hin und her, als wollte sie etwas aus ihrem Haar schütteln. Sie hatte sogar Angst davor, zu weinen. Hatte Angst, dass sie nicht mehr aufhören konnte, wenn sie einmal damit anfing, und dass sie sie dann töten würden. Sie stöhnte.

Lily zwang sich, ihre Gedanken zu sammeln, weil sie wusste, dass das ihre einzige Überlebenschance war. Sie zählte die Indianer draußen. Drei fehlten. Zwei davon hatten die rothaarige Frau vor Stunden in die Nacht hinaus gezerrt; ein Mädchen, kaum älter als sie selbst. Sie hatte sie angefleht, sie in Ruhe zu lassen, hatte ihnen gesagt, dass sie verheiratet wäre und ein Kind hätte, hatte so lange gefleht, bis einer ihr brutal ins Gesicht schlug und die Nase brach. Lily fühlte sich unrein. Sie hatte kein Wort gesagt, sondern so getan, als schliefe sie. Keine hatte etwas gesagt. Sie waren alle Feiglinge.

Einige, wie die rothaarige Frau, waren geschändet worden. Sie nicht, wusste aber, dass es nur eine Frage der Zeit war. Alle waren geschlagen worden – geschlagen oder getreten oder verprügelt, wie es ihren Entführern beliebte. Wegen geringster Vergehen zu Boden geschlagen worden. Sie bettelten unablässig um Nahrung und Wasser und bekamen gerade so viel brackige Brühe, dass sie am Leben blieben. Fast kein Essen. Sie kam sich wie eine Art Tier vor: ein wimmerndes, schmutziges Tier, das sich versteckte.

Lily betrachtete das tote Mädchen einen Augenblick, dann wandte sie unter Anstrengung den Blick ab und erinnerte sich an den Nachmittag. Sie hatte in der sengenden Hitze vor der Höhle gesessen, ins Leere gestarrt und über ihre Familie und die Ranch nachgedacht – wie sehr sie sie vermisste, wie wunderbar sie waren –, als sie einen kleinen weißen Schmetterling von den Sandsteinfelsen herabflattern und anschließend über dem ausgedörrten Sand hatte davonfliegen sehen. Nicht eine einzige Blüte war irgendwo zu sehen.

Es war ein seltsamer Anblick, dieses zarte Geschöpf in der trockenen Hitze der ungeheuren Wüste. Sie hatte ihm nachgesehen, bis es verschwunden war. Es war, als stünde dieses Insekt für alles, das gut und anständig in ihr war … und sich flatternd von ihr entfernte. Der Verlust ihrer Güte. Ihre Mutter hatte ihr einmal gesagt, dass Menschen das Gute in sich verlieren konnten, wenn sie nicht aufpassten. Sie glaubte ihr. Güte. Das war etwas Vergängliches.

Ihre Gedanken schweiften zu Mannito ab. Er war gut und tapfer gewesen. Sie stöhnte auf und kniff die Augen zu. Mannito. Der kleine Mann hatte so verzweifelt für sie gekämpft. Er war für sie gestorben, hatte sie nicht einmal im Stich gelassen, als er die Möglichkeit dazu gehabt hätte. Sie hatten mit Keulen auf ihn eingeschlagen, bis er auf die Knie gegangen war, hatten nicht aufgehört, ihn zu prügeln. Er hatte geschrien: »Der *viejo* wird euch finden.« Aus welchen Gründen auch immer, Mannito hatte den alten Mann gemocht.

Sie saß im Dunkel der Höhle, sehnte sich verzweifelt nach Essen und Wasser – nach irgendeiner Form von Hilfe –, schäumte vor Wut und fragte sich, wo der »viejo« steckte. Aber sie wusste es nur zu gut. Zorn schnürte ihr die Kehle zu. Sie wusste, dass er nichts taugte, ein Streuner, dessen einziges Sinnen und Trachten es war, eine kostenlose Mahlzeit zu schnorren. Der nur an sich dachte. Er würde ihr so wenig helfen, wie er ihrer Mutter geholfen hatte.

Sie hatte das Aufgebot gesehen, das versuchte, sie zu retten. Sie waren wenige Meter an der Stelle vorbeigekommen, wo sie mit einem Messer an der Kehle festgehalten wurde. Sie hatte sie beobachtet. Hatte ihre Mutter gesehen, Nachbarn, den Sheriff… aber nicht ihn. Sie hatte das Recht, Samuel Jones zu hassen.

Lily erstarrte. Der Apache hinten in der Höhle war aufgestanden, stand vor ihr, streckte die Arme über den Kopf und trat mit einem Fuß auf den Arm des Kindes. Gott sei Dank ist sie tot, dachte Lily und zitterte, weil ihr der Krieger so nahe war. Sie vermied den Augenkontakt und betete, dass er sie in Ruhe lassen würde. Dann sah sie es: Die Finger der kleinen Hand bewegten sich. Das Kind war nicht tot!

Lily sah zu der Frau neben ihr. »Sie ist nicht tot«, flüsterte sie hektisch.

Der Krieger sah auf sie herab.

Die Frau wandte sich ab und tat so, als schliefe sie. Lily sah wieder zur Hand des Kindes, den Fingern, die sich in den Sand gruben. Da zerbrach etwas in ihr – zerbrach, als wäre ein Behältnis zerschmettert worden, in dem sich ihre Angst befand, und nun lief die Angst aus und wich blinder Wut.

»Geh runter von ihr!«, schrie Lily, rappelte sich auf die zusammengebundenen Füße und stieß den überraschten Apachen zurück. Sie verlor das Gleichgewicht, fiel auf die Knie, zog das Kind unter sich und wappnete sich für die Schläge, die sie zweifellos bekommen würde. Aber sie bekam keine. Das kleine Mädchen bewegte sich in ihren Armen. Es war noch warm. Lily machte keine Bewegung und wartete, dass der Mann sie schlagen oder treten würde.

Vorsichtig hob sie den Kopf und sah zu ihm auf. Er sah sie gar nicht an. Sie wartete einen Moment, dann folgte sie seinem Blick. Der andere, den sie erwartet hatte, stand da. Aus einem Grund, den sie nicht verstand, beschützte dieser, diese Missgeburt, sie seit Tagen und hielt die anderen auf Distanz wie eine Hundemeute. Er stand am Höhleneingang und warf dem Krieger, der über ihr stand, finstere Blicke zu. Lily rutschte hastig zur Felswand zurück und in den dunkleren Schatten, wobei sie den bewusstlosen Körper des verletzten Kindes fest an sich drückte.

Lilys Peiniger schien die Chancen abzuwägen, dann wich er zurück und schlurfte wütend aus der Höhle. »Großer Gott!«, flüsterte Lily und schleppte sich und das Kind tiefer in die Höhle. Sie sah immer wieder zu der Missgeburt von einem Mann, der nur dort stand und sie anstarrte. »Was möchtest du?«, murmelte sie bei sich. »Dank?« Sie sah die traurige Gestalt an und konnte nichts anderes als Abscheu empfinden. Sein Kopf war unproportional groß, die Haut pockennarbig, die Gesichtszüge verzerrt, der Hals zu dick und die Schultern zu breit. Unterhalb der Taille war er seltsam verkrümmt und stand auf einem normalen und einem verkümmerten Bein, sodass er ständig so aussah, als würde er gleich eine Verbeugung machen.

Etwas an dem Mann – die Schwärze um seine kleinen, wilden Augen, der höhnische Mund – erfüllte sie mit Furcht. Großer Furcht. Es war das Gesicht eines Irren. Er sah sie noch einen Moment an, dann verschwand er in der Nacht.

Lily betrachtete das kleine Mädchen. Vielleicht sechs oder sieben. Schusswunde im Bauch. Glühend heiß vor Fieber und Durst. Wenn sie nicht bald Hilfe bekam, würde sie sterben. Lily sah im Halbdunkel zur Mutter des Kindes. Die Frau starrte immer noch ihre Hände an. Lily drückte das Mädchen fester an sich, strich ihm über das Haar und sprach mit ihm. Dann streckte sie den Arm aus, hob die Puppe auf und drückte beides an sich. Gab dem Kind Versprechungen, die sie nicht halten konnte.

Dot war nicht sicher, wann sie zum ersten Mal bemerkte, dass etwas nicht stimmte. Der Gedanke kam ihr plötzlich einfach so in den Sinn. Eben noch ritten sie durch eine schmale Stelle der Schlucht; im nächsten Moment hatte sie das unangenehme Gefühl, als würde Angst wie Sand durch sie rieseln. Dann blieben ihr Großvater und der Graue unvermittelt vor ihr stehen; der alte Mann saß starr und vollkommen still auf seinem silbernen Sattel, horchte in die Nacht und verstärkte damit ihr Gefühl des Unbehagens noch.

Der Canyon bestand aus kahlem Sand und Felsgestein, diese Stelle schien nicht anders als die vielen Kilometer zu sein, die sie schon hinter sich gelassen hatten. Aber als sie ihn sah und merkte, dass er die Sharps mit beiden Händen über dem Sattelknauf hielt, wusste sie, dass er mit Ärger rechnete. Sogar Alice war nervös, hatte die Ohren hochgestellt und lauschte angestrengt. Dann schnaubte der Graue und wich zurück. Jones drückte ihm behutsam die Fersen in die Flanken, damit er stehen blieb.

Dot sondierte die umliegende Dunkelheit mit Augen und Ohren und hatte Angst, irgendwo auf den vom Wind geschaffenen Simsen könnte ein Berglöwe lauern. Sie hielt Chaco in einem Arm, knöpfte hastig ihre Bluse auf und verbarg den kleinen Terrier darin auf ihrer bloßen Haut. Dann zog sie ihre Flinte aus der Scheide, hielt sie fest, ließ den Blick sorgfältig über die Findlinge und unebenmäßigen Spalten in den Felswänden schweifen und suchte nach etwas – einem wedelnden Schwanz, leuchtenden Katzenaugen –, das das Gefühl des Unbehagens in ihrem Inneren rechtfertigen konnte. Nichts. Alles schien ganz normal zu sein. Aber es war nichts normal. Alice atmete ein und hielt die Luft an, wie Maultiere es immer machen, wenn sie wütend sind oder Angst haben, das wusste Dot. Sie konnte die leisen Rufe wandernder Wildgänse am wolkenlosen Baldachin des schwarzen Himmels hören; in diesem Wüstenland hörte es sich einsam und sonderbar an.

»Großvater?«

Er sagte nichts.

»Großvater, was ist los?«

»Männer.«

»Wo?«, fragte sie und schaute verstohlen zu den dunkleren Stellen an den Wänden des Canyons. Aber sie sah nichts Ungewöhnliches.

»Woher weißt du das?«

Jones beachtete sie auch weiterhin nicht, konzentrierte sich ganz auf die Stille und sagte schließlich: »Die Grillen, ihr Zirpen und Schweigen«, als spräche er mit sich selbst. Er horchte wieder.

Das war verrückt, dachte sie. Niemand konnte etwas über irgendetwas sagen, nur weil er einem Insekt zuhörte, nicht einmal ihr Großvater. Sie drehte sich um und sah, wie ihre Mutter die Hand ganz langsam nach dem Griff ihres Revolvers ausstreckte, eine Geste, die auf eine Weise Furcht einflößend war, über die Dot nicht einmal nachdenken wollte. Sie schaute hastig wieder zu ihrem Großvater, um sich zu beruhigen.

»Das ist lä …«, begann sie.

Jones hielt die Hand hoch, damit sie verstummte. Sie hielt den Atem an und versuchte, in der umliegenden Dunkelheit zu hören, was ihn und seine Tiere so beunruhigte. Aber da war nichts. Kein Wind. Keine Stimmen. Nur das Zirpen der Grillen und das Ächzen des Leders ihrer Sättel. Dann drehte der Rotschimmel ihrer Mutter langsam das Metallröllchen der Kandare in seinem Maul und tänzelte nervös; Maggie musste die Zügel straff anziehen. Dot erschauerte. Die Dunkelheit war erstickend und glich der in einer Höhle. Sie konnte das zarte, lispelnde *Tsit-tsit-tsit* eines schimpfenden Savannensperlings irgendwo auf einem Felsen in der Nähe hören.

Dot dachte angestrengt darüber nach, was der kleine Vogel in dem engen Canyon zu suchen hatte, wo er doch normalerweise Wiesen bevorzugte. Dann bemerkte sie einen großen Schatten neben dem Sandstein rechts von ihr, der anders als die anderen aussah, seltsam geformt. Sie konzentrierte sich ganz darauf, und als er sich bewegte, wurde ihr plötzlich mulmig zumute, denn sie erkannte, dass das Geräusch gar nicht von einem Sperling gestammt hatte. Ihr Großvater hatte Recht gehabt. Es war ein Mann. Als sie alle entdeckt hatte, kam sie auf insgesamt vier. Zwei vor und zwei hinter ihnen. Mexikaner. Sie sah ihrem heruntergekommenen Äußeren an, dass sie Banditen waren, keine Mexikaner wie Mannito. Einer zündete eine Fackel an; das Licht wurde von der Felswand gegenüber reflektiert und zeigte die einsame Stelle, an der sie sich befanden.

Der Bandit hinter Maggie sprang auf den Rücken des Rotschimmels und hielt ihr die Mündung seiner Flinte an den Kopf. Dot wollte Alice wenden, damit sie ihre eigene Flinte auf den Mann mit den derben Gesichtszügen richten konnte, aber Jones streckte die Hand aus und hielt ihre Zügel fest.

»Keine Spielchen«, sagte er nachdrücklich. »Weg damit. Sofort. Langsam.« Er sah dem Mädchen in die Augen, bis er sicher war, dass sie gehorchen würde. Dann sah er den Mann vor sich an und lächelte sein Goldzahnlächeln.

Die Mexikaner bestaunten in der Dunkelheit die seltsame Kleidung des alten Mannes mit dem brutalen Gesicht und Dots rote Farbe und schienen verwirrt zu sein. »*Fusil, Señor*«, sagte der vor Jones und zeigte mit seinem Henry-Repetiergewehr vorsichtig in Richtung der Sharps.

Die Stimme des Banditen klang freundlich und sanft, aber seine Augen schauten hart und unstet unter einer blauen Kavalleriemütze hervor; Dot spürte, dass er irgendwie nicht ganz richtig war. Er hatte einen Tic im Hals, weshalb er hin und wieder den Kopf neigte und die Schulter hob, bis sie sich berührten und er das Gesicht zu einer seltsamen Grimasse verzog, die aussah wie die Fratze eines Irren.

Armitas, große Fetzen mexikanischen Leders, wurden von einem Gürtel um seine Taille gehalten und hingen bis zu den Rändern seiner kniehohen Stiefel hinab wie eine Schürze. Der schmutzige Mann war groß und kräftig, sein Gesicht fein geschnitten, aber ohne Würde oder Güte. Nun ging er wütend vor Jones auf und ab, sodass die großen Spornrädchen an seinen Chihuahuas in der nächtlichen Stille klirrten. Ungeduldig zeigte er wieder mit dem Lauf seines Gewehrs auf die Sharps. »*Fusil.*« Diesmal waren das Wort und die Geste bedrohlicher.

Jones beugte sich im Sattel vor und hielt ihm die Waffe am Lauf hin. Dot war erstaunt, dass er die Waffe so widerstandslos hergab. Sie überlegte sich, dass er einfach schon zu weit weg von allem war. Frustration schnürte ihr die Brust zusammen, bis es wehtat. Sie sah den Mann hinter ihrer Mutter an; er begrapschte sie und Maggie schlug nach ihm.

»Lass sie in Ruhe!«, brüllte Dot.

»Halt dich da raus«, sagte Jones streng. Dot verstummte und konnte nicht glauben, was sie gehört hatte.

Der alte Mann war abgestiegen und stand vor dem Grauen – nackt, von seinem langen Lendenschurz und den Stiefeln abgesehen. Der zerkratzte Colt hing an seiner Seite. Der große Mexikaner richtete die Mündung der Henry wieder auf Jones und sagte: »*Pistola.*«

Wieder gab der alte Mann seine Waffe ohne die geringste Regung ab. Dot verzog das Gesicht. Nun waren sie der Gnade dieser Männer ausgeliefert – und sie spürte, dass sie herzlich wenig Gnade zu erwarten hatten. Nun hatte Jones nur noch sein Kriegsbeil und eine halb volle Flasche Whiskey. Er trank einen Schluck. Dot empfand Scham für das, was ihr Großvater getan hatte, und das war ein Gefühl, das sie im Zusammenhang mit ihm nie und nimmer erwartet hätte. Sie wurden von Banditen ausgeraubt, möglicherweise Schlimmeres, einer begrapschte Maggie, und er gab seine Waffen ab, befahl ihr dasselbe und trank Schnaps. Dot drehte sich wieder zu dem schmutzigen Kerl hinter ihrer Mutter um, sah ihn finster an und versuchte, allen Mut zusammenzunehmen, um das Zittern ihres Körpers zu beenden. Jones schnippte mit den Fingern, da drehte sie sich wieder um.

»Was für Indios seid ihr?«, fragte der Anführer.

»Apachen.«

Der Mann grinste. »Nein. *Loco Indios.*« Seine Freunde lachten.

»Wie du meinst, Bohnenfresser.« Jones hob die Flasche und trank noch einen Schluck.

Der Mann sah den Whiskey an. »*Alto*«, sagte er und zeigte mit dem Gewehr auf die Flasche.

Jones trank einen letzten Schluck von dem Mescal. Der Mexikaner trat vor, um sie ihm abzunehmen, streckte eine feiste Hand nach der Flasche aus. Der alte Mann wehrte sich nicht.

»Was wollt ihr?«, fragte Jones, zog den Lendenschurz hoch und wischte sich das Gesicht ab.

»*Todo* – alles«, sagte der Mann grinsend. »*Las Señoritas.*«

Jones nickte, als hätte der Mann eine ganz normale Bitte geäußert. Er hielt den zusammengeknüllten Stoff seines Lendenschurzes auf Hüfthöhe, dann ließ er ihn fallen. Dot beobachtete ihn, nicht, weil sie ihn sehen, sondern weil sie die anderen nicht sehen wollte; dann fiel ihr etwas auf – ein silbernes Funkeln im flackernden Fackelschein, als hätte Jones eine Elritze in seiner riesigen Hand gefangen. Und schon war es wieder weg.

Jones beobachtete den Mann vor sich und wartete, bis er den Kopf zum Trinken in den Nacken legte; die Kumpane des Gesetzlosen hatten nur Augen für die Flüssigkeit in der Flasche. Jones hob langsam die Hände, als würde es ihn quälen, dass der Mann seinen Whiskey trank, als wollte er die Flasche wiederhaben. Dann änderte er die Haltung des Arms ein wenig und hielt die Hand dicht neben die Schläfe des Mannes. Dot zuckte zusammen, als ein Blitz von der Hand des alten Mannes zu zucken schien. Das Haar des Mexikaners wehte wie im Wind, dann hörte sie den Knall der kleinen versteckten Pistole und sah, wie der Kopf des Mannes von der Wucht des Schusses herumgerissen wurde.

Ohne eine überflüssige Bewegung drehte sich Jones um und schoss dem zweiten Mann dicht unterhalb der Hutkrempe in den Kopf; plötzlich war über seinen fassungslosen Augen ein kleines rotes Loch zu sehen, das wie ein Schmuckstück aussah. Jones ließ die kleine zweischüssige Pistole fallen und griff nach dem Kriegsbeil. Er mochte alt und krank sein, aber bewegen konnte er sich noch.

Der Mann, der auf dem Rotschimmel saß, machte einen entscheidenden Fehler. Er unterschätzte Maggie und versuchte, sie mit einer Hand aus dem Sattel zu schubsen, während er mit der anderen die Flinte auf den alten Mann richten wollte. Aber sie ließ sich nicht schubsen, sondern hatte es stattdessen auf den Banditen hinter sich abgesehen; sie schlug nach ihm und hielt sich verbissen am Lauf der Flinte fest, bis der Mann ihr in seiner Verzweiflung schließlich einen Faustschlag versetzte und sie benommen zu Boden ging. Aber selbst da griff sie noch nach seinem Bein.

Als ihm klar wurde, dass er zu viel Zeit verloren hatte, fuhr der Bandit, in dessen wilder Miene man das Weiß der Augen sehen konnte, wieder zu Jones herum, richtete den Lauf des schweren Gewehrs auf ihn und bekam das Beil mit einem klatschenden Laut mitten ins Brustbein. Der Rotschimmel scheute, das Gewehr knallte laut zum Nachthimmel empor, der Bandit kippte nach hinten.

Maggie stolperte benommen und unsicher vorwärts, nahm ihm die Flinte ab und richtete sie auf den Rücken des letzten Gesetzlosen, der in panischer Angst die Felswand hinaufkletterte. Dot verzog das Gesicht, wandte sich ab, hielt den Atem an und wartete. Der Schuss ertönte nicht. Dafür war sie dankbar.

Der Mexikaner, der die Axt in der Brust hatte, gab ein schreckliches Röcheln von sich, wie James' blaues Schwein es gemacht hatte, als es vom Güterzug überfahren worden war. Dot hatte große Angst. Er sah zu jung zum Sterben aus. Aber sie wusste, dass das albern war. Menschen konnten in jedem Alter sterben. Er versuchte verzweifelt, zu atmen. Maggie kniete über ihm.

Sie stand auf, ging rasch zu ihrem Sattel, holte die Arzneitasche und suchte nach Schere und Verbandszeug. Jones war an ihrer Seite und half ihr, das Hemd des Mexikaners aufzuschneiden; feine Blutstropfen spritzten auf ihre Arme und Gesichter. Der Mann hörte nicht auf zu röcheln, während sie arbeiteten. Er hatte den Blick auf Maggie gerichtet, als würde er sterben, wenn er sie nicht mehr ansah. Er machte den Mund auf und zu, brachte aber keinen Laut heraus, und Maggie, die sich verzweifelt an seiner Verletzung zu schaffen machte, beugte sich über ihn.

»*Manos*«, keuchte er. »Hände.«

Maggie zögerte, dann gab sie Jones mit einer Geste zu verstehen, dass er übernehmen sollte, und nahm die Hände des Mannes in ihre. Der Mann drückte sie fest, ohne den Blick von ihrem Gesicht abzuwenden, ein schrecklich blubberndes Geräusch kam aus dem Loch in seiner Brust. Jones versuchte weiter, die Blutung zu stillen. Maggie sah ihm zu, dann betrachtete sie wieder den Mexikaner.

»Ich muss loslassen«, sagte sie leise auf Spanisch. Der Mann drückte ihre Hände nur noch fester. Maggie warf Jones einen Blick zu. Der alte Mann schüttelte langsam den Kopf. Maggie sah wieder in das angstverzerrte Gesicht. Sie betrachtete ihn einen Moment, dann versuchte sie, zuversichtlich zu lächeln, räusperte sich und sagte: »Vater unser, der du bist im Himmel...«

Dot hielt in dem dunklen Canyon die Tiere fest. Als Maggie ihr Gebet beendet hatte, fing der Mexikaner wieder an zu schreien. Jones löste seine Hände von Maggie und hielt sie selbst.

»Junge, hör zu.« Der Mexikaner verstummte, rang nach Atem und sah Jones an. »Denk an einen Ort, den du als Kind gemocht hast... und geh dorthin. Geh im Geiste dorthin.« Der Mann ließ den Blick langsam über Jones' altes Gesicht wandern. »Setz dich an diesem Ort nieder und versteck dich. Dort bist du sicher. Sei still und versteck dich. Deine Götter werden dich finden.«

Jones schaute zu Maggie auf. »Bring Dot von hier weg.«

Sie sah ihm einen Moment ins Gesicht und nickte. Maggie schaute von Traurigkeit überwältigt auf den Mexikaner hinab. So viel Tod.

»Hast du eine Frau? Eine Mutter? Ein Kind? Jemand, dem ich schreiben soll?«

»Schmerzen – Mutter Gottes, solche Schmerzen«, gab er leise von sich, während Blut über seine Brust floss.

»Geht«, sagte Jones. Dann wandte er sich wieder dem jungen Mann zu. »Du gibst dir nicht genug Mühe. Such deinen geheimen Ort. Geh sofort dorthin. Als Kind hast du ihn gekannt.« Der Mann hörte auf zu zucken und schien sich zu bemühen, an eine andere Zeit zu denken.

Sie ritten weiter. Der Mexikaner stöhnte und schrie vor Schmerzen. Er konnte offenbar seinen geheimen Ort nicht finden, dachte Dot. Sie drehte sich um und sah, dass ihr Großvater immer noch seine Hände hielt und geduldig in Spanisch auf ihn einredete.

»Ma, kann Großvater ihm helfen?«

»Er stirbt.«

Dot drehte sich um, betrachtete die Ohren des Maultiers und versuchte, das schreckliche Jammern des Mannes nicht mehr zu hören. Sie waren nur wenige Meter durch den Canyon geritten, als sie den Knall der kleinen Pistole hörten. Die Schreie verstummten, als wären sie vom Nachthimmel gerissen worden. Dot sah hastig zu ihrer Mutter. Maggie erstarrte, ritt aber weiter.

»Großvater hat ihn erschossen«, sagte Dot leise.

»Er hat gelitten. Es gab keine Hoffnung.«

Dot antwortete nicht, sondern ließ nur die knochigen Schultern hängen. Sie ritten eine Weile durch den stummen Canyon, ohne ein Wort zu sprechen, als Jones sie langsam einholte. Er ließ sie anhalten und Maggie absteigen, dann nahm er einen Lappen und Wasser und entfernte den Blutfilm von ihrem Gesicht und den Armen. Als er fertig war, sah er sich den Bluterguss am Kopf an, wo sie geschlagen worden war.

Sie hob langsam die Hand und legte sie auf die von Jones. »Danke, dass du Dot vor ihnen gerettet hast«, flüsterte sie.

Sie stand mit geschlossenen Augen da und drückte seine große Hand an den Kopf. Dann riss sie sich los und stieg wieder auf den Rotschimmel.

In Dots Kopf herrschte ein wildes Durcheinander von Gedanken. An die Toten. An Lily. An die Wahl des Grauen. Sie fragte sich immer wieder, ob dies der Felsspalt war, der zu Lily führte oder in eine Sackgasse.

Ein paar Stunden später bekam sie die Antwort. Es war stockfinster, aber kurz vor Anbruch der Dämmerung standen sie am Ende des Canyons auf einer Ebene hoch in den Bergen. Jones und Dot waren beide überzeugt, dass sie die Stelle im Traum von der Libelle gefunden hatten – dass die Macht des Grauen ihre Schuldigkeit getan hatte.

Maggie hielt sie beide für verrückt. Dann dachte sie an die leise Stimme, die sie im Lauf der Jahre immer wieder gehört hatte, und fragte sich, ob die beiden nicht etwas Ähnlichem folgten. Sie zuckte die Achseln. Es war nicht so, dass Gott zu ihr gesprochen hatte, nicht so, wie sein Vater mit seinen mystischen Visionen und dergleichen vorgab. Bei ihr handelte es sich nur um eine Gedankenstimme – eine Art Intuition –, die Menschen eben hören, wenn sie eine bestimmte Vorahnung haben. Sie richtete sich auf. Und fragte sich, warum sich die Stimme in ihrem Kopf immer wie ein Indianerkind anhörte. Darauf wusste sie keine Antwort.

Dot sprang ab und hielt den Kopf des Grauen. »Danke«, flüsterte sie. Das Pferd mit den sanften Augen stupste sie an. Obwohl sie in der Dunkelheit kaum etwas erkennen konnte, war Dot überzeugt, dass sie das Ende ihres Trecks erreicht hatten. Tief unten konnte sie Wasser hören.

Maggie sattelte alle drei Reittiere ab, dann wickelte sie eine Decke um sich, sah zum Nachthimmel empor und betete. Sie war immer noch erschüttert durch den Hinterhalt und das Töten. Aber noch mehr durch die Tatsache, dass sie und ihr Vater abermals einen Sterbenden versorgt hatten – sie hatten zusammen gearbeitet wie so oft, vor vielen Jahren. Es schien ein heiliges Ritual zu sein, das sie gemeinsam erlebten. Aber Maggie war nicht sicher, ob sie es jemals wieder wollte.

Sie wandte ihre Gedanken Lily zu und rief sich alltägliche Kleinigkeiten über ihre Tochter ins Gedächtnis; sie sah starr in die Leere der Dunkelheit jenseits des Klippenrands und versuchte, Lily im Geist zu sehen.

Jones und Dot saßen erschöpft am Rand der Felsen vor einem Abgrund von fast hundert Metern. Der Graue lag auf den Knien und schnarchte friedlich. Alice zerrte verspielt eine von Jones' Decken über die kleine Lichtung. Maggie dachte wieder an die Stimme, die sie im Lauf der Jahre immer wieder gehört hatte. Konnte es eine Bewandtnis damit haben? Nicht mehr als mit jeder Form weiblicher Intuition, dachte sie. Sie schlief.

Der alte Mann hielt Chaco in den Armen, der kleine Hund winselte in seinen Träumen. Dot sah in die Dunkelheit unten. Die Stille war allgegenwärtig. Ihre Gedanken schweiften zu Lily ab; sie war besorgt, sie könnten zu spät gekommen sein oder die Bande Apachen könnte doch nicht hier vorüberkommen. Je länger sie saßen und warteten, desto mehr Fragen und Befürchtungen wuchsen in ihr.

»Großvater? Wo ist Mexiko?«

»Wo die Vögel singen«, sagte er und sah in die Dunkelheit hinaus.

»Da draußen?« Sie lauschte dem zwitschernden Gesang von Vögeln, die sie nicht kannte, und zeigte in die Dunkelheit jenseits der Felsenklippe.

Er nickte und erschauerte im Morgengrauen.

Erleichtert ging sie eine Decke von ihrem Sattel holen und legte sie ihm über die breiten, knochigen Schultern. Er saß mit geschlossenen Augen da. Sie sprang zurück. Eine Wolfsspinne krabbelte langsam über das Bein ihres Großvaters. Sie bückte sich und hob eine Rute auf.

Der alte Mann hob die Hand und gebot ihr Einhalt. »Nicht«, sagte er. »Sie ist gekommen, um mich an ein Versprechen zu erinnern. Nichts weiter.« Er führte mit den Händen kreisende Bewegungen über dem Tier aus. »Ich habe es nicht vergessen.«

Sie sah zu, wie die Spinne vom Bein ihres Großvaters herunterkrabbelte und über Steinen und Sand im Schatten der Nacht verschwand.

»Was für ein Versprechen?«, fragte sie.

Er schwieg eine Weile, dann antwortete er: »Das ich einem Freund gegeben habe.«

Es musste wichtig sein, überlegte sie, dass eine Spinne ihn so weit hier draußen aufsuchte, um ihn daran zu erinnern. Sie hoffte, dass er noch lange genug lebte, um das Versprechen an seinen Freund einzulösen. Und um ihr zu helfen, Lily zu retten. Aber das bezweifelte sie. Er sah zu schwach aus. Und alles, was geschah, war so seltsam und weit hergeholt. Wie konnte etwas in ihrem Kopf ihr gesagt haben, wo sich Lily in der Zukunft aufhalten würde? Und ein altes Pferd um Hilfe zu bitten – eine Spinne, die Nachrichten überbrachte. Ihre Mutter hatte nicht Unrecht. Es war verrückt.

Sie schlief.

Dot erwachte langsam in einer orangefarbenen Dämmerung und rieb sich die Augen. Die Decke, die sie ihrem Großvater um die Schultern gelegt hatte, befand sich in der Nähe auf einer Steinfläche, Chaco lag in der Mitte darauf. Sie machte sich Sorgen um den kleinen Hund. Sie mochte ihn nicht, aber Sorgen machte sie sich trotzdem. Seit er den Tritt abbekommen hatte, hatte er sich kaum bewegt. Jones war fort. Sie konnte ihre Mutter leise hinter sich summen hören. Sie streckte sich. Die Morgensonne ließ ihre gleißenden Strahlen über den fernen Horizont blitzen und schien ihr warm ins Gesicht.

Nun war sie hellwach. »Gott, beschütze Lily«, sagte sie. Sie stellte wieder in Frage, ob Gott und die Macht ein und dasselbe waren. Sie wusste, ihre Mutter glaubte das nicht. Es war verwirrend, aber sie hielt es durchaus für möglich. Doch wie konnte sie sicher sein? War es eine Sünde, an Indianerdinge zu glauben?, fragte sie sich. Sünde war generell schwer zu verstehen. Sie versuchte gar nicht erst, weiter darüber nachzudenken.

Dot stand auf und drehte sich langsam im Kreis; plötzlich schlug ihr Herz schneller, und ihr ganzes Denken war von Staunen erfüllt. Sie sah über den Rand der Felsklippe hinaus. Jeder Rest von Zweifel an ihren Visionen war mit einem Schlag ausgeräumt. Sie hatte das alles schon einmal gesehen. Hatte es im Geist gesehen.

Sie saß rund hundertzwanzig Meter über der Stelle, wo die beiden Flüsse sich vereinigten, und ließ den Blick langsam über die Gewässer, die Felsen ringsum und die Wüste dahinter schweifen. Das alles hatte sie an dem Ort in ihrem Traum gesehen. Die Macht hatte funktioniert. Sie ging zu dem Grauen, dankte ihm noch einmal, zitterte, während sie ihm den Hals streichelte und fühlte sich glücklich wie noch nie. Bald würden sie bei Lily sein. Davon war sie fest überzeugt.

Maggie hockte vor einem kleinen Feuer und briet Speck. Dot lächelte, schlang den Mantel enger um sich und kniete vor dem Feuer nieder. Ihre Mutter gab ihr eine Tasse Kaffee.

»Ma, das ist derselbe Ort.« Dot lächelte über den Rand der Tasse. Maggie überhörte die Bemerkung.

Dot schaute auf, als der alte Mann den Kopf über den Rand des Abhangs hob. »Morgen«, rief sie ihm fröhlich über die Steine hinweg zu.

Er legte die Hand vor den Mund, um ihr zu sagen, dass sie leiser sein sollte. Sie nickte. Zum ersten Mal, seit Lily entführt worden war, verspürte sie echte Aufregung. Ihr Großvater legte eine Hand voll Wüstenblumen neben Maggie, setzte sich und wärmte die großen Hände am Feuer. Maggie würdigte die Blumen keines Blickes. »Morgen, Margaret«, sagte er formell und höflich. Er hielt seinen verletzten Arm.

»Guten Morgen«, sagte sie, und die Worte waren nicht freundlich – aber auch nicht feindselig.

Dot lächelte ihm zu. »Das ist sie, Großvater. Die Stelle, die ich gesehen habe.«

Er nickte.

Dot betrachtete sein Gesicht und kniff plötzlich besorgt die Augen zusammen. »Sind wir rechtzeitig gekommen?«

»Sie haben den Fluss noch nicht überquert«, sagte er und schenkte sich eine Tasse Kaffee ein.

Dot sah ihre Mutter grinsend an. »Ist das nicht wunderbar?«

»Was? Dass da unten keine Spuren zu sehen sind?« Sie zögerte, dann sagte sie leise: »Sie werden den Fluss hier nicht überqueren. Niemals.«

»Ma, das ist die Stelle, von der ich geträumt habe. Alles, was ich in meinem Traum gesehen habe, ist hier.«

»Für mich sieht das nur nach einem Ort des Elends aus.«

Jones errichtete am Rand der hohen Felsklippe einen niedrigen Wall aus trockenen Mesquitebüschen, dann bezog er seinen Wachtposten, ließ den Fluss unten nicht aus den Augen, bewegte sich kaum und schien nicht einmal zu atmen. Hin und wieder blätterte er Bücher durch, aber der Sinn stand ihm nicht nach Lesen. Sein Plan, hatte er ihnen gesagt, war der, zu warten, bis die Entführer den Fluss überquerten, ihnen dann nach Mexiko zu folgen und Lily zurückzuholen, wenn sich die Gelegenheit dazu ergab.

Dot kam näher zu ihrem Großvater, da sie seine Gegenwart, so krank und unsicher er war, seltsam tröstlich fand. Sie dachte eine Weile an ihren Vater und ihren Bruder. Dann an Lily. Ihr Leben als Familie war wundervoll gewesen. Sie bezweifelte, dass es je wieder so sein würde wie zuvor.

Chaco lag zwischen ihnen auf der Decke. Ein paar Mal während des Tages hatte Maggie dem verletzten Hund Wasser gegeben. Sie schien das kleine Tier zu mögen. Jedes Mal sah ihr Jones zu, wie sie den Hund versorgte – sah sie an, als wäre sie eine Heilige, als wäre alles, was sie tat, jede ihrer geringsten Bewegungen, von entscheidender Bedeutung im großen Plan des Lebens auf Erden. Dot bemerkte auch, dass Maggie die Blumen auf einen kleinen Felsvorsprung neben ihrer Decke gelegt hatte. Das überraschte sie.

Als der Abend näher rückte, spürte Dot wieder, wie die altbekannte Traurigkeit über sie kam; sie streckte den Arm aus und legte ihre Hände auf die ihres Großvaters. Er zog sie nicht weg, obwohl sie halb damit gerechnet hatte. Sie fühlte sich sicher, wenn sie eine seiner alten und vernarbten Hände in ihren hielt. Später am Abend machte ihre Mutter etwas Seltsames, das sie noch viel mehr überraschte als die Blumen. Sie brachte zwei Decken und legte eine Dot über die Schultern, die andere Jones. Dot fühlte sich seltsam. Gut, aber seltsam.

Die dünne Mondsichel schwebte hoch über der Wüste; Maggie saß bei den Pferden und betrachtete die Sterne, als Dot aufstand und ihrem Großvater in das geisterhafte Gesicht sah. Da sein Kopf so dünn war und die Haut sich wie dünnes, trockenes Papier über den Schädel spannte, machte es ihr manchmal Angst, ihn direkt anzusehen. In diesen Augenblicken machte er den Eindruck, als wäre er schon tot. So sah er auch jetzt aus. Sie redete nicht gern mit ihm, wenn ihr so zumute war, aber sie musste. Ihre Nervosität wuchs. Die Apachen sollten längst hier sein. Es waren mehr als drei Tage vergangen. In ihrem Traum war von drei Tagen die Rede gewesen. Etwas war schief gegangen.

»Großvater?«, flüsterte sie.

Er antwortete ihr nicht, aber er hatte leise gehustet und das Geräusch zusätzlich mit einem Tuch gedämpft, daher wusste sie, dass er wach war. »Wo sind sie?« Allmählich kamen ihr wieder Zweifel. Jones antwortete ihr nicht. Sie war frustriert, er redete so wenig und vertraute ihr kaum je etwas an.

»Ich habe meine Medizin gefunden.«

»Du bist von deinem Medizingeist besucht worden. Das war alles.«

»Das ist dasselbe.«

»Bis du die Dinge in diesem Leben kontrollieren kannst, hast du gar nichts gefunden.«

Darüber dachte sie einen Moment nach, während sich eine dünne Wolke vor den Mond schob, dann drehte sie sich wieder um und sah ihn an.

»Versteh ich nicht.«

»Ich habe es dir schon mal gesagt«, erwiderte er ungeduldig.

»Sag es mir noch mal.«

Er sah sie einige Augenblicke an, dann widmete er sich wieder der dunklen Leere vor ihnen. »Kontrolliere das Leben durch deinen Glauben, dann – und nur dann – besitzt du es.«

Das ist unmöglich, dachte sie, sagte es aber nicht.

Dot ging zu ihrer Decke zurück und schlief.

Jones holte sein leinengebundenes Tagebuch heraus, blätterte eine Weile die abgenutzten Seiten durch, studierte es eingehend mit seiner kleinen Brille und kniff im schwachen Mondlicht die Augen zusammen. Er schien etwas zu zählen und zu berechnen. Als er fertig war, holte er zwei Tassen, nahm seine Flasche und stellte sich vor Maggie.

Sie sah zu ihm auf.

»Trinken wir auf deine Mutter.«

»Warum?«

»Weil wir sie nicht vergessen dürfen.«

Maggie betrachtete weiter sein Gesicht. »Das habe ich nicht.«

Eine Weile schwiegen sie beide, dann fuhr Jones fort. »Du wurdest in so einer Nacht geboren.« Er stand da und betrachtete die Sterne am Himmel. »Susans Mutter lag im Sterben. Wir waren auf dem Weg dorthin, als die Wehen einsetzten. Wir haben ein notdürftiges Lager aufgeschlagen.« Er machte eine Pause. »Sie blutete stark, und keiner von uns glaubte, dass sie überleben würde. Tagelang lag sie im Delirium. Jedes Mal, wenn sie bei sich war, musste ich ihr versprechen, dir zu sagen, dass sie dich mehr als ihr Leben liebte.«

Maggie sah in den Sand.

Er hielt ihr die Tasse hin.

Sie schüttelte den Kopf.

»Ama, diese Woche hat sie Geburtstag. Ich bin mir nicht mehr ganz sicher. Aber ungefähr stimmt es.«

Maggie verkrampfte sich, dann rechnete sie selbst nach und bewegte Finger und Lippen in der Dunkelheit. Langsam streckte sie die Hand aus und nahm die Tasse von ihm. Er füllte sie mit Whiskey.

Jones stellte die Flasche hin und räusperte sich. »Stört es dich? Ich sage jedes Jahr etwas von Tennyson auf.«

Sie schüttelte den Kopf.

Er räusperte sich erneut und stellte sich aufrechter hin. Maggie sah einen Ziegenmelker vor dem Mond vorbeifliegen.

Mein süßes Eigen kommt, die Holdgemuthe;
Und wär' ihr Schritt noch luftiger getragen,
Mein Herz vernähm' ihn doch und würde schlagen,
Auch wenn es Erd' im Bett von Erde ruhte;
Mein Staub vernähm' ihn doch und würde schlagen,
Selbst wenn ich ein Jahrhundert tot gelegen …

Jones hob die Tasse dem Sternenhimmel entgegen. »Susan. Auf dich, die Kinder und was wir einst gemeinsam hatten.« Er trank. Maggie wandte sich ab, damit er ihre Augen nicht sehen konnte, trank selbst einen großen Schluck Mescal, erstickte fast an der brennenden Flüssigkeit und dachte wieder über diesen alten Mann nach – wer er war und was er getan hatte, was sie für ihn empfand. Und sie dachte über noch etwas nach: die vielen Nächte, in denen ihre Mutter schluchzend in ihrem Zimmer gesessen hatte, in einhundert Städten, und zu ihm gesprochen hatte, als wäre er noch da. Konnte es sein, dass auch er irgendwo in der weiten Wüste gesessen und zu ihr gesprochen hatte? Vielleicht. Vielleicht war ihre Mutter doch nicht verrückt gewesen. Bei dem Gedanken fühlte sie sich besser.

Er setzte sich neben ihr in den Sand, wo sie beide ihren jeweiligen Erinnerungen nachhingen und schweigend tranken.

»Es gab Gründe, warum ich gegangen bin. Und Gründe für die Menschen in diesem Canyon.«

Maggie sagte eine Weile nichts; der Alkohol machte sie benommen. »Erzähl mir von Mutter«, bat sie schließlich.

»Was möchtest du wissen?«

»Was sie dir bedeutet hat. Worüber ihr gesprochen habt. So etwas.«

Sie blieben fast die ganze Nacht wach, redeten und teilten sich den Mescal. Sie betranken sich. Sie lachten verhalten über alte Geschichten und erzählten einander Neues über Susan. Sie redeten über ihren Apfelpudding und ihre Paprikaeintöpfe; darüber, dass sie gern Quadrille getanzt hatte und in mondhellen Winternächten auf zugefrorenen Flüssen Schlitten fuhr. Über ihre Theorien des Lebens und des Glücks. Ihren Mut und ihre Findigkeit. Ihre Schrullen. Wie sie sich anzog, stritt und lachte. Dann erzählte Maggie ihm, wie sie das Leben einfach aufgegeben und sich eines Tages hingelegt hatte und in ihrem Bett gestorben war. Sie sagte es ohne Verbitterung. Eine Zeit lang sagte keiner mehr etwas. Und irgendwann in der tiefsten Nacht spürte Maggie, wie etwas in ihr für Samuel Jones wieder lebendig wurde. Etwas, von dem sie geglaubt hatte, dass es für immer tot wäre.

Sie redeten über viele Dinge, aber kein Wort darüber, warum er fortgegangen war. Aus irgendeinem Grund wollte Maggie es gar nicht hören, weil sie Angst hatte, er könnte sagen, dass er eine andere Frau – eine Indianerin – mehr geliebt hatte als ihre Mutter und sie. Sie wusste, er spürte ihre Angst. Sie wusste auch, wie wichtig es ihm war, ausgerechnet das zu erklären. Aber er erwähnte es nicht mehr. Es war anständig von ihm, dass er ihr das ersparte, dachte sie.

Jones seufzte tief und sah in den Sand zu seinen Füßen. »Erzähl mir von Thelma.«

Maggie wartete einen Moment, dann redete sie lange Zeit

über ihre kleine Schwester. Beschrieb ihre Größe, die dunkle Farbe ihres schönen Haars, ihr sanftes, fürsorgliches Wesen und wie sich ihre Worte überschlugen, wenn sie aufgeregt oder glücklich war. Ihre Liebe zur Schule und zur Musik. Ihr Gelächter und ihre Herzensgüte. Und er hörte aufmerksam zu und wog jedes Wort ab, das über dieses seiner Kinder gesagt wurde, das er nie kennen gelernt hatte. Er stellte viele Fragen. Sie versuchte, alle zu beantworten.

Es hatte etwas quälend Schönes, ihrem Vater ihre Schwester zu beschreiben – diese Frau, die sie so sehr geliebt hatte. Es war, als würde sie Fremde einander vorstellen, die sich aus der Ferne gesehen und ineinander verliebt, aber nie persönlich getroffen hatten. Und im Augenblick war sie von einem Gefühl wunderbarer, neu erstarkter Liebe erfüllt ... dem Gefühl, als würde Thelma über ihnen in der Nacht schweben, ihrem Gespräch zuhören und lächeln. Aber das war albern.

Sie sah auf und stellte fest, dass er sie mit seinen kleinen Augen eingehend betrachtete. Er bewegte sich lautlos neben ihr auf dem Sand.

»Wusste sie etwas über mich?«

Maggie räusperte sich. »Mutter hat ihr viel erzählt.« Sie machte eine Pause und sah ihm ins Gesicht. »Sie hat dich für uns am Leben gehalten.« Sie sah wieder in den Sand.

Er zuckte zusammen, etwas in seinem Inneren schien zu reißen, als er an diese verlassene Frau dachte, die sein Andenken für ihre Kinder am Leben erhielt. Auf ihn wartete. Nach ihm suchte. »Susan«, flüsterte er nur zum Nachthimmel hinauf. Maggie ließ nicht erkennen, ob sie ihn gehört hatte. Neue Emotionen in ihrem Inneren verwirrten sie. Sie legte den Kopf zurück, betrachtete die Sterne und schluckte mehrmals heftig. »Wir hatten mehr verdient. Mutter auf jeden Fall.«

»Es tut mir Leid.«

»Ich will nicht hören, dass es dir Leid tut«, sagte sie traurig. »Ich will nur vergessen.« Ihre Hände zitterten heftig.

»Wie ist Thelma gestorben?«

Sie antwortete nicht.
»Ama.«
»Das möchtest du nicht wissen.«
»Doch.«
»Indianer. Apachen«, sagte sie. »Sie haben auch Mannitos Frau getötet.« Sie zögerte und sah in sein faltiges Gesicht. »Sie haben fast alles getötet, was ich liebe – so oder so.«
Er fing leise an zu singen.
Er hatte mit seinem leisen Singsang noch nicht aufgehört, als Maggie einschlief. Sie träumte von ihrer Mutter und Thelma und Lily. Zum ersten Mal seit einer halben Ewigkeit fühlte sie sich wieder heil. Nicht ganz, aber fast. Aber als sie am Morgen erwachte, war das wunderbare Gefühl des Wohlbehagens dahin und einem quälenden Schuldgefühl gewichen, dass sie ihre Mutter irgendwie verraten hatte. Das altbekannte Gefühl der Ablehnung, das sie für ihren Vater und die Indianerfrau empfand, war wieder da.

Am Nachmittag ließ Jones kleine Zeichen von Anspannung erkennen, beugte sich weiter nach vorne und unterzog Sand und Bäume unten einer gründlichen Beobachtung, als wollte er Lilys Entführer durch Willenskraft herbeirufen, dann richtete er sich in eine verkrampfte, gebückte Haltung auf, ging zu dem Grauen zurück, hustete heftig und spuckte Blut. Er nahm den Lappen und drückte ihn sich auf den Mund. Als er sich wieder erholt hatte, sagte er: »Ich werde den Fluss noch einmal absuchen, um zu sehen, ob sie ihn in der Nacht überquert haben.« Die Worte kamen nur keuchend heraus.
Maggie wandte keinen Blick von dem Fels unter ihren Füßen und schüttelte den Kopf, als hätte er gerade den größten Unsinn der Welt von sich gegeben. In gewisser Weise, vermutete Dot, stimmte das sogar. Als sie zu ihrer Mutter sah, bemerkte sie aus dem Augenwinkel eine Bewegung, fuhr hastig herum und suchte die Stelle unten ab. Ihre gute Laune verflog. Nichts.
Jones hatte ihre ruckartige Kopfbewegung gesehen und kau-

erte sich rasch neben sie, damit er ihrer Blickrichtung folgen konnte. »Was?«

»Nichts. Ich dachte nur, ich hätte da unten bei dem Stumpf eine Bewegung gesehen.«

»Sitz ganz still.« Sein Ton war todernst.

Sie warteten fast eine Stunde, bis sie den Mann sahen. Er ritt langsam aus einem Dickicht von Robinien, die das gegenüberliegende Ende der Sandbank säumten, trieb sein Pferd ein paar Meter auf den Sand, hielt an, blieb so sitzen und betrachtete den Fluss. Er war ein Apache.

»Ist er einer von ihnen, Großvater?«, fragte Dot mit gedämpfter, ängstlicher Stimme.

Der alte Mann antwortete nicht. Maggie kam herüber und stellte sich mit einem sonderbaren Gesichtsausdruck hinter sie.

»Runter«, sagte er. Sie ging in die Hocke.

»Ist er einer von ihnen?«, fragte Dot wieder.

»Er ist nervös«, sagte Jones leise bei sich. »Er weiß, dass etwas nicht stimmt.« Er sah Dot und Maggie an. »Seht ihn nicht direkt an. Denkt an etwas anderes. Und bewegt euch nicht«, flüsterte er. Dann sah er wieder zu dem Indianer. »Friede und Gelassenheit, Fremder. Auf der anderen Seite des Flusses wartet die Sicherheit. Führe sie voran. Geh rüber«, sagte er leise und richtete seine Worte und Gedanken an die reglose Gestalt unten.

»O Gott«, flüsterte Maggie. »Das kann nicht wahr sein.« Alle paar Sekunden sah sie von dem Indianer zu Jones, studierte sein Gesicht, als sähe sie ihn zum ersten Mal, und verstand nichts. Sie rang die Hände.

Der Indianer saß eine halbe Stunde reglos auf seinem Pferd. Dot konnte nicht sehen, was er machte, da ein Busch ihr die Sicht versperrte, aber sie vermutete, dass ihr Großvater Recht hatte, er versuchte zu ergründen, was ihn nervös machte. Sie hörte zu, wie der alte Mann Angst und Zweifel aus der Seele des Fremden lockte. Ihn ermutigte, die Überquerung zu wagen.

»Lily ist da unten«, sagte Dot, die ihre Aufregung nicht mehr für sich behalten konnte.

»Wo?«, fragte Maggie, die wieder aufgestanden war.

»Runter und leise«, zischte Jones.

»Wo?«, wiederholte sie.

»Ich spüre sie einfach.«

»Hört beide sofort damit auf.«

Minuten später wendete der Indianer sein Pferd und verschwand wieder zwischen den Bäumen. »Er geht weg«, stöhnte Maggie. »Wir müssen ihm folgen.«

»Margaret.« Der alte Mann betrachtete sie einen Moment und sagte dann: »Lilys Leben hängt davon ab, dass du hier sitzen bleibst und still bist.«

Sie lehnte sich zurück, griff in die Satteltasche, die neben ihr lag, und holte die Bibel heraus. Jones sah sie an, bis er sicher war, dass sie verstanden hatte, dann drehte er sich wieder zum Fluss um.

Maggie wusste nicht, was sie glauben sollte. Sie hatte den Indianer gesehen. War er einer von Lilys Entführern? Das schien unglaublich zu sein. Welches Spiel ließ Gott hier zu? Was für seltsame Kräfte besaß der alte Mann? Oder hatte er einfach nur Recht? Recht, was indianische Religionen anbetraf? Recht hinsichtlich des Christentums? War Gott nicht bereit, den Menschen zu helfen? Der Gedanke machte sie benommen, ihre Hände zitterten. Sie konnte sich ihre Welt ohne Gott nicht vorstellen.

Sie ließ die Ereignisse der vergangenen paar Tage Revue passieren. Sie waren mehr als dreihundert Meilen von der Ranch zu dieser einsamen Stelle am Rio Grande geritten und hatten trockene, unbefestigte Wüste und zerklüftete Berge ohne Straßen, ohne ersichtliche Merkzeichen durchquert. Sie waren nur wegen Dots Traum hierher gekommen. Der alte Mann hatte ihn übersetzt und gedeutet und als Botschaft indianischer Geister bezeichnet. Das war unmöglich. Und doch waren sie hier. Sie hatte den Apachen gesehen. Der war kein Geist.

Sie rieb sich das Gesicht. Konnten Jones und Dot diese Stelle wirklich mithilfe von Träumen aufgespürt haben? Was war mit ihren eigenen Gebeten? Sie hatten gar nichts gebracht. Sie betrachtete den alten Mann. Machte sich ihre Gedanken. Sie sah ihn in einem neuen Licht. Wenn dies alles wirklich stimmte – wenn sie Lily gefunden hatten –, dann hatte sie sich geirrt. Möglicherweise war er zum ersten Mal seit dreißig Jahren wirklich für sie da gewesen. Sie studierte sein knochiges Profil, den hohen Nasenrücken, die buschigen Brauen.

Kurz vor Sonnenuntergang sah Dot ihren Großvater an. »Sie kommen nicht.«

Er drehte sich um und sah sie an. »Sagt dir deine Medizin das?«

»Es ist nur meine Meinung.«

Jones wandte sich gerade wieder ab, als unten eine Reihe Reiter langsam Richtung Wasser auf den sandigen Uferstreifen ritten. Dot sah den lebhaften Braunen von Lily in einer langen Reihe von Pferden tänzeln.

»Es ist Lily!«, hauchte sie.

»Wo?«, fragte Maggie und zog ein Fernglas aus der Satteltasche.

»Ich sehe sie! Sie hat etwas auf den Armen.«

»Nein!«, zischte Jones. Zu spät. Maggie hielt das Fernglas schon ans Gesicht, die untergehende Sonne spiegelte sich in dem Glas, das Licht blitzte über den Sand und die Reiter.

Die Apachen brachten ihre Pferde ruckartig zum Stillstand; Dot hörte, wie sie ihre Waffen spannten. Aber sie schossen oder flohen nicht. Sie hatten Mut – und noch etwas: die Frauen. Das war eine Karte, die sie auszuspielen wussten, daher blieben sie gelassen und sahen zu dem Felsvorsprung herauf. Einen Augenblick bewegte sich keine Seite. Dann trabte ein gedrungener Indianer mit einem verkrüppelten Bein an der Reihe der Frauen entlang, bis er neben einem mexikanischen Mädchen auf einem ungepflegten braunen Pferd ankam. Er drehte sich zu der Felsklippe um, sah trotzig zu ihnen herauf, schnappte die Zügel des Reittiers und führte es mit dem Mädchen weg von den anderen. Selbst auf die Entfernung konnte man etwas in seinen dunklen Augen sehen, das Dot Angst machte.

Maggie stand wie erstarrt, begriff nur allmählich, was sie getan hatte, und verspürte ein kaltes Gefühl der Schuld. Und Angst. Angst um Lilys Leben. Dot sah ihren Großvater an. Er hatte sich nicht bewegt. Seine ganze Aufmerksamkeit galt dem vierschrötigen Apachen. Maggie ließ sich langsam auf den Felsboden sinken und sah elend aus. Der Krüppel schien sie förmlich herauszufordern, endlich zu schießen. Dann hob er den Revolver, schoss dem Mädchen in den Nacken und enthauptete es fast. Einen Moment schien sie von dem Apachen und den Pferden wegzufliegen und landete mit dem Gesicht nach unten im Sand. Der Knall des Schusses hallte über das Felsplateau; Maggie wurde blass.

Der Reiter bewegte sich immer noch nicht und sah starr zu ihnen herauf. So saß er lange Zeit, und Dot konnte spüren, dass ihr Großvater sich bemühte, seinen Zorn unter Kontrolle zu bringen. Schließlich machte der Indianer kehrt und ritt langsam zum Fluss; die anderen folgten mit ihren Pferden in einer Reihe, jeder der Männer führte eine Gefangene zwischen sich und dem Sims. Das reiterlose Pferd ging mit ihnen, während der Sand unter dem toten Mädchen sich langsam dunkel färbte. Dot musste immer wieder von ihr zu ihrer Schwester sehen.

Plötzlich wurde es zu viel für Maggie. »Lily!«, schrie sie und griff nach ihrem Gewehr. Jones schaffte es vor ihr dorthin, hielt sie fest und presste ihr eine Hand auf den Mund. Sie biss ihn, aber er nahm die Hand nicht von ihrem Gesicht weg.

Dann ertönte eine helle Stimme vom Fluss, deren Klang für Dot alle Strapazen, die sie auf sich genommen hatten, rechtfertigte. »Mutter!«, rief die Stimme. Es war Lily.

Maggie wehrte sich heftiger, aber Jones hielt sie unten.

»Wenn du nicht damit aufhörst«, sagte Jones, »töten sie noch eine Frau. Und diesmal könnte es Lily sein.« Er sah Maggie einen Moment an. Sie wehrte sich nicht mehr. »Ich lasse dich jetzt los. Sag kein Wort. Um Lilys willen.«

Als er sie freiließ, stolperte Maggie zum Rand und sah wieder durch das Fernglas. »Lily, Lily, Lily«, weinte sie leise. Sie sah hinunter, bis die Reiter in den Mesquitebüschen auf der anderen Seite des Flusses verschwanden. Sie hatte ihre Tochter gesehen. Sie hatten sie gefunden! Aber ihre Erleichterung wich bald einem Gefühl der Hilflosigkeit und Scham. Das Mädchen, das da unten tot im Sand lag, war ihretwegen gestorben. Und Lily war möglicherweise verloren. Für immer.

Der Lahme saß in den Schatten der Bäume und suchte die Felsklippe jenseits des Flusses ab. Er hatte die Frau und den alten Hünen gesehen. Sie waren wegen des Mädchens gekommen. Er tastete nach der Uhr, ließ sie aufklappen. Da hatte er sie gesehen. Der Mann an ihrer Seite war der, den sie an dem Tag erschossen hatten, als sie den Mexikaner töteten und Li-Lee mitnahmen. Er wusste aber immer noch nicht, was der alte Mann damit zu tun hatte. Doch das spielte keine Rolle. Irgendwie hatte er etwas damit zu tun. Er sah auf das Bild hinab, und da kam ihm plötzlich der Einfall.

Er hatte gehört, wie das Mädchen über den Fluss nach ihrer Mutter gerufen hatte. Sie hatte ihren Namen gerufen: Mah-gee. Er lächelte. Er besaß magische Gegenstände von ihr. Ihren Namen. Den Zeit-Stehler. Ihr Geisterbild. Das war genug.

Jones wartete, bis es ganz dunkel war, dann führte er sie hastig aus den Bergen nach Westen. Er trieb sie zu großer Eile an, trabte durch tiefen Sand, ritt durch Untiefen des Flusses, bis sie völlig durchnässt und vor Kälte fast erstarrt waren, dann weiter über harten, unebenen Felsboden, nach Nordwesten durch tiefe Sanddünen, weg von den Apachen. Seine Gedanken waren bei dem lahmen Reiter.

Dot kapierte das nicht. Er verhielt sich wie ein Verrückter. Sie spornte Alice an, um neben ihm zu reiten. Das alte Pferd hatte frühzeitig Schaum vor dem Mund bekommen und schnaufte keuchend. Jones hielt Chacos reglose Gestalt in den Armen.

Maggie ritt zusammengesunken hinter ihnen und sah alle Minuten zurück, als könnte sie einen letzten Blick auf Lily erhaschen.

»Wir folgen ihnen nicht«, sagte Dot mit klappernden Zähnen.

Er schüttelte den Kopf. Obwohl er nur sein Medizinhemd, den Lendenschurz, Beinschützer und Teguas trug und seine Beine nass vom Flusswasser waren, schien Jones nicht zu frieren.

»Warum?«, fragte sie.

»Sie folgen uns. Jedenfalls einige.«

»Warum?«

»Um herauszufinden, wer wir sind. Und wenn sie feststellen, dass wir nur drei sind, werden sie uns erledigen, bevor wir die Mexikaner jenseits der Grenze informieren können.«

»Was sollen wir tun?«, fragte sie nervös.

»Entfernung zwischen uns bringen – in eine Richtung reiten, in die sie nicht reiten wollen.«

»Was ist mit Lily?«

Er sagte nichts mehr.

»Großvater?«

Er sah sie verärgert an, weil sie ihn nicht in Ruhe ließ. »Ich hoffe, wir finden ihre Spur wieder.«

»Können wir das?«

Er antwortete nicht. Er drückte lediglich Chacos Körper fester an sich und schnalzte, um die Stute zu einer schnelleren Gangart zu veranlassen; sie schien zu schwanken, als würde sie umkippen, doch dann rappelte sie sich auf und verfiel in ihren gewohnten schlurfenden Trab. Dot schaute hinter sich und hatte plötzlich Angst vor der Nacht. Sie machte langsamer, bis sie neben dem Rotschimmel ritt. Maggie sah sie nicht an. Dot beugte sich hinüber, nahm die Zügel ihrer Mutter und trieb Alice zu größerer Eile an; der Rotschimmel folgte.

Auf diese Weise ritt Dot mehrere Stunden, führte den Rotschimmel und trieb Alice an, mit dem Grauen Schritt zu halten, bis Jones stehen blieb und den undeutlichen Umriss eines Sandhügels studierte, der wie eine kleine Pyramide aus dem Wüstensand aufragte. Der alte Mann sah sich konzentriert um und wirkte nervös. Selbst dem Grauen schien der kegelförmige Umriss nicht geheuer zu sein, er hob den Kopf und schien ebenfalls genau hinzusehen.

»Großvater!«, rief Dot.

Jones drehte sich um und sah, wie Maggie sich über den Nacken ihres Pferdes übergab. Dot machte einen Lappen nass und wollte ihn ihr geben, aber Maggie beachtete sie gar nicht. Dann fing sie plötzlich an zu stammeln. Jones ritt an ihre Seite und legte ihr eine Hand auf die Stirn. Sie war glühend heiß. Er drehte sich um, sah abermals zu dem kleinen Hügel und verspürte wieder dieses seltsame Gefühl. Er drückte dem Grauen die Fersen in die Flanken.

»Bring sie mit«, rief er Dot zu.

Ein paar Meilen später führte Jones sie in ein kleines trockenes Bachbett hinab, stieg ab, ging zu Maggie und sah ihr ins Gesicht. Dot hatte Angst.

Er streckte die Arme aus und brachte Maggie mit sanfter Überredung dazu, sich vom Pferd in seine Arme gleiten zu lassen; Speichel rann ihr aus dem Mund.

»Leg Decken für sie hin«, sagte Jones und kämpfte gegen einen Hustenanfall.

»Was ist los mit ihr?«

»Leg einfach nur die Decken hin.«

Maggie redete in einer Sprache, die Dot für eine Indianersprache hielt.

Jones strich ihr über das Haar. »Schlaf, Kind«, flüsterte er, als wäre sie noch klein. Er hielt ihr einen Finger an die Lippen, aber sie hörte mit ihrem unablässigen Plappern nicht auf.

»Großvater, was ist das für eine Sprache?«

»Apache.«

Dot schaute furchtsam drein. »Sie kann kein Apache.«

Der alte Mann antwortete nicht.

Ihn bekümmerte viel mehr als die Tatsache, dass Maggie in

einer fremden Zunge sprach. Die Apachen hatten sie nicht verfolgt. Das konnte er nicht begreifen. Er hatte ihre Pferde am Fluss gesehen. Sie waren frisch und wohlgenährt; er hatte in jedem Fall einen Kampf erwartet, bevor sie das Bachbett erreichten. Nichts. Hinter ihnen war alles frei. Und er verstand das seltsame Gefühl nicht, das ihn jedes Mal überkam, wenn er an den kleinen Sandhügel dachte.

Er kniete nieder, betrachtete die zuckenden Muskeln in Maggies Gesicht, streckte eine Hand aus und berührte zärtlich ihre Wange. »Was hast du, Kind?« Seine Hand kribbelte, er zog sie weg. Sie bewegte sich nicht.

In der Nacht ritt Jones zu dem kleinen Hügel zurück und verlor dabei vorübergehend die Orientierung. Das kam selten vor. Aber aus irgendeinem Grund konnte er sich nicht mehr erinnern, wo der kegelförmige Hügel lag. Die Verwirrung hielt ihn im Klammergriff. Es war, als hätte jemand oder etwas diese Information aus seinem Kopf gerissen. Aber der kleine Graue schien zu wissen, wohin sie wollten, und ritt zielstrebig zwischen Kakteen dahin, über Sanddünen hinweg und lange Hänge hinab. Das Pony trabte konstant und legte viele Meilen zurück. Schneefinken riefen in der Dunkelheit ringsum. Der alte Mann rieb sich frische rote Farbe ins Gesicht und machte rote Handabdrücke auf Schultern und Rumpf des Pferdes.

Sie ritten über eine Stunde konstant. Dann blieb der Graue stehen und der alte Mann stieg ab. Er legte die Hände an den dünnen Hals der Stute, tätschelte sie und staunte über ihre Macht. Er war daran gewöhnt, staunte aber dennoch immer wieder. Woher hatte sie gewusst, dass sie in der Nacht dieser endlosen Wüste hierher zurückkehren musste? Darauf wusste er keine Antwort.

Sie standen am Fuß des kleinen kegelförmigen Hügels, der rund fünfzehn Meter über der Ebene der Wüste aufragte wie ein heiliger Tempel mitten in der Einöde. Der alte Mann überprüfte die Patrone in der Sharps, dann ging er den Sandhang hinauf.

Der kleine Kreis war in den Sand gemalt worden: die dunkle Quelle seiner Träume von Kreisen und Ringen. Jones sang ein paar Minuten, dann zündete er sein Kalumet an und blies vorsichtig Rauch darüber. Erst dann näherte er sich dem Kreis und untersuchte die Sachen, die in dem magischen Einflussbereich lagen. Er achtete darauf, dass er nichts berührte.

Die winzige Fotografie von Maggie und Brake stand in der Mitte an einem Agavenblatt, gleich neben den verwesten Augen von jemandem. Das lange Haar vom Schwanz eines Tieres – eines Rotbraunen, wie es aussah – war um die Sachen herumgewickelt und alles mit Glimmer und Schachtelhalmpollen bestäubt. Als er die beschlagenen und blinden Augen ansah, wusste Jones sofort, was für ein Mensch der Lahme war. Sein Herz wurde schwer, und er empfand große Angst um Maggie.

Er verbrannte die Augen, das Haar und die Fotografie in einem heißen Mesquitefeuer, weil der lahme Mann sie angefasst und Beschwörungen darüber gesprochen hatte. Dann lief er stolpernd den Hügel hinab zu dem schlafenden Grauen.

Lily wusste, es war jetzt so weit. Hilfe war in der Nähe. Näher würde sie vielleicht nicht mehr kommen. Und das Kind konnte nicht mehr warten.

Langsam schnitt sie mit Mannitos Messer das Wildleder durch und wartete dann, bis die Apachen fester schliefen. Das kleine Mädchen wimmerte wieder, Schweißperlen standen ihm auf der Stirn, es hielt unbewusst die Flickenpuppe an sich gedrückt. Lily strich ihr über das Haar, sprach ein Gebet für sie und dachte an Dot. »Ich liebe dich, Dotty Baldwin«, flüsterte sie in der Dunkelheit.

Sie kniff die Augen zusammen und zählte wieder sechs Apachen. Sie hatte sie alle paar Minuten gezählt. Der Krüppel fehlte. Das war nichts Ungewöhnliches, er verschwand oft und kam für gewöhnlich mit einer weiteren Frau zurück. Sie betrachtete die Mutter des Kindes, die schlafend im Sand lag. Immer noch nicht richtig im Kopf. Aber sie musste das Risiko eingehen und sie mitnehmen. Sie stand langsam auf.

Sie waren ungehindert entkommen, die Frau lächelte und folgte Lily wie ein wohl erzogener Hund, als sie sich an den schlafenden Apachen vorbei schlich. Zum Glück hatten die Indianer viel getrunken und schliefen fest.

Lily trug das Mädchen mit seiner Puppe und führte die Frau hastig das schmale Tal entlang zu der Stelle, wo die Indianer die Pferde festgezurrt hatten.

Die Frau blieb stehen.

Lily drehte sich zu ihr um. »Was ist los?«

»Mein Mann«, sagte sie leise. »Er ruft mich.«

Die Frau war verrückt, dennoch war es möglich, dass sie etwas gehört hatte. Lily konzentrierte sich auf die Nacht ringsum. Nichts. Einen Augenblick später hörte sie es auch.

»Das sind nur die Pferde.«

Lily drückte der Frau behutsam das verletzte Kind in die Arme und sah ihr ins Gesicht, ob sie sich wieder in sich zurückziehen würde. Nein. Sie sah nur in die Dunkelheit, als würde sie jemanden in einer Menschenmenge suchen. Lily war zum Weinen zumute.

Lily sattelte den Braunen, als die Frau langsam den Weg hochging. »Nicht weggehen«, zischte sie.

»Ich muss nur die Beeren pflücken, die ich dir versprochen habe.«

»Wir brauchen keine Beeren. Bleiben Sie hier.«

Aber die Frau war schon in den Schatten verschwunden. Lily wollte ihr folgen, doch dann ging sie zu den Pferden zurück, da sie sich dachte, dass sie die Frau einfach auftreiben musste, um sie dann direkt in den Sattel zu befördern. Als sie mit dem Braunen fertig war, sattelte Lily einfach das beste Pferd, das sie für die Frau finden konnte, und zog beide Sattelgurte fest. Als sie fertig war, sah sie sich nach der Frau um.

»Gehen wir«, rief sie leise.

Lily glaubte, dass sie etwas vor sich in der Dunkelheit hörte. Aber das Geräusch verstummte, und sie war nicht sicher, ob sie wirklich etwas gehört oder ob ihre Ängste ihr etwas vorgegaukelt hatten. »Wo sind Sie?«, rief sie.

Lily stapfte durch die Dunkelheit und suchte hektisch nach ihnen, als sie über den leblosen Körper der Frau stolperte. Sie saß mit gespreizten Beinen im Sand, lehnte an einem großen Felsen, hielt ihre Eingeweide und ihre tote Tochter in den Händen und schaute zum Nachthimmel hinauf; sie lächelte, als hätte sie endlich gefunden, was sie gesucht hatte. Die Puppe lag auf der Erde.

Maggie murmelte und keifte wie eine alte Vettel. Ihr Gesicht war fast bis zur Unkenntlichkeit angeschwollen; sie sah nicht mehr wie sein Kind aus. Jones saß bei ihr, hielt sein Kalumet in der Hand, aus dessen Schale Rauch aufstieg, und sah sie an. Dot war einer Panik nahe, als sie die roten Flecken sah, die im Gesicht und am Hals ihrer Mutter sichtbar wurden. Plötzlich verstummte Maggie und sah nur noch zum Nachthimmel hinauf.

»Dorothy?«, rief sie mit geschwollenen Lippen.

»Ma?«

Maggie verzog das Gesicht. »Dorothy, hilf mir.«

»Nein!«, sagte Jones schneidend. »Rühr sie nicht an.«

»Ma, was ist denn los?«

Maggie lächelte erschöpft. »Ich bin nur ein wenig müde, das ist alles«, sagte sie in einem seltsamen Falsett. »Und ich kann nicht klar sehen.«

Maggie richtete sich mühsam in eine sitzende Haltung auf; Jones zog einen Sattel hinter sie, an den sie sich lehnen konnte. Er ging vor ihr in die Hocke und sah ihr ins Gesicht.

Maggie machte die Augen zu, als wollte sie schlafen; ein Zittern lief durch ihren Körper.

»Ama.« Seine Stimme klang streng.

Maggie sah blind durch ihn hindurch.

»Wo sind sie?«, fragte er.

»Was?« Sie legte den Kopf schief, als sie seine Worte hörte.

»Die Halskette und die Pollen, die ich dir gegeben habe.«

Sie dachte einen Moment nach, dann sagte sie: »Die hab ich weggeworfen. Sie gehörten dieser Frau.« Maggies Blick wurde einen Moment klar, und sie sah Jones furchtsam an. »Was geschieht mit mir?«

Er stand rasch auf, ging zu seinem Sattel und öffnete einen kleinen Lederbeutel.

»Was ist los mit ihr, Großvater?«

»Ama«, rief er über die Schulter. »Du musst mir helfen. Abgesehen von deinem Sehvermögen. Was ist sonst noch nicht in Ordnung?«

Maggie stammelte wieder.

»Ama«, sagte er lauter. »Hör auf meine Stimme – was ist los? Sag es mir.« Sie antwortete nicht.

Jones rieb sich rote Pigmentfarbe auf die Handflächen, zog ihr einen Stiefel aus, nahm eine Nadel und stach ihr damit in die Fußsohle, bis Blut kam. Sie bewegte sich nicht. Dots Augen wurden groß.

»Wird sie wieder gesund, Großvater?«

»Still, Kind.« Er saß einen Moment nachdenklich da.

Plötzlich fuhr Maggie kerzengerade hoch und riss die Augen auf. »Dot«, sagte sie, drehte den Kopf und suchte nach ihrer Tochter. »Mein Kruzifix.«

»Nein«, sagte Jones, hob die Hand, um Dot Einhalt zu gebieten, und beachtete Maggies Toben gar nicht. »Geh nicht in ihre Nähe.«

Dot schlurfte davon, holte das Kreuz aus der Satteltasche ihrer Mutter, kam rasch wieder und stellte sich neben ihren Großvater.

»Kind. Setz dich an ihre Füße. Wenn ich bereit bin, dann machst du alles, was ich dir sage. Ich sage dir, wann.« Er sah Dot an. Sie machte einen ängstlichen Eindruck und ließ Maggie nicht aus den Augen. »Dorothy. Hast du verstanden?«

Sie nickte und wollte ihrer Mutter das Kruzifix in die Hand legen.

»Rühr sie nicht an«, sagte er streng. »Im Augenblick ist sie unrein.«

»Was meinst du damit?«

»Ihr Geist wird festgehalten. Der Lahme ist ein Pesh-chidin.« Jones wusste, dass das der Grund war, warum ihnen die Apachen nicht gefolgt waren.

Er beugte sich mit seinen Fingerspitzen voll roter Farbe über Maggie, deren Augen wie wild sein Gesicht absuchten.

»Bitte nicht«, sagte sie und versuchte, sich zu bewegen.

»Was ist ein Pesh-chidin?«, fragte Dot, die zitternd das wütende Gesicht ihrer Mutter betrachtete.

»Mir egal«, murmelte Maggie.

Jones strich Maggie mit der roten Farbe ein, während sie sich unter seiner Hand verdrehte und das Vaterunser aufsagte.

»Was ist ein Pesh-chidin?«, fragte Dot kläglich, als wollte sie es eigentlich gar nicht wissen.

Jones strich frische Farbe in Dots Gesicht. Als er fertig war, sah er Maggie an und sagte: »Ein Hexer.«

»Es gibt keine Hexer«, sagte Dot.

Jones sah sie so lange an, bis sie den Blick abwandte und ihre Mutter betrachtete. »Was hat sie nur?«

»Geisterkrankheit.«

Maggie machte die Augen zu und schien sich plötzlich von ihnen abzukehren; sie verzog das Gesicht zu einer Grimasse.

»Ma?«

Jones packte Dot, ehe sie sich bewegen konnte, und hielt sie einen Augenblick fest, dann stellte er sie vor Maggies Füße und drückte sie behutsam nach unten, bis sie im Sand saß.

»Kind, du musst hier bleiben und darfst nur tun, was ich

auch tue. Aber du darfst sie nicht berühren. Hast du verstanden? Wiederhole, was ich gesagt habe. Mach es, um deine Mutter zu retten.«

Dot legte das Kreuz zu Maggies Füßen in den Sand, wiegte sich nervös im Rhythmus hin und her und sagte das Vaterunser auf.

Der alte Mann beachtete seine Enkelin nicht. Sie verloren Maggie. Er griff hektisch nach seiner flachen Wildledertrommel und schlug sie, während er einen monotonen Gesang anstimmte: *Ugashe, ugashe, ugashe.*

Dot hatte die Worte von den Apachenhirten auf der Ranch gehört. Wann immer sie sie mit Fragen genervt oder bei der Arbeit gestört hatte, hatten sie es gesagt: *Ugashe.* »Geh weg.« Nun benutzte ihr Großvater es, um die bösen Geister aus dem Körper ihrer Mutter auszutreiben. Es schien verrückt zu glauben, dass man jemanden heilen konnte, indem man stumpfsinnig ein Wort wiederholte und rote Farbe auf seine Haut schmierte. Sie sagte das Vaterunser noch einmal auf, diesmal lauter.

»Kind«, sagte Jones, gab ihr die kleine Trommel und stand auf. »Der Zeitpunkt ist nicht günstig, Zwiesprache mit deinem Gott zu halten. Wir müssen die Geister erreichen und sie bitten, uns zu helfen. Das Wort heißt U-GA-SHE. Schlag die Trommel langsam und wiederhole es. Stell dir vor, dass das Böse aus deiner Mutter hinausfährt. Denk reine Gedanken. Treib sie mit der Kraft deines Wortes und deiner Güte aus. Rufe deine Macht. Ich komme wieder.«

Dot nickte, schlug die Trommel und dachte an die Warnung ihrer Mutter, dass es ihrer Seele schaden würde. Sie wusste nicht, auf wen sie hören sollte. Sie liebte ihre Mutter, die auch in den meisten Fällen Recht hatte. Aber ihren Großvater liebte sie auch, und er schien sich mit diesen Dingen auszukennen – und überhaupt war ihre Mutter krank, möglicherweise todkrank. Sie schlug die Trommel fester. *Ugashe, ugashe, ugashe.*

Maggie war in tödlicher Gefahr, ihr Leben lag in seiner Hand. Er stieg wieder auf den Grauen, ritt los und suchte nach den Sachen, die er brauchte; das kleine Pferd legte gehorsam und bereitwillig die Meilen zurück, während Jones in Gedanken bei dem verkrüppelten Apachen war.

Der alte Mann und das Pony ritten durch Wäldchen von Eisenbäumen und Honigmesquiten in ein unwirtliches Land und suchten nach den Palmen der Götter und den spirituellen Dingen, die er brauchte, um Maggie zu retten. Er atmete keuchend und abgehackt. Es wäre das Ende all seiner Träume, sie auf diese Weise zu verlieren.

Er schlug schon so lange mit der Weidenrute auf ihren Rücken ein, dass Lily nichts mehr spüren konnte. Sie grub noch verbissener, obwohl ihre Finger aufgerissen waren und bluteten, und war fest entschlossen, sich lieber von ihm töten zu lassen, als aufzuhören. Sie würde diese Frau und ihr Kind begraben. Was auch geschehen mochte.

Der Lahme hatte eine Anzahl von Zweigen verschlissen, mit denen er auf Li-Lees starken Rücken einschlug; trotzdem hörte sie nicht auf, Erde auszuheben. Er war fest entschlossen, ihr eine Lektion zu erteilen. Sie war weggelaufen. Sie hatte anderen bei der Flucht geholfen. Und nun widersetzte sie sich ihm. Der Zweig in seiner Hand zerbrach, er verfluchte sie und trat sie hart in den Hintern. Dennoch grub sie weiter. Er glaubte, dass sie verrückt war.

Keuchend hielt er inne und sah zu, wie Li-Lee sich bemühte, die Leichen der Frau und des Kindes in das Loch zu ziehen, wo sie das Kind mit dem Gesicht nach unten auf ihre Mutter legte. Dann fing sie hektisch an, Sand auf sie zu schütten. Blut tränkte den Rücken ihres Hemdes.

Sie war stur. Bei einer Frau schätzte er Sturheit nicht. Er würde sie aus ihr herausprügeln. Keine Frau würde sich ihm widersetzen. Niemals. Er bückte sich, hob die kleine Flickenpuppe vom Boden auf, untersuchte sie, dann steckte er sie in seinen Beutel und machte sich auf die Suche nach einem neuen, kräftigeren Stock.

Jones war so lange fort, dass der Mond schon völlig vom Nachthimmel verschwunden war, als er schließlich in das schmale Bachbett zurückkehrte. Er war zerkratzt und schmutzig, als hätte er durch dichtes Gebüsch kriechen müssen. Dot sah Maggie benommen an; die Frau war von roten Flecken übersät und schweißgebadet. Jones betrachtete einen Moment das geschwollene Gesicht seiner Tochter, dann nahm er dem Kind die Trommel ab und begann wieder mit seinem monotonen Gesang.

Dot stimmte mit Jones ein, dann tanzte Jones langsam auf einer Stelle, seine Stimme wurde zu unverständlichem Geplapper, die Intonierung einschläfernd. Hypnotisch. Dot bemühte sich, wach zu bleiben und das Geräusch nachzuahmen. Immer weiter, die ganze Nacht hindurch, ertönte der Gesang, bis sie dachte, sie könne es nicht mehr aushalten. Maggie schwitzte heftig, sah aber sonst unverändert aus. Dot wurde schwindelig. Jones sang weiter, als hinge sein Leben davon ab.

Dann verstummte er plötzlich. Es war still, die Natur schien förmlich den Atem anzuhalten und auf eine Form von Magie zu warten. Er ging neben Maggie auf die Knie, zog sein langes Messer, beugte sich über sie.

»Großvater – nicht!«

Er beachtete sie nicht, sondern schnitt Maggies Hose vom Oberschenkel an auf, zog sie auseinander, legte ihre Beine frei, dann nahm er die rote Pigmentfarbe, malte Kreuze auf ihre Oberschenkel und streute heilige Pollen darauf. Er redete ein paar Minuten über ihr, dann neigte er Maggies Kopf nach hinten in den Sand. Sie sah wie tot aus, nur das Weiße war von ihren Augen zu sehen. Dot wimmerte hinter ihm. Er streute Pollen auf Maggies Zunge und band ihr dann mit Baumwollstreifen den Mund zu, so dass sie aussah, als hätte sie Zahnschmerzen.

Sie sangen bis zum Morgengrauen. Dann hörte Jones wieder auf zu singen. Die Stille hörte sich seltsam und unheilschwanger an; Jones brachte von irgendwo an sich eine lebendige Schlange zum Vorschein. Dot zuckte zusammen. Wo hatte er sie versteckt? Sie hasste Schlangen. Wenigstens war sie klein und harmlos, eine gelbe Schildkrötenschlange. Jones strich mit dem zuckenden Geschöpf langsam über Maggies Schenkel, ihre Arme rauf und runter, über ihr Gesicht, und dabei zischte er pausenlos wie die Schlange selbst. Als er fertig war, spuckte er ins Feuer und hielt Dot das Reptil hin. Sie wich furchtsam zurück.

»Nimm sie. Sie wird dir nichts tun – aber sie trägt nun den Geist des Dämons in sich. Nimm sie und lass sie frei, damit sie das Böse in die Erde erbrechen kann.«

Dot streckte die zitternden Hände aus, nahm den glatten Leib des Reptils und hatte Todesangst vor dem, was es in sich trug.

Der lahme Apache war durch Gedanken an den Alten aus seinen Träumen geschreckt worden. Er schwitzte und war besorgt. Die Sorgen schienen aus der Nacht nach ihm zu krallen. Es passierte etwas. Er dachte an Li-Lee, das Mädchen, und hob die Puppe auf. Er ging am Lagerfeuer vorbei zu den anderen Apachen. Sie waren wie Schoßhündchen, dachte er, sie schauten zu, unternahmen aber nichts. Es war immer das Gleiche. Schon sein ganzes Leben lang. Er sah kühn in ihre Gesichter, als er an ihnen vorbeiging, forderte sie heraus, ihn aufzuhalten. Er wusste, dass es keiner wagen würde.

Er blieb unter dem Vorsprung stehen, wo sie die Frauen untergebracht hatten, ging vor Li-Lee in die Hocke und betrachtete ihr Gesicht. Sie erwiderte seinen Blick mit einer Miene des Ekels. Daran war er gewöhnt, nicht aber an den Trotz, den er in ihren Augen sah. Er verspürte den Wunsch, die Hand auszustrecken und sie zu schütteln, aber sie war noch schwach von den Prügeln, die er ihr schon verabreicht hatte. Sie musste wenigstens reiten können.

Er hielt ihr spöttisch die kleine Puppe hin. Sie sah sie einen Moment an und merkte erst allmählich, dass es die des Kindes war; ihr Hals schnürte sich zusammen, bis sie kaum noch Luft bekam, dann veränderte sich ihr Gesichtsausdruck und drückte unvorstellbare Wut aus.

»Du Dreckskerl!«, kreischte sie, sprang ihn an, krallte nach seinem Gesicht und schnappte sich die Puppe.

Der Lahme hielt sie am Hals fest und drückte ihn zu, bis sie die Puppe fallen ließ und vor Schmerzen aufschrie. Nun war er selbst blind vor Wut, drückte sie in den Sand zurück, hockte sich breitbeinig über sie, schlug ihr mit den Fäusten ins Gesicht, legte die Hände um ihren Hals und drückte zu. Lily strampelte und schnappte nach Luft und lief purpurrot an; langsam ließ ihre Gegenwehr nach. Als sie ohnmächtig wurde, fielen ihre Arme in den Sand. Er drückte ihr weiter den Hals zu, von dem Anderen gedrängt, bis er wusste, dass er sie gleich verlieren würde, dann erst ließ er los.

Nun überkam ihn wieder das frühere Gefühl der Sorge. Dieses Mal kam es Furcht gleich. Er war nicht sicher, warum – wusste nur, dass es etwas mit dieser Frau namens Mah-gee und dem Alten zu tun hatte. Sie wollten das Mädchen. Vielleicht sollte er sie töten. Sie auf diese Weise loswerden.

Maggie erholte sich an diesem Tag nicht. Sie machte einen starren Eindruck, als wäre ihr ganzer Körper gefroren, ihre Haut sah blass und durchscheinend aus. Sie atmete so gut wie gar nicht mehr. Jones sagte nichts. Weder sang noch trommelte er. Er spürte, dass er nichts mehr tun konnte. Seine Macht hatte versagt.

Dot hatte Angst. »Großvater, wird sie wieder gesund?«

»Sie sollte es längst sein.«

»Aber sie wird es doch – oder nicht?«

»Ich habe alles getan, was ich weiß.«

»Dann müssen wir etwas anderes versuchen!«

»Kind, sei still. Es gibt nichts anderes. Störe die Geister nicht. Wenn sie ihr helfen möchten, dann werden sie es tun. Wir beide können nichts tun, um daran etwas zu ändern.«

Plötzlich hatte Dot Angst, dass sie wie eine Heidin gesündigt haben könnte und ihre Mutter sich deshalb nicht erholte. Sie beschloss auf der Stelle, der Sünde abzuschwören und wieder gottesfürchtig zu werden. Sie war verzweifelt. »Das glaube ich nicht. Wir müssen es versuchen.« Sie nahm die kleine Bibel von der Decke an ihrer Seite und hielt sie in zitternden Händen. Jones sah sie an, gab aber keinen Kommentar dazu ab.

»Lieber Gott. Bitte hilf meiner Mutter. Sie ist sehr krank. Ich weiß nicht, warum, ich weiß nur, dass sie stirbt. Bitte hilf ihr. Wenn ich Dich wütend gemacht habe, weil ich an Großvaters Magie glaube, dann tut es mir Leid.« Dot betete lange Zeit inbrünstig unter den Blicken des alten Mannes.

Er war beeindruckt von ihren fieberhaften Gebeten, die sie auf den Knien und am ganzen Körper schweißgebadet an der Seite ihrer Mutter sprach. Er hörte ihre Bitten, die flehentlichen Hilferufe, die langsam in der Wüste verhallten. Er wusste nicht, wie man den christlichen Gott erreichen konnte, aber sie verdiente, dass es ihr gelang. Ihr Herz war rein. Trotzdem mischte sich ihr Gott nicht in die Angelegenheiten der Menschen ein. Das Kind tat ihm furchtbar Leid.

Als die Sonne den höchsten Punkt ihres Bogens am strahlend blauen Himmel erreicht hatte, bauten sie eine Trage, legten Maggie darauf und begannen eine weitere Reise durch trockene Wüstenlandschaft. Das konnte Dot nicht aufhalten. Sie sprach ihre Gebete einfach im Sattel weiter, ritt an der Seite ihrer Mutter und redete mit ihr. Flehte Gott und flehte Maggie an. Das machte sie, bis sie so heiser war, dass sie kaum sprechen konnte.

Sie führte Alice neben den Grauen. »Großvater«, krächzte sie, und die Worte bereiteten ihr Schmerzen, »glaubst du, Gott ist wütend auf mich?«

Der alte Mann schüttelte den Kopf. Kein Gott, überlegte er sich, konnte wütend auf dieses tapfere Kind sein. Er war ihretwegen traurig. Keiner ihrer Träume ging in Erfüllung. Manchmal war das eben so. Es war eine Lektion, die sie lernen musste.

Als sie in dieser Nacht ihr Lager aufschlugen, begann Jones wieder mit seinem Gesang und dem Trommeln. Aber er hatte keine Hoffnung mehr in sich. Diesmal stimmte Dot nicht mit ihm ein, sondern kniete stattdessen neben ihrer Mutter, betete und hielt das kleine Kreuz über sie. Die beiden schienen eine Art von Gefecht über dem Körper der Frau auszutragen – heidnische Gesänge und christliche Gebete schallten empor und wurden eins in der Nachtluft.

Dot verstummte und sah mit Tränen in den Augen zu dem alten Mann auf. »Warum bleibt nie etwas so, wie es war, Großvater?«

»Ich weiß nicht. Vielleicht, um uns Dinge zu lehren, die wir lernen müssen.«

Das fand sie eindeutig entmutigend. Sie schüttelte niedergeschlagen den Kopf und begann ihre Gebete erneut.

Es war im dunkelsten Abschnitt der Nacht, wenn die Luft am kältesten ist und die Tiere – weder Tag- noch Nachtlebewesen – sich nicht mehr regen, als Maggie schließlich stöhnte. Es war ein langer, qualvoller Laut, in dem einige der Gebete und Gesänge mitzuklingen schienen. Dot richtete sich kerzengerade auf und erschauerte.

Jones hockte Maggie zu Füßen und strahlte sie mit seinem Goldzahnlächeln an. Sie beachtete ihn gar nicht, sondern schien sich über die rote Farbe aufzuregen. Sie konnte die Augen aufschlagen und trinken und etwas Brühe löffeln, aber zum überwiegenden Teil war sie einfach nur wütend. Sie wischte sich die Kreuze von den Schenkeln – sie wusste, dass es keine christlichen Symbole waren – und ließ sich von Dot helfen, die Hose zu wechseln.

Zu Samuel Jones sagte sie nur: »Wie konntest du das tun?«

Er antwortete nicht. Er sah nur abwechselnd sie und das Kind an und machte sich Gedanken über die christlichen Gebete seiner Enkelin. Er wusste keine Antwort. Er studierte das silberne Kruzifix, das Dot neben ihrer Mutter in den Sand gesteckt hatte, und hinterfragte Dinge, an die er seit langer Zeit nicht mehr gedacht hatte. Er wusste nur eines mit Sicherheit, dass er sie nicht geheilt hatte.

Dot wusste nicht, was sie denken sollte. Sie hatte an beiden Ritualen teilgenommen. Sie war nur dankbar, dass irgendjemand ihre Mutter gerettet hatte.

Als der Himmel im Osten heller wurde und die Präriewölfe sich in ihre Bauten verzogen, fühlte sich Maggie kräftig genug, um aufzustehen. Eine Weile später konnte sie im Sattel sitzen, dann setzten sie ihre Reise fort, immer noch weg vom Rio Grande und den Apachen.

Maggie dachte über die Stimme nach. Während der Krankheit hatte sie sie wieder gehört und sich von ihr aus der Verzweiflung herausführen lassen. An die Worte konnte sie sich nicht erinnern. Sie wusste nur, dass die Stimme vom Leben gesprochen hatte. Wie gut das Leben war.

Sie ritten in eine rote Dämmerung durch ein Land voller Catclawbüsche und trockenem Sand, die Dornen rissen ihnen Haut und Fleisch auf, der heiße Sand verbrannte die Hufe der Tiere. Raues Land. Sie ritten und schreckten Kojoten, Kaninchen und Höhleneulen auf. Das wenige Wasser, das sie fanden, roch nach Lehm und Mineralien. Chaco war nicht aufgewacht, und Dot kam zu der Überzeugung, dass er nicht überleben würde. Sie hatte ihn vorher nicht gemocht, aber wenn sie den kleinen Terrier ansah und in seiner Bewusstlosigkeit berührte, fühlte sie sich ihm ein wenig näher. Wenn Maggie bei sich war, kümmerte sie sich um Chaco und flößte ihm Wasser und Brühe ein.

Sie waren alle erschöpft, Menschen und Tiere. Alle, außer Alice. Das junge Maultier hatte immer noch einen munteren, lebhaften Gang. Dot sah, wie sich der Graue dahinschleppte, verspürte eine Woge der Liebe und Bewunderung für das Tier und staunte, dass er und ihr Großvater so lange durchhielten. Der alte Mann und sein Pferd schienen praktisch unberührt von Hitze und Kälte, Durst und Erschöpfung zu bleiben und bildeten in ihrer Entschlossenheit und Ausdauer ein perfektes Paar. Hin und wieder stolperte das alte Kriegspferd und fiel manchmal sogar, aber es stand jedes Mal wieder auf und trabte weiter. Bei jedem Halt ließ es sich wie ein Kamel auf die aufgeschürften Knie nieder, verfiel sofort in einen tiefen Schlaf und sah jedes Mal aus, als wäre es endgültig gestorben. Aber wenn sie aufbrachen, dann stand es unweigerlich wieder auf und ging mit gesenktem Kopf voran.

Dot liebte sie beide – und ihr gefiel, wie sie diese Prüfung gemeinsam meisterten: Der alte Mann redete dem Tier gut zu, lief unermüdlich neben ihm her, hielt den Sattelknauf in einer knochigen Hand und schob es von hinten, wenn der Aufstieg zu steil wurde. Er gab dem Pony Wasser, obwohl es kaum für sie beide reichte, rieb es nachts trocken und verarztete seine Wunden und Schnitte. Es war offensichtlich, dass er das alte Tier sehr liebte und respektierte. Als junges Pferd musste es eine Wucht gewesen sein, dachte Dot. Nun sah es nur verbraucht aus. Aber auch der Rotschimmel sah verbraucht aus. Alice war das einzige Tier, das kaum Zeichen von Anstrengung erkennen ließ.

Als die Sonne die fernen Berge berührte, neigte sich der Boden ein wenig, und sie begannen den langsamen Aufstieg einen Felshang hinauf, der mit Feigenkakteen, Lechuguilla und Opuntien bewachsen war. Jones und der Graue schienen Tempo zuzulegen. Ihre Schritte wirkten federnder. Kakteen waren allgegenwärtig. Am schlimmsten waren die Lechuguilla. Danach kamen die Opuntien. Die Lechuguilla erschwerten das Fortkommen wegen den Büscheln dorniger Stämme, die sich über den Boden schlängelten. Die Opuntien, die auch »Spring-Opuntien« genannt wurden, hatten ihren Namen daher, dass sie alles, was in ihre Nähe kam, förmlich anzuspringen schienen.

Sie pflückte vorsichtig einige von Alices Schultern und ihren eigenen Hosenbeinen. Alice trottete wieder dem Grauen hinterher. Die alte Stute marschierte allein, Jones war wenige Minuten zuvor aus dem Sattel gesprungen und zurückgeblieben, um den Weg zu sondieren, den sie gekommen waren. Das machte er schon seit einigen Stunden immer wieder einmal. Dot fragte sich, woher das Pferd wusste, wohin es gehen sollte, da es jedes Mal scheinbar zielstrebig weiterging.

Dot sah, wie ihr Großvater vorüberging und sich wieder in den Sattel schwang; das kleine Pferd schwankte bedrohlich unter seinem Gewicht. »Sind sie wieder da, Großvater?«

Er beachtete sie nicht. Maggie betrachtete blind den Hals des Rotschimmels, die Sonne funkelte in ihrem bezaubernden Haar.

Sie gingen weiter den Hang hinauf auf den hohen bläulichen Berg zu, der Hunderte Meter über den Wüstenboden aufragte. Langsam veränderte sich das Gelände. Sie tranken aus einem Bach mit klarem Wasser, den sie anschließend überquerten. Agaven und Kreosotsträucher wichen Sonnenblumen, Wildreis und Heckenrose. Die Gebirgsluft war angenehm und sommerlich kühl. Das Land wurde wunderschön; der Berg war hoch genug, dass es regnete. Es gab Sumpfvögel und gelbe Schwefelfalter und kleine Pflanzen in Felsspalten. Quellen. Grüne Wälder.

Sie folgten einem angenehmen Bach ins Gebirge. Die Ufer wurden von Teichbinsen und zahlreichen Weiden und Pappeln gesäumt; Dot konnte Enten beim Gründeln beobachten. Sie sah einen Nachtreiher vom Wasser abheben und gemächlich flügelschlagend bachabwärts fliegen. Es gab Spuren von Bibern, Katzenwelse und Rotwild- und Waschbärfährten zu sehen. Mohnblumen bildeten Farbkleckse im gesamten Canyon, kleine grüne Bäume standen in Klüften in den Felsen. Es war wahrhaftig ein erstaunliches, sonniges Paradies. Sie dachte, es könnte das schönste Fleckchen auf der Welt sein.

Die riesige Höhle war in die Felswand geschnitten, war am Eingang etwa fünfundzwanzig Meter hoch und reichte dreißig oder mehr Meter in den Berg hinein, eine Schwindel erregende Kathedrale aus rotem Sandstein. Majestätisch und wunderschön. Hell und luftig im Inneren, und man hätte gut und gerne hundert Menschen unter dem gewölbten Felsdach auf dem Boden aus feinem Sand unterbringen können. Dutzende Steinkreise mit verkohlten Feuerstellen waren im Inneren zu sehen. Seltsame Gemälde bedeckten die Wände. Jones stieg ab, ging langsam in den kühlen Schatten, drehte sich um sich selbst und betrachtete die Wände und die kalte schwarze Asche längst erloschener Feuer; er schlenderte umher wie in einem Traum, als sähe er andere Zeiten und andere Menschen.

»Großvater, kennst du diese Höhle?«

»Der heilige Ort«, sagte er. Er drehte sich immer noch langsam im Kreis, studierte die Felsen und den Sand, schwelgte in Erinnerungen.

»Sind wir hier sicher?«

Er sah sie an, betrachtete ihr Gesicht mit zusammengekniffenen Augen. Dann drehte er sich um, schaute wieder in die Schatten und ging tiefer in die Höhle. Maggie glitt aus dem Sattel und schlang die Arme um sich. Auch sie sah sich staunend um. »Ich habe hier ein schlechtes Gefühl«, sagte sie.

»Großvater sagt, es ist heilig.«

»Es riecht nach Indianern.«

Jones hatte sich in den Sand gehockt und sang leise vor sich hin.

»Großvater.« Dot wartete, dann fragte sie: »Lily?«

Er sang lauter.

Er hatte sie allein im Schatten der riesigen Höhle gelassen. Sie hatten die Pferde und das Maultier in den tiefsten Teil gebracht und dann versucht, ihre Spuren zu verwischen. Als sie fertig waren, überprüften sie ihre Waffen und sahen nervös zum Höhleneingang und dem grellen Sonnenschein außerhalb. Chaco lag wimmernd in Maggies Schoß. Sie streichelte ihn und redete beruhigend auf ihn ein.

»Was meinst du, wo Großvater ist?«

»Er versucht, seine Indianerfreunde zu finden.«

»Nein, das stimmt nicht. Und selbst wenn, Indianer sind nicht böse.«

»Warum bist du so gut auf Indianer zu sprechen?«

»Ich habe gelesen...« Dann fügte sie hastig hinzu: »Sie sind nicht böse.«

»Du kannst kein Buch lesen und glauben, dass es das wahre Leben ist. Und du solltest nicht denken, dass sie so sind wie du.«

Dot sah lange Zeit ins Sonnenlicht, bevor sie wieder etwas sagte. »Ma, Großvater ist ein Indianer. Indianer sind gut. Jedenfalls so gut wie wir.«

»Dotty, er ist ein Weißer. In Boston geboren. Sohn englischer Eltern. Das weißt du doch.«

»Das ist nicht alles. Er hat gelernt, Indianer zu sein.«

»Stimmt«, sagte Maggie und räusperte sich. »Aber das ist nichts, worauf er oder du stolz sein solltet.«

Die Unterhaltung hatte sie beide angestrengt, daher saßen sie nur noch eine Weile schweigend nebeneinander, bis Dot einschlief.

Maggie sprang auf, als sie Jones zum Bach gehen und trinken und dann einen Weg einschlagen sah, der in die Berge führte. Sie sah ihm nach, bis er verschwunden war; ihre Neugier wuchs, und sie war plötzlich fest entschlossen, zu erfahren, was er machte. Wenn er seine Indianerfreunde gefunden hatte, wollte sie das wissen. Dot schlief tief und fest. Maggie legte Chaco auf die Decke und folgte Jones.

Der schmale, steinige Weg führte an einer Felswand aus Granit hinauf und ging rasch in schroffes Bergland über, wo es kalt und ruhig war. Irgendwo voraus konnte sie Wasser hören. Sie ging weiter und blieb am Fuß eines dünnen Wasserfalls stehen.

Feuchtigkeit benetzte ihr Gesicht und ließ sie erzittern. Er war nirgends zu sehen.

Maggie wollte schon wieder nach unten gehen, als sie Stimmen hörte. Sie erstarrte und horchte angestrengt. Das leise Geräusch kam aus einer schattigen Lücke in der Felswand bei dem Wasserfall. Sie tastete sich vorwärts und legte den Kopf schief, damit sie die undeutlichen Geräusche besser hören konnte, hörte Bruchstücke von Sätzen und kannte die Sprache, auch wenn sie den Sinn nicht entziffern konnte: Apache. Nun zitterte sie heftig und kämpfte gegen den Drang zu fliehen.

Er hatte sie, wie sie vermutete, zu seinen Indianerfreunden geführt. Sie ging näher hin. Jemand rief Indianernamen, wiederholte sie immer wieder: die Stimme eines Trauernden. Maggie sah von den Schatten geblendet in die Lücke zwischen den Felsen. Die Stimme verstummte. Langsam passten sich ihre Augen an.

Samuel Jones war auf den Knien, nackt, bis auf den Lendenschurz und seine Apachenmokassins, und wiegte sich hin und her. Die Stelle, wo er kniete, war klein und kreisförmig, ein vertikaler Schaft in der massiven Granitwand. Er fing an zu heulen.

Maggie wehrte sich gegen das Gefühl des Mitleids in ihrem Inneren und sagte sich, dass er mit Recht litt – er hatte seine Seele aufgegeben, um mit einer Indianerhure zusammenzuleben. Hatte sein Leben unter Wilden vergeudet. Er wurde von ihrem Aberglauben und ihren Ängsten verzehrt und wurde von ihren seltsamen Überzeugungen zu Hexerei und Magie verleitet; er lebte in einer Welt, wo Geister und Dämonen ihr Unwesen trieben. Sie wollte sich abwenden und gehen, hielt dann aber inne, weil Emotionen ihre Gedanken durcheinander wirbelten wie Wind trockenes Laub. Sie konnte sie nicht abschütteln. Sie dachte an ihre Kindheit mit ihm. Er sah ausgelaugt und krank aus, Tränen liefen über seiner hageren Gesichtszüge.

»Danke, Ama«, sagte er mit zitternder Stimme und drehte sich zu ihr um. »Ich habe gebetet, dass dies eines Tages geschehen würde.«

»Was?«

»Komm näher.«

Ohne zu wissen, warum sie es tat, drehte sich Maggie zur Seite und schlüpfte in den kleinen Felsenraum. »Was?«, fragte sie wieder und versuchte, ungeduldig zu klingen, obwohl sie sich nur wie magnetisch zu dem alten Mann hingezogen fühlte.

Jones stand mühsam auf, machte einen Schritt und sah in einen horizontalen Schlitz in der Felswand, als enthielte er kostbare Schätze. Der Schnitt war etwa sechzig Zentimeter hoch, knapp zwei Meter lang und mit Steinen verschlossen. Maggie sah ihm zu, wie er Steine aus dem Schlitz zog und so eine kleine Öffnung schuf, in die er hineinsah. Klopfenden Herzens kam sie näher. Er ging zurück, damit sie sehen konnte. Im Inneren lagen Indianersachen: Halsketten, Töpferwaren, Kleidung. Staubig und alt. Dann sah sie sie. Knochen. Haufenweise Gebeine und drei Schädel.

Er sang in Apache. Maggie rieb sich nervös die Hände, als er schließlich zu singen aufhörte und sprach. »Hier habe ich sie begraben.«

»Wen?«

»Deinen Bruder und deine Schwester.«

Es war deutlich zu hören, wie Maggie Luft einsog.

»Das ist eine Lüge.«

»Sie sind das, was die Weißen Halbbruder und Halbschwester nennen.«

»Ich glaube dir nicht.«

Jones fing wieder leise an zu singen und legte die Steine langsam zurück. Maggie konnte den Blick nicht von den Schatten in dem Grab abwenden. Sie hatte nur von der Apachenfrau gewusst. Nichts über Kinder. Der Atem stockte ihr in der Kehle. Sie biss sich auf die Lippen und kniff die Augen zusammen. Sie hatte sie stets nur als Indianerhure gesehen, die ihr den Vater genommen hatte. Der Marshal hatte ihr gesagt, dass sie klein und hübsch und klug gewesen war; dass sie ihren Vater geliebt hatte; dass er sie geliebt hatte. Maggie erstarrte. Nun hatte sie etwas erfahren, das am schwersten zu akzeptieren war: Sie war die Mutter seiner Kinder. Die Früchte einer illegitimen Beziehung. Mischlinge. Kegel. Aber dennoch ihre Geschwister.

»Sie waren acht und zehn.«

Maggie antwortete nicht.

»Yopon, ihre Mutter, ist hier bei ihnen. Meine Frau.«

Maggie sah wütend drein. »Du meinst die Indianerin, für die du Mutter verlassen hast.«

Er schwieg.

Mit einer gequälten Stimme sagte sie nur zu sich selbst: »Mir egal.« Nun weinte Maggie leise, nicht aus Trauer oder Zorn, sondern einfach wegen der Vergangenheit, die einfach nicht ruhen wollte. Sie studierte das Felsengrab und sah dahinter die Ruinen ihres Lebens.

»Deine Schwester hieß Lozen. Dein Bruder Eskim.«

»Mir egal«, sagte sie laut, doch ihre Stimme klang hilflos. Maggie setzte sich auf den Felsboden, schlang die Arme um die Knie und wippte sacht.

»Ich habe ihnen Geschichten von dir erzählt.«

Maggie machte die Augen zu. »Warum? Warum hast du uns durcheinander gemischt wie eine Familie? Wir waren keine. Und ich will es auch nicht.«

Jones strich mit einer Hand behutsam über die Oberfläche der Grabsteine. »Sie waren ängstlich und hungrig. Wir wurden gejagt und konnten weder Wild finden noch ein Feuer machen. Die Quellen wurden bewacht, daher tranken wir, was wir eben in den Bergen finden konnten. Viele starben am Wechselfieber.«

Er verstummte und betrachtete die Steine. Seine Stimme klang distanziert, als er weitersprach. »Für die Kinder war es schrecklich, dass sie mit ansehen mussten, wie ihre Freunde und Familienangehörigen dahinsiechten oder getötet wurden. Darum habe ich ihnen die Geschichten erzählt, Ama, damit sie ihre Welt verlassen und zu dir entfliehen konnten.«

Maggie biss sich auf die Unterlippe und nickte; das konnte sie ihm nicht zum Vorwurf machen.

»Du warst eine Geisthüterin für sie. Sie glaubten, dass du die Gabe besitzt, sie zu retten, sie von dem Grauen zu erlösen. Ich habe ihnen nie gesagt, dass du das nicht konntest. Ich brachte es nicht übers Herz.« Er verstummte und sah die Felswand an, als könnte er sehen, wie sie sich dahinter bewegten. »Sie haben mich angefleht, deinen Geist zu rufen. Sie wollten dich sehen, Ama. Dir zusehen, wie du unsere Feinde vertreibst. Lozen hat dich geliebt, ohne dass sie dich je gesehen hätte.«

Er fing wieder an zu singen und seine Rassel zu schütteln. Als er fertig war, drehte er sich um und sah ihr ins Gesicht. »Nachts, wenn ich einsam war und mich nach dir sehnte, nahm ich Lozen in die Arme und tat so, als wäre sie du. Ich redete mit dir. Sie verstand das. Sie saß ganz still und fungierte als kleines Geist-Medium, damit ich dein Herz und deine Seele erreichen konnte.

Deine Schwester liebte dich innig. Gegen Ende, als wir immer Hunger hatten und froren, musste ich öfter von dir erzählen. Das linderte ihre Schmerzen. Sie glaubte, solange eine von euch beiden lebt, lebten beide.« Er sah sie an. »Jetzt lebt sie durch dich.«

Maggie schüttelte langsam den Kopf.

Er tastete nach dem kleinen Lederbeutel, den er aus dem Grab genommen hatte. »In der Woche, bevor sie starb, hat sie das für dich gemacht.« Er holte ein kleines Eichelhalsband aus dem brüchigen Lederbeutel. Maggie hielt es in der Handfläche und versuchte, sich das Indianermädchen vorzustellen, dann steckte sie es in die Tasche.

Er beobachtete sie. »Ich habe ihr versprochen, dass ich dich eines Tages hierher bringen würde. Heute ist sie glücklich. Ich bin glücklich.«

8

Sie hatten das Lagerfeuer weit hinten in der Höhle entfacht, aber sein Schein ließ sich nicht verbergen und tanzte warm in der Luft wie etwas Lebendiges, huschte über die Decke und den Sand und erfüllte die ganze Höhle mit einem wabernden, unsteten Licht. Nach einer kargen Mahlzeit aus Bohnen und wildem Kohl ruhten sie sich auf ihren Decken aus, jeder mit seinen eigenen Gedanken beschäftigt.

Jones hatte die Tiere auf einer Fläche mit Alkaligras vor dem Höhleneingang festgezurrt. Maggie konnte sie grasen hören. Das Geräusch war friedlich. Ihr Vater saß vor dem heißen, kleinen Mesquitefeuer und sah in die Flammen. Sie betrachtete es selbst ein paar Minuten, dann schaute sie zu ihm auf und stellte fest, dass er den Blick starr auf das Kruzifix gerichtet hatte. Er schien ganz in Gedanken zu sein. Unruhigen Gedanken. Das kleine Kreuz stand auf einem kleinen Stein beim Feuer und warf einen großen, zitternden Schatten auf den Sandboden. An diesem Ort der Heiden erweckte es einen Eindruck von Trotz.

Was dachte er?, fragte sie sich. Erlösung? Konnte ein Mann wie er die jemals finden? Sie bezweifelte es. Der Gedanke beunruhigte sie zutiefst. Sie machte die Augen zu und sprach ein Gebet für ihn. Für sie alle.

Maggie dachte an Lozen und Eskim, und an Yopon, die Frau, und fühlte sich traurig und unwohl. Aber sie konnte nichts dagegen tun. Gegen gar nichts. Seit ihrem elften Lebensjahr misstraute sie allem, was mit Indianern zu tun hatte. Ihr Vater hatte sie ihretwegen verlassen. Sie und Brake hatten gegen sie gekämpft. Sie hatten Thelma und Julia ihretwegen verloren. Indianer hatten Mannito getötet, Brake verwundet und ihre Lily entführt. Und nun musste sie an diesen entlegenen Ort kommen und erfahren, dass sie eine Schwester und einen Bruder hatte, die halb indianisch waren. Nichts davon schien fair oder richtig zu sein oder irgendwie zusammenzugehören.

Allmählich kam ihr der Gedanke, dass es überhaupt keine Rolle spielte, selbst wenn sie ihr Halbbruder und ihre Halbschwester waren. Sie hatte sie nie kennen gelernt, würde ihnen nie begegnen, würde sich nie mit ihren eigenen Gefühlen auseinander setzen müssen. Es hatte nichts mit ihr zu tun, dass er getan hatte, was sie ihm zugetraut hätte, in Sünde indianische Kinder zu zeugen. Bei dem Gedanken ging es ihr besser. Es tat ihr Leid, dass sie gestorben waren, doch sie war froh, dass sie sich nicht damit auseinander setzen musste, was die Kinder für sie und ihr Leben bedeuteten. Eines Tages mochte sie diese illegitimen Geschwister vielleicht im Geist akzeptieren, aber sie wusste auch, dass sie Yopon, die Indianerfrau, nie und nimmer akzeptieren konnte. Sie hatte ihre Mutter zugrunde gerichtet, und das würde Maggie nie verzeihen oder vergessen. Sie konnte es nicht – und noch in den Spiegel schauen.

Sie sah ihn über das flackernde Licht hinweg an. Er bewegte die Lippen in einem lautlosen Gesang. Er hatte aufgehört, das Kruzifix anzusehen, aber mit seinen religiösen Zeremonien hatte er nicht aufgehört. Sie steckte das kleine Kreuz in die Hosentasche und beobachtete, wie er seine Litanei heidnischen Unsinns herunterleierte. Seit sie in der Höhle eingetroffen waren, hatte er nicht damit aufgehört. Er glaubte wirklich, dass dies heilige Erde war. Sie schüttelte den Kopf und erinnerte sich an seine Worte, dass die Geister von Indianern die Stelle ihres Todes nicht verließen – dass Lozen, ihre Halbschwester, hier war und zu ihr kommen würde. Maggie regte sich nervös auf den Decken und sah in die Schatten jenseits des Lagerfeuers.

Sie schüttelte die Gedanken an Lozen ab und verstand besser, wie die Nacht die Ängste primitiver Menschen nähren konnte. Sie sah ihn wieder an und fragte sich, wie er es so weit mit sich kommen lassen konnte. Ein Lehrer mit Collegeausbildung. Alles hatte er aufgegeben. Hatte sein Geburtsrecht aufgegeben, seine Frau und Kinder, sein Recht, ihr Vater zu sein. Und das alles, damit er bei herumstreunenden Nomaden leben konnte. Und am Ende, den nahen Tod vor Augen, hatte ihn Panik übermannt, und er war gekommen, um Vergebung zu suchen. Bei diesem letzten Gedanken verkrampften sich ihre Schultern.

Sie hielt die Bibel fester. Maggie betrachtete sich als gute Christin und wusste, dass sie ihm vergeben sollte, aber so sehr sie auch in ihrer Seele suchte, sie brachte es nicht fertig, die Vergangenheit vollständig loszulassen. Jedes Mal, wenn sie es versuchte, musste sie daran denken, wie sehr ihre Mutter ihn geliebt hatte, wie sie ums Überleben kämpfte und ihr Lebenswille dabei langsam erlosch. Sie sah ihn wieder an und dachte an Lozen und Eskim.

Er betrachtete sie.

»Was ist?«, fragte sie.

»Ich bin froh, dass du verschont worden bist.«

»Du glaubst, deine Indianermagie hat mich gerettet.«

Er antwortete nicht.

»Du hattest kein Recht, mich oder mein Kind in deinen heidnischen Mummenschanz hineinzuziehen. Wir sind Christen.« Pause. »Du bist selbst einmal einer gewesen.«

Er nickte und sah in die Flammen.

»Jetzt glaubst du an Federn und Rauch.«

Er drehte sich um und sah ihr einen Moment ins Gesicht, den Linien um seinen Mund herum konnte man seine Aufregung ansehen. »Ich glaube an einen Schöpfer der Erde und der Menschen. Ist das so anders als das, was du glaubst?« Da sie nichts sagte, fuhr er mit fester Stimme fort. »Ama, antworte mir.«

»Deine Götter laufen herum und verleihen den Menschen Macht. Du bist besessen von deinen heidnischen Ritualen und Dingen… deinem Gesang, deinem Pfeifenrauch, deinen Pollen, deinen Perlen…«

»…deinen Gebeten, deinen Engeln«, unterbrach er sie, »deiner Asche, deinem Weihrauch, deinem Weihwasser.« Er stand auf, legte Holz in das Feuer und sah den Funken nach, die zur Höhlendecke emporstoben. Dann drehte er sich zu ihr um. »Deine Heiligen und Jünger, die Magie vollbracht haben.«

»Wunder«, sagte sie hastig.

»Christus, der auf dem Wasser wandelte und Tote auferstehen ließ. Dein Kruzifix.«

»Blasphemie.«

»Nein. Ich glaube, dass Christus wirklich Gott war. Aber die Weißen haben ihn verloren.«

Lange Zeit sagte keiner etwas. Maggie las in der Bibel, während Jones seine Sharps reinigte. Der Wind wehte wie mit murmelnden Stimmen durch die Öffnungen der Höhle. Sie erschauerte, schlug das Buch zu und sah ihn über das Lagerfeuer hinweg an. Für Maggie war die Diskussion noch nicht zu Ende.

»Wenn du das glaubst, warum bist du dann nicht immer noch Christ?«

»Ich sagte dir doch, Ama. Ich weiß keinen Namen für das, was ich bin. Ich weiß nur, dass die Weißen das ruiniert haben, was du Christentum nennst.«

Er zog die Reinigungsbürste aus dem Lauf der alten Waffe und sah hinein, ob er sauber war. Er schaute immer noch durch den Lauf, als er sagte: »Die Weißen haben ihren Gott verloren.«

»Das stimmt nicht. Ich kann zu meinem Gott reden.«

»Reden, aber mehr auch nicht. Er ist irgendwo verloren.« Er sah ihr ins Gesicht. »Mein Gott hilft, Ama. Ihn kann man erreichen. Seine guten Geister helfen mir.«

»Mein Gott wird mir helfen.«

»Dann finde Lily mit seiner Hilfe.«

»Ich werde ihn nicht prüfen.«

»Du weißt nicht, wie du ihn finden kannst, das ist alles. Ich wusste es auch nicht. Darum bin ich kein Christ mehr. Er war nicht da, als ich ihn brauchte.« Er saß da und dachte über die Tatsache nach, dass er nicht wusste, ob Dot ihn erreicht hatte. Nein, er war nicht sicher. Die Möglichkeit beunruhigte ihn.

Sie griff nach dem Kruzifix in ihrer Hosentasche und berührte stattdessen die Eichelhalskette, die Lozen für sie gemacht hatte. Sie zog hastig die Hand weg.

Jones reinigte weiter seine Sharps und dachte darüber nach, was Dot getan hatte: die beunruhigende Möglichkeit, dass sie ihre Mutter mithilfe des christlichen Gottes gerettet hatte.

Das Feuer war zu Kohle heruntergebrannt, und Chaco bellte leise in seinen dunklen Träumen, als Maggie wieder etwas sagte. Dot schlief tief und fest und zappelte an der Seite ihrer Mutter; Maggie legte ihr eine Hand auf. Als sie ihr Kind betrachtete, musste sie wieder an Eskim und Lozen denken.

»Wie sind sie gestorben?«

Jones antwortete eine ganze Weile nicht. »Mexikaner und Weiße«, sagte er schließlich. »Sie haben die Frauen und Kinder hier an dieser Stelle eingekesselt. Ich war mit den Männern nach Sonora gegangen, um Maultiere zu verkaufen.« Er machte eine Pause und sah in die Kohlen des Feuers. »Als wir wiederkamen, waren sie verloren. Yopon und alle anderen tot.« Er trank einen großen Schluck Mescal und sah prüfend in das Feuer, als wollte er dort etwas erkennen.

Als er weitersprach, schien seine Stimme am Schmerz zu ersticken. »Zwei Frauen entkamen mit einem Jungen und erzählten uns die ganze Geschichte. Sie vergewaltigten die Frauen und Mädchen und erschossen sie anschließend oder schlugen sie tot. Dann trieben sie die jüngeren Kinder zu einer hohen Felsklippe und zwangen sie hinunterzuspringen«, sagte Jones und unterdrückte einen Aufschrei, der in seiner Brust aufstieg. »Dein Bruder Eskim war sehr tapfer. Die Frauen sahen im Schutz der Felsen, wie er die Hand seiner großen Schwester hielt und den anderen sagte, dass sie keine Angst haben sollten, dass sie zu ihren Vorfahren gehen würden. Dann sprangen sie gemeinsam.«

Er drehte sich zu ihr um, sah ihr ins Gesicht und trank noch einen Schluck. »Glaube es.«

»Was?«

»Dass deine Schwester noch wandelt.«

»Das ist Unsinn.«

»Nein. Die Wahrheit. Geister verweilen am Ort ihres Todes. Lozen ist hier. Du bist nicht allein. Sie ist frohen Herzens. Sie wird zu dir kommen. Du wirst glauben. Die Toten sind nicht ohnmächtig.« Er verstummte und betrachtete ihr Gesicht. »Die alte Frau sagte, bevor sie sprang, rief Lozen den Namen eines Geistes: May-re-teet. Aber ich wusste es besser. Es hieß: Margaret. Deine Schwester hat dich gerufen. Sie glaubte, dass du sie retten würdest.« Er sah Maggie weiter unverwandt an. »Lozen liebte dich sehr. Ganz gleich, was du für mich empfindest – erwidere ihre Liebe. Sie wartet jetzt auf dich.«

Maggie konnte den Blick nicht von ihm abwenden und studierte sein Gesicht voller Panik. Sie hauchte die Worte ganz langsam. »Was hast du gesagt?«

»Dass Lozen dich immer noch liebt.«

»Nein. Davor – was hat die Frau gesagt?«

»Dass Lozen deinen Namen rief, bevor sie sprang.«

Maggie ließ den Kopf auf die zitternden Hände sinken, stützte die Ellbogen auf die Knie und wippte im Sand hin und her.

»Ama, was ist los?«

»Nichts«, sagte sie hastig. »Ich möchte nicht mehr reden.« Die Möglichkeit erfüllte sie mit Fassungslosigkeit. »Nein«, sagte sie stumm immer wieder. Es konnte nicht wahr sein. Aber so sehr sie es versuchte, sie musste immer wieder über die Möglichkeit nachdenken, dass es doch wahr war. Konnte die Erinnerung an jenen schrecklichen Alptraum vor so vielen Jahren nicht vergessen, in dem ihr Name geschrien worden war. Nun bestand die Möglichkeit, dass das real gewesen war. Ein Hilferuf. Ein Todesschrei ihrer Halbschwester, der Tausende Meilen überwunden hatte … bis sie ihn hörte … ein stummer Schrei in ihrem Geist. War es Lozens Stimme gewesen, die sie vor all den Jahren gehört hatte? Hatte ihre Schwester versucht, sie zu beschützen und zu leiten? Sie zitterte.

Jones sah, wie sie mit ihren Empfindungen rang. Als sie sich wieder gesammelt hatte, räusperte er sich und sagte: »Als wir sie begraben hatten, schloss ich mich den anderen Männern an, und wir ritten, bis wir zu einer Ansiedlung der Chiricahua kamen. Aber unsere Herzen waren hier geblieben. Zusammen mit den Chiricahua lockten wir diese Siedler in den Hinterhalt. Das schien richtig zu sein, bis ich den ersten von ihnen sterben sah – aber da war es zu spät. Ich konnte es nicht mehr verhindern.« Er drehte sich um und sah ihr mit einer gequälten Miene ins Gesicht. »Ich ging in den Canyon in dem Glauben, dass ihr Tod meine Qualen lindern würde.« Er sah in die Kohlen, als würde er jenen Tag noch einmal erleben. »Aber es machte alles nur schlimmer.«

Sie sah ihn an, ohne ein Wort zu sagen, dann betrachtete sie Chaco. Der kleine Hund strampelte in ihren Armen und winselte im Schlaf. Sie streichelte den Kopf des kleinen Terriers und sprach ein stummes Gebet für Lozen. Sie fühlte sich plötzlich erschöpft, legte sich hin, den Hund neben sich, und fiel in einen unruhigen Schlaf.

Chaco winselte wieder. Dot regte sich auf ihrer Decke, richtete sich auf, sah den Hund an und sagte mit verschlafener Stimme: »Großvater, was hat er?«

»Nichts. Dies ist ein heiliger Ort. Ein Ort der Träume. Er läuft mit den Geistern. Wir werden alle träumen.«

Dot sah nervös aus. »Ich möchte nicht träumen.«

»Hab keine Angst. Träume bringen Weisheit.«

»Großvater«, sagte sie gähnend, »wann suchen wir nach Lily?«

»Wenn es Zeit ist«, antwortete er leise. Er sagte ihr nicht, dass er nicht weiterkonnte, dass Lily verloren war.

Dot betrachtete diesen alten, betrunkenen Mann, den sie so sehr liebte, durch den warmen Schein der Glut. Er hatte Recht. Das Leben war seltsam, veränderte sich ständig, wie ihr Kaleidoskop zu Hause. Bildete konstant neue Muster. Schmerzliche Veränderungen. Aber auch gute.

Der kleine Chaco war eben noch angeberisch und bösartig

gewesen, nun führte er eine seltsam sanfte Existenz in einer Schattenwelt. Wo?, fragte sie sich. War er hier bei ihnen? War er immer noch ein Hund?

Sie studierte die dunklen Rußmuster an der Höhlenwand. Keines ergab einen Sinn. Lily war frei gewesen, nun war sie eine Gefangene. Ihr Vater verwundet. Wo war Mannito? Was war für sie und Chaco real? War real nur das, was ein Mensch dachte – so dass es unterschiedliche Realitäten für alle gab?

Diese Möglichkeit machte ihr Angst, sodass sich ihr die Kehle zusammenschnürte. Sie dachte an ihren Vater, strich mit den Fingern geistesabwesend über die Medizinhalskette, redete mit ihm darüber, was passiert war, und versicherte sich, dass alles gut werden würde, dass sie Lily finden und nach Hause kommen würden. Sie versprach es ihm, versprach es ihm bei der Macht Gottes. Dann versprach sie es, um ganz sicher zu sein, auch noch hastig bei der Macht der Libelle. Sie wischte sich eine Träne aus dem Auge und wurde schläfrig, als würde eine unsichtbare Hand sie in den Schlaf geleiten. Langsam ließ sie sich von dieser sanften Hand führen. Der Wind schwoll an; Kinderstimmen schienen darin zu erklingen.

Jones konnte den Blick nicht von seiner Tochter abwenden. Doch selbst während er ihre Gesichtszüge betrachtete, musste er an Susan denken, ihre Mutter. Er erinnerte sich auch an Yopon, Eskim und Lozen und die langen Nächte, in denen sie um ähnliche Feuer gesessen hatten. Das Herz wurde ihm schwer. Kayitah war in dieser Höhle geboren worden. Plötzlich brach ein Kiefernzweig in helle Flammen aus und sandte Funken zu dem dunklen Baldachin aus Stein hinauf. Er sah die heiße Glut wie zornige Bienen aufsteigen, abkühlen und im Dunkel, im Nichts, verglühen. Die heilige Höhle hatte gesprochen. So war es mit dem menschlichen Leben. Es war natürlich. Es musste akzeptiert werden.

Er lächelte. Dieser heilige Ort besaß immer noch die Macht, all die etwas zu lehren, die zuhören konnten. Er versuchte, die Stimmen des Windes in den gebrochenen Steinen zu hören.

Nichts. Er fragte sich, wo Kayitah heute Nacht sein mochte. Er bat die Geister, für seine Sicherheit zu sorgen, ihm zu sagen, dass Samuel Jones an ihn dachte. Jones schätzte, dass er um die dreißig Jahre alt sein musste.

Maggie wälzte sich heftig im Schlaf herum. Sie war wieder in ihrem Schlafzimmer auf der Ranch und sah Brake vom Fußende des Betts an. Im Traum schlang sie die Arme um sich und lächelte. Er war noch am Leben. Neben ihr auf der Decke regte sich Chaco.

Die Schlafzimmertür ging langsam auf. Maggie sah besorgt hin. Augenblicke später sah sie sie: ein kleines indianisches Mädchen, das die Arme herunterhängen ließ und sie mit großen, sanften Augen ansah. Maggie wartete, aber das Kind bewegte sich nicht und sagte nichts. Dann hielt ihr das kleine Mädchen schließlich schüchtern die Hände hin und lächelte. Lozen. Sie war reizend. Das Mädchen wollte gerade etwas sagen, als Baldwin plötzlich im Bett hochfuhr und den Revolver auf sie richtete.

»Nein!«, schrie Maggie. »Sie ist meine Schwester.«

Maggie erwachte schlotternd, machte keine Bewegung in der erstickenden Dunkelheit der Höhle, horchte in die schreckliche Stille hinein und fragte sich, was ihre Schwester ihr sagen wollte. Doch dann kam sie sich albern vor. Es war nur ein Traum – die Toten sprachen nicht. Maggie sah in die Schatten. Das Feuer war zu Asche niedergebrannt. Sie zitterte wegen des Traums. Hatte er Recht gehabt? War Lozen zu ihr gekommen? Sie schüttelte den Gedanken ab. Dann erstarrte sie. Etwas stimmte nicht.

Dot erwachte, weil Chaco knurrte, und überlegte sich benommen, dass der kleine Hund immer noch in seiner Traumwelt gefangen war. Sie wollte sich aufrichten, spürte aber die Berührung einer Hand und erschrak.

»Großvater?«

Chaco sprang von der Decke und bellte in die Nacht. Dot wischte sich den Schlaf aus den Augen. Dann verkrampften sich ihre Schultermuskeln, und sie sah angestrengt in die Dunkelheit vor sich.

»Großvater, Chaco ist wach.«

Der Hund bellte weiter.

»Chaco«, sagte Jones leise. Der kleine Terrier verstummte. Zu Dot sagte der alte Mann: »Kind, sprich kein Wort.« Seine Worte klangen leise und ominös.

Sie versuchte, sein Gesicht zu sehen, konnte in der dunklen Höhle aber nur seinen Umriss erkennen. Sie drehte sich um und sah zum Höhleneingang. Ihr Herz schlug schneller. Gestalten bewegten sich dort draußen, Schatten vor dem Mond. Alice wieherte irgendwo in der Nacht. Waren die Geister zu ihnen gekommen? Oder hatte Gott Racheengel geschickt, um sie zu bestrafen? Sie erschauerte.

Dot hörte, wie ihre Mutter den Hahn ihres Revolvers spannte.

Jones sagte: »Leg die Waffe weg und sag kein Wort. Keine Bewegung, sonst wirst du sterben.«

Plötzlich betraten die Schatten die Höhle, wütende Apachenstimmen ertönten. Keine Geister. Jones sagte etwas in Mexikanisch. Es folgte ein wütender Wortwechsel. Dot hörte jemanden ausspucken und spürte die Tröpfchen.

»Pinda Lick-o-yi«, zischte eine Stimme in der Dunkelheit. Aus ihren Büchern wusste Dot, dass diese Worte weiße Augen bedeuteten.

Jemand trat Sand nach ihnen. Jones rührte sich nicht.

»Keine Bewegung«, sagte er, und sein Tonfall ließ keinen Zweifel daran, dass er es ernst meinte.

Dot zitterte und hätte sich gern in die Arme ihrer Mutter geflüchtet, wagte aber nicht, sich zu bewegen, weil sie Angst hatte, sie könnte ermordet werden. Der Wunsch, nach ihrer Mutter zu rufen, war fast stärker als ihre Angst. Sie kniff die Lippen zusammen.

Jones warf eine Hand voll trockene Zweige auf die heißen Kohlen. Einen Augenblick später brannten sie lichterloh. So groß ihre Angst in der Dunkelheit gewesen war, was das Feuer mit seinen tanzenden Flammen nun enthüllte, war noch schlimmer. Es waren zwölf oder dreizehn. Apachenkrieger mit Fetzen um die Köpfe. Bewaffnet und wütend. Irgendwo hinter ihnen in der Dunkelheit weinte ein Kind.

»Lily?«, rief sie kläglich.

»Psst«, sagte Jones.

Die Krieger standen im Halbkreis und starrten zornig auf sie hinab. Jones hatte die Hände im Schoß gefaltet, die Sharps auf den Schenkeln liegen und nahm nicht die geringste Notiz von ihnen.

Dot sah ihnen mit klopfendem Herzen in die Gesichter. Ihre Augen waren dunkel und gnadenlos und durchdringend: derbe, verwitterte Gesichter. Die meisten hatten einen Streifen Pigmentfarbe in einer Linie über Wangen und Nase gemalt; die Farbe verlief dicht unter ihren Augen, was ihnen ein verstohlenes Aussehen verlieh – als würden sie über etwas hinwegspähen. Keiner ließ auch nur eine Spur Mitgefühl erkennen. Nur ungestümen Zorn.

Dot suchte noch einen Moment nach Lily, doch dann begriff sie schlagartig. Die Männer des Aufgebots hatten gesagt, dass abtrünnige Apachen aus dem Reservat ausgebrochen waren. Das mussten sie sein. Dot war wie gelähmt. Chaco saß neben Jones, zitterte und sah die Indianer wütend an.

Dot betrachtete das niedergeschlagene Gesicht ihrer Mutter. Als sie sich wieder umdrehte, gingen zwei Apachen durch die Menge. Einer war groß und hatte einen Hut auf; der andere war kleiner, mit einer gewölbten Brust.

Die Krieger machten den beiden Platz. Der große hatte ein schmales, hübsches Gesicht und schwarzes Haar, das ihm bis über die Schultern reichte; auf dem Kopf trug er eine britische Melone, die in der dunklen Höhle grotesk fehl am Platz aussah. Er trug ein hübsches, langärmeliges, an den Knöcheln geknöpftes Baumwollhemd, dazu eine saubere weiße Hose in glänzenden Cowboystiefeln; alles an ihm erweckte den Eindruck eines Dandys. Er betrachtete ihre Mutter. Dot wandte sich dem anderen Mann zu.

Von dem kleineren Mann schien etwas auszugehen, etwas Schroffes und Grausames, das seinen ganzen Körper wie eine Aura umgab. Sein dichtes und schmutziges Haar, die kleinen Augen, aufgedunsenen Wangen und der breite, zahnlos wirkende Mund verliehen ihm das Aussehen eines brutalen Mannweibs. Sie hatte in Santa Fe alte Mexikanerinnen gesehen, die so aussahen: wie Vetteln. Sie erschauerte.

Jones richtete sich auf. Der kleinere Indianer bewegte sich nicht und verzog keine Miene; er stand nur da, hielt ein Gewehr in Händen, die zu klein für den Rest seines Körpers aussahen, und starrte Jones unhöflich ins Gesicht. Der alte Mann erwiderte den Blick und hielt die zerkratzte Sharps mit beiden Händen. So krank er auch sein mochte, Jones war zum Kampf bereit.

Es war eine kalte Nacht; der Krieger trug ein verblichenes Baumwollhemd, einen roten Schal um den Hals und ein Anzugjackett, das neu aussah. Um die Taille hatte er einen schweren Patronengurt geschlungen, in einem anderen steckten ein Messer und ein Revolver mit Knochengriff; ein langer, schmutziger Lendenschurz reichte ihm bis über die Knie. Seine Beine waren dunkel und bloß, die Füße steckten in abgetragenen Teguas. Im Gegensatz zu seinem Begleiter achtete er nicht auf seine Kleidung. Sie spürte, dass Kleidung nicht wichtig für ihn war. Leben und Tod – das zählte.

Dot sah ihm in die Augen: Sie sah kein Gefühl für das Morgen darin, alles war jetzt, heute, dieser Augenblick. Oder war schon gewesen. Und würde nie wieder sein.

Maggie schien das Äußere dieses Kriegers ebenso zu entmutigen. Sie ließ den Blick langsam über ihn wandern, bis er an der Jacke hängen blieb. Sie wirkte hier in der Wildnis fehl am Platz. Sie war sauber, die Knöpfe aus Perlmutt. Ihr Herz schlug schneller. Sie kniff die Augen zusammen. Ja, sie konnte den goldenen Stern innen am Revers sehen. Das Abzeichen des Marshals! Maggie stockte hörbar der Atem, worauf Jones ihr einen strengen Blick zuwarf.

Die Stimme, die sie im Traum gewarnt hatte, hatte Recht gehabt. Die Apachen hatten der Schar einen Hinterhalt gelegt – genau wie dem Sheriff und den Männern daheim. Maggie war fassungslos. Traurigkeit überkam sie. Der Marshal war ein guter Mensch gewesen. Er hatte ihren Vater gerettet, und sie wusste, dass er auf der Suche nach Lily gewesen war, als er starb. Er war wie viele Gesetzeshüter an der Grenze: hart und gemein, aber ehrlich und loyal. Maggie machte die Augen zu und wollte dies alles vergessen – alles, was geschehen war oder geschehen würde. Sie konnte den kleineren Krieger etwas Schroffes murmeln hören.

Der Apache redete und sah Jones verächtlich an, als Maggie die Augen aufschlug. Der größere Indianer nickte. Jones sagte etwas halb auf Mexikanisch, halb auf Apache, ein schneidender, kurzer Satz. Der Krieger zeigte mit der Hand auf Dot und ihre Mutter und sprach auf Apache weiter. Als Jones nicht antwortete, wiederholte er seine Worte auf Mexikanisch. Dot kannte Mexikanisch von Mannito. »Gib sie mir«, hatte er gesagt. »Um mir zu zeigen, dass du immer noch mein Freund bist.«

»Nanata«, sagte Jones zu ihm, »braucht kein Geschenk von mir, um zu wissen, dass wir Freunde sind.«

Unruhe kam in der Menge auf, jemand stieß einen weißen Mann vorwärts und stellte ihm ein Bein, sodass er auf die Knie fiel. Die Arme des Mannes waren auf seinem Rücken an einen dicken Robinienast festgebunden; sie hatten ihm Wildleder wie ein Zaumzeug um Kopf und Mund geschlungen und hielten ihn an einer langen Lederschnur. Er war groß und schlank und verprügelt worden, aber Maggie und Dot erkannten ihn trotzdem. Es war der blonde Mann, der Jones mit der Peitsche geschlagen und Chaco bewusstlos getreten hatte. Er sah Maggie stumm flehend an.

»Ma, dieser Mann.«

»Lasst ihn los«, sagte Maggie.

»Margaret«, sagte Jones streng.

Nanata sah von Jones zu Maggie, schüttelte heftig den Kopf,

spie einen weiteren kurzen Satz aus und richtete das Gewehr auf Maggie. Jones ließ die eigene Waffe sinken, bis die Mündung auf die Brust des Indianers zeigte, und sagte langsam etwas auf Apache. Nanata studierte Jones' Gesicht, ohne zu antworten, dann wandte er den Gewehrlauf von Maggie ab. Jones hob die Sharps wieder hoch.

Maggie hatte den Gefangenen nicht aus den Augen gelassen. Dot sah ihn ebenfalls an und wollte weinen; sie zwang sich, den Blick abzuwenden. Chaco stand neben dem alten Mann und knurrte, als wäre er bereit, es mit allen aufzunehmen. Dann ertönten Stimmen tiefer in der Dunkelheit, und ein anderer Krieger, Anfang dreißig und hübsch, mit einem Gesicht, das Aufmerksamkeit auf sich zog, anmutig und mittelgroß, trat aus der Menge und stellte sich mit einem langläufigen Gewehr neben Jones.

Auch er schien entrüstet und offenbar wütend auf jeden zu sein. Plötzlich schrie er den Anführer der Indianer an, dann sagte er gleichermaßen schroff etwas zu Jones und machte dieselbe ausholende Bewegung in Richtung Maggie und Dot, eine abgehackte, schneidende Bewegung. Dot wollte gar nicht wissen, was sie zu bedeuten hatte.

Nanata trat Sand in ihre Richtung und spuckte aus. Jones spannte das Gewehr. Das Geräusch hatte etwas beängstigend Endgültiges. Dann sprang der Indianer, der sich neben Jones gestellt hatte, zwischen die beiden Kontrahenten, brüllte den Krieger wieder an und trat ebenfalls Sand hoch. Seine Bewegungen hatten eine katzenhafte Anmut. Auch er hatte, wie Jones, die Flinte schussbereit.

»Warum diese Menschen töten?«, schrie er auf Mexikanisch. »Ihr habt den Gefangenen. Das ist Fielito«, sagte er und zeigte auf Jones. »Der Mann von Yopon, Tochter der White-Mountain-Apachen.« Dot nahm an, dass er wegen Jones mexikanisch sprach.

Nanata sah den brüllenden Mann an und schien nicht überrascht, dass er sich auf Jones' Seite geschlagen hatte, dann schüttelte er den Kopf und murmelte etwas, vermutlich eine Beleidigung, dachte Dot sich. Der jüngere Mann erstarrte und wollte vortreten, aber ihr Großvater hielt ihn zurück. Nanata spuckte Luft in ihre Richtung. Dot merkte, dass ihr Großvater fast unmerklich näher zu ihm getreten war.

»Ich will den Gefangenen«, sagte er mit leiser Stimme.

Maggie sah ihren Vater an.

Nanata grunzte verächtlich.

»Ich bin ein alter Mann. Ich will den Gefangenen als Sklaven. Was möchtest du für ihn haben?«

Nanata sah ihm einen Moment ins Gesicht. »Die Frau und das Kind«, sagte er dann.

Dot lief es eiskalt über den Rücken, ihre Hände zitterten.

Dann sagte Jones mit leiser Stimme: »Du beleidigst mich, wenn du mich um meine Tochter und meine Enkelin bittest. Lass das. Ich bin alt und bereit, Leben gegen Ehre zu tauschen.«

Sie beobachteten einander wie Hunde, die sich umkreisten.

»Ich will den Gefangenen«, wiederholte er an Nanata gerichtet, drehte sich um, ging zur Feuerstelle zurück und zog die Decke des Grauen von dem schönen Silbersattel, sodass sich das Feuer darin spiegelte.

»Ich tausche das gegen ihn. Er ist weniger wert.«

Nanata betrachtete den funkelnden Sattel und Dot sah, dass er ihm gefiel, aber als er sich wieder umdrehte, sah er gelangweilt aus. Er ging durch die Höhle, blieb stehen und schaute zu Jones zurück.

»Ich werde dir nichts tun, Fielito. Diesmal«, sagte er lächelnd. »Wir sind von San Carlos zu den Madres von Mexiko unterwegs. Komm mit uns.«

Nanata wandte sich wieder ab und ging weg. Jemand zerrte den blonden Mann brutal auf die Füße und zog ihn in die Dunkelheit. Er gab ein komisches Geräusch von sich, das Dot Angst machte, und sie konnte Urin riechen.

»Ich will den Gefangenen«, rief Jones.

Der alte Krieger blieb stehen und schaute zurück. »Leg den

Sattel dorthin«, sagte er und zeigte auf eine Stelle im Sand. »Wenn ich mich dafür entscheide, wird er am Morgen auf dich warten.«

Jones ließ Nanata nicht aus den Augen, als würde er ihm nicht trauen. Schließlich nahm er den Sattel und legte ihn an die Stelle im Freien, auf die der Krieger gezeigt hatte.

Als sie endlich wieder atmen konnte, wollte Dot es gar nicht mehr. Sie sah den Apachen neben Jones an. Der Mann warf einen Seitenblick auf Maggie und gab einen Schwall Apachenworte von sich, die nicht freundlich klangen. Der alte Mann machte die mittlerweile vertraute, ausholende Handbewegung in ihre Richtung.

Langsam verzogen sich die restlichen Krieger, verteilten sich und machten ihre eigenen Feuer in der ganzen Höhle.

Maggie sah Jones von der Seite an. »Danke«, sagte sie.

Der junge Indianer sah sie finster an. Jones hielt eine Hand in ihre Richtung, sah sie aber nicht an. »Ama«, sagte er, »nicht sprechen.«

Dot erschrak, als sie das hörte, und fragte sich, warum der junge Krieger ihnen geholfen hatte, wo er sie doch so offenkundig nicht mochte. Jones ging mit ihm von ihrem Lager weg und saß schweigend mit ihm in einem dunkleren Teil der Höhle. Sie saßen lange nebeneinander, ohne ein Wort zu sprechen. Maggie kochte Suppe für Chaco; der kleine Hund sah sie eindringlich an und winselte.

»Ja – ich bin froh, dass du wieder da bist«, versicherte Maggie ihm. Er wedelte mit dem Schwanz.

Dot sah, wie ihr Großvater wieder zu ihnen zeigte, dann schüttelte der andere Mann den Kopf. Manchmal schienen sie zu streiten, doch dann lachten sie. Sie kapierte das nicht. Schließlich umarmte Jones den Mann und kam langsam zu ihnen zurück.

Maggie richtete sich starr auf und sagte: »Ich kann nicht glauben, dass du uns hierher gebracht hast.« Die Worte waren laut.

»Sprich leise«, ermahnte er sie. »Solange du hier bist, darfst du dich nicht ungebührlich benehmen. Das wird nicht geduldet.

Weder ich noch Kayitah werden dich dann retten können.« Er sah ihr ins Gesicht, bis sie nickte.

»Dieser Mann«, sagte sie und nickte zu dem jungen Krieger, der gerade die Höhle verließ, »ist wütender als die anderen. Warum?«

»Ihr seid weiß. Dieser Ort ist heilig. Ich hätte euch niemals hergebracht, wenn Yopon und die Kinder nicht hier wären«, sagte er und wich ihrer Frage aus. Chaco war fertig mit Fressen, sprang auf Jones' Schoß und leckte ihm das Gesicht. Der alte Mann tätschelte ihn und ließ den kleinen Hund seine Freude zeigen.

»Warum haben sie uns nicht einfach genommen?«

Er wartete eine Weile, bis er antwortete. »Vielleicht machen sie das noch. Aber sie haben den weißen Mann, und sie sind müde und hungrig. Und selbst Nanata weiß, was Blutsbande bedeuten.« Der alte Mann verstummte, legte sich lang hin und döste im Feuerschein.

»Sie haben uns nicht getötet, weil du eine Apachenfrau genommen hast?«

»Familie bedeutet ihnen sehr viel«, sagte er und machte ein Auge auf. »Durch meine Heirat bin ich mit der Frau von Taza verwandt, dem Krieger mit dem Hut.«

Maggie dachte darüber nach, als eine Gruppe Frauen die Höhle betrat. Sie trugen lange, bunte Röcke und Blusen, und die dichten schwarzen Haare hingen ihnen offen auf die Schultern. Sie bekam Angst um Dotty. So konnte Dotty nicht leben. Das würde sie niemals zulassen.

Minuten später kam der Mann namens Kayitah mit einem dünnen, schlaksigen, etwa neun oder zehn Jahre alten Jungen zurück. Sie errichteten wenige Meter entfernt eine Feuerstelle. Der Mann würdigte sie keines Blickes, aber das Kind sah schüchtern herüber.

Maggie betrachtete den Krieger. Seine Brust war bloß, aber er trug eine lange Hose und den langen Lendenschurz der Apachen; er war hübsch und wohlproportioniert, die Sehnen seiner

Arme schienen aus Stahl zu sein. Sie war dankbar für das, was er getan hatte, und fragte sich, was ihn mit ihrem Vater verband. Er hockte sich mit dem Rücken zu ihnen hin und entfachte sein Feuer.

Maggie ließ den Blick über das Lager schweifen und war überrascht angesichts der fröhlichen Laute. Sie hätte erwartet, dass eine Bande von Flüchtlingen zankend und kämpfend im Dunkeln sitzen würde. Aber das Lager wirkte friedlich, sogar geschäftig – haufenweise Yuccablüten, Teichkolben und wilde Kartoffeln lagen auf Decken, Essen kochte in Töpfen. Ein angenehmer Duft zog durch die Höhle, und schließlich knurrte ihr der Magen.

Eine kleine Schar Frauen bemühte sich, die zerlegte Hinterhand eines Pferdes auf Pfählen zu befestigen, die zusammengebunden waren. Keiner der Männer traf Anstalten, ihnen zu helfen, was ihre Vorbehalte gegenüber indianischen Männern bestätigte: Taugenichtse. Die scheinbare Zufriedenheit überraschte sie. Sie hatte die Apachen immer für mürrisch und unberechenbar gehalten. Diese Leute machten ganz und gar nicht den Eindruck.

Plötzlich erstarrte Maggie und sah wieder zu dem Fleisch, das an den Pfählen hing. Sie erkannte die Hautzeichnung: der Rotschimmel.

»Sie haben mein Pferd getötet«, sagte sie laut. Alle Unterhaltungen in der Höhle verstummten, die Apachen starrten sie an.

»Sei still«, fuhr Jones sie an.

Aber das konnte Dot nicht. »Alice?«, fragte sie.

Jones winkte Kayitah zu sich. Der Indianer kam widerwillig und hockte sich hin. Sie unterhielten sich einen Moment, dann verließ der junge Krieger die Höhle.

Maggie sah ihm nach. »Warum hilft er uns?«

»Aus Loyalität.«

Darüber dachte Maggie nach, bis er zurückkam, etwas zu Jones sagte und zu seinem Feuer und dem kleinen Jungen zurückkehrte.

»Nanata hat versprochen, dass Alice kein Leid geschieht.«

Dot lächelte. Das, überlegte sich Maggie, hatte sie schon seit einiger Zeit nicht mehr getan.

Maggie sah weiter durch das flackernde Licht zu Kayitah.

»Die anderen kümmern sich um ihre Angelegenheiten, aber er ist immer noch wütend«, sagte sie.

»Diese Nacht ist schwierig für ihn«, sagte Jones leise.

»Warum?«

Jones schien nicht gern darüber zu sprechen. »Er wuchs mit dem Hass auf die Weißen auf. Und nun war er an diesem heiligen Ort gezwungen, sie gegen sein eigenes Volk zu verteidigen.« Jones zögerte. »Schlimmer, er hat etwas erfahren, das er nicht akzeptieren kann.«

Maggie sah ihm mit zusammengekniffenen Augen ins Gesicht und versuchte zu verstehen. »Was denn?«

»Verwandtschaft.« Jones betrachtete ihr Gesicht. »Er ist Yopons Sohn.« Er schwieg einen Moment und sah blind ins Feuer. »Ich wollte es dir nicht auf diese Weise sagen.«

»Mir was sagen?«

»Wie Eskim ist auch Kayitah dein Halbbruder. Darum hat er dich beschützt. So machen es die Apachen – sie verteidigen ihren Klan.« Jones machte eine Pause. »Er misstraut den Weißen wie alle anderen hier, daher musst du in seiner Gegenwart vorsichtig sein. Dennoch ist er dein Halbbruder. Und ich glaube, das ist mächtiger noch als sein Hass. Er ist der Junge, den die alten Frauen am Tag des Massakers gerettet haben.«

»Nein.« Mehr brachte sie nicht heraus.

Den Lahmen quälten seine Träume. Etwas war schief gegangen. Er hatte keine Ahnung, was. Da er nicht schlafen konnte, vergewisserte er sich, dass Li-Lee noch da war und noch lebte. Sie schlief und hielt die Flickenpuppe umklammert. Zufrieden nahm er Whiskey und ein Stück Peyote und kletterte auf einen Vorsprung mit Blick über das Lager. Der Wind wehte langsam.

Er verspürte den dringenden Wunsch zu erfahren, was passiert war.

Er hockte auf seinem gesunden Bein, zeichnete einen Kreis um sich herum in den Sand und zog seine Maske auf. Als er sie zurechtgerückt hatte, trank er. Als alles vor seinen Blicken kreiste, brach er ein Stück von dem Peyote ab und aß es. Es schmeckte scheußlich. Er bemühte sich, es drinnen zu behalten. Er stöhnte und rief den Anderen – seine Stimme ertönte tief und hallend in der Stille der Berge. Er trank mehr Whiskey und fing an zu singen; das Peyote brannte wie warme Glut in ihm. Er versuchte, sich den Traum vorzustellen, der ihn geweckt hatte, und bemühte sich, in Erfahrung zu bringen, was schief gegangen war, konnte die Frage aber nicht beantworten. Langsam ergriff das Peyote von ihm Besitz.

Er sah nichts. Stattdessen schweiften seine Gedanken zu dem Augenblick ab, als er erfahren hatte, wer er war. Er hatte es immer gespürt – wie es wild in seinem Inneren kratzte und heraus wollte – und wusste, dass die Schamanen ihn argwöhnisch und voller Misstrauen betrachteten. Aber erst an jenem Frühlingsmorgen in der Ansiedlung hatte er es begriffen. Er dachte an seine Eltern.

Er hasste sie beide. Sie duldeten ihn, aber mehr nicht. Selbst für seine eigene Familie war er ein Ausgestoßener. Seine Geburt war schwer gewesen. Zu schwer, sagten einige. Ein altes Weib hatte ihn aus dem Schoß seiner Mutter gerissen. Als sie sahen, dass er behindert war, hatten sie ihn zum Sterben in den Sand gelegt. In den Geschichten an den Lagerfeuern hieß es, er sei zwischen die gespreizten Beine seiner Mutter gekrochen wie ein Dämon, der versuchte, in die Dunkelheit in ihrem Inneren zurückzukehren. Manche glaubten nicht an diese Geschichten und behaupteten, dass das alte Weib ihn verkrüppelt hätte. Aber die meisten glaubten daran und waren überzeugt, dass er ein Kind des Hexenvolks war, dass seine Lahmheit ihn zeichnete. Ein Wechselbalg der Dämonen.

Die Peyotevision in seinem Geist wurde klar. Nun konnte er

sie sehen, als stünden sie direkt vor ihm: Seine Mutter, die sagte, es wäre nun an der Zeit für ihn, allein zu leben. Er war neun Jahre alt gewesen. Noch ein Kind.

Er ließ seine Gedanken schweifen. Sein Vater hatte sein Gewehr gereinigt. Er hatte es geladen und an den Sattel gelehnt. Schweiß stand dem Lahmen auf der Stirn, als die Erinnerung kam. Ein Teil der Vision verschwamm, aber er erinnerte sich, wie er sich auf das Gewehr konzentriert und ihm befohlen hatte, seinem Willen zu gehorchen. Sein Vater hatte an einem Revolver gearbeitet und nicht auf die Ermahnungen seiner Mutter gehört. Er erinnerte sich, dass er ihr ins Gesicht sah, aber sie hatte ihn nicht angesehen. Sie sah ihn nie an.

Sein Blick hatte sich in das Gewehr gebohrt, und er hatte ihm in Gedanken wieder befohlen, sich von dem Sattel zu erheben. Da hatte er den Anderen zum ersten Mal gehört. Die Stimme war klar und tief und schien von irgendwo aus seinem Inneren zu kommen. Die einzige Stimme, vor der er je in seinem Leben Angst gehabt hatte. Er war starr vor Schreck gewesen. »Ich tue es«, hatte sie nur gesagt. Und danach ging das Gewehr los und zertrümmerte seiner Mutter den Schädel. Er erinnerte sich an leises Gelächter. Dieses Gelächter hatte er seither viele Male gehört.

Plötzlich war sein Geist wie leer. Der Wind wehte zu dem Felsvorsprung empor und warf Sand über ihn. Seine Gedanken wirbelten in der Peyotetrance. Dann sah er das Gesicht aus der Nacht schwimmen und erkannte den Grund seines Grauens: die Frau vom Fluss, Mah-gee. Sie sah ihn aus der Schwärze an, lächelte, verspottete ihn. Sie lebte. Seine Magie hatte sie nicht töten können.

Wie konnte das sein? Wieso hatte er sie nicht vernichten können, wo er doch ihren Namen kannte, ihr Geisterbild besaß und das Haar ihres Tieres benutzt hatte? Nervös ging er noch einmal die Schritte des magischen Rituals durch, den gemalten Kreis, die Gesänge und die reinigenden Pollen. Alles war korrekt ausgeführt worden. Aber es hatte nicht gewirkt. Seine Medizin hatte versagt. Diese Wendung machte ihn fassungslos. Der Andere hatte sie nicht besiegt – hatte ihre Lebensgeister nicht gestohlen. Warum? Gewiss war sie nicht so mächtig wie der Andere.

Seine Gedanken flogen zu dem alten Mann. Er kannte die uralten Mittel und Wege, er hatte ihn die Rituale auf der Ranch durchführen gesehen… seinen Gesang gehört, den heiligen Klang der Rassel gehört und seine Medizinfarben gesehen. Aber nein. Der Lange hatte sie nicht gerettet. Er schüttelte den Kopf, um seiner wachsenden Besorgnis Ausdruck zu verleihen. Die Medizin des alten Mannes wurde immer schwächer, genau wie sein Leben. Nein, der alte Mann hatte die Frau nicht gerettet. Dessen war er sich sicher. Er holte tief Luft. Und seine eigene Macht war nicht schwach. Es gab nur eine Antwort: Sie hatte sich selbst gerettet. Die Frau, Mah-gee, besaß ihre eigene große Macht.

9

Maggie konnte den Blick nicht von Kayitah abwenden. Er schien in sitzender Haltung eingeschlafen zu sein. Zwei Perlenschnüre hatte er fest um den Hals geschlungen, das Gewehr hielt er auf dem Schoß, und sein dichtes schwarzes Haar wurde fein säuberlich von einem lavendelfarbenen Stoffstreifen gehalten. Sie erschauerte bei dem Gedanken, woher er das haben mochte. Seine Haut war glatt und dunkelolivfarben. Selbst sie betrachtete ihn als hübsch, sein Aussehen sogar als elegant. Aber das bewies ihrer Ansicht nach gar nichts. Der kleine Junge war Kayitahs Sohn, hatte Jones ihr gesagt.

Der alte Mann las beim Feuer, hörte aber alle paar Minuten auf und sah abwechselnd von Maggie zu Kayitah. Maggie beugte sich vor und legte das Kruzifix wieder auf einen Stein in der Nähe des Feuers – als eine Art spiritueller Schutz vor den Heiden. Als sie sich wieder auf der Decke niederließ, fiel ihr auf, dass ihr Vater wieder das Kreuz ansah. Etwas in seinem Blick, etwas Verlorenes und Einsames, rührte sie, daher kniete sie nieder, hob es hoch und reichte es ihm über das schattige Licht hinweg.

Er sah einen Moment von dem Kruzifix zu ihrem Gesicht, als würde er es nehmen, doch dann lächelte er verhalten, schüttelte den Kopf und widmete sich wieder seinem Buch. Der Augenblick war dahin.

Dot lag still neben ihrer Mutter und hatte die Augen geschlossen, machte sich aber solche Sorgen wegen der Apachen und Lily, dass sie nicht schlafen konnte. Vorhin hatte sie ihren Großvater über Kayitah sprechen hören, nun drehte sie sich auf die Seite und sah ihn an. Er hatte sie gerettet, in ihren Augen war er ein Held. Sie sah den Jungen an. Er war näher an ihr Lagerfeuer gerückt, spielte im Sand und sah schüchtern zu ihnen herüber.

»Dann ist er mein Onkel«, sagte Dot leise und betrachtete den Rücken des Mannes. »Und der Junge ist mein Cousin.«

Maggie antwortete nicht.

Dot betrachtete den Kreis der Krieger, die die Innereien des Rotschimmels an grünen Stöcken über einem Feuer brieten. Sie wandte sich ab. Er war ein gutes Pferd gewesen und hätte ein besseres Schicksal verdient. Der Indianerjunge saß im Sand zwischen den zwei Lagern und sah Dot lächelnd an. Sie ging hin und setzte sich neben ihn. Kayitah beachtete sie gar nicht.

»Wir sind Cousins«, sagte sie. »*Primo.*«

Der Junge verstand nicht.

»Wie heißt du?«

Er sah sie verständnislos an.

»Mein Name ist Dot.« Sie zeigte auf sich selbst.

»Dot«, sagte er langsam. »Dot, Dot, Dot...« Das schien ihm zu gefallen.

Sie nickte ihm zu. »Ja, Dot. Wie heißt du?«, fragte sie und zeigte auf ihn. Dann fielen ihr die spanischen Worte ein, die Mannito ihr beigebracht hatte. »*Cómo se llama?*«

Sofort begann der Junge zu strahlen. »Ho-nes-co«, sagte er stolz.

»Honesco«, wiederholte Dot.

Der Junge schüttelte den Kopf. »Ho-nes-co«, sagte er wieder und machte nach jeder Silbe eine Pause.

»Ho-nes-co«, sagte sie langsam.

Der Junge grinste. »Dot«, sagte er und zeigte auf sie. Er war dünn und drahtig. Dot mochte ihn sofort. Sie zeigte ihm ihr Messer, und er war angemessen beeindruckt, sog Luft durch die Zähne ein und knurrte. Sie kicherte, und er gefiel ihr noch besser.

»Ho«, sagte sie.

Er nickte begeistert. »Ho«, antwortete er.

Dot wusste, dass etwas nicht stimmte, als sie Chaco winseln hörte. Der kleine Hund saß auf dem Bauch ihres Großvaters, streckte die Schnauze himmelwärts und heulte. Maggie nahm ihn herunter und betrachtete das aschfahle Gesicht des alten Mannes. Blut lief ihm aus dem Mundwinkel. Sie zog seine Lider hoch: Nur das Weiße war zu sehen.

Kayitah sah zu, wie Maggie eine Pferdedecke über ihren Vater breitete, sich wieder hinkniete, seine Hände rieb, die Knie auf und ab bewegte. Sie spürte einen schwachen Puls an seinem dünnen Hals.

»Ma, wann wacht er wieder auf?«

»Er ist alt und sehr krank.«

Maggie betrachtete Jones' Gesicht. Sie hatte schon genug Sterbende gesehen und wusste, es war so gut wie zu Ende mit ihm. Die Sonne von über siebzig Sommern hatte tiefe Spuren in seinen derben Gesichtszügen hinterlassen, bis seine Haut wie die Erde selbst aussah. Plötzlich war sie traurig. Sie konnte nicht ändern, was mit ihm oder mit ihr passiert war. Wenn sie etwas bedauerte, dann nur, dass sie es ihn nicht hatte erklären lassen.

Nun, da er dem Tode nahe vor ihr lag, kam ihr das grausam vor. Sein Buch lag im Sand, sie hob es auf: *Madame Bovary* von Gustave Flaubert. Sie schüttelte den Kopf und wurde einfach nicht schlau aus diesem Mann, der sie gezeugt hatte. Sie hätte ihm zuhören sollen – mehr wusste sie nicht.

Sie verstaute das Buch in der Satteltasche, als sie das leinengebundene Tagebuch sah. Sie nahm es in die Hände und zögerte, weil es ihr vorkam, als würde sie in seinem Privatleben spionieren, wusste nicht, was sie erwartete und nicht, ob es richtig war. Aber auf einmal verspürte sie den Wunsch, mehr über ihn zu erfahren – wer er war, welchen Stellenwert er in ihrer Welt besaß.

Seine Handschrift war markant. Sie hatte erwartet, ein Buch zu finden, das voll war von Gekritzel, gedankenlosem Flehen und sinnlosen Erklärungen, doch stattdessen fand sie etwas, das ihr einen Schock versetzte, als hätte ein Pferd sie getreten. Ihre Hände zitterten, und ein Muskel an ihrem Auge fing an zu zucken. Was sie sah, veränderte ihre Meinung über diesen alten Mann und wer er war, bis sie sich vieler Dinge, an die sie ihr Leben lang geglaubt hatte, nicht mehr sicher war.

Sie strich mit den Fingerspitzen über die Seiten. Briefe. Das Tagebuch war voll davon. Hunderte. Datiert. Briefe, die er in den langen Jahren geschrieben hatte. Ihre Kehle schnürte sich zusammen. Briefe an ihre Mutter und Yopon. Briefe an seine Frauen. Aber auch, weiter hinten, Briefe an sie und die anderen Kinder. Briefe, die nie abgeschickt worden waren. Die nie abgeschickt oder gelesen werden sollten. Briefe an verlorene Frauen und tote Kinder. Aber es war alles da, sorgfältig niedergeschrieben – persönlich und detailliert, als hätte er alte und vertraute Gespräche fortgesetzt, die nicht durch Jahrzehnte Schweigen, Traurigkeit und Verlust unterbrochen worden waren.

Maggie machte die Augen zu und sagte sich, dass sie keinen der Briefe lesen wollte, dass nichts, was in ihnen stand, etwas in ihrem Leben änderte: nicht das, was bereits geschehen war … und ganz gewiss nicht die Zukunft. Sie saß mit geschlossenen Augen da, bis sie hörte, wie Dot sich fragend räusperte, dann schlug sie sie wieder auf und sah ihre junge Tochter an, die sie mit trauriger Miene betrachtete. Maggie lächelte sie an und wusste, dass sie sie lesen musste; um ihrer selbst, um ihrer Mutter und Thelmas willen, aber auch um ihrer eigenen Kinder willen. Sie sah wieder auf die Seite. Datiert 5. Mai 1870. Sie las langsam den ersten Satz und nahm zaghaft jedes Wort und die Gedanken in sich auf, die sie ausdrückten, als wäre irgendwo ein Stolperdraht verborgen, der eine Falle in ihr zuschnappen lassen würde.

Sie zitterte, Schweiß stand ihr auf der Stirn. Sie strich sich mit dem Arm über die Stirn und las die ersten paar Sätze. Ihre Rückenmuskeln verkrampften sich, als sie die Worte las.

Ama,
heute habe ich nach deiner Stimme im Wind gelauscht. Ich habe immer gehört, wie du mich riefst, doch allmählich verstummen diese Rufe. Ich weiß nicht, warum. Vielleicht sind es die Jahre, die zwischen uns liegen. Ama, ich vermisse dich. Ich sehe dich immer noch als ein Kind. So sehe ich dein Gesicht und höre deine Stimme. Aber ich weiß, du bist eine Frau, verheiratet, denke ich, und mit eigenen Kindern.
Ich bezweifle, dass du dich noch deutlich an mich erinnerst. Aber wir haben einander geliebt – vielleicht liebst du mich ja immer noch. Dieser Gedanke gefällt mir. Ama, denk an mich, damit ich deine Stimme wieder im Wind hören kann. Ich muss deine Stimme hören. Ich vermisse sie so sehr.
Es ist Frühling. Die Gänse und Enten sammeln sich auf den Flüssen und ziehen nach Norden. Ich habe ihnen gesagt, dass sie dich rufen sollen, dass sie dich im Flug finden und dir sagen sollen, dass ich immer an dich denke. Dass sie dich bitten, an mich zu denken. Denk an mich, Ama, dann kann ich deine Stimme wieder hören.

Maggie machte die Augen zu und wippte auf den Fersen zurück. Sie strich mit den Fingerspitzen zärtlich über die verblasste Tinte des Briefs. Lange Zeit bewegte sie sich nicht. Saß nur da und dachte nach. Ließ den Schmerz abklingen. Wer war dieser Mann, dem so viel an ihr und den anderen Kindern gelegen hatte… dem so viel an ihrer Mutter und seiner indianischen Frau gelegen hatte? Ihr Hals war wie zugeschnürt. Maggies Hand zitterte heftig, als sie das Tagebuch wieder zuklappte.

Maggie fand fünf ähnliche Tagebücher in der Satteltasche. Briefe aus dreißig Jahren. Die frühen waren abwechselnd an Yopon und ihre Mutter und deren Kinder geschrieben worden, als er erst von der einen, dann von der anderen getrennt war. Dreißig Jahre Einsamkeit und Kummer. Dreißig Jahre Schmerz auf diesen vergilbten Seiten. Tränen fielen auf die Bücher, und sie schob sie wieder in die Satteltaschen.

Dots Brust war wie eingeschnürt bei dem Gedanken, ihren Großvater zu verlieren. Dann bekam sie Angst und sah ihre Mutter an. Maggie kniete und verstaute Bücher in der Satteltasche ihres Großvaters.

»Wenn Großvater morgen nicht aufsteht«, sagte Dot, »werden wir Lily nie finden.«

Dot setzte sich neben den alten Mann. »Großvater«, sagte sie leise. »Ich weiß, es geht dir nicht gut. Aber du musst morgen aufstehen. Wir müssen Lilys Spur aufnehmen. Großvater, das müssen wir. Schlaf gut.« Sie machte eine Pause und fügte hinzu. »Ich glaube.«

»Dotty, er stirbt.«

»Das kann er nicht«, schluchzte sie. »Er hat es versprochen. Er hat versprochen, dass er Lily finden wird.« Dot sah den alten Mann an, als wäre sie wütend auf ihn.

Maggie betrachtete sein derbes, zerfurchtes Gesicht lange Zeit, ehe sie etwas sagte. »Er hat versucht, sein Versprechen zu halten.« Sie ging zu ihm, kniete nieder und wischte ihm das faltige Gesicht mit einem Lappen ab. Dann drehte sie sich zu Dot um. Ho-nes-co beobachtete sie. »Aber ob ihm das gelungen ist oder nicht, spielt keine Rolle. Es läuft auf dasselbe hinaus. Dotty«, fügte sie hinzu, »du bist alt genug. Diese Leute hier, die werden uns nicht gehen lassen. Sie behalten uns oder verkaufen uns, wie diese Männer Lily und die anderen Mädchen verkaufen werden.«

»Ma, das stimmt nicht. Kayitah ist dein Bruder. Mein Onkel. Ho-nes-co ist mein Cousin. Sie sind Indianer – die Familie ist ihnen heilig. Das hat Großvater gesagt.« Der kleine Junge lächelte, als er seinen Namen hörte.

»Aus diesem Grund werden wir vielleicht nicht getötet. Aber frei kommen wir dadurch auch nicht. Am besten verstehst du das und bereitest dich darauf vor. Vielleicht kommt die Zeit, da wir fliehen können. Wenn du die Chance bekommst, dann nutze sie. Mach dir um mich keine Sorgen. Lauf einfach weg und such den Weg zurück zur Ranch. Versprich mir das.«

»Ma, Großvater wird morgen früh aufstehen, wir werden hier aufbrechen und Lily finden. Genau so, wie er es immer geplant hat.«

»Dotty, versprich es mir.«

Dot nickte langsam, aber in ihrem Herzen wusste sie, dass ihr Großvater morgen aufstehen würde.

Kayitah kam schweigend und scheinbar aus dem Nichts und kniete sich neben dem alten Mann hin. Maggie zuckte zusammen, dann machte sie ihm Platz. Sie beachteten einander nicht. Er legte dem alten Mann eine Perlenkette um den Hals.

Dot sah ihm einen Moment zu, dann schaute sie ihre Mutter an. »Ma, erzähl ihm von Lily. Bitte. Sag ihm, was wir versuchen.«

Maggie sah ihre Tochter einen Moment an und wandte sich dann an Kayitah. »Die Schwester des Mädchens wurde entführt«, sagte sie auf Mexikanisch. »Wir brauchen deine Hilfe. Wirst du uns helfen?«

Der Mann verzog keine Miene. Er sah weiter auf Jones' starres Gesicht hinab.

»Ma, versuch es noch mal.«

»Kayitah.«

Der Mann drehte sich zu ihr um.

»Die Schwester des Mädchens wurde entführt. Wirst du uns helfen?«

Kayitah stand auf und sah mit kalten Augen auf Maggie hinab. »*Silencio*«, sagte er und ging zu seinem eigenen Feuer zurück. Dot lief ihm nach. Maggie bewegte sich nicht, ihr Gesicht lief rot an.

Kayitah setzte sich an das Feuer und sah in das Spiel von Licht und Schatten. Dot kniete neben ihm nieder und wartete darauf, dass er sie ansehen würde. Er sah sie nicht an.

»Ich verstehe etwas Mexikanisch, kann es aber nicht sprechen«, sagte sie zu ihm. »Aber Lily ist meine Schwester. Du bist mein Onkel. »*Tío*«, sagte sie, als ihr das mexikanische Wort wieder einfiel, das Mannito benutzt hatte. »Mein *tío* und Lilys *tío*.«

Als er das Wort hörte, hatte sich Kayitah umgedreht und sah Dot ins Gesicht. Ermutigt sagte sie: »Bitte! *Tío, por favor*. Hilf uns, Lily zu finden!« Der Mann sah wieder ins Feuer. Maggie summte »Rock of Ages«, der Schatten ihres kleinen Kreuzes fiel auf den Sand und die reglose Gestalt ihres Vaters.

Dot schlug am nächsten Morgen die Augen auf und fragte sich, was sie geweckt hatte. Sie hatte von der Libelle geträumt und wusste, dass sie in der Höhle war, aber etwas war anders. Was genau, das konnte sie nicht sagen. Dann fiel ihr plötzlich ihr Großvater wieder ein, sie drehte sich herum, sah ihn mit stockendem Herzen an und wusste gleich, dass ihre Mutter Recht gehabt hatte: Er würde nicht aufstehen. »Ich hab dich lieb, Großvater«, flüsterte sie.

Dot stand auf, drehte sich langsam um sich selbst und ließ den Blick überrascht durch die Höhle schweifen. Außer ihrer Mutter und ihrem Großvater war niemand da. Chaco saß wenige Meter von ihnen entfernt und behielt den Eingang im Auge wie ein Wachtposten. Der Sattel war fort. Nanata hatte ihn gegen den Gefangenen eingetauscht.

»Ma, wo sind sie hin?«

Maggie bereitete das Frühstück zu. »Sie sind nicht alle fort.«

»Wer ist noch da?«

»Kayitah und das Kind. Den Mann aus dem Aufgebot habe ich nicht gesehen.«

»Kayitah wird uns helfen«, sagte Dot.

Maggie schaute nicht von ihrem Kochgeschirr auf. »Ich vermute, er wartet darauf, dass dein Großvater stirbt. Dann wird er ihn begraben und uns zwingen, mit ihm zu den anderen zu gehen.«

»Nein. Er wird uns helfen, Lily zu finden. Ich bin sicher, Großvater hat ihm alles erzählt.«

»Dotty, Lilys einzige Chance ist, dass wir von diesen Leuten hier wegkommen.«

Dot schüttelte den Kopf, kniete sich neben ihrem Großvater

hin und berührte seine Hand. »Großvater. Wir brauchen deine Hilfe. Bitte wach auf.«

Kayitah kam in die Höhle und führte die graue Stute, die er vor eine Bahre gespannt hatte. Sie sah gebrechlicher und schwächer denn je aus. Kayitah brachte sie neben Jones zum Stehen. Sie versuchte, an dem alten Mann zu knabbern, aber der Indianer stieß sie weg. Dot ging hin, hielt ihr den schweren Kopf und spürte ihren warmen Atem auf den Beinen. Sie war ein gutes altes Pferd mit einem großen Herzen; Dot wusste, dass sie sich Sorgen um den alten Mann machte.

»Er wird schon wieder«, flüsterte sie dem Tier ins Ohr. Sie überprüfte das Geschirr und vergewisserte sich, dass es das Pferd nicht wundreiben würde, dann brachte sie ihm ein wenig Heu und versuchte, es zu füttern. Dot hob den Kopf des alten Tieres hoch, damit sie ihm in die Augen sehen konnte. »Du darfst mir nicht wegsterben. Ich brauche dich. Bitte iss.« Der Graue knabberte an dem Heu, als würde er ihr gehorchen. Dot lächelte und kämpfte gegen Tränen.

Maggie kniete neben ihrem Vater und versuchte vergeblich, ihm Wasser einzuflößen. Der Apache wartete einen Moment, dann scheuchte er sie mit einer groben Handbewegung aus dem Weg. Er bückte sich, hob den ausgemergelten Körper auf, der nur noch aus Haut und Knochen zu bestehen schien, und legte den alten Mann auf die Bahre; Maggie legte eine Decke über ihn. Dot bemerkte, dass ihre Mutter einen Moment Großvaters Hand hielt und leise etwas zu ihm sagte. Chaco sprang hoch, setzte sich auf den Bauch des alten Mannes und bellte, damit sie sich auf den Weg machen sollten.

Kayitah machte deutlich, dass er aufbrechen würde und sie ihm folgen sollten. Sie packten ihre Sachen. Der Krieger entfernte sich, kam zurück und ritt mit einem Pferd in die Höhle. Er sah Maggie böse beim Packen zu und schien nicht glücklich über die Fügung zu sein, die ihn mit dieser weißen Frau verband. Er wollte ganz eindeutig nichts mit ihr und ihrem Kind zu tun haben und hielt seine Wut anscheinend nur seinem Vater zuliebe im Zaum.

»Schneller«, sagte er auf Mexikanisch.

»Wenn es schneller gehen soll«, fuhr Maggie ihn an, »dann steig von deinem Pferd herunter und hilf mir. Andernfalls musst du eben warten.« Es wurde schon ziemlich heiß, winzige Schweißperlen standen über ihrer Oberlippe.

»Ma, nicht«, sagte Dot. »Er hilft uns.«

»*Perezoso!*«, schrie sie, ohne auf Dots Flehen zu achten. »Faulenzer!« Der Mann verzog keine Miene. Er blieb sitzen und sah Maggie zu, bis ihr Zorn verraucht war und sie weiter zusammenpackte; dann machte er kehrt und ritt langsam aus der Höhle.

»Beeil dich, Ma. Wir müssen ihm folgen. Er geht nach Lily suchen.«

Dot verstummte und verfolgte mit offenem Mund, wie Kayitah zwei verbrauchte Pferde in die Höhle führte.

»Wo ist Alice?«, rief sie ihm zu. »*Tío* – Alice?«

Er antwortete nicht.

»*Mula?*«, fragte Maggie.

Der Mann sah sie einige Augenblicke an, dann sagte er: »Nanata.«

»Aber er hat gesagt, er würde ihr nicht wehtun – wenn er sie stiehlt, dann tut er ihr damit weh!«, schrie Dot. Sie ließ sich in den Sand plumpsen und stöhnte, und ihre Welt zerbrach noch mehr. Nichts war von Dauer. Nichts klappte. Sie verspürte den übermächtigen Wunsch zu weinen, weigerte sich aber trotzig. Sie spürte, dass es keinen Gott gab. Keine Macht der Libelle. Ho-nes-co kam und setzte sich neben sie. Maggie ließ sie in Ruhe, da sie wusste, wie sehr sie der Verlust des Maultiers schmerzte.

Als Maggie fertig war, schwangen sie sich auf die alten Pferde und folgten Kayitah und dem Grauen aus der Höhle. Dot hielt ihr Reittier zurück, sah sich in den Schatten um und fühlte sich, als hätte sie hier etwas verloren. Dann schaute sie auf und sah Maggie auf ihrer Schindmähre am Eingang der Höhle sitzen; mit ihren hängenden Schultern sah sie erschreckend resigniert aus. Dot erstarrte, ritt an ihre Seite und folgte dem Blick ihrer Mutter, dann kämpfte sie gegen die Übelkeit an, die in ihrem Hals hochstieg. Der blonde Kopf war auf einen Holzpfahl nicht weit vom Höhleneingang gesteckt worden. Nanata hatte grausam Wort gehalten: Er hatte den Gefangenen für den Sattel da gelassen.

Maggie und Dot betrachteten das grässliche Bild in fassungslosem Schweigen, bis Kayitah hinter sie ritt und ihre Pferde fest mit einem zusammengelegten Seil schlug.

»Jetzt verstehst du die Indianer«, sagte Maggie.

Dot antwortete nicht, wusste aber, dass sie Kayitah nie wieder ansehen konnte, ohne dabei an den blonden Mann und die schreckliche Tat zu denken, die sie an ihm begangen hatten. Der Onkel, aus dem sie so gern einen Helden gemacht hätte, schien nichts weiter als ein Mörder zu sein. Sie kämpfte gegen die Tränen.

Später, als Dot ihre Gefühle wieder einigermaßen unter Kontrolle hatte, sah sie sich um und merkte, dass sie die Höhle zwar verlassen hatten, aber in die falsche Richtung ritten. Nicht nach Süden, wo sie Lily finden konnten. Sie ritt an Kayitahs Seite und zeigte mit Nachdruck nach hinten.

»Lily.« Ihre Stimme klang vorwurfsvoll.

Er beachtete sie nicht. Dot hielt ihr Pferd an und wollte umkehren, aber Kayitah packte die Zügel und sagte: »*Alto.*« Das Wort wurde still und leise ausgesprochen, ließ aber keinen Zweifel daran, dass es ihm todernst war. Dot erschauerte, weil sie an den blonden Mann denken musste, doch dann wurde sie wieder wütend.

»Aber das ist nicht der richtige Weg!«

Er sah sie böse an.

»Na los doch – bring mich um«, schrie Dot. »Aber das ist nicht der Weg zu meiner Schwester!«

Kayitah schenkte ihr nicht die geringste Beachtung, er warf

einfach eine Schlinge über den Kopf des Pferdes, ritt weiter und zerrte jedes Mal, wenn sie langsamer wurde oder umkehren wollte, brutal an dem Pferd. Der alte Graue trottete wacker mit der Bahre dahin, gefolgt von Maggie und Ho-nes-co. Dot drehte sich um und sah Maggie an; sie wirkte in ihren Gedanken verloren und seufzte häufig leise, als würde sie ganz allein durch diese weite Wüstenlandschaft reiten.

Am späten Vormittag überquerten sie an einer einsamen Stelle zwischen zwei kargen Bergen Spuren von Wagen und sahen ein Schild, das nach Westen zeigte: HOGANVILLE 40 MEILEN. Maggie hielt das Pferd im grellen Sonnenlicht mitten auf dem Weg an und blieb einfach sitzen, als würde sie ewig hier bleiben. Kayitah wartete, dass sie sich wieder in Bewegung setzte; dann ritt er zurück, warf auch ihrem Pferd eine Schlinge über den Kopf und führte beide Tiere weiter.

Sie ritten konstant bis zum Abend durch eine endlose Wüstenebene. Die Schatten zeichneten blauschwarze Teiche auf das abkühlende Land. Dot hatte Kayitah den ganzen Tag angebrüllt, dass sie Lily suchen sollten, aber in die falsche Richtung ritten. Sie hatte ihn mehrmals verflucht und dabei jedes Mal verstohlen zu ihrer Mutter gesehen; aber Maggie sagte nichts, wenn sie es überhaupt hörte. Und er auch nicht. Seine Miene veränderte sich nicht, und er schien auch nicht zu verstehen, was sie ihm so verzweifelt begreiflich zu machen trachtete. Dot war erschöpft vor Sorge und vom Brüllen. Maggie hatte seit dem Morgen kein Wort gesprochen und schien sich resigniert mit etwas abgefunden zu haben, das Dot nicht verstand.

Zweimal hatte Ho-nes-co bei einer Rast versucht, sich Dot zu nähern. Zweimal rannte er nach einem schroffen Wort Kayitahs zu seinem Pony zurück. Dot glaubte zu wissen, wie sich der Junge fühlte. Es hätte ihr auch gefallen, wenn er neben ihr geritten wäre. Es war ein heißer und einsamer Weg. Ein- oder zweimal schrie der alte Mann in seinem Delirium auf, ein gequälter und verzweifelt einsamer Laut, doch das Bewusstsein erlangte er nicht wieder.

Der Abendhimmel zeigte eine kühne Mischung aus Orange- und Rosatönen, die an einem dunklen, purpurnen Horizont ferner Berge weit jenseits der Wüste verankert zu sein schienen. Kayitah hatte ein kleines, ausgetrocknetes Bachbett für ihr Nachtlager ausgewählt; obwohl Dot ihn angefleht hatte, dass sie weiterziehen sollten, obwohl sie ihn *tío* nannte und von Lily erzählte, ließ er sich nicht erweichen. Er war fest entschlossen, an dieser Stelle das Lager aufzuschlagen. Maggie kletterte langsam von ihrem Pferd herunter und setzte sich niedergeschlagen und resigniert in den Sand. Dot ging neben ihr in die Hocke und legte ihr die Arme um die Schultern.

»Schon gut, Ma. Wir finden Lily. Und wir kommen zurück zu Pa und James.«

Maggie antwortete nicht.

»Ich besitze meine Macht noch.« Als ihr klar wurde, was sie gerade gesagt hatte, sah sie ihrer Mutter rasch ins Gesicht. Maggie hörte nicht zu.

Eine Weile später rappelte sich Maggie auf, nahm eine Wasserflasche und versuchte, dem alten Mann etwas Wasser einzuflößen. Er trank etwas, aber das meiste lief ihm aus dem Mund und versickerte im Sand. Maggie wischte ihm das Gesicht trocken, kniete neben ihm nieder und redete leise auf ihn ein. Dot fragte sich, was sie sagte, schimpfte sie mit ihm oder hatte sie ihm endlich vergeben? Kayitah beobachtete Maggie ebenfalls eine Weile, dann nahm er Pfeil und Bogen und kletterte aus dem schmalen Bachbett. Dot ging Gras für den Grauen sammeln.

Maggie war wütend und schämte sich ihrer selbst. Sie betrachtete die Falten im Gesicht des alten Mannes und ließ den Blick über seine Gesichtszüge schweifen. Sie verspürte Reue. So schlimm er auch sein mochte, sie hätte ihm wenigstens die Möglichkeit geben müssen, es ihr zu erklären. Doch das hatte sie ihm verweigert – hatte einem sterbenden Mann eine einfache Bitte verweigert. Sie hatte ihren eigenen Vater verleugnet. Sie betrachtete lange Zeit sein unbewegliches Profil und spürte, wie etwas Hartes in ihr zerbrach. Sie kämpfte dagegen an.

Sie hatte zu lange gewartet, hatte vieles zu tief begraben gelassen. Sie und der alte Mann hatten den Moment verpasst, an dem sie hätten reden können. Das war ihre Schuld. Wer war er wirklich? Was hatte er aus seinem Leben gemacht? Was hatte er ihr sagen wollen? Sie wusste so wenig über ihn. Ihre Mutter hatte von ihm gesprochen, als er fortgegangen war, aber nur auf positive, überschwängliche und ergebene Weise. Sie hatten nie darüber gesprochen, wer er wirklich gewesen war. Dieses Spiel hatten sie beide gespielt – Susan, weil sie ihn liebte, und Maggie, weil sie ihre Mutter liebte.

Sie erinnerte sich an den Namen, mit dem Kayitah ihn angesprochen hatte: Fielito. Der Getreue. Wie konnte das sein? Wie konnte irgendjemand – selbst Indianer – Samuel Jones als getreu betrachten? Sie rieb sich das Gesicht mit den Händen und kämpfte gegen ihre Verwirrung an. So blieb Maggie lange Zeit an seiner Seite sitzen und dachte über ihre Mutter und ihn nach, wie sie gelacht und geredet hatten. Sie waren glücklich gewesen. Aber wenn das stimmte, warum war er dann fortgegangen?

»Warum?«, flüsterte sie ihm zu und betrachtete sein Gesicht eingehend. Aber es kam keine Antwort, kein Lebenszeichen. »Woran erinnerst du dich? An mein Zimmer? Die Puppe, die du mir gekauft hast? Wie oft ich dir gesagt habe, wie lieb ich dich habe? An irgendetwas, das ich gesagt habe?« Maggie verstummte und sah blind auf das sandige Steilufer des Bachbetts. »Du hast keine Ahnung, wie ich gelitten habe. Wie ich nachts geweint und gefleht habe, dass du nach Hause kommst. Du bist nicht gekommen.« Nun schluchzte Maggie leise und nahm die Hand des alten Mannes in ihre. »Wage es nicht, mich noch einmal zu verlassen! Du bist erst dann tot, wenn ich dir sage, dass du tot bist. Hast du verstanden?«

Sie zwang sich, damit aufzuhören, und sah das Bachbett hinunter zu ihrer Tochter und dem Indianerjungen. Der Hass in ihr war dahin, nicht aber der hohle Schmerz.

Ho-nes-co hockte neben Dot, die dem Grauen Grünzeug fütterte. Er hielt einen kleinen Bogen und eine Hand voll Pfeile und trug einen Lendenschurz aus Wildleder und Mokassinstiefel. Er lachte viel, und Dot hatte ihn gern. Er zeigte das Bachbett hinab, spannte den Bogen und lächelte. Dot nickte. Sie hatte sich Sorgen um Lily und Alice und ihren Großvater gemacht und wollte eine Weile nicht mehr an sie denken. Sie stapften durch den Sand davon und suchten nach Kaninchen oder Erdhörnchen oder irgendetwas anderem Essbarem. Der Junge ließ sie ein paar Schüsse mit dem Bogen versuchen. Sie zielte schlecht, einen der kleinen Pfeile konnten sie nur mit viel Mühe wiederfinden. Sie gab ihm den Bogen zurück und sagte: »Zu schwer.«

Er legte den Kopf schief wie ein neugieriger Hund und versuchte, sie zu verstehen; Intelligenz funkelte in seinen braunen Augen. Dann gab er auf, zuckte die dünnen Schultern und nahm die Jagd wieder auf. Dot folgte ihrem Cousin. Chaco trottete ihnen hinterher.

Ho und Dot lachten, als sie in das Lager zurückkehrten. Kayitah nicht. Er hatte einen mürrischen Gesichtsausdruck, rührte mit einem Stock in einem Topf kochenden Wassers und schien über irgendetwas alles andere als glücklich zu sein. Dot suchte nach ihrer Mutter.

»Ma«, rief sie. Sie drehte sich zu Kayitah um. »*Madre?*« Er beachtete sie nicht, sah in den Topf und redete streng mit Hones-co.

»*Tío – madre?*«, sagte sie, und man konnte die Angst in ihrer Stimme hören.

Er ließ den Stock im Topf stehen, streckte eine Hand aus und setzte Daumen und Zeigefinger der anderen Hand darauf, die stumme Sprache für Pferd. Dot wandte sich von ihm ab. Ein Stück Papier flatterte an einem Sattel im Wind. Sie faltete es mit klopfendem Herzen auseinander.

Dotty,
bin Hilfe holen gegangen. Gib Großvater bei jeder Rast Wasser. Einmal am Tag Brühe. Sollte er sterben, begrab ihn wie einen Christen. Ich komme dich holen. Ich hab dich lieb.
Mutter

Einen Augenblick kam sie sich schrecklich verlassen vor. Doch dann sah Dot zu ihrem Großvater und fühlte sich besser. Selbst bewusstlos gab er ihr das Gefühl, dass doch noch alles irgendwie gut werden würde. Sie nahm eine Wasserflasche und versuchte, ihm etwas zu trinken zu geben. Er sah wie tot aus. Ihre Mutter hatte ein kleines Kreuz an einer Kette um eines seiner Handgelenke geschlungen. Chaco sprang auf seinen Bauch, und Dot musste ihn aus dem Weg schieben, wobei er nach ihr schnappte, damit sie nach dem Herzschlag horchen konnte. Dann setzte sie sich neben ihn, nahm seine Hand und machte die Augen zu.

»Großvater. Nimm meine Macht. Komm zurück. Du musst. Wir müssen Lily finden. Du hast es versprochen.«

Sie sah ihn lange Zeit an. Nichts geschah. Sie kämpfte wieder mit den Tränen, betrachtete seine Hände und fragte sich, was er zeit seines Lebens damit gemacht hatte, dass sie so voller Narben waren.

»Großvater. Ich glaube.« Sie wischte sich die Nase am Ärmel ab.

Das Licht des Morgens fiel über die fernen Berge und hüllte die Wüstenlandschaft in einen warmen, goldenen Ton. Maggie ritt seit Stunden auf dem alten Pferd Richtung Hogansville und war erschöpft. Sie trieb das Tier an.

Sie würde der Armee und den mexikanischen Behörden telegrafieren, ihnen Lilys Aufenthaltsort nennen und die Bürger von Hoganville zusammentrommeln, damit sie Dot retteten und Kayitah und Ho-nes-co einfingen. Der Junge tat ihr Leid. Der Mann nicht.

Sie war überzeugt, dass er ihren Vater nach Mexiko brachte, um ihn in den Bergen zu begraben, wo der alte Mann und die Indianerfrau gelebt hatten. Er war ein Wilder, genau wie die anderen auch. Leider sah es mit dem Jungen nicht besser aus; er war schon zu alt, als dass man ihn noch erfolgreich hätte zivilisieren können. Das war ein Jammer. Sie drückte dem Pferd die Fersen in die Flanken.

Maggie sah die Silhouette der Stadt zuerst, bevor sie sie sah. Hoganville war klein, aber dennoch eine Ansiedlung, und keine halbe Meile entfernt am trockenen Horizont. Sie konnte Männer sehen, die Pferde auf einem Korral vor einigen Schuppen festzurrten. Sie zog die Zügel ihres Pferdes, dann sah sie zu den Gebäuden, zu den Pappeln und kämpfte gegen ein Gefühl der Übelkeit. Die Schatten baumelten an den Bäumen. Nicht einer, sondern eine Gruppe.

Maggie ritt weiter auf die Stadt zu und zwang sich, nicht darauf zu achten, als sie mit einem Seitenblick die letzte dunkle Gestalt sah: zu klein. Sie hielt wieder an, betrachtete die Gestalten eingehender, verspürte Atemnot und merkte, wie ein Muskel unter ihrem Auge unbeherrscht zuckte. Die Seile gaben ein schrecklich ächzendes Geräusch im Wind von sich. Alles in ihr sagte ihr, dass sie sich abwenden und einfach weiterreiten sollte… alles, nur ihr Herz nicht. Sie konnte es nicht. Trotz ihrer großen Angst lenkte sie das Pferd zu den Bäumen hin.

Maggie bewegte sich eine ganze Weile nicht. Sie saß nur auf dem Tier und sah sie an. Sie hingen noch nicht lange da, die Leichen sahen noch vergleichsweise normal aus, der Verwesungsgeruch setzte eben erst ein. Sie stieg ab und erbrach ihr Frühstück. Es waren vier. Indianer. Wenigstens sahen drei wie Indianer aus. Die Frau war eine Mexikanerin. Vier Menschen, eine Familie: Vater, Mutter, ein alter Mann wie Jones und ein Junge, elf oder zwölf. Eine Frau, ein alter Mann und ein Junge. Warum? Was konnten sie nur getan haben? Sie sahen nicht wie gefährliche Reservatsflüchtlinge aus.

Sie waren nicht einmal Apachen. Angesichts des Perlenschmucks und der Kleidung vermutete sie, dass es Pueblos waren. Sie hatten in diesem Jahrhundert nicht gegen die Weißen gekämpft, waren aber trotzdem aufgehängt worden: ein Kind und eine Frau. Das ergab keinen Sinn, aber in letzter Zeit ergab nichts mehr einen Sinn. Ein Holzschild war an eine Pappel genagelt worden: DIE 100% LÖSUNG. Zorn brodelte in ihr empor.

Maggie schlug den Ast mit einem Handbeil ab – der Ast brach, die starren Leichen fielen zu Boden und bildeten einen grässlichen Haufen. Dann hackte sie die Seile durch und hob mit einem Blechtopf ein Grab in der lockeren Erde aus. Ihre Wut spornte sie an. Sie sprach ein Gebet für alle.

»Gott, warum hast du das geschehen lassen? Und warum hilfst du mir nicht?«

Maggie blieb lange Zeit sitzen und beobachtete ein Schwarzkehlchen, das im trockenen Laub Futter suchte. Nach einer Weile suchte sie zwei Äste und machte mit Wildlederschnüren ein Kreuz daraus, das sie mit einem Stein vor den Gräbern in den Boden trieb.

Dann las sie einen Abschnitt aus der Bibel und schrie die Worte förmlich hinaus. Sie ging davon aus, dass die Mexikanerin katholisch war, ihr Kind ebenfalls. Oder etwas Ähnliches. Und den Indianern konnte es auch nicht schaden. Gott ist Gott. Das war ihre Schlussfolgerung.

Als sie fertig war, stieg sie langsam wieder auf ihr Pferd, sah Richtung Hoganville und erinnerte sich an etwas, das ihr Vater zu ihr gesagt hatte, als sie noch ein kleines Mädchen gewesen war: »Man muss geboren und wiedergeboren und noch einmal wiedergeboren werden, um zu leben.« Sie hatte ihn nicht verstanden. Jetzt schon, dachte sie. Eine Stunde später kehrte sie um und ritt den Weg zurück, den sie gekommen war. Was immer in Hoganville warten mochte, es war nichts für sie.

Die Wüstensonne heizte das Land auf und verlieh ihm ein irgendwie anderes Gefühl. Verändert. Sie dachte an die Menschen in der Höhle und was mit ihrer Welt geschah. Keine Unschuldigen, aber immer noch Menschen. Sie schluckte heftig und spornte das alte Pferd an.

Es war später Abend, als Maggie sie wieder einholte. Sie sah die drei und den Fluss, als sie einen hohen Hügel erklomm, vom Pferd stieg und erstaunt neben dem erschöpften Tier stand. Es war derselbe Ort. Die Stelle, wo Lily vor drei Tagen den Fluss überquert hatte. Sie konnte sehen, dass sie das Mädchen begraben hatten, das hier ermordet worden war, und verspürte einen Ansturm von Schuldgefühlen. »Verzeih mir«, murmelte sie. Sie machte die Augen zu und lehnte sich an die Schulter ihres Pferds. Sie dachte an das Wunder, dass sie sie hier wiedergefunden hatte.

Kayitah hatte es geschafft und sie zu der exakten Stelle zurückgeführt, wo sie Lily gesehen hatten. Aber wie? Sie waren von der Höhle aus in die völlig falsche Richtung geritten. War die Höhle wirklich heilig? Sie zwang sich, so etwas nicht zu denken. Wahrscheinlich hatte ihr Vater ihm die Stelle nur beschrieben, und er hatte seinen eigenen Weg eingeschlagen.

Maggie stand auf dem Hügel und sah Dot und Ho-nes-co zu, wie sie wie wild im Sand im Kreis liefen und mit den Armen ruderten, während Chaco wütend nach ihren Füßen schnappte. Kayitah saß am Ufer und ließ die Tiere trinken. Sie sah zu ihrem Vater, der reglos auf seiner Bahre beim Feuer lag. Sie betete, dass er nicht tot war.

Maggie stand in der zunehmenden Dunkelheit da, sah Fledermäuse über dem Fluss dahinflattern, lauschte dem Abendwind, der von der trockenen Erde aufstieg und dachte an vieles. Am meisten an Lily und ihren Vater. Sie würde alles geben, um Lily zurückzubekommen, um sie in Sicherheit zu bringen. Nun hatte sie dank Kayitah möglicherweise die Chance dazu. Sie empfand viel für diesen Mann – ihren Halbbruder.

Sie sah über das Band des Flusses hinaus ins staubige Zwielicht Mexikos. »Lily, ich hoffe, es geht dir gut«, sagte sie leise. »Wir kommen.«

Das Gelächter der Kinder drang den Hügel herauf und hüllte sie sanft ein. Dann hörte sie ein anderes Geräusch. Peitschend. Als würde in einem Winterwald ein Ast abbrechen. Schroff und unerbittlich. Einen Sekundenbruchteil bewegte sich niemand. Dann sah sie Ho-nes-co in den Sand fallen und Dot an seine Seite laufen. Kayitah sprang zu beiden hin. Dann hallte das peitschende Geräusch wieder den Hügel herauf und Maggie wurde klar, dass es Gewehrfeuer war. Kayitahs Pferd fiel hin. Dann schrie ein weiteres Tier und fiel zuckend ins Wasser.

Drei Männer ritten zu Pferde am Ufer entlang zu Kayitah und Dot, schossen und schrien und rammten die Fersen fest in die Flanken ihrer Reittiere. Maggie zog das Gewehr aus der Satteltasche und zögerte nicht, brachte Kimme und Korn in eine Reihe und nahm den ersten Reiter ins Visier. Sie wusste, dass die Reiter immer noch schossen, hörte aber nichts mehr. Nichts, außer der leisen Stimme, die wieder tief in ihrem Kopf erklang.

War das Lozen? Sie war nicht sicher. Sie wusste nur, dass die Stimme sie beruhigte, ihr half, alle Ablenkungen zu vergessen und genau auf den ersten Reiter anzulegen. Sie sah eindeutig, dass er ein Weißer war. Das spielte keine Rolle. Dot war da unten … und Kayitah und Ho-nes-co. Er versuchte, ihr Kind zu ermorden. Sie versuchte nicht einmal, zu rufen oder zu winken, sie zielte nur und zog langsam den Abzug durch.

Sie war immer eine gute Schützin gewesen. Samuel Jones hatte es ihr beigebracht. Irgendwie hielt der Mann das Gewehr fest, aber Maggie sah an der Art und Weise, wie er rückwärts über den Rücken des Pferdes rollte, dass er tot war, ehe er den Sand berührte. Die beiden anderen wendeten und galoppierten voller Panik in Richtung der Bäume, wobei sie wie wild über die Schultern nach Kayitah feuerten, der über Dot und Ho-nes-co kauerte. Die flüsternde Stimme war verstummt.

Die Kugel hatte den Jungen in den Hals getroffen. Dot und Kayitah hielten beide seinen kleinen, leblosen Körper, Blut rann in Strömen Dots Arme hinab, und sie und Kayitah stießen seltsame Klagelaute aus. Maggie kam zu ihnen. Sie saß im Sand und schlang die Arme um ihre Tochter und gab dasselbe Geräusch von sich; es schien aus ihrem tiefsten Inneren zu kommen und sich mit ihrem Wehklagen zu vereinigen.

Als sie nun sah, wie ihre Tochter und ihr Halbbruder um das Kind trauerten, wurde Maggie klar, dass sie den Jungen vorher nie genau angesehen hatte. Jetzt konnte sie den Blick nicht von ihm abwenden. Ihrem Neffen. Sie kannte ihn nicht – sie wusste nur, dass er glücklich gewesen war und seine Cousine von Anfang an gemocht hatte. Deshalb hatte er den Zorn seines Vaters riskiert, um mit ihr zu spielen, und er und Dot hatten sich verbrüdert. Blutsbande waren instinktiv und mächtig. Tränen traten ihr in die Augen. Sie drehte sich um und betrachtete Kayitahs hübsches Profil, seine von Trauer gezeichneten Züge. Sie streckte eine Hand aus, strich Ho-nes-co das Haar aus dem Gesicht und summte einen Psalm.

Später sagte sie: »*Hermano.*« Sie wartete, bis er sie ansah. Als er schließlich den Kopf drehte, sagte sie: »Es tut mir Leid« auf Mexikanisch.

Er nickte ernst und feierlich und wandte sich wieder seinem Klagen und Singen zu. Wieder leistete sie ihm Gesellschaft. Dot hatte sich auf dem Boden zusammengerollt, weinte untröstlich und schlug mit den Fäusten in den Sand. Kayitah erhob sich mit dem Jungen auf den Armen und sah Maggie an. Dann legte er ihr Ho-nes-co behutsam in den Schoß und ging langsam zu der Stelle, wo ihr Vater lag.

Maggie bereitete das Kind für das Begräbnis vor. Als sie fertig war, sang Kayitah das Totenlied für Ho-nes-co. Dot stimmte ein. Maggie sah zu. Sogar Chaco war zur Abwechslung einmal respektvoll, sah ihnen stumm zu und trottete schließlich zu dem alten Mann zurück. Er wich nie lange von seiner Seite.

10

Dot wählte die Stelle für das Grab aus. Kayitah hatte begonnen, einen Platz zwischen den Felsen am Fluss vorzubereiten, aber Dot kam zu ihm und schüttelte den Kopf. Ihr Onkel hatte sie lange Zeit angesehen, während sie woandershin zeigte, dann war er ihr gefolgt. Sie führte ihn zu einer kleinen Lichtung zwischen den Tamarisken. Es war eine wunderschöne, sandige Stelle im Mondschein, mit Blick auf den Fluss.

Sie trugen Steine zu der Stelle. Dann setzte sich Kayitah neben Ho-nes-co und redete in der Sprache der Apachen mit ihm. Maggie hielt Dot in den Armen. Als Kayitah fertig war, löste sich Dot von ihrer Mutter und kniete neben dem Leichnam hin. Sie löste die Medizinkette von ihrem Hals, band sie um seinen kleinen Arm und sagte: »Komm mit mir, Ho. Wir werden zusammen sein.«

Maggie übersetzte Dots Worte für Kayitah ins Mexikanische, und er nickte gerührt. Er hielt einen Zeigefinger in die Luft und legte die andere Hand um den Finger. »Behalten«, bedeutete diese Geste. Er schien tief bewegt zu sein.

»Ich verspreche es«, sagte Dot.

Sie ließen Kayitah in der kühlen Nacht neben dem Grab sitzen und gingen vom Gesang der Grillen begleitet durch das Gras zu Chaco, der den alten Mann bewachte. Nach Sonnenuntergang hatte der Abendwind nachgelassen und eine friedliche Stille war über den Fluss gekommen. Es war eine angemessene Grabstätte für das Kind, dachte Maggie. Ein kleines Geschöpf glitt in das Wasser, und sie fragte sich, ob das die Seele des Kindes sein konnte.

Der Graue lag schlafend im Sand. Dot hielt den Kopf des

alten Pferds. Maggie gab ihrem Vater einen Schluck Wasser zu trinken, staunte darüber, dass er noch lebte, dankte Gott dafür, dann wuschen sie und Dot ihn mit einem feuchten Lappen und zogen ihm frische Kleidung an. Hin und wieder schluchzte Dot laut und heftig. Maggie verstand sie. Sie dachte an den kleinen Jungen und Brake und Lily und weinte ebenfalls.

Hinterher gingen Dot und Chaco hinunter zum Fluss, um das Pferd des toten Mannes einzufangen. Maggie sah ihr nach, wie sie mit der Flinte in der Hand davonstapfte, den kleinen Terrier an der Seite, und stellte mit zusammengeschnürter Kehle fest, dass die verschiedenen Tragödien der vergangenen Tage aus Dot fast eine erwachsene Frau gemacht hatten. Aber diesmal tat es ihr nicht Leid – es tat ihr nicht Leid, weil die junge Frau, zu der sie geworden war, erfüllt war von Stärke und Selbstbewusstsein, Liebe und Mut. Und Mitgefühl, ja.

Sie sah in das Gesicht des alten Mannes, während Kayitahs Gebete traurig durch die Nacht erklangen. Als sie seine Züge studierte, wurde ihr einiges, das sie im Sinn hatte, langsam klar. Er hatte sie verlassen, aber er hatte ihr auch etwas über das Leben beigebracht. Das Praktische und das Spirituelle. Träumen, schießen, verarzten. Keine Angst zu haben. Und das hatte etwas bewirkt. Auch, dass er zu ihr zurückgekehrt war, hatte etwas bewirkt.

»Vater«, sagte sie und zögerte. »Vielleicht sollte es so sein, dass wir einander nie verstehen. Aber wir haben es einmal getan.« Sie ließ den Blick über den Fluss schweifen.

Später, den Blick immer noch auf das schwarze Wasser gerichtet, sagte sie: »Ich habe versucht, an die Zeit zurückzudenken, um es zu verstehen, aber Kränkung und Wut haben mich immer daran gehindert. Du hast Mutter verlassen, und das hat sie getötet. Aber …« Ihre Stimme brach und sie wartete einen Moment. »Aber du hast mich auch verlassen. Und das hat auch einen Teil von mir getötet. Es ist nicht gut genug, wenn du mir sagst, dass du mich liebst.« Maggie stand rasch auf. Dot hob unten am Fluss ein Grab für den toten Mann aus. Maggie sah

Jones wieder an. »Ich muss es wissen«, sagte sie. »Ich muss wissen, warum du mich verlassen hast.«

Als Kayitah in das Lager zurückkehrte, hatten Maggie und Dot den Mann begraben. Er schien erbost zu sein, dass sie dem Mörder seines Sohnes diese Ehre erwiesen hatten, ließ es aber dabei bewenden. Sie hatten noch das Pferd des weißen Mannes und Maggies alten Klepper. Der Graue war fast am Ende. Kayitah sah Maggie ins Gesicht und schien sie mit seinen Blicken zu durchbohren. Er sah verloren aus. Sie verstand ihn – dasselbe verzweifelte Gefühl hatte sie vor dreißig Jahren gehabt, als ihr Vater fortgegangen war, und nun wegen Lily. Sie wollte weinen für diesen Mann, der selbst nicht weinen konnte. Er war hergekommen, um ihre Tochter zu retten, ein Kind, das er nicht kannte, und hatte das Einzige im Leben verloren, das ihm etwas bedeutet hatte.

»Danke«, sagte sie. »Geh zurück zu deinem Volk.« Sie sprach Mexikanisch. »Wir suchen nach Lily. Du schuldest uns nichts mehr.«

Kayitah zeigte auf das Pferd des Mannes und sagte: »*Yo cabalgo.*« Maggie verstand ihn nicht, nickte aber zustimmend. Er nahm sein Gewehr und stieg in den Sattel des Tiers. Maggie zeigte auf Jones und sagte auf Mexikanisch: »Ich werde für ihn sorgen. Wenn er erwacht, werde ich ihm sagen, was du für uns getan hast. Deine Familie.« Kayitah ballte eine Faust und streckte mit vor Zorn wilden Augen den Zeigefinger in die Luft, dann machte er eine ausholende Bewegung und bewegte die Hand vorwärts. Maggie verstand auch die Geste nicht.

Er verschwand in der Nacht. Sie betete für ihn und sagte Lebwohl; dann setzte sie sich und betrachtete das Gesicht ihres Vaters. Nach den vielen Jahren und den körperlichen Veränderungen sah sie ihn immer noch so, wie er in der Nacht vor so vielen Jahren ausgesehen hatte, als er fortgegangen war. Dot saß mit dem Rücken zu ihr, schaute in die unermessliche Nacht hinaus und hing ihren eigenen Gedanken nach.

»Vater«, flüsterte Maggie. »Ich weiß, du bist fast am Ende. Finde Lily und pass auf sie auf.« Sie legte sich neben ihm hin und war kurz darauf eingeschlafen.

Die Dunkelheit war kalt und still, nur die leisen Geräusche des Flusses und nächtlicher Vögel waren zu hören. Dot saß nicht am Feuer, als Maggie erwachte. Sie fand sie, wie nicht anders zu erwarten, im Mondschein bei Ho-nes-cos Grab. Sie kniete neben ihr nieder und sagte eine ganze Weile nichts. Die Sterne sahen in der Dunkelheit über ihnen wie Diamanten aus. Sie legte Dot einen Arm um die Schultern.

»Wie ist er gewesen?«

»Lustig. Es machte Spaß, mit ihm zusammen zu sein. Er mochte mich. Ich weiß nicht, warum.«

»Er war dein Blutsverwandter«, sagte Maggie nur.

Dot drehte den Kopf, sah ihrer Mutter in der Dunkelheit ins Gesicht und staunte, dass sie die Verwandtschaft mit Ho-nes-co zugab.

»Sagst du Lebewohl?«

Dot schüttelte den Kopf. »Das muss ich nicht.« Sie sagte es ganz nüchtern. »Ich bitte ihn nur, mir zu helfen.«

»Was zu tun?«

Dot wartete einen Moment mit ihrer Antwort und stocherte mit einem Ast im Sand. Sie sah ihre Mutter an. »Du wirst mir nicht glauben. Und du wirst nur wieder wütend.«

»Ich werde nicht wütend.«

Dot sah sie einen Moment an, dann ließ sie den Blick über Ho-nes-cos Grab schweifen. »Großvater hat mir einmal gesagt, dass jeder eine spezielle Macht in sich hat. Und wenn eine Person zum Sterben bereit ist, verliert sie diese Macht. Dann muss sie auf jemand anderen übergehen.«

Dot verstummte, sah ihre Mutter an und erwartete Zorn. Aber Maggie hörte nur zu. »Auch Ho muss eine Macht gehabt haben. Und ich habe ihn gebeten, sie Großvater zu schicken. Damit er aufwacht und Lily findet. Glaubst du, dass das passieren kann? Glaubst du, Ho kann Großvater seine Macht schicken?«

Maggie ließ sich Zeit mit ihrer Antwort. »Ich weiß es nicht, Liebling. Ich weiß nichts von diesen Dingen. Aber eines weiß ich.«

»Was?«

»Wenn du es glaubst … dann glaube ich es auch.«

Dot lächelte sie an und lehnte sich dichter an Maggies Wärme.

Maggie stand früh auf, noch bevor die großen braunen Fledermäuse ihre unablässigen Flüge einstellten, und sah nach ihrem Vater. Der erste Lichtschein der Dämmerung war am Himmel zu sehen. Eine gewaltige Stille lag über dem Land. Sie betrachtete das hagere Gesicht des alten Mannes lange Zeit. Hos Macht war nicht auf ihn übergegangen, dachte sie. Sie stellte fest, dass sie enttäuscht war, was sie überraschte. Sie legte der Morgenkälte wegen eine zusätzliche Decke über ihn, gab ihm ein wenig Wasser und las ihm aus der Bibel vor. Dot schlief noch bei der kalten Asche des nächtlichen Lagerfeuers. So hilflos und verloren hatte sich Maggie noch nie in ihrem Leben gefühlt.

Sie war mit einem sterbenden Mann, seinem halbtoten Pferd, ihrem eigenen jämmerlichen Tier, einem jungen Mädchen und einem Hund allein in der Wüste. Sie wusste, es gab keine Möglichkeit, wie sie Lily jemals finden konnte. Sie wusste nicht, was sie machen sollte. Ihre Möglichkeiten waren Mexiko oder Hoganville. Sie stand auf, schlug willkürlich die Bibel auf und las: »Der Mensch sollte stets beten.« Sie spürte, wie sich Zorn in ihr regte. Sie hatte gebetet – ohne Unterlass gebetet – und außer Not und Elend nichts bekommen. Maggie schlug die Bibel zu. Dann drehte sie sich um und sah ihn.

Ihr Bruder ritt langsam auf dem Pferd des toten Mannes durch den Sand auf sie zu, die Tiere der beiden anderen Männer, die mitgeholfen hatten, Ho-nes-co zu töten, führte er an den Zügeln. Ihre Rückenmuskeln zitterten. Warum war er zurückgekommen? Hier gab es nichts für ihn. Er gehörte zu dem, was von seinem Volk noch übrig war. Aber er war zu ihr zurückgekommen, und die Angst, die sie den ganzen Morgen verspürt hatte, wich von ihr; an ihre Stelle traten neue Gefühle für diesen Mann – diesen Bruder.

Kayitah hielt das Pferd an und sah zu ihnen herab; in seinen Augen loderte immer noch ein Furcht einflößendes Feuer. Chaco bellte wütend.

»Danke«, sagte sie.

Er betrachtete sie mit ausdrucksloser Miene, dann winkte er mit einer verdrossenen Handbewegung zum Lager, und Maggie wusste, er meinte, dass sie zusammenpacken sollten. Sie nickte und fing an, ihre Habseligkeiten in den Satteltaschen zu verstauen.

Es war am nächsten Tag vor Einbruch der Dämmerung, und Maggie zitterte vor Hoffnung. Dot hatte die Spuren von Lilys Entführern in der Dunkelheit gefunden, ein abgebrochenes Kaktusblatt. So sehr sie es versuchte, sie kam nicht dahinter, aber Kayitah hatte es eindeutig abgeleitet. Der Mann kam einfach, setzte sich in der Nähe der Stelle hin, schien seine Gedanken mit der schwindenden Nacht und den morgendlichen Gestirnen zu verschmelzen und wortlos die Präsenz derer zu spüren, die hier vorbeigeritten waren.

Langsam verschwanden die Sterne, der Himmel im Osten wurde hell, die Rebhühner stimmten ihr fröhliches *pe-cos, pecos* an. Immer noch saß Kayitah da und betrachtete die Spur. Dot versuchte zu sehen, was er sah. Nichts. Dann sah sie ihm zu, wie er behutsam einen kleinen Stein berührte, der aus seinem Bett gestoßen worden war. Sie wusste von Mannitos Erklärungen, dass er die Entfernung zwischen dem Stein und dem Hufabdruck schätzte – dass ein einzelner Stein ihrem Onkel Richtung, Tempo und Gewicht des Tieres verriet, das ihn weggetreten hatte.

Im fahlen Morgenlicht schlich er langsam über den harten Boden, las trockene, zertretene Blätter, untersuchte vage Abdrücke im Sand. Er ließ sich auf Hände und Knie nieder, hielt den Kopf dicht über die Erde und sondierte sie seitlich. Dann stand er auf und strich mit den Fingern über die staubige Vegetation in der Nähe. Er bewegte sich ein wenig schneller, duckte sich und studierte Sand und Felsen.

Als er sich der Richtung sicher war, fiel er in einen konstanten Trab, und sie legten große Strecken zurück. Sie kreuzten die Spuren mehrfach, und diese wurden immer frischer. Maggie war außer sich vor Glück. Sie konnte es nicht glauben. Die Indianer sollten längst tief in Mexiko sein, wo man sie unmöglich erwischen konnte. Aber das waren sie nicht. Sie waren nahe genug, dass Kayitah ihre Spuren lesen konnte, während er neben den Pferden hertrabte.

Die Dämmerung zauberte dunkle purpurrote Schatten über das Land, als sie sich einem kleinen grasbewachsenen Tal näherten, das die Form einer Handfläche hatte und von Sandsteinhügeln umgeben war. Dot konnte Kraniche nahe am Wasser hören. Ihre Beine taten weh, weil sie den ganzen Tag im Sattel gesessen hatte. Aber sie merkte ihrem Onkel an, dass sie nahe dran waren und immer näher kamen, daher blieb sie auf dem Pferd sitzen. Immer wieder hielt er auf der Spur an und horchte angestrengt, als könnte er wahrhaftig Stimmen hören. Sie versuchte es auch, hörte aber nie etwas. Nur die Stille des Wüstenlandes.

Kayitah hatte sein Tier wieder angehalten und sondierte die Stille mit den Ohren. Sie konnte das kleine Tal durch eine Lücke zwischen den Bergen sehen und wollte absteigen und es untersuchen. Aber damit hatte Kayitah gerechnet, er machte eine brüske Handbewegung, und Dot blieb sitzen. Sie sah ihm zu, wie er sich lautlos von seinem Pferd schwang, den Daumen in einen Hufabdruck hielt und beide Abdrücke eingehend studierte. Dot wusste, er verglich das Alter der beiden Abdrücke.

Er stand auf und ließ zum ersten Mal, seit sie ihn kannte, so etwas wie ein Lächeln sehen. Sie hatten sie eingeholt!

»Wo sind sie?«, flüsterte Maggie.

Kein Laut war zu hören. Kein sichtbares Zeichen. Kayitah hielt die Hand hoch und bedeutete ihnen, dass sie still sein und absteigen sollten. Er führte die Pferde ein Stück des Wegs zurück, versteckte die Bahre, nahm Jones auf die Arme und stieg den Berghang hinauf.

Das Licht ließ nach, die untergehende Sonne bemalte die Berge rosa. Kayitah hatte Jones nahe einer Sandsteinmauer auf eine Decke gelegt. Dot saß nahe am Felsrand und schaute zu dem grünen Tal, zu Lily. Maggie beobachtete Kayitah.

Er saß in sich versunken einige Meter weiter weg und betrachtete die Felsen des Talkessels wie eine ferne Parade. Im Schatten der Nacht kroch eine große Wüstenschildkröte langsam an ihm vorbei. Er streckte eine Hand aus und strich ehrerbietig über ihren Panzer, worauf das alte Geschöpf den Kopf einzog. Dann dachte Kayitah weiter nach, und die Schildkröte kroch ihres Weges. Es war kein gutes Zeichen. Für Maggie sah er wie ein Mann aus, der kurz davor ist aufzugeben. Zu sterben. Dieser Gedanke ängstigte sie.

»Wir brauchen einen Plan«, sagte sie auf Mexikanisch.

Er gab keine Antwort darauf. Sie beobachtete ihn, wie er seine Habseligkeiten – eine silberne Halskette, ein Perlenarmband und ein paar andere Schmuckstücke – auf einer Decke ausbreitete. Danach saßen sie beide still da und hingen ihren Gedanken nach. Es wurde kein Feuer gemacht, der Mond war noch nicht aufgegangen, es gab nur Schwärze und die Abendsterne. Sie spürte, dass er sich bereitmachte, Lily zu suchen.

»Beschreiben«, sagte er.

Maggie, deren Herz pochte, gab sich Mühe, Lily auf Mexikanisch zu beschreiben. Es war ein harter Kampf. Kayitah hörte zu. Schließlich stand er auf.

»Was kann ich tun, um dir zu danken? Was kann ich dir geben?«

Als würde ihm eine ungefähre Erinnerung durch den Kopf gehen, sah Kayitah in den dunklen Schatten auf sie herab. Er schien wieder wütend zu sein.

»Weiße haben die Steine und die Erde gestohlen. Was kannst du mir geben?«

»Warum tust du das dann?«

»Für meinen Vater.« Er sah ihr fest ins Gesicht. »Und für die *niña*.« Er zeigte schroff zu Dot. Sie war so weit entfernt, dass sie ihn nicht hören konnte. »Ho-nes-co und sie…« Er machte das Zeichen für Liebe.

»Cousins.« Sie nickte.

»Der Junge wird durch sie leben. Das ist genug.«

Kayitah hatte sich einen frischen weißen Farbstreifen über Nase und Wangenknochen gemalt, wodurch er bedrohlich wirkte, seine hübschen Gesichtszüge ein dämonisches Aussehen annahmen. Er trug nichts außer seinem Lendenschurz, seinen Wildlederstiefeln, Messer und Revolver. Sie konnte nur sechs Patronen sehen. Sie zog welche aus ihrem eigenen Gurt und hielt sie ihm hin. Er schüttelte den Kopf.

Kayitah hockte sich lange Zeit neben Jones hin und redete in seiner Muttersprache auf ihn ein. Als er fertig war, kam er zurück und schaute auf sie hinab. »Wenn ich nicht wiederkomme – gib ihm das.« Er hielt ihr einen kleinen Lederbeutel hin. Sie nahm ihn, und dabei strich sie mit den Fingern leicht über seine Hand. Sie zuckte zusammen, als ihr klar wurde, dass sie ihren Bruder gerade zum ersten Mal berührt hatte. Sie spürte, dass es auch das letzte Mal sein würde.

»*Hermano*«, sagte sie mit zusammengeschnürter Brust zu ihm.

Er schüttelte grob und abweisend den Kopf, als würde das Wort ihn ärgern, dann sah er wieder zu seinem Vater. »Wenn ich nicht wiederkomme…«, sagte er wieder, »gib es ihm, wenn die Sonne über die Berge steigt.«

Kayitah drehte sich um und ging. Maggie konnte den Blick nicht von ihm abwenden.

»Bring mir mein Kind zurück. Du bist ihr *tío.*« Sie lief hinter ihm her und zog den Ring vom Finger. Den gab sie ihm, legte ihn ihm auf die offene Handfläche und schloss seine Finger darüber. Es war ein wunderbares Gefühl für sie. Er zog die Hand weg, als wäre ihm die Berührung unangenehm.

»Zeig ihn Lily, dann weiß sie, dass ich dich geschickt habe.«

Lily wälzte sich im Sand herum, wo sie schlief, lächelte und bewegte die Hände wie zu einer leisen Musik, die nur sie hören konnte. Sie lachte leise und drehte sich herum. Dann erstarrte sie und spürte, dass etwas nicht stimmte.

Sie riss die Augen auf und sah zur dunklen Decke der kleinen Höhle, wo sie und die anderen Gefangenen festgehalten wurden, und drückte die Flickenpuppe fester an sich. Inzwischen war sie hellwach und wusste mit Sicherheit, dass etwas nicht stimmte. Sie horchte angestrengt. Nichts. Nur das regelmäßige Atmen der anderen Frauen. Hin und wieder stöhnte eine oder schrie leise auf, aber sonst nichts. Sie horchte wieder: ein leises Rascheln. Sie erstarrte. Jemand bewegte sich in der Höhle.

Lily richtete sich kerzengerade auf, spähte in die Nacht und sah mitten ins Gesicht eines Indianers. Der Krieger kauerte in der Dunkelheit und betrachtete sie, als suchte er etwas. Sie hatte ihn noch nie zuvor gesehen. Sie musste alle Willenskraft aufbieten, um nicht zu schreien. Er hielt einen Finger an die Lippen und sah sich verstohlen zu den anderen um. Sie schliefen um das Feuer herum.

Lily sah ihm ins Gesicht und versuchte, ruhig zu bleiben. Er sah besser aus als die anderen, war aber dennoch ein Apache. Er machte ihr Zeichen, still zu sein, die keinen Sinn ergaben. Dann schlich er vorwärts. Sie presste den Rücken gegen die Felswand.

»Fass mich nicht an«, sagte sie nervös.

Er gab ihr wieder ein Zeichen, still zu sein, und sagte eindringlich flüsternd: »Lily – *tío.*«

Sie erstarrte. Woher kannte er ihren Namen? Er kam näher.

»*Tío*«, flüsterte er wieder.

Wer war dieser Wilde? Und wieso sagte er andauernd »Onkel«?

Er zeigte auf sie, dann richtete er den Finger auf sich selbst und machte eine ausgreifende Geste mit der Hand, die anscheinend bedeutete, dass sie ihn begleiten sollte. Sie schüttelte heftig den Kopf.

»Lass mich in Ruhe«, zischte sie.

Er sah sich hastig um, ob die anderen Indianer sie gehört hatten. Als er sich schließlich wieder zu ihr umdrehte, schien er aufgeregt zu sein.

»Lily – *tío*«, sagte er nachdrücklich und machte wieder die ausgreifende Geste. Dann zog er etwas aus einem Lederbeutel und hielt es ihr hin. Sie sah es an, bis sie endlich erkannte, was es war, und ihm aus der Hand riss: der Trauring ihrer Mutter.

»Wo hast du das her?«, schrie sie und sprang ihn mit den Fäusten an. Der Mann versuchte, sich wegzurollen und den Revolver zu ziehen, aber die anderen stürzten sich auf ihn.

Lily deckte das Messer, das sie dem Mann aus dem Gürtel gezogen hatte, hastig mit Sand zu.

Das Stöhnen ertönte unablässig und wurde nur gelegentlich von seinem Aufschrei unterbrochen: »Ho-nes-co«, ein Schrei, der die stille Nacht zerriss. Doch dann fiel er jedes Mal in sein endloses Stöhnen zurück. Und als es schon sehr spät war, und sie dachte, dass sie es nicht mehr ertragen konnte, hörte sie ihn schreien: »Lily – *tío!*« – Worte, die sie innerlich fast zerrissen. Die Indianer, die um ihn herumstanden, lachten. Maggie senkte das Fernglas und ließ sich gegen einen großen Felsen sinken. Sie versteckte sich seit Stunden in den Hügeln über dem Lager der Apachen und musste hilflos mit ansehen, wie sie Kayitah folterten.

Er schrie nicht mehr viel, sondern gab nur dieses schreckliche, tierische Stöhnen von sich. Maggie wippte an dem Stein hin und her, rammte den Körper gegen die harte Oberfläche, um sich von dem Grauen abzulenken, und kniff mit aller Macht die Lippen zusammen, um nicht laut aufzuschreien.

Sie versuchte wieder, das schreckliche Wimmern abzuhalten, indem sie die Hände auf die Ohren drückte. Es nützte nichts. Das Geräusch drang in sie hinein wie Wasser in Felsritzen, löste etwas Hartes in ihr auf, spülte die Überreste aus ihrer Seele.

Maggie hatte Dot schlafend im Lager zurückgelassen und war Kayitah gefolgt, falls er und Lily Hilfe bei der Flucht brauchten. Aber es war etwas schief gegangen. Sie zog die Knie an die Brust und flehte Gott wieder um Hilfe an. Es kam keine.

»Verdammte Indianer«, sagte sie verbittert, doch dann schüttelte sie den Kopf. »Nein.«

Sie würde Kayitahs Volk nicht über einen Kamm scheren. Den Krüppel und die anderen mochte sie hassen und ihres Vaters Geliebte verfluchen. Aber nicht alle. Nicht Kayitah. Nicht Ho. Nicht Lozen.

Sie hatten ihren Bruder an Hand- und Fußgelenken zwischen zwei kleine Bäume gebunden und beschossen ihn mit Pfeilen, achteten aber sorgfältig darauf, dass sie keine lebenswichtigen Organe trafen. Maggie konnte es nicht mehr mit ansehen. Sie kämpfte gegen die Hysterie in sich und wandte sich ab, doch dann verharrte sie. Nein. Sie würde ihn nicht im Stich lassen. Konnte es nicht – ihr Vater hatte sie Loyalität gelehrt. Sie drehte sich wieder um und sah schluchzend durch das Fernglas. »Kayitah, verlasse dieses Leben. Hier gibt es nichts für dich.« Sie wischte sich die Augen ab. Dann machte sie das Zeichen des Kreuzes über ihm. »Ich taufe dich als ein Kind Gottes. Möge Jesus Christus deiner Seele gnädig sein.« Sie sah einen Moment zu ihm, dann fuhr sie fort. »Bruder. Geh. Finde deinen Jungen.«

Kayitah zerrte an den Fesseln, die ihn festhielten, und schrie: »Fielito!« Dann wurde es still, und sie wusste, dass es vorbei war. »Ich danke dir, Gott«, schluchzte sie.

In der Ferne graute der Morgen, als es ihr wieder einfiel.

Maggie tastete hektisch nach dem kleinen Beutel, den ihr Bruder ihr gegeben hatte, und lief so schnell sie konnte zu ihrem verborgenen Lager in den Bergen. Und weinte dabei.

Als die ersten Sonnenstrahlen über die Felsen schienen, drückte Maggie den Lederbeutel in Jones' Hand, wie Kayitah gesagt hatte, und drückte fest zu, bis die knotigen Finger sich um den kleinen Beutel schlossen, dann beugte sie sich vor und gab ihm einen Kuss auf die Stirn.

»Er ist nicht mehr«, sagte sie traurig. »Kayitah ist nicht mehr.« Sie kämpfte gegen den Krampf in ihrer Kehle. »Er wollte, dass du das bekommst. Es tut mir Leid.«

Langsam stand sie auf und wandte sich ab und war in Gedanken bei diesem verlorenen Bruder, der ihren Vater so sehr geliebt und respektiert hatte, dass er beim Versuch, die Bitte des alten Mannes zu erfüllen, gestorben war. Sie spürte, dass Kayitah gewusst hatte, dass er sterben würde – dass er Lily nicht retten konnte. Und dennoch hatte er es versucht. Seine letzten Worte waren »Lily – *tío*« gewesen, und: »*Fielito.*« Seine Familie. Sein Fleisch und Blut. Maggies Kehle war immer noch wie zugeschnürt. Ihr Bruder lebte nicht mehr. War für ihr Kind gestorben.

Während sie so mit dem Rücken zu ihrem Vater stand, spürte sie plötzlich eine merkwürdig erwartungsvolle Atmosphäre und verkrampfte sich, ohne zu wissen, warum. Dann hörte sie ein Geräusch hinter sich und wirbelte herum.

»Heilige Maria, Mutter Gottes«, flüsterte sie.

Der alte Mann saß auf der Decke und blinzelte in die Morgensonne.

»Du lebst?«, murmelte sie fassungslos, weil Jones bei Bewusstsein war und sich bewegen konnte.

Der alte Mann sagte nichts, sondern sah nur in die Ferne des erwachenden Tages, als würde er den Teufel seinen Namen rufen hören; sein schmerzlich magerer Körper war vollkommen reglos.

»Großvater!«, rief Dot glücklich. Chaco rannte um den alten Mann herum und auf ihn und bellte laut. Samuel Jones aber sah sie immer noch nicht an und sprach kein Wort. Er schien in einer tiefen Trance zu sein, in einer Zwischenwelt gefangen, die nur er sehen konnte.

»Dot«, sagte Maggie leise, »ich denke, wir sollten ihn langsam aufwachen lassen. Er ist ziemlich lange bewusstlos gewesen.«

Sie saßen im Sand, beobachteten den alten Mann fast den ganzen Morgen und staunten über seine Genesung. Er saß immer noch aufrecht an die Felswand gelehnt; aber er hatte sich nicht bewegt und kein Wort gesprochen. Seine Rippen zeichneten sich deutlich unter der ledrigen Haut ab, so wie die einer verhungernden Kuh, seine ohnehin schon dünnen Gliedmaßen wirkten noch dünner, ausgetrocknet, ein herabgefallenes Blatt von einem Mann. Ausgemergelt und ausgedörrt.

Ein- oder zweimal hatte Maggie ihm Wasser angeboten. Jedes Mal hatte er so getan, als hätte er sie nicht gehört oder wüsste gar nicht, dass sie in der Nähe war. Er sah immer nur aus dem Schatten des Überhangs zum aufhellenden Morgenhimmel, in die Richtung des Apachenlagers, als würde er nach etwas horchen, das der Wind mit sich trug. Maggie war, als würde sie ihn in gewisser Weise verstehen.

»Was ist los mit ihm?«, fragte Dot.

»Er war ziemlich weit weg. Es dauert seine Zeit, bis jemand von dort zurückkehrt, wo er gewesen ist.«

Dot sah ihn erstaunt an.

»Hos Macht hat gewirkt.«

Maggie zögerte und schüttelte den Kopf.

»Was dann?«

»Kayitah.«

Dot fuhr zu Maggie herum, als ihr klar wurde, was das bedeutete. Sie schüttelte heftig den Kopf.

»Nein. Kayitah bringt Lily zurück.«

Maggie antwortete nicht und starrte ihre Hände an.

»Ma? Kayitah ist Lily holen gegangen.«

»Ja.« Sie stand auf und klopfte den Staub von ihrer Hose.

Dot sah sie unverwandt an. »Ma?«

»Er hat es nicht geschafft.«

»Woher weißt du das?« Dots Stimme schwoll an.

»Er hat es nicht geschafft.« Maggie beobachtete ihren Vater.

»Er könnte sich verspätet haben. Vielleicht verstecken sie sich in den Bergen.«

Maggie schüttelte wieder den Kopf.

»Das kannst du nicht mit Sicherheit wissen. Kayitah ist Lily holen gegangen. Er musste sie holen.« Dot gab ein seltsames trockenes Schluchzen aus ihrem tiefsten Inneren von sich.

Maggie legte die Arme um Dots dünne Schultern und drückte sie an sich, als wollte sie das Geräusch in ihrem Inneren festhalten.

»Ma, es ist Lilys einzige Chance. Er muss es schaffen!«

»Nein, Dot. Er ist tot.«

»Das weißt du nicht!«, schrie Dot, drehte sich um und rannte zum Rand der Lichtung. Dort stand sie und schrie den Namen ihrer Schwester in den Morgen.

Maggie folgte ihr und drückte sie wieder an sich. »Dot – hör auf. Er ist tot. Ich habe es gesehen.« Das Kind brach in ihren Armen zusammen.

Dot war weit über das Stadium von Tränen hinaus, als sie wieder sprach, hatte ein Maß von Verzweiflung erreicht, das deutlich aus ihren Worten herauszuhören war. »Wir dürfen ihnen Lily nicht überlassen.«

Dot weinte immer noch, als sie die Tiere an dem Steinbecken tränkte, das Kayitah ihr gezeigt hatte. Dann hörte sie ein Geräusch, stand auf und spürte, wie sich ihre Nackenhaare aufrichteten. Jemand kam langsam den Pfad zur Wasserstelle herauf. Zu nahe, um die Pferde zu verstecken. Sie konnte nicht einmal ihre Mutter warnen. Wer immer sie waren, sie hatten es nicht besonders auf Heimlichkeit angelegt, knickten Zweige und kickten Steine. Dot drückte sich tiefer in den Schatten eines Manzanitabuschs und betete, dass es Kayitah und Lily sein würden … betete, dass ihre Mutter einen Fehler gemacht hatte und ihr Onkel gar nicht tot war.

Dann kam Alice über den Kamm gelaufen, sah so glücklich wie immer aus und stupste den alten Grauen an. Dot drückte den Kopf des Maultiers an sich und lachte und weinte zugleich.

Das junge Muli rieb eine Minute den Kopf an ihrer Brust, dann drehte es sich um und ging auf dem Weg zu ihrem Lager. Dot schüttelte nur den Kopf. Woher wusste das Tier nur immer, wo er war? Dot folgte ihm.

Maggie war fort. Sie hatte Dot einen Zettel dagelassen, auf dem stand, dass sie mit ihrem Großvater zur Ranch zurückkehren solle – sie sei Lily holen gegangen und würde nachkommen. Dot zitterte am ganzen Körper.

Maggie lag zwischen den Steinen über der Stelle, wo die Bande ihr Lager aufgeschlagen hatte, die Sonne im Rücken, sah durch das Fernglas und wusste, dass es diesmal keine Spiegelung geben würde. Sie konnte den Blick nicht von ihm abwenden.

»Kayitah«, murmelte sie, und das Wort blieb ihr fast im Hals stecken. Er hatte das Leben seines Sohnes und dann sein eigenes verloren – für ihr Kind.

Sie wandte den Blick ab und sondierte das Lager. Eine Gruppe Indianer saß nahe bei einem Sandhügel. Sie nahm an, dass Lily und die anderen Frauen in der Nähe waren. Sie ging ihren Plan langsam noch einmal durch, prüfte alle Einzelheiten, dann legte sie die mitgenommene Sharps auf den Felsvorsprung und nahm über den langen blauen Lauf den Indianer ins Visier, der ihr am nächsten war. So alt und zerkratzt sie war, schien die alte Waffe immer noch perfekt ausbalanciert zu sein; sie verstand, warum ihr Vater sie all die Jahre benutzt hatte. Sie schniefte und wischte sich die Augen mit dem Handrücken ab, dann zog sie Patronen aus dem Gürtel und legte sie in einer Reihe auf einen kleinen Stein, sodass sie sie mühelos erreichen konnte. Alle würde sie nicht brauchen. Zwei, vielleicht drei, dann würden sie die Verfolgung aufnehmen. Genug. Sie wollte den Krüppel. Wenn sie noch einen oder zwei andere erledigte, gut. Sie nahm das kleine Kruzifix, legte es auf den Stein und strich mit den Fingern darüber.

»Gott. Vergib mir.« Sie machte die Augen zu und dachte an die Jahre ihres Lebens zurück. Lily war immer munter und eitel gewesen. Da sie wusste, dass Brake und James sie wegen ihrer Kleidung und ihres feinen Benehmens aufgezogen hatten, sagte Maggie: »Jemand muss Verständnis für die feineren Dinge haben.« Pause. »Ich liebe dich. Dein Vater, dein Bruder und deine Schwester lieben dich. Und dein Großvater. Wenn es einen anderen Weg gäbe...« Maggie verstummte. »O Gott, Lily...« Sie brach den Satz ab, als würde er ihr Schmerzen bereiten, und ließ den Blick wütend über die Patronen schweifen. »Das hier hätte ihr nicht widerfahren dürfen.«

Maggie wischte sich die Augen ab und betete, bis ihr Schweißperlen auf der Stirn standen. Betete, dass sie im Begriff war, das Richtige zu tun. Es gab keine andere Möglichkeit. Ohne Kayitah und ihren Vater würden Dot und sie die Bande irgendwann verlieren oder gefangen genommen werden. Sie konnte nicht zulassen, dass Dot das zustieß. Nein, sie musste diesem Wahnsinn hier ein Ende bereiten. Sie legte den Revolver auf den Stein neben die Patronen. Wenn sie Lily und den Krüppel erschossen hatte, würde sie ihn gegen sich selbst richten. Dot hatte Mut und Ausdauer genug, dass sie es zurück zur Ranch schaffen würde. Unten herrschte Betriebsamkeit. Sie führte die erste Patrone in das Patronenlager ein.

»Mutter Gottes«, flüsterte sie. »Du hast deinen Sohn leiden sehen. Du hättest geholfen...« Sie konnte die Worte nicht aussprechen. »Hilf mir.« Ihre Hände zitterten. »Ich weiß, dass dies eine Sünde ist. Vergib mir.« Sie drückte die Hände aneinander, da sie das Zittern nicht unterdrücken konnte.

Sie konnte das Gewehr unmöglich treffsicher abfeuern. So mächtig die Waffe war, sie war extrem empfindlich. Maggies

Gedanken schweiften ab. Dann richtete sie sich auf. »Lozen, hilf mir – meine Hände.« Pause. »Du hast mich einmal um Hilfe gebeten. Aber ich wusste nicht, dass es dich gibt.« Sie machte eine Pause und holte tief Luft. »Ich kenne dich. Ich weiß, dass du über die Jahre zu mir gesprochen hast. Ich …«

Maggie wartete auf die beruhigende Stimme in ihrem Kopf. Wartete darauf, dass ihre Schwester ihre zitternden Hände beruhigen würde. Nichts davon geschah.

Die Frauen standen in der Abenddämmerung beim Lagerfeuer. Maggie richtete das Fernglas auf Lily und betrachtete sie eingehend. Sie hatte sie noch nie so ungepflegt gesehen – und so bezaubernd. Sie hatte etwas von ihrer Pummeligkeit verloren, und ihre Augen waren geschwollen, aber das Abgemagerte, die Anspannung und die Blutergüsse betonten ihre Schönheit nur noch.

Maggies Hände zitterten nun so sehr, dass Lilys Ebenbild im Fernglas hüpfte. Sie stand hoch aufgerichtet da und hielt eine kleine Puppe in der Hand. Irgendwo musste ein Kind sein. Maggie lächelte trotz ihrer Qualen, weil sie wusste, wie sehr Lily Kinder liebte.

Wie konnte sie ihr ein Leid zufügen? Brakes Kind. Maggie schluchzte jetzt heftig. Sie redete lange Zeit mit Lily. Redete mit ihr wie immer, wenn sie krank gewesen war oder Angst gehabt hatte. Sagte ihr, wie viel sie ihr bedeutete. Langsam nahm Maggie Abschied von diesem Kind – sprach Worte zu dem Mädchen, die sie innerlich so quälten, wie nichts vorher in ihrem Leben sie je gequält hatte. Oder je wieder quälen würde.

Maggie wartete, bis die Frauen anfingen zu essen, dann verabschiedete sie sich ein letztes Mal von Lily und spannte die Sharps. Als sie die Kugel abfeuern wollte, ertönte die leise Stimme klar und deutlich in ihrem Kopf. »Nein«, sagte sie nur. Aber das war genug.

»Hilf mir«, flehte Maggie, Aber noch während sie die Worte

ausspracht, spürte sie, dass Lozen ihr nicht helfen würde. Ihre Schwester hatte bereits gesprochen.

Und dann war er plötzlich da und ließ sich neben ihr nieder. Sie konnte es nicht glauben. Sie konnte den Blick kaum von ihm abwenden, auch wenn Tränen ihr die Sicht nahmen. Er war hier – obwohl alles dagegen sprach. Dennoch waren die Chancen, dass dieser sterbende alte Narr Lily retten konnte, gleich null. Sie drückte den Kolben der Waffe an die Schulter und biss sich wieder auf die Lippe.

»Ama«, sagte er mit krächzender Stimme.

»Es gibt keinen anderen Ausweg.«

Er schüttelte den Kopf.

Sie betrachtete sein zerfurchtes Gesicht. »Wo ist Dot?«

Er gestikulierte das Wort: Reiten.

»Versprochen?«

Er nickte und beobachtete wieder das Lager; als er Kayitah sah, erstarrte er.

Sie ließ ihn eine Weile trauern, dann sagte sie: »Ho-nes-co ist ebenfalls tot.« Sie konnte sehen, wie er die Lippen bewegte, wie er im Dämmerlicht blinzelte. Sie betrachtete das alte Gewehr und quälte sich mit dem Gedanken, ob sie es fertig bringen würde, dann gab sie es ihm. »Tu du es für mich. Für Lily.«

Der alte Mann nahm die Waffe und sah wieder zu Kayitah. Maggie betrachtete ihn einen Moment und wusste, dass er es nicht tun würde.

Die graue Stute trottete ins Lager der Indianer und erweckte den Eindruck, als gehörte das halbe Land ihr; sie blieb am Feuer stehen, während die Apachen ihre Gewehre zur Hand nahmen, die Frauen in die Höhle zurückscheuchten und dann in Deckung gingen. Nun war das Lager verlassen.

Jones lächelte.

»Das macht nur unsere Chancen zunichte, diesen Wahnsinn für Lily zu beenden«, sagte Maggie wütend.

Er antwortete nicht.

»Sie werden nachsehen kommen, wem es gehört.«

Er schüttelte fast unmerklich den Kopf.

»Sie werden kaum glauben, dass es von Santa Fe einen Sonntagsspaziergang hierher gemacht hat.«

Jones bewegte sich nicht. »Kayitahs Sachen.« Die Worte kamen krächzend aus seinem Mund. »Sie werden glauben, es ist sein Pferd.«

Maggie drehte sich um. Die Indianer untersuchten das Bündel des Grauen und hielten Pfeile und anderes hoch. Sie konnte sehen, wie sie auf Kayitah zeigten. Dann tanzten und lachten sie und hielten Flaschen in die Luft.

»Worüber sind sie so glücklich?«

»Mescal.«

Maggie drehte hastig den Kopf und sah voll Bewunderung in das runzlige alte Gesicht; zaghafte Hoffnung erfüllte sie. Er war unglaublich – von den Toten zurückgekehrt und schon wieder kampfbereit. Kayitahs Lebenskraft: War sie auf ihn übergegangen? Christen glaubten so etwas nicht, dachte sie, fragte sich dann aber, ob das richtig war. Christus hatte Lazarus mit der mächtigen Kraft seines Geistes gesegnet. Sie zitterte und berührte das Kruzifix, das vor ihr auf dem Stein lag.

Es war dunkel in der Höhle, nur das fahle Mondlicht fiel durch die Öffnung vorne herein, aber man konnte kaum etwas sehen. Lily verkrampfte sich. Sie hatte ein Rascheln am Eingang bemerkt. Sie hielt den Atem an und horchte zitternd. Sie glaubte, dass sich ein Schatten bewegt hatte.

War der Krüppel zurückgekommen, um sie wieder zu schlagen? Sie umklammerte die Puppe und verspürte den übermächtigen Wunsch, sich zu verstecken. Lily kämpfte gegen ihr Zittern an. Sendboten Satans, so hatte der Pfarrer in Santa Fe die Apachen einst genannt. Zu gut – sie waren nur brutale Kerle. Nichts weiter. Und der Krüppel war der Schlimmste.

Er hatte sie so oft verprügelt, dass sie den Überblick verloren hatte – hatte sie geschlagen und gepeitscht und jede Prügelattacke mit diesem schrecklichen Würgen beendet. Sie bemühte sich, ihre Gefühle unter Kontrolle zu behalten. Beim letzten Mal hatte sie gehofft, dass er nicht aufhören würde. Sie konnte es einfach nicht mehr ertragen. Ihre Augen waren fast zugeschwollen, und sie konnte Blut schmecken.

Sie entwarf im Geist einen einfachen Plan, als sie den dunklen Schatten auf sich zukommen sah. Sie würde ihn töten und dann fliehen. Wenn sie sie erwischten, würde sie sich selbst umbringen. Aber konnte sie das? Sie wusste es nicht. Sie wusste nur, dass sie das hier nicht mehr ertragen konnte. Sie machte die geschwollenen Augen zu und tat so, als schliefe sie, während sie mit der Hand nach dem Messer tastete, das sie im weichen Sand vergraben hatte.

Sie konnte ihn atmen hören, roch Alkohol und Körperfett und wusste, dass er direkt vor ihr kauerte. Sie zögerte nur einen Augenblick, dann entschied sie, dass er sie nie wieder schlagen würde, holte weit mit dem Messer aus und stieß es mit aller Kraft dem Schatten in die Seite. Aber er sah es und konnte es schnell genug ablenken, sodass es in seinen Oberschenkel fuhr. Er erschauerte von dem Schock und stöhnte tief in seinem Inneren. Lily zog die Klinge heraus und hob sie verzweifelt über die Schulter, als sie das schmerzverzerrte Gesicht ihres Großvaters sah.

Der alte Mann packte sie am Handgelenk. »Kind. Lass gut sein. Es ist vorbei.« Er kniff Mund und Augen zusammen, kämpfte gegen die stechenden Schmerzen und übte Druck auf die blutende Wunde an seinem Bein aus.

Lily konnte ihn nur anstarren und hatte keine Erklärung für seine Anwesenheit. Sie hatte ihre Mutter am Fluss gesehen, war aber davon ausgegangen, dass sie mit einer zweiten Schar reiten würde. Dass dieser alte Mann kommen würde, damit hätte sie nie gerechnet. Im Leben nicht. Es war vollkommen unverständlich.

Er streckte eine Hand aus und berührte sanft die Schwellungen um ihre Augen. »Jetzt wird alles gut, Kind«, flüsterte er.

»Bring mich nach Hause«, wimmerte sie.

Er ermahnte sie mit einer Handbewegung zur Vorsicht. »Das werde ich. Sag diesen Frauen, dass sie mit uns kommen sollen. Und keinen Laut.«

Sie antwortete nicht, sondern sah ihm ins Gesicht, als wäre er der erste Mensch, den sie je zu Gesicht bekommen hatte.

»Lily.«

Er sah schrecklich dünn und hohlwangig aus. Sie streckte ihm eine zitternde Hand entgegen. »Großvater, bring mich nach Hause.«

»Wir gehen nach Hause.«

Hinter ihm ertönte ein Geräusch; als Jones sich umdrehte, kam Maggie herein. Dann lag Lily in Maggies Armen, während Jones ihnen jeweils eine seiner großen Hände auf den Mund drückte, damit sie leise blieben.

Es war später in derselben Nacht, und jeder Umriss der Hügel, der Weg, das Gestrüpp, jede Spur und jeder Stein wurden von dem schmalen Mond am klaren Himmel in graue Farbe gehüllt, ein Himmel, über den zarte weiße Wolken zogen und der mit Gestirnen übersät war. Nichts bewegte sich, nur Jones und die Reihe der Frauen. Der alte Mann hinkte stark. Sie schlichen in einer Reihe zum Eingang des schmalen Tals. Er hatte den Grauen und die anderen Pferde schon gestohlen, sie warteten ein paar hundert Meter entfernt am Weg.

Er trat zur Seite und flüsterte Maggie zu: »Lass sie aufsitzen. Ich bin gleich wieder da.«

Jones schnitt Kayitah von den Wildlederschnüren los und legte ihn auf den Boden. Er war steif und hart wie verbranntes Holz; Jones konnte seine Arme und Beine nicht mehr in die richtige Position legen, sodass es aussah, als fiele er vom Himmel. Der Leichnam war durch einem Bestand von Greasewoodbäumen vor den Blicken der Apachen geschützt, die ihren Rausch ausschliefen. Jones sah aus der Entfernung nach ihnen. Narren. Er hätte sie alle getötet, aber der Lahme fehlte, und er konnte das Risiko nicht eingehen, dass er zurückkehrte.

Der alte Mann setzte sich neben Kayitah, hielt seine Hand, schaute blind in die Finsternis der Nacht und sah Bilder darin. Er lächelte unter Tränen.

»Yopon. Sei stolz auf deinen Sohn. Er war so tapfer, wie ein Mann es nur sein kann. Er gab sein Leben – für seine Familie.«

»Kayitah.« Jones sah zu einem hellen Stern tief am südlichen Firmament hinauf. »Erinnerst du dich, als ich dir diesen Stern geschenkt habe? Du warst noch ein Junge. Du hast gesagt, solltest du vor mir sterben, würdest du zu diesem Stern gehen und warten. Warten, bis ich zu dir komme; warten, damit ich dich am großen Himmelszelt nicht verliere. Oooh, mein Sohn.« Er konnte nicht weitersprechen und machte eine Pause. Er streichelte Kayitahs steife Hand. »Geh zu deinem Stern. Warte auf mich. Nimm deine Mutter, nimm Lozen und Eskim und Hones-co und die anderen, geh dorthin und warte. Ich werde dich finden. Hinterlass mir dein Zeichen. Kennzeichne den Weg gut, damit ich dich auf der letzten Reise nicht verliere.«

Jones wippte auf den Hacken. »Ich liebe dich, mein Sohn. Sag deiner Mutter, deiner Schwester und deinen Brüdern, dass ich sie auch liebe. Ich werde bald bei ihnen sein. Und, Kayitah, wenn du Susan siehst, oder meine Tochter Thelma, dann bring sie auch zu dem Stern.« Er zögerte. »Aber nur, wenn sie mitkommen möchten.«

»Sie werden mitkommen wollen«, sagte Maggie leise.

Der alte Mann fuhr zusammen und sah sie an. Sie löste den Schal um ihren Hals. Lily stand neben ihr und hielt die Puppe in der Hand; ihre blutunterlaufenen Augen waren fast zugeschwollen. Der Leichnam schien ihr Angst zu machen. Dennoch konnte sie einen Zipfel des Tuchs nehmen, den Maggie ihr reichte. Sie drehten sich, bis sie ihn auf Kayitahs Gesicht legen konnten. Lily sammelte Steine und legte sie auf die Ecken, damit es nicht weggeweht wurde.

»Glaubst du das wirklich?«, fragte Jones. »Dass Susan und Thelma mitkommen möchten?«

Maggie kniete nieder, nahm das Kruzifix aus der Tasche und legte es neben Kayitahs Leichnam auf den Boden. Lily beobachtete die beiden, ihre Mutter und ihren Großvater, und wehrte sich gegen etwas in ihrem Inneren, das sie nicht verstand.

»Ich habe nicht den geringsten Zweifel.«

Der alte Mann schien zutiefst gerührt zu sein. Lily kniete nun auch neben Kayitah. Sie hob eine Ecke des Tuchs vorsichtig hoch und betrachtete sein hübsches Gesicht.

»Er sagte, er wäre mein Onkel.«

Jones sah Maggie an.

»Das war er«, sagte sie. »Er war gut und tapfer. Er hat seine Familie nicht im Stich gelassen.«

Lily drehte sich um und sah ihrer Mutter ins Gesicht, während man ihrem die Gefühlsregungen deutlich ansah. »Ich habe ihn getötet.«

»Kind«, flüsterte Jones.

Lily schaute zu ihm auf.

»Sag ihm jetzt, dass du weißt, dass er dein Onkel ist. Dass du ihm dankbar dafür bist, dass er versucht hat, dich zu retten.« Jones wartete einen Moment und sammelte sich. »Das war mein Sohn. Er war ein Apache. Er hielt viel von der Familie. Das würde ihm gefallen. Der Tod hat dir für ihn die weiße Haut genommen. Du bist wahrhaft seine Verwandte – durch den Tod an ihn gebunden.«

Maggie flüsterte Gebete über Kayitah, dann berührte sie seine Hände und sagte: »Leb wohl, mein Bruder.« Sie ging in die Schatten und ließ Lily allein mit dem Toten. Jones sah noch einmal nach den Apachen beim Feuer, dann suchte er nach Spuren auf dem Boden. Er ging in die Hocke, zog seine Brille auf und betrachtete eine Stelle wenige Meter entfernt. Maggie ging hin und sah die Mokassinabdrücke im Sand.

»Der Lahme«, sagte Jones. »Der das Mädchen am Fluss getötet hat. Der dir die Geisterkrankheit geschickt hat. Er war für den Tod Mannitos bei der Ranch verantwortlich. Dasselbe hat er hier mit Kayitah gemacht. Er hat versucht, in jener nebligen Nacht Lily zu entführen.«

Maggie sagte nichts dazu. Sie war inzwischen überzeugt, dass ihr Vater solche Sachen wusste.

Als Lily sich von Kayitahs Leichnam entfernt hatte, sah Maggie, dass sie ihrem Onkel die kleine Puppe auf die Brust gelegt hatte. Jones blieb eine Weile allein bei seinem Sohn sitzen. Dann überließen sie den toten Krieger der Stille der Nacht und gingen rasch zu den Pferden und Frauen. Jones vergewisserte sich, dass alle Sättel fest saßen, dann führte er den Grauen aus der Reihe, stieg auf und ritt neben Maggie.

»Ich komme nach. Folgt dem Weg, bis ihr den Fluss überquert. Dann reitet in Richtung der blauen Berge im Norden. Was immer ihr tut, haltet nicht an.«

Maggie sah ihn an, ließ den Blick über sein Gesicht wandern. »Du bist zu krank. Er wird dich umbringen. Und das macht Kayitah nicht wieder lebendig. Wir haben Lily. Bitte komm mit uns«, flehte sie.

»Ich muss.«

»Warum?«

»Mannito. Und mein Sohn.« Er sah ihr einen Moment ins Gesicht. »Und damit du und deine Kinder in Sicherheit sind.«

»Bitte nicht.«

Er dirigierte den Grauen in die Dunkelheit und entfernte sich von ihnen. Maggie und Lily sahen ihm nach, bis er verschwunden war.

»Werden wir ihn wiedersehen?«, fragte Lily.

»Ich weiß nicht.«

Maggie gab dem Pferd die Fersen und ritt den Weg entlang.

11

Ein Opossum huschte vor ihr über den Sand, als Maggie ihr Pferd aus dem seichten Wasser des Rio Grande trieb, die Zügel anzog und versuchte, sich an alles zu erinnern, was ihr Vater ihr gesagt hatte. Sie versuchte, sich nach Norden in Richtung der blauen Berge zu halten, die sie in der Dunkelheit nicht sehen konnte. Sie fragte sich, wie weit sie vom Weg abgekommen sein mochten. Sie fragte sich, ob ihnen Apachen auf den Fersen waren.

Sie senkte den Blick auf den Sand unter dem Pferd und dachte an Dot und den langen, gefährlichen Ritt zurück zur Ranch, der vor ihr lag. »Sei in Sicherheit, Kind«, murmelte sie. Dann schaute sie auf und sah den alten Mann hundert Meter entfernt am Ufer aus dem Greasewood reiten. Sie lächelte. Er kam langsam; der Graue hielt den Kopf gesenkt. Er hatte die Jagd aufgegeben. Gott sei Dank.

Maggie hielt mit ihm Schritt, als er sie erreichte.

»Hast du ihn gefunden?«, fragte sie nervös.

»Nein.« Er ritt einen Moment, dann sagte er: »Er wird uns finden.«

»Mach keine Witze.«

Jones sah sie auf eine Weise an, die sagte, dass er keine Witze machte. Sie ritten eine Weile schweigend dahin. Maggie versuchte, nicht an den Lahmen zu denken. Ihre Gedanken waren bei Gott. Sie hatte kein göttliches Zeichen erhalten, keine Antwort auf ihre Gebete. Der alte Mann hatte Lily gerettet. So einfach war das. Er hatte es entweder durch reines Glück geschafft – oder… was? Konnte an seinen seltsamen Ritualen, den merkwürdigen Gesängen, der Farbe, dem heiligen Rauch doch etwas dran sein?

Wer waren seine Götter? Sie betrachtete den Nacken des Pferdes, auf dem sie ritt, und wusste nur, dass sie nichts wusste.

Am fernen Horizont zeigte sich eine dünne helle Linie am Himmel. Sie waren die vergangenen zwei Stunden schnell getrabt, der kleine Graue keuchte bei jeder Bewegung.

»Wir müssen ausruhen«, rief Maggie. »Die Frauen und Tiere fallen jeden Moment um.«

»Wir können nicht«, sagte Jones.

»Warum nicht?«

Er gab keine Antwort.

»Sie folgen uns – richtig?«

Er nickte.

»Sie können uns nicht einholen.« Ihre Worte waren mehr eine Frage als eine Feststellung.

Jones ließ den Grauen anhalten und orientierte sich am Nachthimmel, dann zog er in raschem Trab weiter.

Maggie holte ihn ein. »Sie können uns nicht einholen. Das dürfen wir nicht zulassen.«

Jones ritt wie ein Besessener in den anbrechenden Morgen hinein, und Chaco bellte der Reihe der Reiterinnen aufmunternd zu. Alle Pferde hatten weißen Schaum vor den Mäulern und auf den Flanken. Maggie war klar, dass ihr Vater sehr sorgfältig einen Fluchtweg ausgesucht hatte und fest entschlossen war, sich auch daran zu halten. Der Graue ritt im Zickzack und schien dem Zusammenbruch nahe, kämpfte sich aber für den alten Mann wacker voran.

Maggie ritt wieder an seine Seite. Chaco sprang geschickt vom Rumpf des Grauen auf den Rücken ihres Pferdes und wieder zurück, nur um anzugeben. Das Land war ausgedörrt und rissig. Kakteen, sonst kaum etwas. Die Sonnenstrahlen schnitten förmlich hinein.

»Sind sie hinter uns her?«

Jones neigte den Kopf in die Richtung, aus der sie gekommen waren.

Maggie drehte sich im Sattel um und sah hin. Wenn sie die Augen anstrengte, konnte sie in der Dämmerung vielleicht fünf Meilen hinter ihnen gerade noch eine Staubwolke vom Wüstenboden aufsteigen sehen.

»Können sie uns einholen?«

»Ja.«

Gegen Mittag sah sie das Ziel ihres gnadenlosen Ritts: eine blaue Gebirgskette, dunstig und verschwommen in der Ferne. Der alte Mann ließ die Berge nicht aus den Augen, als hätte er Angst, sie könnten verschwinden, wenn er den Blick abwendete. Eines der Pferde der Frauen gab mit einem Stöhnen auf und sank auf die Knie. Ein Blick zeigte Maggie, dass es nicht mehr zu retten war. Jones ritt einen großen Kreis und schwang das Mädchen am Handgelenk hinter sich. Maggie war sicher, dass der Graue unter dem zusätzlichen Gewicht in die Knie gehen würde, aber er stolperte weiter – dann sprang Jones zu Boden und schlug eine ausgreifende, hinkende Gangart ein. Klare Flüssigkeit lief aus der Wunde am Oberschenkel sein Bein hinab. Lily trieb den Rotbraunen an seine Seite.

»Greif zu«, sagte sie und zeigte auf das Sattelhorn.

Sie sahen einander einen Moment in die Augen; dann nickte er und hielt sich fest.

»Halt genau auf die Kluft zwischen den hohen Gipfeln zu«, sagte er zu ihr. »Schnurgerade. Sie werden Ausweichmanöver machen. Wir nicht. Auf diese Weise schlagen wir sie.«

Lily nickte.

Maggie ritt auf seiner anderen Seite. Er hustete heftig. Sie wollte von ihrem Pferd absteigen. Er winkte sie zurück in den Sattel.

»Meine Schritte sind größer. Wir müssen es zu den Hügeln schaffen.«

»Du bringst dich um.«

»Wenn wir es nicht zu den Hügeln schaffen, spielt das keine Rolle«, keuchte er.

»Die graue Stute kann nicht mehr viel weiter«, sagte Maggie.

»Sie schafft es bis zu den Bergen. Sie hat es mir versprochen.«

Lily und Maggie sahen einander an, sagten aber nichts. Sie ritten lange Zeit schweigend dahin, dann wandte sich Maggie ihm zu, sah ihm ins Gesicht und sagte: »Wo ist Dot?« Sie hörte sich ängstlich an.

Jones zeigte nach Nordosten. Maggie schirmte die Augen ab und sah in die Richtung, in die Jones gezeigt hatte, als könnte sie einen Blick auf ihre Tochter werfen. In Gedanken beschwor sie Hunderte Meilen trockener, einsamer Wüste zwischen dem kleinen Mädchen und der Ranch herauf – und irgendwo da draußen ritt der lahme Apache. Ihr Herz schlug schneller. Dann dachte Maggie an Alice, das Maultier, und Dots Tapferkeit und fühlte sich besser. Wenn es jemand schaffen konnte, dann die beiden.

Stolz wallte in ihr auf und verdrängte die Angst vorübergehend. Ihre Mädchen waren stark wie ihre Großmutter. Maggie zögerte. Wie Yopon und Lozen. Maggie warf einen kurzen Blick auf das Profil von Lilys geschwollenem Gesicht und wagte zum ersten Mal zu glauben, dass sie wieder nach Hause kämen. Dass sie wieder als eine Familie vereint sein würden.

Sie sah hinter sich. Die Staubwolke war größer. Die Apachen holten auf.

»Beeilung«, sagte sie und trieb ihr Pferd zum Galopp an.

»Nein«, rief Jones. »Diese Tiere fallen tot um, wenn ihr sie zu sehr antreibt. Wir müssen uns die Strecke einteilen.« Er rang nach Luft.

»Aber sie holen uns ein!«

Jones antwortete nicht. Lily hielt den Blick starr auf die Kluft in den blauen Bergen gerichtet, warf ihrem Großvater verstohlene Seitenblicke zu und überlegte sich, wie sie das Durcheinander in ihrem Kopf in den Griff bekommen sollte. Sie wollte etwas zu ihm sagen, fand aber nicht die Worte.

»Sie schneiden uns den Weg ab!«, rief Maggie und zeigte nach rechts zu einer anderen, kleineren Staubwolke.

»Wie haben sie das gemacht?«, rief Lily zu ihm hinab.

Der alte Mann schüttelte nur den Kopf und trabte weiter. Nichts schien ihn von seinem Ziel, den blauen Bergen, ablenken zu können. Ein Schwarm Inkatauben stob unter den Hufen von Lilys Braunem empor, das Pferd scheute und riss Jones von den Füßen. Lily packte den alten Mann am Arm und half ihm, das Gleichgewicht wiederzufinden, und dennoch wandte er den Blick nicht eine Sekunde von der fernen Bergkette ab.

Die Staubwolke auf ihrer rechten Seite kam immer näher, bis Jones zwanzig Minuten später alle anhalten ließ, zu seiner Stute ging und die Sharps aus ihrer Tasche riss. Maggie zog ebenfalls ihr Gewehr heraus und gab Lily den Revolver. Dann legte sich der Staub und sie wussten, wer immer es war galoppierte nicht mehr, sondern näherte sich ihnen zu Fuß.

In der Nähe befand sich ein hinreichend großes trockenes Bachbett, in das sich Jones mit einer Anmut hinabließ, die sein Alter und seinen Gesundheitszustand Lügen strafte. Maggie drehte sich um und sah hinter ihnen zum Horizont; sie konnte schwarze Pünktchen unter der braunen Staubwolke erkennen. Minuten später hörte sie Zweige brechen und drehte erschrocken den Kopf, als Jones wieder über den Rand des Bachbetts kam, gefolgt von Alice und Dot.

Jones ließ ihnen nur eine Minute Zeit füreinander, in der Dot lachte und vor Freude wie von Sinnen mit ihrer Schwester tanzte, während Maggie lächelte und mit den Tränen kämpfte. Dot rannte zu ihrem Großvater und schlang die Arme um ihn, sodass sie beide hinfielen. Dot schrie: »Wir haben es geschafft!« Der alte Mann lächelte sein Goldzahnlächeln. Dann setzten sie ihren irren Trab fort.

Stunden später zogen sie am Fuß der blauen Berge die Zügel an. Maggie konnte nun die Reiter hinter ihnen erkennen, ebenso wie die Farbe der Pferde, die sie ritten, als Jones sie in die Öffnung einer breiten Felsklamm führte. Panik stieg in ihr auf, bis ihre Lungen zu platzen drohten und sie nach Luft schnappen musste. Auch die anderen sahen vor Angst wie gelähmt aus.

Nur Jones wirkte ruhig und schien erleichtert, dass sie es zu den karstigen Felswänden der Hügel geschafft hatten.

Granitüberhänge – scharfkantige Wülste, die der heulende Wind geschaffen hatte, schmale Vorsprünge und steile Gipfel – ragten schroff und abweisend empor. Maggie konnte nicht verstehen, warum er sich so gut fühlte. Ihr schien das die schlechteste Wahl zu sein, eine Stelle, wo man gut eingekesselt werden konnte. Aber der alte Mann stolperte weiter und trieb alle voran, als hätten sie die Lösung aller Probleme gefunden. Er war von Lilys Seite gewichen und trabte einen steinigen Pfad hinauf, während die Reiterinnen versuchten, ihm zu folgen, die Frauen weinten und sorgten sich wegen der Apachen, die sie verfolgten.

Die Sonne sank langsam der Erde entgegen, der Himmel wurde gelb, die Canyons und Felsschatten dunkelblau. Die Apachen waren inzwischen von den Pferden abgestiegen und kletterten unter ihnen, nicht mehr als fünfhundert oder sechshundert Meter entfernt. Hin und wieder feuerten sie einen Schuss nach oben ab, aber sie waren noch nicht in treffsicherer Schussweite und sparten ihre Munition. Bald würde es vorbei sein, dachte Maggie voll Grausen.

Sie betrachtete die ausgemergelte Gestalt ihres Vaters, der unermüdlich weiterkletterte und über unerschöpfliche Kraftreserven zu verfügen schien. Es war erstaunlich: ein dem Tod naher Mann, der diesem Tod nun auf grandiose Weise trotzte. Der steile Pfad wurde immer schmäler und schien an einer massiven Felswand sein Ende zu finden, die rund zweihundert Meter lotrecht emporstieg. Wohin würde er sie nun führen?, fragte sich Maggie. Oder hatte er sich zuletzt doch einmal verrechnet und sie gedankenlos in eine tödliche Falle geführt? Sie stolperte weiter. Es gab keine Alternative. Nur eine. Und von der würde sie Gebrauch machen, wenn es gar nicht mehr anders ging. Sie würden keines ihrer Mädchen bekommen. Nicht lebend.

Maggie war drauf und dran, vor Angst und Erschöpfung zusammenzubrechen, als sie sah, warum Jones sie hierher gebracht hatte. Der Atem stockte ihr in der Kehle. Er hatte es geschafft. Wieder geschafft. Er war da, als sie ihn am dringendsten brauchte.

In den Schatten der Felsklippe war ein schmaler Spalt, nur so breit, dass man die Pferde ohne Reiter einzeln durchzwängen musste; auf der anderen Seite des Engpasses wurde der Weg wieder breiter, wie bei einem Stundenglas. Das war die perfekte Stelle, um sie aufzuhalten – die umliegenden Felswände waren zu steil zum Klettern. Maggie konnte den Blick nicht von seinem kantigen alten Gesicht abwenden, während er jedes Tier durch die schmale Öffnung führte.

Alice war als eines der ersten Tiere durch den Engpass gegangen und wieherte nun wie wild. Maggie sah sie an und wusste sofort, dass etwas nicht stimmte; das junge Maultier wollte zwischen den anderen Tieren hindurch zu der Lücke zurück und verursachte ein Riesenchaos. Jones packte seine Zügel und drehte es um und gab ihm einen heftigen Klaps auf den Hintern. Das Tier erschauerte, rührte sich aber nicht vom Fleck … es drehte nur den Kopf, sodass es wieder an ihm vorbei den Weg hinunter sehen konnte. Sie drehten sich um und erkannten den Grund.

Die alte Stute war unten auf dem Felsgestein zusammengebrochen, die Frau, die sie getragen hatte, strampelte sich von ihr frei und lief durch die Felsspalte in Sicherheit. Jones ging auf das Tier zu.

»Bleib hier!«, rief Maggie.

Er beachtete sie nicht, sprang den Weg hinab und ließ sich vor der Stute auf die Knie nieder. Sie hatte die Zunge heraushängen und sah aus, als wäre sie tot. Maggie folgte ihm geduckt und mit dem Gewehr in der Hand und suchte die Hänge unten nach Apachen ab. Dann rannte Dot an ihr vorbei den Weg hinab und ging neben ihrem Großvater in die Hocke. Sie flehte das alte Pferd an, doch wieder aufzustehen.

»Bitte«, flehte Dot.

»Dotty, geh zurück«, sagte Maggie.

Kugeln heulten durch die Luft. Maggie sah nicht weit von dem Pferd entfernt eine Staubwolke auf dem Weg, lief vorwärts, ließ sich neben ihrer Tochter auf die Knie fallen und sondierte das Felsgestein, bis sie eine Bewegung sah. Sie hielt das Gewehr an die Schulter und feuerte. Dann kam Lily den Pfad heruntergelaufen, kauerte sich hinter dem alten Pony nieder und drückte so fest sie konnte gegen seinen Rumpf. Dot half ihr, während Jones am Kopf des Tieres zog. Das Tier stöhnte.

Maggie spannte das Gewehr und hielt es an die Schulter, als ein weiterer Apache sich mehrere Dutzend Meter unter ihnen bewegte. Der Schuss hallte laut in den stillen Bergen. Sie hatte ihn zwar nicht getroffen, aber nur knapp verfehlt; er sprang hastig in Deckung.

»Beeilung!«, rief Maggie ihnen zu.

»Komm schon, Pferd!«, schrie Lily hektisch. »Steh auf.«

Jones sprach leise in Apache auf die Stute ein. Dann kamen die anderen Frauen dazu, und wenig später hatten sie das kleine Pferd aufgerichtet, sodass es sich torkelnd zu der Felsspalte führen ließ. Es versuchte wieder, sich auf die Knie sinken zu lassen, doch die Gruppe hielt es mit ihrer Nähe aufrecht. Dann hatte es die Spalte passiert, Maggie feuerte einen letzten Schuss ins Blaue ab und rannte los. Jones blieb mit der Sharps auf dem Weg stehen, bis alle sicher hindurch waren, dann rollten er und Dot und Lily einen hüfthohen Felsbrocken vom Hang herab und ließen ihn wie einen Pfropfen gegen den schmalen Durchgang rollen. Maggie scheuchte die Frauen und Dot weiter den Weg hinauf und sammelte dabei die Pferde ein und trieb sie voran, damit sie nicht von Querschlägern getroffen wurden.

Jones drehte sich um und sah Lily an. Sie stand neben ihm und sah blind durch die schmale Lücke unten in der Felswand. Seit der Ranch hatte er sie nicht mehr in anständigem Licht gesehen, und da war sie immer so herausgeputzt gewesen, dass es ihm bisher nie aufgefallen war. Nun konnte er trotz ihrer geschwollenen Augen kaum glauben, wie sehr sie Susan ähnlich sah, wie viel von der beinahe magischen Schönheit ihrer Großmutter sie geerbt hatte. Genau wie ihre unglaubliche Zähigkeit.

Diese junge Frau mochte den feineren Dingen des Lebens zugetan sein, dachte er, aber sie würde dennoch ihre Bodenständigkeit nie verlieren. Dafür bewunderte er sie. Ihre kleine Schwester besaß dieselben Eigenschaften. Genau wie Maggie. Susan hatte ein Geschlecht von Kriegerinnen begründet. Er lächelte.

»Danke, dass du der Stute geholfen hast«, sagte er. Die Nacht senkte sich rasch über die Hügel.

Lily sah ihn eindringlich an und machte den Eindruck, als wollte sie etwas zu ihm sagen, tat es aber nicht. Er gab ihr die Sharps, kniete sich neben dem alten Pferd nieder, streichelte ihm den Hals und erzählte ihm wieder von seinem Leben und den Heldentaten, die es vollbracht hatte. Um die Stute schien es endgültig geschehen zu sein. Er erzählte ihr von den saftigen Wiesen am Ende des letzten Ausritts. Er ahmte den Ruf der Wiesenlerche nach, weil er wusste, dass dem Tier dieser Laut gefiel. Dann kam Dot gelaufen und versuchte, dem Pony Wasser aus ihrem Hut zu geben.

»Danke, Kind, aber das nützt nichts. Sie geht von uns.«

Dot schüttelte heftig den Kopf. Alice kam herunter, stellte sich neben das alte Pferd und blies ihren Atem sanft über sein graues Fell.

»Warum muss sie jetzt sterben?«

»Es ist der richtige Zeitpunkt. Sie hat etwas Großes vollbracht. Das weiß sie, und sie ist stolz darauf. Nur die Berge leben ewig.«

»Nein. Es ist nicht der richtige Zeitpunkt. Es ist niemals der richtige Zeitpunkt.« Dot beugte sich vor und vergrub das Gesicht an der Schulter des Pferdes.

»Mein Kind, stör sie nicht. Lass sie friedlich und ruhmreich gehen und stolz darauf sein, was sie geleistet hat. Sie hat dafür gelitten; du musst sie nun mit Würde ehren.« Jones stimmte mit leiser Stimme einen Gesang an.

Chaco kam und sprang auf den Rumpf des Grauen, als könnte er ihm damit wieder Leben einhauchen. Aber die alte Stute erschauerte nur einmal und starb. Alice stupste sie fester an.

»Ach, Ma«, schluchzte Dot.

»Denk an den Weg, den wir gemeinsam geritten sind«, sagte der alte Mann zu ihr. »Vergiss es nicht, dann wird es niemals sterben.« Er schüttelte die kleine Rassel über dem Pferd.

Maggie löste den Sattelgurt des Grauen, zog den Sattel herunter und legte dem Pferd die Decke über den Kopf. Der alte Mann winkte Dot zu sich, setzte sich mit ihr hin und zeigte auf den hellen Stern im Süden. Er hustete heftig, und Dot fürchtete einen Moment, er könnte wieder bewusstlos werden. Doch dann ließ der Hustenanfall nach, und er holte Luft. »Das Pferd und Ho-nes-co und die anderen warten dort auf uns«, sagte er und zeigte zum Himmel. »Dort werden wir uns alle treffen.«

»Ma und alle anderen auch?«

»Alle. Wir sind Verwandte.«

»Aber wie sollen wir dorthin finden?«

»Kayitah wird den Weg markieren. Du wirst es sehen.«

Maggie und Lily sahen starr zu dem funkelnden Stern und hingen ihren Gedanken nach. Dann kauerte sich Maggie neben der grauen Stute nieder, legte ihr eine Hand auf die Schulter und dachte, dass sie Lily ohne ihren großen Mut nie gefunden hätten. Sie hatte den alten Mann über Hunderte Meilen getragen, und dabei war ihr Herz gebrochen. Das kleine Pony, Kayitah und ihr Vater hatten ihr Lily zurückgegeben.

Sie beugte sich dicht über den Kopf unter der Decke. »Danke«, flüsterte sie.

Maggie half Dot aufstehen und ging mit ihr zu den Frauen zurück, die Feuer gemacht hatten und Essen kochten. In der Nähe gab es ein Loch mit frischem Wasser; Dot ging hin und trank ausgiebig. Hinterher saß sie da und schaute zu dem Stern am südlichen Himmel. Maggie sah sie eine Weile an, dann wandte sie sich wieder Jones und dem alten Pferd zu. Der alte Mann flocht die Mähne des Pferds zu Zöpfen und band Federn und Perlen hinein. Lily hatte sich neben ihn gesetzt und machte es ihm nach. Als sie die beiden so zusammen sah – ihren Vater und ihr ältestes Kind –, hatte Maggie das wunderbare Gefühl, dass der Himmel nun doch endlich sein Licht auf sie scheinen ließ.

Später riefen die Apachen von unten Spott und Verwünschungen herauf. Jones nahm die Sharps und hielt bei den Felsen Wache; Lily gesellte sich zu ihm. Selbst aus der Ferne konnte Maggie die Angst ihrer Tochter spüren. Jones musste sie ebenfalls gespürt haben, denn er gab ihr die Waffe. Sie nahm sie zögernd; Maggie konnte sehen, wie der alte Hüne mit seiner Enkelin redete – wie er mit ihr vor so langer Zeit geredet hatte; ein herrliches und erhebendes Gefühl von Familienzusammengehörigkeit erfüllte sie.

Lily feuerte die riesige Waffe ab und taumelte unter dem Rückstoß rückwärts. Jones kicherte. Das Gelächter schien die letzten harten Knoten in Maggies Innerem aufzulösen. Lily lud nach, wappnete sich und feuerte erneut. Jetzt lachten sie beide.

Die Apachen waren still. Sie würden in der Nacht nicht angreifen, aber Maggie wusste, dass sie auch nicht abziehen würden. Sie waren wie Wölfe, die einem verletzten Tier folgten. Sie würden ihm auf den Fersen bleiben, bis sie es zur Strecke gebracht hatten. Sie dachte an den Lahmen und erschauerte.

Als die Dunkelheit hereingebrochen war, der Mond den Himmel erhellte und die Geräusche der Nacht erklangen, kam Maggie langsam herüber und setzte sich neben den alten Mann. Er hatte Chaco auf dem Schoß und betrachtete das tote Pferd. Alice stand neben ihm. Der Hund knurrte sie an. Jones schnippte leise mit den Fingern, Chaco verstummte. Eine Zeit lang sagte keiner etwas. Maggie beobachtete einen Zaunkönig auf einer Opuntie in der Nähe. Der Vogel richtete sich für die Nacht ein, bewegte sich langsam und vorsichtig zwischen den stacheligen Zweigen und ließ sein *tschug-tschug* in der Nacht ertönen.

Lily und Dot saßen dicht nebeneinander vor der Glut des

Feuers und unterhielten sich leise. So ein bezaubernder Anblick, dachte Maggie. Dot lachte in der kühlen, nächtlichen Stille; ihr Traum war wider Erwarten in Erfüllung gegangen. War in Erfüllung gegangen wegen ihres Großvaters. Maggie sah ihm ins Gesicht. Es sah wie eine Totenmaske aus. Er war wirklich und wahrhaftig für sie da gewesen. Während sie so da saß und hörte, wie er nach Luft schnappte, begriff sie, weshalb die Apachen ihn *Fielito* nannten. Er hatte es verdient. Er hatte so sehr gekämpft, am Leben zu bleiben, nur um seine Enkelin zu retten. Nein, sie wusste, dass das nicht alles war. Er hatte auch gekämpft, um sie zu erreichen. Sie sah eine Weile zum Sternenzelt empor und dachte an Brake, Kayitah, Ho-nes-co und Mannito.

Als sie den alten Mann wieder ansah, flüsterte er lautlos etwas in die Nacht. Sie wartete, bis er fertig war, dann bat sie: »Sag es mir.«

Jones räusperte sich. »Was soll ich dir sagen?«

»Warum du mich verlassen hast.«

Eine Weile konnte er keine Worte finden. Irgendwo im Canyon rief ein Waldhuhn. Es war kalt. Er veränderte seine Haltung im Sand, um die Schmerzen in der Brust zu lindern. »Das habe ich nicht.« Er machte eine Pause. »Ich bin nur zu ihnen zurückgegangen.«

Maggie lauschte dem Wind in den Bergen und wartete darauf, dass er mehr sagen würde.

»Als junger Mann habe ich Handel mit den Stämmen getrieben – mit den Lakota-Sioux, den Crow, den Paiutes, den Cheyenne – und bei ihnen gelebt in den Jahren, bevor sie die Weißen hassten. Ich lernte ihre Sprachen und ihre Lebensweise.« Er dachte einen Moment nach, dann rutschte er wieder im Sand hin und her, um die unerbittlichen Schmerzen zu mildern. »Vielleicht bin ich zu lange geblieben. Sie wurden mehr mein Volk als die Weißen. Ich glaubte, was sie mich lehrten. Ich konnte in allem etwas – für mich – Bedeutsames erkennen.« Er hob eine Hand und kraulte dem kleinen Hund den Rücken. »Ich setzte es alles zusammen und bastelte mir etwas daraus, das man meine ›persönliche Religion‹ nennen könnte.« Er lächelte ihr zu.

Sie schauten auf, als sie ein Geräusch über sich hörten, und sahen die verschlafenen Augen eines Katzenfretchens auf sie herabschauen. Jones lächelte. »Gute Jagd, Bruder«, sagte er leise, und das kleine marderähnliche Tier mit dem verträumten Gesicht zog weiter.

»1838 zog ich nach Süden, um mit den Navajos und Zuni Handel zu treiben und gründete einen Handelsposten auf mexikanischem Gebiet. Ich behandelte sie fair. Die Geschäfte liefen gut. Dann kam eines Tages eine Gruppe White-Mountain-Apachen, um zu handeln, und da sah ich sie. Zwanzig; das ist alt für eine unverheiratete Apachin. Sie war wunderschön.«

»Yopon?«

Er nickte.

»Sie war intelligent und würdevoll und widersetzte sich lange Zeit meinen linkischen Versuchen, um ihre Hand anzuhalten.« Er verstummte, sah Maggie an und strich ihr zärtlich mit seiner riesigen Hand über das Haar. Sie machte die Augen zu.

»Aber ich hatte mich in sie verliebt. Rettungslos. Als die Gruppe wieder abzog, verkaufte ich meinen Anteil an dem Handelsposten an meinen Partner und ging mit ihnen. Sie akzeptierten mich nicht. Die jungen Männer kämpften erst einzeln, dann in Gruppen gegen mich, um mich zu vertreiben.« Er lächelte bei der Erinnerung. »Ich nehme an, ich war einfach ausdauernder als sie, und irgendwann hatten sie das Kämpfen satt.«

»Warum haben sie dich nicht einfach getötet?«

»Damals behandelten die Apachen die Weißen noch einigermaßen gerecht. Sie hassten die Mexikaner.« Er machte eine Pause. »Die Weißen hassten sie erst später.«

Da er nicht fortfuhr, drängte Maggie. »Was ist dann passiert?«

»Etwas Wunderbares.« Er hustete heftig und man sah seinen Augen die Qualen an, die er litt.

»Wie das?«

»Yopon verliebte sich in mich«, sagte er, lächelte sein Goldzahnlächeln und rang nach Luft. »Wir heirateten.« Er wischte sich die Augen mit dem Handrücken. »Wir hatten zwei Kinder.«

»Eskim und Lozen.«

»Nein. Zwei Jungs, Nolo und Ishpia.«

»Wo sind sie?«

»Beide tot. Als sie klein waren, begannen die Mexikaner einen Feldzug, um die Apachen aus dem nördlichen Teil ihres Landes zu vertreiben. Zur selben Zeit streiften Amerikaner durch das Land, um Gold und Silber zu schürfen, und töteten Indianer.« Er verstummte und sah zu Boden. »Als Mexikaner unsere Ansiedlung angegriffen hatten, bat ich Yopon, mit mir und den Jungs wegzugehen und bei den Weißen zu leben.« Er hörte auf zu reden und lächelte. Maggie sah ihn an und musste selbst lächeln angesichts der seltsamen Wirkung, die das Lächeln auf das Furcht erregende Gesicht des alten Mannes hatte.

»Was ist so komisch?«, fragte sie.

»Nur, dass ich immer von starken Frauen umgeben war.«

Sie sah ihn einen Moment an. »Du hast sie dir ausgesucht«, sagte sie dann.

Er antwortete nicht, sondern betrachtete stattdessen seine Hände und erinnerte sich an Dinge aus der Vergangenheit. Schwarze Gedanken umwölkten sein Gesicht. Sie wartete.

»Sie wollte nicht gehen. Sie hatte Angst davor, was die Weißen ihren Kindern antun könnten.« Er machte eine Pause. »Die Zeiten wurden schlimmer. Überall wurde getötet. Auf beiden Seiten. Wir konnten uns nicht auf mexikanischem Boden sehen lassen, ohne dass auf uns geschossen wurde. Wir wurden wie Eule und Kojoten, Geschöpfe der Nacht. Dann geschah das, was ich befürchtet hatte: Nolo, unser ältester Sohn, wurde von Mexikanern erschossen. Yopon wollte immer noch nicht weg. Und mit Nolos Tod veränderte sich die Welt für mich. Mir lag nichts mehr an den Alltäglichkeiten des Lebens.

Es war, als wäre auch ich gestorben. Ich konnte durch das Land reisen, aber mein Geist kam nicht mit mir – er blieb daheim bei dem Kind. Wenn ich mich entspannte, kreisten meine Gedanken um ihn. Ich konnte ihm nicht entrinnen, diesem Jungen, den ich geliebt hatte und der nicht mehr unter uns war. Ich fing an zu trinken. Aber das änderte nichts daran, dass ich von Nolos Leichnam unter der Erde träumte, mich erinnerte, wie er gewesen war und was er geliebt hatte. Seine Stimme«, die Worte verklangen in der Dunkelheit. »Einmal, als ich betrunken war, bildete ich mir ein, ich würde ihn weinen hören, ritt zu seinem Grab und grub ihn aus. Und nun kann ich mich nicht mehr an sein Gesicht erinnern, wie es war … nur an die grässliche Totenfratze, die ich im Erdboden sah.«

Jones rappelte sich auf, schien die Erinnerungen abzuschütteln und sondierte den Weg unten; er blieb lange in den Schatten stehen, dann kehrte er zu der Stelle zurück, wo sie wartete. Er ließ sich zu Boden fallen und atmete röchelnd und abgehackt.

»In meinem Kopf war etwas zerbrochen. Nur Mescal brachte mir Frieden. Dann wurde ich eines Tages zusammen mit zwei anderen Apachen an einer Wasserstelle von einer amerikanischen Patrouille gefangen genommen und zwei Jahre in einem Gefängnis in Arizona eingesperrt. Als sie mich endlich freiließen, suchte ich mehr als ein Jahr nach Yopon und dem Jungen.«

Er hörte auf zu reden und dachte einen Moment nach. Dann schaute er zu ihr auf, als wäre ihm gerade eben eingefallen, dass sie noch neben ihm saß. »Andere Apachen sagten mir, dass die White-Mountain-Apachen ausgerottet oder in Reservate gesperrt worden wären. Ich suchte ein weiteres Jahr die Lager ab. Nichts. Ich versuchte, die Erinnerung an sie mit Whiskey auszubrennen. Ich konnte nicht mehr in diesem Landstrich leben, daher ging ich nach Osten, nach St. Louis, und kaufte unsere Farm.«

Er blieb lange Zeit sitzen und sah zu Boden. Dann schaute er sie an. »Deine Mutter lebte ein paar Meilen entfernt. Ich trank immer mehr.« Er hörte eine Eule in der Nacht rufen und zuckte leicht zusammen. Der Vogel verstummte.

»Ich dachte, ich hätte die Erinnerung an Yopon und Ishpia zurückgelassen. Aber das stimmte nicht. Einmal, ein Jahr nachdem ich Susan kennen gelernt hatte, machte ich mich auf die Suche nach ihnen. Ich musste wissen, ob sie noch am Leben waren. Wieder sagten mir die Apachen, mit denen ich sprach, dass die White Mountains alle getötet worden wären. Ich kam zur Farm zurück und glaubte schließlich, dass sie alle tot waren.«

»Dann hast du Mutter geheiratet.«

»Ja.« Er verstummte und sah Maggie an. »Du musst eines wissen: Ich habe nie aufgehört, Yopon zu lieben.« Er dachte einen Moment nach. »Ich liebte sie beide. Kannst du das verstehen?«

Maggie dachte einen Moment nach. »Ja«, sagte sie dann.

Chaco legte sich auf seinen Schoß.

Sie stocherte mit einem Zweig im Boden.

Jones betrachtete ihr Gesicht eine Weile und staunte über die Wege der Liebe, ihre erstaunliche Verwundbarkeit, Dauerhaftigkeit, die wie das Felsgestein war. Plötzlich breiteten die Schmerzen dunkle Schwingen über ihm aus. Er wartete, bis sie abgeklungen waren, dann sagte er: »Du wurdest geboren. Die Jahre vergingen. Dann erhielt ich eines Tages einen Brief von meinem alten Partner, der mir sagte, dass es nicht gut um die Apachen stände. Dass er Yopon und Ishpia am Handelsposten gesehen hätte. Dass Ishpia krank wäre. Dass die Ansiedlungen sich in einem schrecklichen Zustand befanden, dass alle hungerten und ständig von mexikanischen und weißen Skalpjägern überfallen wurden.«

Er räusperte sich und sah blind zu den Sternen hinauf. »Ich hatte dir in deinem Zimmer vorgelesen. Du warst eingeschlafen, und ich nahm den Brief aus meiner Tasche, wo ich ihn eine Woche lang ungeöffnet gehabt hatte. Ich wusste, er war von meinem alten Partner, und wollte die qualvollen Erinnerungen nicht noch einmal durchleben.« Er verlagerte sein Gewicht auf dem Boden.

»Als ich ihn zu Ende gelesen hatte, sah ich in dein Gesicht und konnte nicht mehr wegsehen. Ich saß die ganze Nacht neben deinem Bett. Und sah dich nur an.« Er verstummte und hustete eine Weile heftig. »Ich liebte dich. Ich liebte deine Mutter.«

Er bewegte sich wieder mit sichtlicher Anstrengung. »Das Leben sollte einen nicht vor solche Entscheidungen stellen. Liebe gegen Liebe. Niemals«, murmelte er.

Er sah ihr ins Gesicht. »Ich dachte, Susan würde wieder heiraten – ihr zwei würdet ein neues Leben finden.« Er verstummte wieder eine Weile.

»Ama. Ich bin fortgegangen, weil sie um ihr Leben kämpften.«

Maggie stocherte wieder mit dem Zweig im Sand. »Was wurde aus Ishpia?«

»Wir haben es nie erfahren. Er ging eines Tages auf die Jagd und kam nicht wieder.«

Maggie schlang die Arme um die Knie und sprach ein Gebet für diese beiden Brüder, von deren Existenz sie erst heute Nacht erfahren hatte. Der alte Mann sah sie an.

»Ich habe dich geliebt. Jeden Tag. Wenn du nichts anderes glaubst, glaub wenigstens das.«

Maggie sagte nichts. Sie betrachtete die Nüstern der toten Stute und dachte über diesen Mann und seine Frauen und Kinder nach. Alle dahin, außer ihr. Sie sah in sein Gesicht und auf seine Hände und wusste nun, warum sie so vernarbt waren. Er hatte für all seine Frauen und Kinder gekämpft, auf unterschiedliche Weise.

Als sie wieder aufschaute, flossen ihre Tränen ungehindert. »Dad – mir ist kalt«, sagte sie. »Nimmst du mich in die Arme?«

Samuel Jones gab einen seltsamen kehligen Laut von sich, als er die Arme ausstreckte und sie um seine Tochter legte. So blieben sie stundenlang sitzen und sagten kein Wort. Maggie legte den Kopf vorsichtig auf die Brust des alten Mannes, hörte seinen Herzschlag und genoss, wonach sie sich seit jener Nacht vor langer, langer Zeit so sehr gesehnt hatte. Dann schlief sie ein.

Als die leise Stimme diesmal in ihren Träumen zu ihr sprach, lächelte sie. Lozen führte sie irgendwo hin. Maggie erkannte ihre alte Farm. Sie kletterten über den Zaun der Weide und rannten lachend auf den Hügel hinter der Scheune. Es war sonnig und warm, dünne Wolkenschleier zogen über den blauen Himmel. Maggie und Lozen umarmten einander. Dann blieb Lozen stehen und riss sich los und drehte sich um. Maggie sah ihr einen Moment ins Gesicht. Ihre Halbschwester lächelte, und Maggie folgte ihrem Blick zu der Weide hinunter.

Einen Moment konnte sie nicht glauben, was sie sah. Sie waren vereint. Gingen Hand in Hand über die Wiese. Kein Zorn, kein Schmerz. Nur Gelächter und Unterhaltungen. Dann lief Lozen den Hügel hinunter zu ihnen, und plötzlich ging Maggie das Herz über vor Freude.

Als sie die beiden so sah – ihre Mutter und Yopon –, die einander an den Händen hielten und gemeinsam redend durch das grüne Feld schlenderten, heilte eine Wunde in ihr, die fast ihr ganzes Leben lang wehgetan hatte. Maggie konnte den Blick nicht von ihnen abwenden. Sie sahen so glücklich zusammen aus. Sie wusste nun, dass keine der anderen ein Leid zugefügt hatte. Es gab keine Eifersucht – keinen Schmerz. Diese Art von Frauen waren sie nicht.

Sie teilten etwas Wunderschönes und Unausgesprochenes. Etwas Wunderbares und Geheimnisvolles in diesem Leben: ihre Liebe zu demselben Mann. Diese verband sie in alle Ewigkeit. Verlorene Kinder, Schmerz und Liebe. Auch das teilten sie.

Maggie erwachte und fühlte sich als Teil davon.

Ihr Vater sah lächelnd auf sie herab.

»Hast du etwas von Yopon?«, fragte sie.

»Ja.«

»Ich hätte gern etwas von ihr.«

Jones sah ihr lange ins Gesicht und brachte kein Wort heraus. Dann nickte er, streckte die Hand nach seiner Satteltasche aus, kramte darin und holte schließlich ein kleines Holzkästchen mit einem Messingverschluss heraus. Er machte es auf. Im Inneren befanden sich eine schwarze Haarlocke und zwei Fotografien. Maggie betrachtete die Bilder. Es war dieselbe Frau, die Maggie im Traum neben ihrer Mutter gesehen hatte. Yopon. So hübsch und zierlich, wie der Marshal gesagt hatte. Ihr Lächeln brachte auch Maggie zum Lächeln.

Jones räusperte sich. »Nimm die«, sagte er und holte eine der Fotografien heraus.

»Nein.«

»Bitte. Es wäre ihr recht, dass du sie bekommst.« Er betrachtete das Bild einen Moment und gab es dann Maggie. »Ihr hättet einander gemocht.«

Maggie hielt die kleine Fotografie eine Weile in den Händen, dann stand sie langsam auf und ging zum Lagerfeuer zurück. Als sie wiederkam, hielt sie den silbernen Rahmen in der Hand, den Jones ihr an dem Tag gegeben hatte, als er die Ranch verließ. Sie betrachtete das Bild von ihnen dreien, dann schob sie das Bild von Yopon in das leere Glas auf der anderen Seite.

Jones strich mit den Fingern über die kleine Locke. »Das auch«, sagte er und gab ihr die Hälfte der schwarzen Strähne.

Maggie hielt sie in einer Hand und berührte sie sanft. »Sie hatte weiches Haar.«

»Das ist nicht von Yopon.«

»Von wem dann?«

»Lozen.«

Maggies Hände zitterten, als sie das weiche, schwarze Haar des kleinen Mädchens berührte, das sie nur in ihren Träumen gekannt hatte. Sie hielt es lange Zeit in der Hand, dann legte sie es zwischen die Fotos des Rahmens.

Als sie sich wieder in der Gewalt hatte, drehte sie sich zu ihm um und sagte: »Ich dachte schon, du hättest Recht.«

»Womit?«

»Dass Gott meine Gebete nicht erhört.« Sie machte eine Pause. »Aber das hat er.«

»Inwiefern?«

»Er hat dich zu mir geschickt.«

Der alte Mann ließ sein Goldzahnlächeln sehen. »Du gibst nie auf.«

Maggie erwiderte sein Lächeln einen Moment, dann wurde ihre Miene ernst. »Ich fürchte um deine Seele.«

Er schüttelte den Kopf. »Musst du nicht.«

Maggie lehnte sich an ihn und machte die Augen zu.

Jones hockte in der Dunkelheit auf dem breiten Granitvorsprung, der über den Hang hinausragte. Er tastete sich vorwärts und sah in den dunklen Abgrund hinab. Etwa zweihundert Meter abwärts. Er atmete tief durch und lauschte den Geräuschen der Nacht; er war nicht sicher, welche Eingebung ihn hierher geführt hatte, wusste aber, dass er und der Lahme sich hier treffen würden. Schicksal? Er wusste es nicht. Es spielte auch keine Rolle. Es kam nur darauf an, dass er den *pesh-chidin* vernichtete. Wenn er das nicht schaffte, spielte nichts mehr eine Rolle.

Jones trug nur seinen Lendenschurz und hatte sein Kriegsbeil und sein Messer in der mit Perlen verzierten Scheide dabei. Schusswaffen würden nicht funktionieren. Nicht gegen den *pesh-chidin*. Er musste auf die alte Art besiegt werden. Sonst wären Jones' Leute – Yopon, Susanna, Ama, Kayitah, Thelma und die anderen – verloren. Für alle Ewigkeit verloren.

Er rückte die kleine Brille zurecht, zitterte in der kalten Nachtluft, atmete tief ein, beachtete den stechenden Schmerz in seinen Lungen nicht und horchte wieder in die Nacht. Er hatte seine Macht angerufen, fühlte sich aber schwach. Dennoch hatte etwas ihn an diesen einsamen Ort geführt.

Er hörte ein leises Geräusch. Er erstarrte. Etwas oder jemand war in seiner Nähe. Er konnte die Präsenz spüren. Langsam drehte er sich im Kreis und umklammerte den Griff des Beils fester. Nichts als Dunkelheit.

Eine Eule rief, und Jones glaubte, dass er jemanden, einen Eindringling, in dem Laut hören konnte. Dann machte sich der Moskito, der ihn umschwirrt und vergeblich nach einem Stück Haut gesucht hatte, das nicht eingefettet war, auf die Suche nach einem anderen Opfer … und Jones wusste mit Sicherheit, dass jemand in der Nähe in der Dunkelheit lauerte.

Er sah ihn aus dem Augenwinkel, einen großen Schatten, der sich seltsam gebeugt bewegte und schneller, als er gedacht hatte, daher wirbelte er zu spät herum; das Steinbeil zertrümmerte ihm das Schlüsselbein, er fiel auf die Knie. Schmerzen schossen Jones bis in den Hals, er ließ das Beil fallen, da sein rechter Arm plötzlich schwer und nutzlos war. Er schwankte und bemühte sich, aufrecht und bei Bewusstsein zu bleiben.

Das Mann-Wesen bereitete ihm aus irgendeinem Grund kein schnelles Ende – vielleicht nur, weil es seinen Sieg auskosten wollte –, sondern hinkte ein paar Schritte rückwärts und sah ihn an. Jones bemerkte ein Gefühl der Schwerelosigkeit und wusste, dass er ohnmächtig wurde. Er blinzelte sich wach.

Der Lahme sah ihn unter einer schwarzen Kapuze hervor an; er war viel schwerer, als Jones gedacht hatte und gedrungen von seinem grotesk geformten Kopf bis zu den breiten Hüften. Ungeschlacht und missgestaltet. Stark wie ein Bulle. Jones spürte Eiseskälte in sich: Er wusste, er hatte kaum eine Chance, diese grimmige Kreatur zu besiegen.

Der Mann hatte nur ein Beil und ein Messer, genau wie Jones. Vom Gesicht konnte man nur die Augen sehen, die hinter den schmalen Schlitzen der Kapuze wild funkelten. Mannito und Kayitah hatten in diese Augen gesehen. Hatten ihr Spiegelbild darin erblickt.

Jones blieb ruhig. Er versuchte, den rechten Arm zu bewegen. Keine Reaktion. Er sah, wie die Augen das hilflose Zucken registrierten, mit der er den nutzlosen Arm bewegen wollte.

Der Apache spürte, dass er mit ihm spielen konnte, umkreiste ihn, näherte sich mit seinem schiefen, hinkenden Gang dem nutzlosen Arm und zwang Jones so, sich auf den Knien mit ihm zu drehen. Keiner sagte ein Wort. Das war auch nicht nötig. Beide wussten, warum sie hergekommen waren. Was sie tun mussten. Es war ein Ritual, so alt wie das Volk. Er richtete sich gerade auf und griff mit der linken Hand nach dem Beil. Er würde weitermachen. Wenn es denn Schicksal war, dann stand das, was geschehen würde, schon im Wind und im Sand und auf den Steinen geschrieben. Nichts würde etwas daran ändern. Und er musste seine Rolle darin spielen.

Plötzlich wurde Jones von Krämpfen geschüttelt und hustete heftig, die Brille fiel ihm von der Nase. Der Husten hörte nicht auf. Er sank auf Hände und Knie und ließ die Axt wieder fallen. Der Apache rückte näher. Als der Krieger direkt vor ihm stand, ließ der Husten so plötzlich nach, wie er angefangen hatte, er drehte sich blitzschnell auf der linken Hand herum und trat mit einem seiner langen Beine zu. Der heftige Tritt traf den maskierten Krieger seitlich an seinem gesunden Bein, er landete dicht vor dem Abgrund auf dem Granit.

Jones schnappte sich sein Beil und rollte sich in die dunkleren Schatten. Er wartete schwer atmend und spähte in die Nacht. Es war niemand auf dem Sims. Er wusste, er hatte den Mann überrascht, und sie waren dicht am Abgrund gewesen, aber war er hinuntergestürzt? Jones wartete und spähte in die Nacht. Keine Schatten. Langsam rappelte er sich auf, bewegte sich vorsichtig. Er beugte sich vor und schaute in die Schwärze hinab. Er konnte nichts erkennen. Gerade richtete er sich wieder auf, als das Beil ihn in der Seite traf; Rippen knackten, Schmerzen schossen ihm durch die Brust. Er rollte sich nach links, gefährlich nahe am Abgrund. Der *pesh-chidin* grunzte und hinkte ihm hinterher, linkisch und tückisch wie ein Raubvogel am Boden.

Nun war der Mann über ihm. Noch ein Hieb mit dem Beil. Dann noch einer, der abgewehrt wurde. Jones kroch verzweifelt zur Felswand und lehnte sich an den Stein. Er wich einem vernichtenden Schlag nach seinem Kopf aus. Das Mann-Wesen trat ihm in die Seite. Es war fast vorbei. Jones konnte den Hieben nicht mehr ausweichen. Er sah das Messer und spürte das Ende.

»Kayitah … geh zu dem Stern«, flüsterte er.

Der Mann war dicht bei ihm. Jones schaute an sich hinab und sah Blut aus seiner Schulter spritzen, die Messerklinge war rot. Er spürte nichts.

»Lieber Jesus, ich hab's versucht.« Die Worte hatten eine seltsam tröstende Wirkung auf ihn, daher sagte er sie noch einmal. »Lieber Jesus.«

Jones versuchte, sich zu bewegen. Sinnlos. Er sah in das maskierte Gesicht. »Pesh-chidin«, sagte er und wartete auf das Messer. Dann hörte er ein Geräusch, wie er noch keines in seinem Leben gehört hatte. Der Lahme fuhr herum und starrte in die Dunkelheit. Nun herrschte Stille.

Dann kam ein Revolver aus den Schatten und schlitterte harmlos über das flache Felsgestein ins Leere, gefolgt von Maggie, die auf der Granitfläche landete. Der *pesh-chidin* hatte Jones den Rücken zugewandt und zitterte.

Er richtete sich langsam auf – diese Frau lenkte ihn ab. Die Frau aus dem Geisterbild. Die Frau, die nicht einmal der Andere vernichten konnte. Er zitterte. Er hob das Beil. Sie würde schneller sein als der alte Mann. Gefährlicher. Er wusste, dass sie eine Medizin besaß, die so mächtig wie seine eigene war.

Jones holte tief Luft, wappnete sich gegen die Schmerzen und schob sich in eine sitzende Haltung hoch, dann rammte er das Messer so fest er konnte in das gesunde Knie des *pesh-chidin*, drehte es herum und versuchte verzweifelt, eine Sehne oder Arterie durchzuschneiden. Der Mann brüllte, riss das Messer heraus und stolperte weg. Er ließ Maggie nicht aus den Augen.

Maggie hatte aufgehört zu schreien, Stille senkte sich über die Ebene. Sie war aufgesprungen und suchte mit hektischen

Blicken die Granitfläche nach einer Waffe ab, einem Stein, einem Stock, irgendetwas. Sie sah nichts. Ihr Vater hob den Kopf und beobachtete sie benommen. Sie konnte das Blut sehen und spürte, dass es vorbei war. Er murmelte etwas. Sie wollte zu ihm, wollte am Ende bei ihm sein, aber der Apache stand zwischen ihnen. Jones redete wieder. Sie strengte sich an, damit sie ihn verstehen konnte.

»Lieber Jesus...«, sagte er, dann sackte sein Kopf nach hinten.

Maggie sah den alten Mann schockiert an: Die Worte waren ein erhörtes Gebet. Sie verspürte eine Mischung aus Hoffnung und nagender Furcht. Hoffnung, dass ihr Vater Gott suchte, und Furcht, dass dieser Heide ihre Seelen zerstören würde. Sie wusste jetzt, dass ihr Vater Recht gehabt hatte – mit diesem Mann stimmte ganz entschieden etwas nicht.

Sie zog das Kruzifix über den Kopf und hielt es ihrem Vater hin. Er richtete sich auf die Ellbogen auf und sah durch das Mondlicht herüber. Sie betrachtete sein Gesicht, merkte aber, dass er gar nicht sie ansah – er sah das Kreuz an. So groß ihre Angst war, das beruhigte sie und gab ihr ein Maß für Gut und Böse. Sie sah zu der Kreatur mit der Kapuze zurück. Er war rückwärts gesprungen, als sie das Kruzifix hervorgeholt hatte, nun betrachtete er sie und das Kreuz misstrauisch.

Sie ging zögernd einen Schritt vor. Der Apache hinkte rückwärts und hob bedrohlich das Beil, schien aber seltsamerweise mehr Angst vor ihr zu haben als sie vor ihm. Dann sah sie es: Brakes Uhr. Dieser böse Mann hatte Brakes Uhr um den Hals hängen.

»Gib mir das«, sagte sie ruhig und zeigte mit der Hand darauf. Er wich vor ihr zurück.

»Gib mir das!«

Sie konnte sehen, wie er sie durch die Schlitze der Maske nervös ansah, konnte seine Furcht spüren. Sie verstand es nicht. Doch es war ihr gleichgültig. Er hielt die Hand auf den Rücken, zog etwas hervor und hielt es ihr wie ein Versöhnungsgeschenk hin. Maggie sah langsam zu dem Ding und betrachtete es, dann spürte sie, wie Wut in ihr emporstieg.

Sie kniff im Mondlicht die Augen zusammen. Ja. Sie war sicher. Es war dieselbe. Der Zorn, den Maggie empfand, als sie Brakes Uhr gesehen hatte, war nichts im Vergleich zu dem, den sie verspürte, als sie die kleine Puppe erkannte. Die Puppe, die Lily in Kayitahs Hände gelegt hatte. Die Puppe, die dem kleinen ermordeten Mädchen gehört hatte. Lily hatte Kayitah gebeten, sie ihr zu bringen. Und dieses Ding, das da vor ihr stand – dieses Ding, das ihren Bruder und Mannito gefoltert hatte –, hatte sie gestohlen.

Was Maggie auch immer an Angst empfunden haben mochte, war dahin, als sie dieses verworfene Wesen ansah, das ihr eine blutige Flickenpuppe als Ausgleich für seine Bösartigkeit anbot. Sie hielt das Kruzifix fester und streckte es ihm entgegen.

»Wie kannst du es wagen!«, schrie sie. Sie zitterte am ganzen Körper.

»Du hast meinen Bruder gefoltert! Du hast Mannito getötet! Und du hast versucht, meinen Mann zu töten!«, kreischte Maggie. Der Mann wich einen weiteren Schritt zurück. Sie stand ihm nun direkt gegenüber.

»Du hast mein Kind entführt. Du hast sie geschlagen. Du hast mein kleines Mädchen geschlagen. Und du hättest sie in die Sklaverei verkauft. Und du hast meinem Vater wehgetan!« Maggies Wut explodierte in der Nacht.

Der Indianer wich weiter zurück und suchte nach einem Ausweg, um diesem Frauendämon zu entkommen. In seinem ganzen Leben war ihm noch kein Mensch begegnet, der ihn so trotzig angebrüllt hatte.

»Sieh dich doch an!«, schrie sie und machte wieder einen Schritt vorwärts. »Du versteckst dich hinter einer Maske. Du hast Angst.«

Plötzlich hörte Maggie auf zu schreien, stand zitternd und schwer atmend da und sah in die nervösen Augen hinter der Maske. Der Mann hatte sich halb geduckt, als wollte er weglaufen oder angreifen. Sie wusste nicht, welches von beiden. Und es war ihr egal. Sie wusste nur, dass die Wut immer noch in ihr loderte und von etwas genährt wurde, über das sie keine Kontrolle hatte.

Ihr war komisch zumute – sie atmete tief durch, als würde sie die Winde aller vier Himmelsrichtungen in sich sammeln. Sie machte sich bereit. So hatte sie sich in ihrem ganzen Leben noch nicht gefühlt.

Maggie ging einen weiteren Schritt vor. Nun war sie in Reichweite des Steinbeils. Es kümmerte sie nicht. Sie streckte ihm das Kruzifix wie eine Waffe entgegen. Wieder war er zurückgewichen, und er blickte verzweifelt um sich. Maggie zögerte, dann stieß sie einen Schrei aus, der aus einer verborgenen Stelle in ihrem Innersten zu kommen schien: »Im Namen Gottes! Verschwinde!«

Der Schrei schien den Mann endgültig aus der Fassung zu bringen, er wich zurück, sein verwundetes Bein knickte ein, als hätte er plötzlich den Gleichgewichtssinn und die Kontrolle über seine Arme und Beine verloren ... mit dem deformierten Fuß tastete er nach Fels und fand nur dunkle Leere. Heftig zuckend kippte er hintenüber und stürzte in die Nacht.

Jones machte die Augen zu und lehnte sich an die Felswand zurück.

Schicksal.

Jones erlaubte Maggie, die Blutung an seiner Schulter zu stillen, kam aber erst mit ins Lager zurück, als er in die Schlucht hinabgeklettert war und den zerschmetterten Leichnam des *pesh-chidin* gefunden hatte. Er und Maggie deckten ihn mit trockenen Mesquitezweigen zu und zündeten sie an. Es war die einzige Möglichkeit, ihm ein Ende zu bereiten.

Als sie sich wieder hinter dem Engpass in Sicherheit befanden, entfachte Jones ein weiteres Feuer aus Salbeizweigen und ließ auch Maggie an dem reinigenden Rauch teilhaben. Sie hielt ihn fest, damit er nicht hinfiel, und weinte. Sie bewegten sich lange Zeit nicht. Maggie zitterte heftig, der Rauch brannte ihr in den Augen. Schließlich wandte sie ihm das Gesicht zu. »Glaubst du jetzt? Wirst du mit mir beten?«

Jones antwortete eine ganze Weile nicht. Dann sah er zu ihr hinab. »Ich bin noch nicht bereit«, sagte er. »Aber ich werde das Kreuz halten und dir beim Beten zuhören: Bete für Susan und Yopon und deine Schwestern und Brüder. Und ich werde deine Worte spüren. Und ich werde glauben, dass sie jenseits dieser Welt zu hören sind.«

Maggie nahm das Kruzifix, drückte es ihrem Vater in die Hand und legte ihre auf seine. Sie sah ihm ins Gesicht.

»Glaubst du, dass er der einzige Gott ist?«

»Ich habe den Schöpfer der Erde mein ganzes Leben lang gesucht. Das ist ganz gewiss nicht falsch.« Jones lächelte sie mit seinem Goldzahnlächeln an und strich ihr behutsam das Haar aus dem Gesicht.

Sie nickte und legte vorsichtig den Kopf an seine Brust. Das musste genügen. »Gott ist Gott«, murmelte sie. Nachtvögel sangen. Maggie legte ihn auf seine Decke, neben dem toten Pferd, und versorgte seine Wunden. Er hatte gebrochene Knochen und Schnittwunden, aber keine tödlichen, und sie glaubte, dass er noch reiten konnte. Als sie fertig war, bemerkte sie, dass eine große Wolfsspinne auf seinem Bein saß. Sie zog einen Handschuh aus der Tasche, um sie wegzuschnippen, aber er schüttelte den Kopf und lächelte.

»Mannito«, sagte er nur.

Samuel Jones schlief im Licht des Morgens an die Felswand gelehnt, als Maggie und Dot mit einem gesattelten Pferd heraufgeritten kamen. Dot ritt auf Alice. Chaco saß auf dem Schoß des alten Mannes. Lily behielt mit der Sharps in der Hand den Pfad unten im Auge. »Wie sieht es aus?«, fragte Maggie.

»Ich hab vor einer Weile einen gesehen. Sie geben nicht auf.«

Maggie hielt eine Tasse Kaffee und gab sie Dot, die sie zu

ihrem Großvater trug. Der alte Mann sah sie mit zusammengekniffenen Augen an.

»Zeit zum Aufbruch«, sagte Maggie. »Wir können einen guten Vorsprung bekommen. Lily und Dot reiten zusammen auf diesem Tier.« Sie zeigte auf einen kräftig aussehenden Falben.

Jones wollte aufstehen, war aber zu schwach und ließ sich wieder in den Sand sinken. Er nahm den Kaffee und trank. Er sah sich um.

»Wunderschöner Morgen.«

Aus einem Grund, den sie nicht verstand, gefiel Maggie nicht, wie er das sagte. »Vater, wir müssen los.«

»Ja. Nimm deine Töchter und die Frauen und reitet.«

Lily sagte es als Erste. »Nein.«

»Großvater, du musst mitkommen«, sagte Dot mit ängstlicher Stimme.

»Ihr Kinder müsst euch um eure Mutter kümmern.«

»Nein«, sagte Lily mit Nachdruck.

Maggie sagte gar nichts, sie saß nur auf ihrem Pferd und beobachtete ihn. Sie blinzelte ein paar Mal schwer und schien Probleme beim Schlucken zu haben. Dann drehte sie sich im Sattel um, schaute zum Himmel und schüttelte langsam den Kopf.

Schließlich sagte sie: »Wir haben dich gerade erst gefunden, Vater.«

»Ich weiß. Aber ihr müsst jetzt reiten. Sonst folgen sie euch und holen euch ein. Auf diese Weise kann ich dafür sorgen, dass ihr es schafft. Kayitah, Ho-nes-co, der kleine Mexikaner und die graue Stute, sie sind gestorben, damit ihr leben könnt. Ihr müsst es tun. Für sie. Für mich.«

Dot hatte den Kopf an Alices Hals gedrückt und schluchzte untröstlich, das junge Maultier drehte den Kopf und knabberte an ihrem Hemd.

»Nein«, sagte Lily wieder.

»Doch. Meine Zeit ist gekommen, genau wie die des Grauen.

Es ist wunderbar – das tun zu können. Das müsst ihr verstehen. Und froh sein.«

Nun heulte Dot lauthals. Lily schüttelte nur den Kopf und wiederholte immer wieder: »Nein.«

Maggie sah ihn lange an. »Kinder, steigt auf die Pferde«, sagte sie schließlich.

»Nein, Mom, ich kann ihn nicht zurücklassen«, protestierte Lily.

»Aufsteigen«, sagte Maggie streng.

Lily half mit, Dot auf Alice zu setzen, dann stieg sie auf den Falben. Nun weinten sie beide leise. Alice ging zu dem alten Mann und stupste ihn mit der Nase an, Chaco sprang aus dem Weg und schnappte nach ihren Hufen. Der alte Mann beugte sich vor, drückte den Kopf des Maultiers einen Moment an die Brust und tätschelte es.

Dot sprang als Erste von Alice herunter und fiel ihrem Großvater in die Arme, Lily und Maggie folgten. Die vier hielten einander eine Weile umschlungen und besannen sich erst, als eine Kugel durch die enge Felsspalte heulte und Funken aus dem Felsen hinter ihnen schlug. Der alte Mann schob sie behutsam zu ihren Reittieren. Maggie zögerte, dann nahm sie das Kruzifix und drückt es ihm in die Hand. Sie band Lozens Eichelhalskette um. Er lächelte ihr zu, und seine Augen glänzten.

Samuel Jones drückte sie der Reihe nach und wartete, bis sie in den Sätteln saßen. Dann sah er auf seinen kleinen Hund hinab, sagte etwas auf Apache zu ihm und hielt ihn auf Augenhöhe. Chaco leckte ihm das Gesicht. Er setzte ihn in den Sand und sah zu Maggie hoch.

»Dreh den Fuß ein wenig nach außen und beug dich zur Seite.«

Als sie das getan hatte, sah Jones den kleinen Hund an, der zitternd an seiner Seite in der Morgensonne saß, und nickte. Mit zwei Sprüngen hüpfte der Hund auf Maggies Stiefel, ihren Oberschenkel und nahm seinen gewohnten Platz auf dem Rumpf des Pferdes ein. Er balancierte auf allen vieren und bellte den alten

Mann laut an. Jones gab ihm ein Zeichen, das keiner von ihnen verstand, worauf sich der kleine Hund hinsetzte und winselte.

Maggie konnte den Blick nicht vom Gesicht des alten Mannes nehmen.

»Reitet«, sagte er schroff.

»Ich habe jeden Tag von dir geträumt. Ich habe an dich gedacht. Ich habe gebetet, dass du nach Hause kommst. Ich habe dich so sehr geliebt.« Sie wischte sich die Augen ab. »Ich liebe dich jetzt, Vater.«

»Und ich liebe dich. Denk an den Stern im Süden. Wir werden einander erkennen, wenn wir uns begegnen.«

Alice drehte sich ohne Zureden um und folgte dem Pfad. Dot drehte sich im Sattel um und schaute zu ihm zurück.

»Halte nach mir Ausschau, wenn der Mond über dem Mais steht«, rief er ihr zu. »Ich werde da sein, im Wind und in den Schatten.«

Dot machte das Zeichen für »schlimm«. Jones machte die Zeichen für »Liebe« und »dich«. Sie erwiderte das Zeichen und wandte sich ab.

Maggie ritt neben Lily und legte ihrer Tochter die Hand auf die Schulter, so trabten sie hinter Dot her. Chaco winselte wieder.

Die Pferde der anderen Frauen schlossen sich ihnen an. Bei den Felsen hörte Maggie seine Stimme und wusste, er hatte sein eigenes Totenlied angestimmt. Nein – sein Lied des Lebens.

Chaco antwortete mit einem Bellen.